同乐街

吴君 著

花城出版社
中国·广州

图书在版编目（CIP）数据

同乐街 / 吴君著. -- 广州：花城出版社，2022.9
（2023.7重印）
ISBN 978-7-5360-9792-6

Ⅰ．①同… Ⅱ．①吴… Ⅲ．①长篇小说－中国－当代 Ⅳ．①I247.5

中国版本图书馆CIP数据核字（2022）第178808号

出 版 人：	张　懿
责任编辑：	陈诗泳　殷　慧
技术编辑：	凌春梅
封面设计：	集力书装
内文插图：	马钰涵

书　　名	同乐街 TONG LE JIE	
出版发行	花城出版社 （广州市环市东路水荫路11号）	
经　　销	全国新华书店	
印　　刷	佛山市迎高彩印有限公司 （佛山市顺德区陈村镇广隆工业区兴业七路9号）	
开　　本	880毫米×1230毫米　32开	
印　　张	13　2插页	
字　　数	310,000字	
版　　次	2022年9月第1版　2023年7月第2次印刷	
定　　价	55.00元	

如发现印装质量问题，请直接与印刷厂联系调换。
购书热线：020-37604658　37602954
花城出版社网站：http://www.fcph.com.cn

同乐街的蝶变图,深圳人的阳光道。

同乐人物：

1.钟欣欣：1990年出生，属马，射手座，"深二代"，深圳下基层锻炼的年轻干部，被安排到同乐社区。她的工作之一是劝导同乐街的陈有光一家不要坐等救助，应自食其力。

2.陈有光：1973年出生，属牛，花名"黏虫"，同乐街人，老豆当年做过同乐村委会的主任，后落选。陈有光20世纪90年代做过报关员、华南电子厂的中方厂长，因为老豆赌博输掉了全家人的分红，导致陈有光性情大变，喜欢发牢骚，梦想昔日光辉重现，现在是同乐街的钉子户，好吃懒做。他最爱说的话便是"你信不信我们可以回到过去"。

3.阿见：1972年出生，属鼠，无业人员，做投机非法生意。先是骗陈有光开地下六合彩店，后带陈有光参与赌博赊账，目的是想让陈有光违建并用房子作抵押，被钟欣欣识破并阻拦。见事情不成，阿见又以陈有光欠了赌债为由，住到陈有光家中，并以生意需要欲抵押和转让陈有光的房产。

4.陈小桥：2000年出生，属龙，水瓶座，陈有光的儿子。由于阿见故意捣乱导致在走读的过程中被校外势力欺负，进而休学，患上轻度抑郁症，后进了深圳技师学校学习食品加工。

5.陈德福：1966年出生，属马，2004年后成为同乐合作公司老总。因为看见村民的住房条件不好,为了帮助村民发展,连夜抢建而被开除党籍,迷茫而颓废,他发现如果没有了"作为一个党员"这个开场白便不会开口讲话。再次见到钟欣欣后,记起初心使命,再次激发起他重新入党的愿望。

6.郭正安:1978年出生,属马,同乐社区工作站主任。在钟欣欣到同乐社区后,他暗中给予了她许多支持和鼓励。

7.欧影:1978年出生,属马,四川达县人,陈有光的老婆,长期受到陈有光家暴。经过钟欣欣不断劝说,开始学习并改变了懒散的生活习惯,断然与不思进取的陈有光离婚。她同情失意的陈德福,并喜欢上了他。后来做了同乐社区的秘书、出纳,最后成为同乐合作公司的财务副总。

8.陈水:1945年出生,属鸡,陈有光的父亲,原同乐村委会主任,中风治愈后不想再走路和说话,直到家里的房子保住,他才重新开口。

9.陈阿婆:1949年出生,属牛,陈有光的母亲,户口本上的名字为陈凤礼,只是没有几个人知道。同乐人习惯叫她陈阿婆。同乐街上曾经的美人。

目录

引　子 \ 001

第一章 \ 010

第二章 \ 092

第三章 \ 161

第四章 \ 198

第五章 \ 304

第六章 \ 370

我们同乐人的大事记 \ 397

后　记 \ 404

引　子

同乐街前身是同乐村，位于深圳的西北角，一街之隔是繁华的亚洲高楼之一——京基百纳。仅仅是这样一个举世瞩目的建筑，就让同乐街出尽了风头，差不多也遮盖了同乐街的所有。如果驾车的人不知道路，说京基百纳对面即可。尽管如此，也还有人看不上这份荣耀，比如同乐一街24号的陈有光便认为这栋妖魔一样的大厦挡住了自家的阳光。

"点解搞甘大件事啊，好巴闭咩！你哋咩意思，有钱大晒啊。"这是陈有光的口头禅。显然，他指的是除了自己家以外富得流油的同乐人。

2004年，深圳市统一村改居，政企分家，同乐村变成社区工作站与合作公司，同乐年轻人称呼它为合作公司，老年人则叫合作社，说的是同一回事，同乐人自己才懂得。到了合作公司的人，尤其是上了年纪的人，还管同乐村叫同乐村，而年轻人则故意模糊，直接把村字给免了。这样一来，同乐村人分成了两种人，一种是公司里一口本地土话的同乐人，另一拨人则说着"广普"。不知不觉间，同乐人与之前有了不同，除了说话，还包括想事做事。

白天还灰头土脸的同乐街，到了夜晚便像是被谁施了魔法，路对面的霓虹灯光铺天盖地洒过来，赤橙黄绿青蓝紫汇成了线条，瞬间铺满了整条街，各家院子里的龙眼树、黄皮树的叶子不再是绿色，而家里的锅碗瓢盆也染上了颜色，更不要说衣服、裤子和鞋。白天里坑坑洼洼的同乐街，到了晚上，面貌即大改，从远处看像是一条小灰蛇，随着对面音乐的声音不断地扭动着腰身。从近处看，哪怕再普通的一个人，眼睛里也会闪起鬼光，散着灵光和仙气，身上披着缤纷的五彩云霞，腾云驾雾般。就连男人们也变得妖里妖气，眼神迷离不定。晚上八点不到，京基百纳便把整个同乐罩在了自己的光影里。这样一来，就连同乐人似乎也不认识自己家了，大家的神情和声音也与白天不同。最喜欢这样景象的是小孩子们，他们对着彼此的花脸大声叫着、唱着、跳着，仿佛衣袖里藏了一双可以展开的翅膀。

猪肚肥，买牛皮，
牛皮薄，买菱角，
菱角尖，买马鞭，
马鞭长，起屋梁。

泥砖墙，青红瓦，一间连着一间，一屋挨着一屋，整条街加上两边的屋铺，不多不少，正好三十八间，如同五花肉一样错落摆放在商厦的正对面，成了一道别致的风景。这样的好地段和景观不断被开发商发现，一拨又一拨商业大佬和研究人员瞪大双眼，兴奋地谈着，仿佛同乐是他们案板上的肉，随时可以切碎煮熟进嘴，大快朵颐。可怪的是，这样闹腾了几年之后，竟然谁也没有出手，本来铆足了劲准备把同乐推平再变成时代广场的开发商们，先后吞下口水，遗憾地退下，谁也没有想到，寸土寸金的同乐竟然被完好无损地剩了下来。而这时正赶上深圳房价的最高点，于是同乐不再是自己的同乐，它成了各路人的话题，而这些话题，土生土长的同乐人多数并不知道。在他们的心里，饮早茶大过天，一日唔饮，浑身都好唔舒服。

同乐的夜晚比白天好看，关于这个话题同乐人最有发言权，因为到了晚上，他们通常出来散步或是站在街角处说话，话题自然是最近的拆迁和旧城改造。

虽说只有一街之隔，同乐街与深圳所有的路面都有很大的不同，高低起伏，蜿蜒曲折，如同一张纸被画满了奇怪的符号，风格似乎难以统一。同乐的建筑更是神奇得不能再神奇，似乎与对面街上那些金碧辉煌的大厦形成了对比，那里是现代大都会舞台上的模特，而同乐则属于八十年代刚刚洗脚上田的村姑，比如大厦下面是一个低矮灰暗的三层小楼，比如一个现代的餐厅旁边是一个牌坊，再比如一辆宾利车的旁边经常停着一辆烧着柴油的手扶拖拉机。更要命的是同乐不远处的马路上是整齐的绿化带，而到了同乐街上则是一棵长得怪模怪样的树木，底下是本分务实的树根，到了中间则出现绕来绕去的树藤，长得实在不够从容和大气，像足了跟不上形势发展的同乐人。

同乐村是同乐人自己叫的，不关别人事。在同乐人心里，什么社区、什么公司，都不如同乐村顺口，同乐人认为只有这样，同乐才是原来的同乐，才是自己的同乐。你们是深圳，而我们是同乐，谁要与你们一样呢。同乐人的自尊写在脸上，所以见了外面的人，同乐人的脸通常是冷着的，即使没有那么反感，也不会表现出来，免得被人说成土气。

同乐人不喜欢被人用本地人和外省人来区别,主要原因是担心外省人对同乐有成见。同乐人当然不知道,外省人、本地人,这种过时的说法属于九十年代初,那个时候,彼此见了面都要问对方一句你是哪里人,到了现在,大家只关心房价,谁还会关心这些事情呢。到现在有谁还会问你户口来了吗、你是哪里的这些傻问题吗?当然不会。有这类自尊心的人通常是些近五十岁的人。同乐人经历过那个时代,对眼前的发展也有准备,只是他们没有想到,这一天来得如此之快,快得让他们眩晕,像是突然间被架上天的摩天轮,在半空中飞来飞去,似乎什么都握不住了。

同乐的夜根本就不像夜,当然是京基百纳害的,它没日没夜的灯光,没日没夜的活动,吵得同乐人想过个安生的日子真是不容易。

这个世界变化太快,包括同乐村变成了同乐合作公司,谁也挡不住,包括后生仔们并不中意喝什么老火汤,倒是愿意打开手机叫外卖,没人理你的汤是不是明火煲了五六个钟。"老母你要学习科学呀,白水煮了几个钟不能饮的啦。"

"乱讲,我哋饮咗几十上百年点解咩事都冇。"做老妈的拎着锅铲抱怨。

"讲科学呀,你要看书。"后生仔出门前丢给老母这一句。

从头到尾,从里到外,外面的阳光似乎把同乐变成了另外一个地方。只有到了清晨,同乐才变回原来的样子,而这样的景象除了那些早早起床的老人,谁又能看得到呢?

陈有光是同乐的原村民,常年作息不规律,尤其是这两年总是在别人睡觉的时候才跑到街上去逛，即使回来也是不洗澡就跑到床上抱着个手机放视频，人也跟着傻笑。陈有光的身体随着年龄的增长越发瘦小，用同乐人的话说他就是两个特点，一个是又偏执又无知，另一个就是阿吱阿咗说个没完令人烦。早年间，陈有光阿公的阿公划着小船来到深圳，娶妻生子，延绵不息。陈家人和所有陈姓人家一起傍海而居，一日三餐都离不开鱼、虾和蚝仔。这样的生活持续到1956年上岸。上岸后的陈有光一家成了同乐人，有了田、有了地，岸上修了房子，茅草屋换成了砖瓦屋，后来与其他人家一样，又加盖了歪歪扭扭的半层，远远看上去，便是随时要倒的样子。

同乐人撇撇嘴，再白陈有光家一眼，私下说如果他家里没人烂赌，早该发达了，同乐人哪个会这个样子，这屋人是烂泥扶唔上壁嘅，成日不思进取，冇办法啦。

陈家人本来属于安分守己的性格，也习惯了守着老日子慢慢过。前边倒也不觉得如何，大家一样经历挨饿受穷，到香港、泰国各处搵工、找事做，到后来的包产到户、"三来一补"、腾笼换鸟高科技，一直到现在的粤港澳大湾区。其间，陈家周边人换屋换车又娶媳妇，才将陈家这一户衬得越发暗淡，脸上无光，陈有光越发感到难受。陈有光因离开工厂之后在外面干了几年零活，再回来时，同乐的变化很大，他心里便没了底，感觉跟不上节奏。只说工作这一项，他就完全找不到调门了。别人懂的，他不懂；别人有大学文凭，他还只是个高中毕业。这么一来，陈有光显然就被落下了。

陈有光最喜欢的事就是在同乐街上瞎逛，因为这条街可以连上宝安二区前进路那条街。那是他最喜欢的一个地方，只有见到这条街,他才觉得这个世界没有完全抛下他,他还认识这个世界。在这条街上,如果遇上人,他通常会主动搭讪:"喂,你认为我哋有冇可能番到当年呢?"半个小时前,他梦见自己在过山车上旋转,他手脚冰凉四肢发麻,大喊了几声停下,但过山车转得更快了,他晕得什么都看不清,眼前瞬间变成黑屏。终于他被自己吓醒了。

有人搭腔:"你讲乜?我听唔明。"

"真的,我认为这种可能性是有的。"陈有光眼睛死死盯着对方,表情也是煞有介事。

对方不解地问:"什么意思,你是说我们全部人回到当年吗?"

陈有光仰起脸对着天空幸福地说:"一切皆有可能,你知唔知'三来一补'?"

对方说:"什么是'三来一补'?是新的股票还是期货?"

陈有光放平了脸,定定地看了一眼对方后,再把眼睛移开看下远处,他判断不出对方是有意捉弄他还是真的完全不懂。陈有光于是说:"你做乜学我讲嘢。切,连外来加工都唔知咩,话你知,就系流水线,女工知唔知道,喺当年珠三角嘅工业区,有玩具厂、服装厂、鞋厂、电子厂,就系来料加工呀。"见到对方还没反应过来,陈有光便乐了,继续碎碎念:"报关员知唔知,二线关、边防证、暂住证、拉长……"见对方完全不明白自己说的是什么,陈有光则会夸张地仰天长笑,见对方不理他走到远处,陈有光又会失落,他指着对方的背影道:"你哋做乜啊!有钱大晒啊!做乜唔同我讲嘢,我做错咗乜?"陈有光有些慌了。这个世界到底发生了什么,同乐发生了什么,怎么连个听懂他说话的人也没有了。这样的事情在最近几年并不鲜见,导致陈有光白天躲在屋企,只有到了夜

006

晚,他才敢去同乐街逛。他舍不得睡,想捋捋自己这半辈子和同乐的来龙去脉。可是他发现自己常常在某些点上卡住,大脑沉得转不动。看着马路对面一眼望不到头的高楼,还有那些光鲜的面孔,陈有光感慨万千,他并不明白这个世界凭什么就抛弃了他。

有时陈阿婆突然会接陈有光的话:"真係可以番番以前就好喽,我就唔使食咁多苦,唔使咁劫,做住官太太,边个敢睇低我。"两个人梦游似的对上几句话,像是担心被什么惊醒了,陈阿婆很快便会关了门窗回房睡觉,而陈有光也像是乖了些,不再发出声响,没人知道这是不是陈阿婆想出来治自己仔的好办法。

现在的陈阿婆不喜欢与人交流,因为同乐街的人不喜欢抱怨,不想和负能量的陈阿婆说话。他们现在跟对面街那些写字楼里的年轻人学得越来越务实,越来越不想管闲事。陈阿婆常年紧锁眉头,面貌发生了一些变化,同乐人有几十年没有见过她笑。她恨老公把分红全输了,妒忌儿媳有分红,对孙子陈小桥从小溺爱,百依百顺,有时还会帮助陈小桥欺骗父母。担心儿子陈有光拿她的财物去赌博,她把自己的一只玉手镯常年戴在腕上,导致摘不下来。每次陈有光输了钱,看陈阿婆的手腕,陈阿婆便会哭天抢地,导致同乐人都知道陈有光又输了钱。

陈有光只有这一处又小又旧的房子,老祖宗留下来的住了几代人的旧屋。别人家房子换了一次又一次,而陈有光家还在原地,陈有光终于成了钉子户。一条拐来拐去的同乐街因为他陈有光一家被影响了,至今还没有动工。

"搞我呀?你们可以动手拆呀。"陈有光笑着挑衅,"怎么样?怕了吧。"随后陈有光哈哈大笑。

他越发尝到做钉子户的好处,主要是实惠很多,光是这段时间，便不断有人过来送米送油，一年到头里外算算，够吃很久。这样一来，陈有光便越发不想动了。那一份给他安排的合作公司里丢人现眼的工作，他早就不想干了，索性也就请了病假不去上班。后来每到节假日前有人过来送米，陈有光不仅没有感谢，反倒卖乖："同乐对我唔住，你哋嚟做乜嘢，想揾我配合做出成绩咩？"

出到门口的干部无奈地交换眼神，默契苦笑。合作公司换了一位又一位干部来做陈有光工作，都没有成功过，话还没有说上半句，便被这一家骂出来。陈有光一家用的招数可谓五花八门，甚至有次遇见一个女干部进门，陈有光竟当着老婆欧影的面调戏人家："你是北妹吧，皮肤好白好靓呀，和我当年交往的那些差不多，你几岁啦，有冇男朋友？"一串不靠谱的话抛出之后，场面顿时尴尬，女干部只想着对方签了字快快溜掉算了。到后来，就连开发商的好奇心也被激发出来，亲自上门送米送油，希望陈有光转换思想，不要再拖后腿。陈有光家的房子不仅影响交通和观感，严重点说，还会影响同乐的整体开发。这样一来，原本就懒得生蛆的陈有光更加不愿意出去做事了。他说："我愿意配合呀，前提是给我多加23平方米，算补偿我这么多年的损失，要明白我可是为改革开放立过功的功臣。"

"这个不符合规定吧陈老板。"开发商一脸无奈，不知道怎么答，点头哈腰递上烟点着，随后连招呼也不打便退了出去，转身那一刻眼神明显厌恶了起来。

这些话让一些合作公司的工作人员不知如何应对，只得回去报告社区领导说这个陈有光果然厉害，软硬不吃，你和他谈工作，他就讲历史；与他谈家常，他就说大道理；如果跟他讲原则，他又怪我们社区不正视他的处境。真是不知他的葫芦里到底卖的什么药，想对症下药却不知他得了什么病。然而就在2020年,陈有光四十七岁的这一年,他遇上了"90后"钟欣欣。来同乐之前,潇洒、时尚的钟欣欣首先为自己做了美食攻略、美景攻略。重皮蟹、花鱼、碱水粽都在她的计划之列。此外,报恩寺、公仔山、甲岸城也都在其中,她特意为此换了部适合拍照的手机。她想好了,等有时间,就招呼各种朋友过来走走,两年下来自己不仅可以顺利完成任务,还能把周边的各种美食美景全部打完卡。

第一章

一

陈有光从汕尾逃回深圳上演了一出拦路的戏码对于同乐人是正常不过的事，但对钟欣欣来说还是感到不可思议。毕竟这个同乐街最难搞的人已经被她调虎离山移去了外地，怎么突然间回来了呢？钟欣欣真的感到很梦幻。

在中午十二点钟的同乐街上又叫又跳的陈有光，一时间让钟欣欣大脑出现了空白和暂停状态。接到通知时，钟欣欣的耳朵嗡嗡作响，到后面对方再说什么她已经听不到了，只记得拼了命似的向门外跑，差点甩掉了鞋子。那个时候，脚上的人字拖也挂不住了，如果不是碍于身份，她都想光脚跑过去。拉上鞋的钟欣欣此刻焦虑地哇哇大叫，好像谁惹到了她，搞得行路的同乐人也停下来看。钟欣欣知道有人看她，也不管不顾了，一双又白又长的腿在街上跑着，这是钟欣欣最狼狈的时候。她感觉没了往日的速度，费了很大的劲儿，似乎还在原地打转，原来真的不是做梦。在此之前，这种怎么也跑不动的梦她做过多次，她追赶的都是陈有光和陈小桥。

"陈有光你不守信用，我蠢死了才听了你的话。"同乐街上，钟欣欣边跑边骂，她不知道自己到底是骂对方还是骂自己。钟欣欣的双腿不断地向前，她想早一点看见陈有光，当面问他的那些承诺都去了哪里，她要抓住对方的领子问你不是要帮助儿子陈小桥走正路吗，你还想让我信任你吗？你要骗我们到何时？

钟欣欣到同乐街和红宝路之间时，好像一脚踩到了刹车，她停了下来，心脏似乎停止了跳动。她先是躲到人群后面，随后从袋子里掏出墨镜遮住半张脸，她希望没有人看到她，反正她已经到达了现场。她可以看见不远处的郭正安，如果对方给她打电话，她再现身也不迟，至少可以拖一下。钟欣欣没有了勇气，想到这里，她从口袋掏出手机，发出一条微信给文秘人员："那个稿子领导看了吗？"放下手机，钟欣欣看着人群，心想，没有高兴几天，这个陈有光便又开始捣乱。看起来，如其他人所料，社区对钟欣欣的考验还只是一个开始。

钟欣欣想到陈小桥一个多月前的话，越发感到郭正安在害自己。眼下这份工作就是他安排的，连商量都没有，分明想让她无法完成。此刻，她想起了郭正安的样子，"念念不忘必有回响"这句话怎么还不显灵呢？到时她要让对方明白她有能力解决问题，没有什么笑话可看的。她和陈小桥有默契，陈小桥每次在心里骂阿见的时候，便会见到这个阿见出现在自家门前，而她钟欣欣正想怪郭正安的时候，郭正安必然也过来了，有时是和她商量事情，有时则是临时开现场会，同乐社区的多数工作都是一边发现一边解决。

"喂，大佬你不用想的吗？"陈小桥问钟欣欣。

钟欣欣说："我如果每件事都想几天，工作就停摆了，你知不知道在同乐我们每天都在处理问题,每天都是老问题,也都是新问题。"

在此之前,钟欣欣写好了工作日志。

她发微信问陈小桥,汕尾那边过得怎么样,见到表叔了没有,和老豆有没吵架啊之类的。

这是在陈有光带着陈小桥离开同乐的一天后,钟欣欣并没有想到半个小时后的同乐街上陈有光正上演着一出好戏。

钟欣欣认为能这么快和陈有光接上头,掌握对方的情况,多亏了陈有光的儿子陈小桥。这一次,陈有光答应钟欣欣从外地回来后便老老实实去找工作,还答应了不再到街上找人下棋行骗,或是骑着摩托车满街乱窜惹是生非。钟欣欣仿佛可以预见下一步,陈有光同意拆掉扩出去的院子,协助同乐尽快修路,而陈小桥将不会和那些不三不四的人鬼混了。如果陈有光父子走上正路,也就意味着困扰同乐合作公司的老大难问题解决了。钟欣欣记得在朋友圈九宫格连发一个仰天大笑图片时那种爽,似乎那个图上大笑的大汉就是自己。

此刻钟欣欣脑子里不断浮现陈小桥那张和他老豆一样善变的脸。"如果你不能解决实际问题,只想着教育人,请不要来我屋企打扰我们,是生是死我们认命。"到了后来,钟欣欣才明白陈小桥是为她好,他不愿意钟欣欣这样一个年轻漂亮时尚的女仔被自己又土又懒的老豆捉弄,这让他感到丢人。

陈有光全家个个都对钟欣欣不友好,包括陈小桥,为了讨好陈阿婆,他只能这样。这些不愉快的事情钟欣欣并没有对外人提过,主要是怕丢脸。来到同乐这段时间,不是受冷落就是被讽刺挖苦,而且同乐的实际工作一个也没有做。这种事不同于失恋,失了恋倒还可以换个新的,工作上的糟心事,还不能随便倾诉,否则老妈会增加唠叨次数,这位更年期妇女会因为对自己女儿的各种预感成真而更加自鸣得意;这种事如果对外人说,除了自毁形象,还可能被嘲笑。钟欣欣当然不能随便吐槽,当年自己就在这种事情上吃过亏,除了爱情,还有其他。

自从有过前面几次深谈,钟欣欣也会对陈小桥说说自己的苦恼,她问:"你还好吧,和陈有光没有开打吧?告诉你,我小时候我老爸也总是管我,也打过我的。"她这样说,目的是希望缓解一下陈小桥对老豆的怨恨。

陈小桥半信半疑,又有些自卑:"不会吧,你可是一点都不像,学霸嘛。"

钟欣欣说:"唉,你太小知道什么,我也渣过的,还被学校的女人打过耳光。"

陈小桥非常好奇:"你是怎么完胜的?"

钟欣欣说:"我只是不会像你那么软,还退学、哭,我是直接打回去,让她们跪地求饶,拜我为大姐。"

"哇,你好帅啊!"陈小桥兴奋地站了起来,他用崇拜的眼光看着眼前的钟欣欣。

钟欣欣从回忆中回到现实。

陈小桥那边迅速有了回复,显然对方又在打游戏:"我怎么越发感觉你已经在失去自我的路上一路裸奔呢,记得你刚进我家的那个时候那副自信心爆棚、天下舍我其谁的样子吗?"

钟欣欣故意示弱:"谁没有个判断失误的时候呀,你都不安慰我。"

这是钟欣欣临时想出来的解决之道。前面半个月,钟欣欣克服各种困难,说服了父子二人,避开陈小桥提出的退学要求。除了陈有光的表哥,钟欣欣还联系了深汕合作区的海鲜加工基地,他们已经表示同意招父子二人为学徒。钟欣欣希望陈小桥父子去外面学了技术后再回来。钟欣欣认为这个计划天衣无缝,非常圆满。此刻到了汕尾的陈小桥通过语音对钟欣欣说:"陈有光,你脑子里应该都是他吧,我猜你被我老豆折磨得快疯了,做梦都是和他在一起。"

钟欣欣故作生气:"呸呸,我才不想梦到你这位老豆呢,我梦里都是好事情。"

陈小桥说:"每次说话你都说陈有光,我看你是上头了吧。"

钟欣欣知道对方是开玩笑,正想调侃陈小桥,突然手机里跳出一幅截图,上面是陈有光站在同乐大街上的图,后面加了三个感叹号,随后是电话铃声疯狂地响起。钟欣欣脑袋出现了空白,如同穿越,她不知道这到底是怎么回事,完全回不过来神儿。电话是郭正安打过来的,陈有光此时难道不应该正在陈小桥的身边吗?

钟欣欣盯着手机屏幕发语音问陈小桥:"你老豆现在在睡觉吗?"她发现自己的声音开始发抖。

"你不是打电话说有急事让他先回去吗?"陈小桥答。

钟欣欣的感觉相当不好,没有等陈小桥那句话说完,钟欣欣说了一句"同乐有事,晚上再联系",便接了郭正安的电话。

电话接通后,郭正安对钟欣欣说,陈有光带了人去工地准备闹事,围住了修路的施工人员。郭正安要求钟欣欣马上赶到现场,决不能等到下午上班时间,到时有人围观,堵了路就会很麻烦。挂掉电话前,郭正安说:"你不是告诉我,他们去了汕尾学技术吗?"

钟欣欣到现在也不敢信自己的耳朵，她以为自己出现了幻觉。出发之前，陈有光信誓旦旦的那些话还没有散尽呢，怎么就转场到了眼下这一幕？钟欣欣并不知道陈有光父子在汕尾表哥家的遭遇，更不知道陈有光到了汕尾便被他的朋友阿见拖住，只住了一晚便把他从汕尾带回深圳。

郭正安电话通知她尽快到达指定地点的时候，钟欣欣来不及想这个事情的来龙去脉。她在几天前听到有人在走廊里议论，说有人极力反对修路，他们担心最大的阻力便来自陈有光。当时钟欣欣正乐着，心想修路的时候陈有光已经去了外地，还认为自己实在太有远见。钟欣欣后悔在陈有光这件事情上打了盹，太放心了。

陈有光拦路，不只破坏了钟欣欣的好心情，也打乱了她接下来的各种娱乐计划，比如休假，比如办健身卡并实施健身计划，比如和一个可以发展为男朋友的异性再见个面培养一下感情，可眼下全都被耽搁了。

钟欣欣一边向现场跑，脑子里一边回荡着这些天发生的事情。这些天，她每次接电话都会心惊胆战，仿佛抓了一颗冒烟的手雷。穿着拖鞋冲出去，关上门后，才发现钥匙没有带出来，可是她已经管不了那么多。好在路上遇见一个同事戴着口罩向事发现场走，钟欣欣赶紧冲进药店买了一只口罩戴上。陈有光一家总是不断制造麻烦。

钟欣欣做梦都没有想到，自己被打了脸。也就是在全球发生新冠肺炎疫情的第一年，联络户陈有光按照他平时的频率又闹腾了一把，再次让钟欣欣见识了什么叫不靠谱。这个事情发生在同乐合作公司刚刚取得了抗击疫情阶段性胜利，并支援了其他合作公司很多医疗物资的这个月。就在大家脸上浮现出了久违的笑容时,陈有光不仅给钟欣欣泼了盆冷水,还左右开弓地打了她的脸。

"把他们劝出同乐不是最好的办法,这应该是一种逃避。"

钟欣欣无数次设想郭正安可能要说的话。想到陈有光正在路上进行那种浮夸的表演时,钟欣欣心疼自己这四个多月的付出,自己那些工作原来都白做了,花在这个人身上的时间也都成了流水。不仅如此,如果陈有光已经返回深圳,钟欣欣报上去的材料显然是无效的,标题夸张不说,陈有光回来了,如果被追查,钟欣欣应该如何收场。最后这属于什么性质,她钟欣欣该如何交代?钟欣欣非常清楚自己的错误,接下来,上面将会有人过来了解情况,倒查。想到这里,钟欣欣在脑子里幻想自己正冲出人群,对着陈有光的后背狠狠地打了一拳,在对方还没有缓过神之际,被她掀翻在地,痛得哇哇大叫的样子。

钟欣欣在心里狂喊:"我怎么办哪!"

钟欣欣第一次感到了事态的严重。她需要了解,需要处理。钟欣欣意识到,再不能做表面文章,也不能只是为了报材料而与陈有光流于表面接触,走走形式。

如果郭正安问到此事,钟欣欣该如何答,她真是不敢想了。也就是说此刻钟欣欣惊慌失措,这就是郭正安指出来的她所谓的性格急躁、好大喜功吗?之前他也提过,可是自己是不服的,钟欣欣心想,你小看人,再说了,一个社区的眼界能有多开阔呢,你去过大上海吗,知道什么是"魔都"吗?

钟欣欣远远便看到陈有光站在吊车下面,旁边还有一位坐在轮椅上的老人,钟欣欣怕了,这个陈有光果然把他老豆推到了街上。钟欣欣后悔自己太过大意,如果对陈有光掌握多一些,就不会出现这个情况。想不到这位同乐的老村主任已经成了他陈有光表演时使用的道具。陈有光的父亲陈水被摆在众人面前，令人心酸。虽然是午休时间，可距离上班时间已经越来越近。如果不采取措施，路面将会被堵上，而陈有光也将会面临行拘。钟欣欣正想着，突然见到郭正安正向陈有光走去，很快，郭正安便靠近了，随后，他拖住陈有光的双手，并把他推进车里。接着钟欣欣看见郭正安向她招手，示意她赶快过来。

"交给你，马上送他们回家，不要让老村主任受到惊吓，你要负好责。"

闹剧发生在中午，被郭正安止于中午，前后不超过二十五分钟，否则后果不可想象。大热天钟欣欣却惊出一身冷汗，她推着陈水轮椅的手有些发抖，也忘记了和陈水打个招呼，头也不回地带着对方回家，引得陈水不断从轮椅上回头看她。

接下来的几天，雨一直下个不停，把天地变成了土黄色，远处近处的景色似乎与往日不同。陈有光以为这样的天气会一直持续下去，这样的话，他就可以不用面对钟欣欣的批评。当然现在他才体会到心虚，陈阿婆几次同他说话，他都答非所问，搞得陈阿婆偷偷盯着陈有光，怀疑自己的仔是不是得了病。

这几天里，钟欣欣以为郭正安会找她谈话，可电话却一直没响。好不容易熬到下班，钟欣欣从楼里出来，顺着小路拐到同乐小学后边，脚就已经痛了，只好走到了同乐二路拐角处。她找到一棵大树靠过去，闭上眼睛。此刻不远处有麻雀跳来跳去寻食。钟欣欣想，自己还不如这只鸟儿活得自在，它至少不会焦虑吧。她接下来该怎么办呢，任务没有完成，合作公司的关系也没处理好。郭正安怎么还不找她，难道需要她主动找到对方吗？如果谈到这个工作，自己又该如何辩解？陈有光的技能培训结果如何，陈小桥是否能保留学籍，阿见以什么理由住进同乐的，拿到出租屋登记时间没有，阿见拿住了陈有光哪些把柄、怎么唆使陈有光一夜之间冲出栅栏的，陈有光了解过政策吗……显然阿见利用了陈有光的虚荣做成了这件事。钟欣欣越想脑子越乱，这几天郭正安显然都看到了她，却并没有和她打招呼。也就是说，她钟欣欣之前的做法，已经扰乱了同乐的工作秩序，如果被问起，钟欣欣你怎么和联系户一起学习的政策？你带着陈有光去培训机构了解过吗？你说过一直都在盯着这个家庭，还写了许多工作日志，里面包括昨天做了什么，今天又讲了哪些，给他解决了什么思想问题，帮助他们家参加了哪些社会活动，怎么还会是这个结果呢？这些问题，钟欣欣应该怎么回答，别人会不会怀疑她之前也是这样写材料骗领导的？陈有光父子两人去外地没有及时报告，而自己报的材料也没有给郭正安看过。自我表扬材料中那句"成功地劝说了陈有光带着儿子学技术，从此不再伸手向合作公司要救济，走上了一条自主创业之路"，目前看来都成了讽刺。此刻的钟欣欣无比难受。如果她不及时撤回稿件，除了在郭正安面前丢脸，没有汇签的错误也将被追究。

二

　　五天之后，陈有光才算稍稍松口气，因为他看见钟欣欣在街上又忙着别的事情，有几次路过他的家门口，连习惯性地张望都没有，好似从来不曾到过这个院子，更不认识他们一家。想到这里，陈有光又如同小时候那样，伏在窗前去看同乐大街。

　　他就这样发着呆的时候，眼前似乎看到老豆急吼吼地披了件雨衣出门,全家守在房里等,那个时候他连学校也不用去了。偶尔他会帮着老妈拎个盆去接角落里漏下的水,偶尔见到小鱼在黄泥水里跳着,也会凑上去,想抓一把,这时老妈就会大骂:"衰仔,唔怕死咩!"被骂的陈有光刚刚进了房,关上门,门前屋顶突然炸响了雷,他想要还嘴的话都吓了回去。这样的时候,老妈已经开始担心还在抢收稻谷的老豆了。陈有光则暗暗地高兴着,他觉得这样很好,时间似乎停了下来,明天又可以不用上课了。陈有光从小就不爱读书,只是他会嘴硬:"有乜所谓,我还不是好好的吗?"直到有一天他的儿子陈小桥也不想读书,而想去街上混的时候,陈有光才感到了害怕,原来自己小时候那样的行为并不是威水,而是傻。

时间没有停,停下来的是同乐街里的老人。前晚虽然下了一夜的雨,天亮时的同乐还是如同被推上了电闸,一刻钟都没有耽误,什么也没有少。天亮之后的同乐又开始热得冒烟。陈有光认为只有躲到床上才是安全的。陈有光不喜欢白天,原因是自家的寒酸会一览无余,无处躲闪。已经有很长一段时间了,陈有光总是看京基百纳这座高到云彩上面的大楼不顺眼。"做乜,鬼一样的光把老子的眼睛都晃得睁不开咩意思啊!"喝多酒的时候,陈有光会站在自家门前,对着不远处高耸的京基百纳大爆粗口,陈有光和其他同乐人一样,除非面对老母,其他时间只能使用"广普"。如果有人驻足停下,他的声音会越发响亮:"你们这些衰人,一天到晚为了自己发达,把同乐搞得乱七八糟。"

"现在不好咩。"有人明知故问,意在逗陈有光说一些蠢话。

"挡了我们阳光啊。"陈有光道。

"不会吧?"对方似在引话。

陈有光说:"我们本来阳光好大好足,那边是稻田,前面是小河,可以洗衣服、捞鱼、抓蟹。"

引话人变成了挑事的:"刚刚想起,你们屋企之前天天都在海上捞鱼抓虾。"

陈有光急了:"乱说,边个讲嘅,后来我们也分了土地和果树,摘荔枝、香蕉、龙眼,一年两季的水稻。"陈有光骄傲地说。

同乐人见了,自然不会停下来看,他们早已经习惯了陈有光这个方式。如果有细路仔、细路女停下想要看陈有光,大人们就会训斥自己的仔或女,你不好好读书,将来就会好似佢咁成日净係识发烂喳。只有一些好事的、闲得无聊的人有事没事会来撩陈有光,逗着他说话。陈有光的儿子陈小桥见了便生气,大声训斥老豆。有时见到老豆在门口与人说话或是吵架,他便会从窗口处扔下书包,随后他自己也跳到地上,迅速离开同乐街。陈小桥想要躲开心烦的事情,逃到手机上去打游戏。

京基百纳的广告似乎霸气到要占了深圳半个上空,而作为它一侧的同乐人是不需要表达什么意见的,能做的只有默默承受。现在同乐的年轻人要到半夜才回,倒也不在乎,再说了,他们就是在路的另一侧娱乐的,老豆老母反对又能怎样。京基百纳如同一个横行霸道的家伙,将自己巨大的广告铺满了同乐所有的街,还嫌不够,似乎还要霸占整个夜晚。同乐的一年四季被这些招摇的色彩搞得如同过节。起初同乐街上那些上了年纪的老年人会打电话给那些搬到世界之窗、锦绣中华的老邻居们说天天过年一样热闹啦,电费都省掉好多。

世界之窗那边的老邻居听了不以为然:"太吵了吧,那就需要安眠药了吧。"

同乐人听了不舒服:"那面的灯颜色好靓啊,大人小孩子都中意。"

"还是扰民啊，估计房也不是很好出租了吧？"对方开始表示同情，内心开始不舒服。

"哎，都是租给一些后生仔，收拾得干干净净，戴着眼镜，斯斯文文。"同乐人来了气，又不好发作，只好把自己想象中的事情说了出来。已经有两三年了，都是白石洲那里做电脑的后生仔过来住，除了晚上过来睡，都不出来吃饭的，除了床上的被子，乜都冇嘟（动）过，搞得餐厅生意也好难做。

对方又来气人："知道知道，也就图这里房子旧，房价低。每天在南山这边吃了喝了消费之后再回到同乐去睡，这些年轻人真的很会算账。"搬走的老邻居一副要气死同乐人的架势。

"是啊是啊，一天到晚都不用点灯，电费也省了，坐在家里阳台上不花钱就把风景看了。"同乐人慢吞吞地怼回去，心里压着火，故意秀给对方。

"几次想回去，你们那里的路还没有修好吗？真是太不方便了，村委真的没人管这些事了吗？你们太难了。"

"切，乜村委呀，都老皇历啦，你以为是十几年前咩，现在是社区和合作公司，合作公司里到处都是有文化的年轻人。非常方便的呀，马路对面就是大百货，乜都有，细想想，当初没有离开同乐还是正确的。"

"那个大楼同乐人谁习惯呀，不用走近就晕了，把同乐的风水都挡了，怪不得这些年总是运气不好！不过还是得怪同乐人唔生性，醒得太迟，如果早下手，你们都搬我这边，我们又做邻居了，好久没见，真的想你们啊！"

听完这话，同乐人不仅没话可说，心里还越发堵得快要晕倒。

他们发现那些搬到外面的家伙个个都不同了,除了样子,就连说话的口气也变了。

　　放下电话,同乐人又会蜷在沙发的一角,内心里感叹这个世界变了,变得他们认不出来。而面对那些光影到底是好还是不好呢,他们也搞不清楚,总之,那种光让他们感到自己落伍了。他们担心这种变化早晚会像当年深圳河里的水一样,漫得到处都是,把同乐变成一块湿地,而同乐人只能与红树林栖息在一起。

　　过去的同乐人喜欢吵架、打架,说什么事情都大声,被隔壁村的人笑话:"话这么硬的,就是打石的命,那种饭可是不好吃的呀。"也不知道从何时开始,同乐人见面开始客气,见面说"你好",不再是"早晨",而改成了"嗨"或是不说话只点头致意,似乎怕对方问自己借钱似的,之后便匆匆走开。而几个喜欢说话的老年人则被人当成另类,他们总是有事没事跑到陈家祠堂里看人下棋。最热情的是那些从屯门返回的同乐人,他们见了谁都亲,见了谁都笑,似乎有说不完的话。

　　同乐人对京基百纳夸张的灯光早已经习惯,甚至也觉出了好。只有陈有光不同意,他认为这是一种冒犯,影响了自己家的风水和心情,倒是阿见非常认可他的这个观点。"凭什么你们要被这种光影响啊!他们有钱大晒咩!欺人太甚了!"

　　句句都刺到了同乐人陈有光的心上。这么多年来,家里家外没有人听他的话,直到半年前认识这个阿见,陈有光才算是找到了知音。阿见夸陈有光是同乐街上最有头脑的人,用阿见的话说就是思想家。如此一来,陈有光更不会听社区和合作公司的话了,自己都是思想家了,为什么还要听别人的。

　　如此一来,同乐的年轻人越发反感陈有光,而老年人倒是有些喜欢陈有光。前者认为陈有光拖了同乐人的后腿，后者则认为陈有光帮自己留下了旧时光。"当年多好啊！"有人感叹道。

"好咩？食嘅用嘅咩都冇！"说话的是位后生仔。

"他有那么高的境界？切！他就是个懒人、好赌鬼！"随后合作公司的会上又有人当空劈来一句。

这些话虽然没有当着陈有光的面说，却七拐八拐吹进了陈有光的耳朵里，伤了他的心。陈有光憋着一股狠劲，准备找合作公司的人吵架，最好在股东大会上，趁机把自己十几年没有分红的怨气发出来。

陈有光对态度越发冷淡和礼貌的同乐人生出了恨，总有种有火发不出来的感觉。有一次他喝多了酒，浑身是劲儿，跑到不远处的鸡公山上，大喊了两句："我们是自己人啊！你们做乜嘢，唔想要我咩，有钱大晒呀！"

"是呀，有钱就系巴闭。当然了，你的情况又不同。"说话的同乐人上下打量陈有光，把嘴里的话咽了下去。虽是这样，却又要把这细微的动作故意做给陈有光看，显然是在刺激陈有光。

陈有光装作没看到，眼睛却不争气，泪水在眼里晃着。此刻，他想找个人拥抱和握手。陈有光脑子里除了那个阿见，另一个人便是钟欣欣。他已经太久没有与人有过肌肤上的接触了，他感觉自己的身体像块冰一样，需要一些暖的，他想化掉自己。钟欣欣让他感到亲切。这一段时间，他觉得钟欣欣笑的时候见牙唔见眼、蒙猪眼的样子好亲切，那样的一个靓女不去外面玩乐，却跑来陪他聊天真是难得。很多时候，他一边表现得爱搭不理，一边在心里骂自己太不争气，这个女仔说得对呀，是自己骗了人家，还说要在外面学了技术再回来，却没有做到。

可是自己有难处啊，怎么才能说明白呢？现在谁还信他。想到这里，陈有光睡不着觉了，他跑到同乐街上荡来荡去，他甚至闭着眼睛，希望一睁开眼睛便能看到钟欣欣，像之前那样，她来到他的家里说话。虽然那个时候也没有人理她，可是这个家变得不一样了。首先是老婆欧影懂得收拾自己的头发了，之前她好像从来不梳头发；最高兴的是自己的仔——陈小桥，他跑出去的时间会少很多，给家里惹的事情也会少一些。陈有光就这样想着走着，有时闭着眼睛，当然了，他知道自己不会摔倒，这条街他跑了快五十年，每一寸他都熟悉，闭着眼都能摸到家。陈有光背着一双手，走走停停，这个时候的同乐街仿佛是他一个人的，他是这条街上的老大，呼风唤雨，无所不往。当然，没有人会来打扰他发梦，天亮前他才回到黑乎乎的床上，鞋也不脱便沉沉地睡去。而此刻的同乐人很快便要起床洗漱，做早餐，收拾整齐后就准备翻工。

同乐虽然被高楼大厦围着，却别有一番风情，只是看你愿不愿意欣赏了。比如活跃在深圳的一批保护老家园的爱好者。他们除了在这里搞过酒吧、书吧，还召集过一些人，想做个保护活动。那些保护活动，同乐人懒得参与，除非可以发米、发油，同乐的老人们才可能会过去看两眼，顺便拎回一两件实惠的东西。至于街上那些人说的什么保护之类，他们无所谓，也不懂，毕竟这些事情都是合作公司那些干部们的事情，这个时候有什么可以保护的呀，还不是跟着合作公司走，反正大家一起的，不会吃太大的亏。上了六十岁的男人，参与的也不多，在他们眼里，有吃有喝，平平淡淡地过日子比什么都好。

天亮之后，陈有光无比难受，他希望钟欣欣来到他们的家，让他把这些天发生的事情好好说说。他不想被钟欣欣误会。而他这辈子从来没有在乎过一个人,在此之前,他巴不得被别人误会,这样的话,他就不欠谁的了。此刻,他觉得自己欠钟欣欣一次道歉。

"不理人算什么本事!"陈有光对着深蓝色的天空大声吼着,惊醒了树上的几只麻雀。他认为他只属于这个时间段,这个时间里他可以自由地想事情,所以他舍不得用于睡觉。

"你真的不想听我解释一下吗?我陈有光不是你们想象的那么糟糕!真的,你给我一点时间,这一次我真的是想变好的。"

当年陈有光的老豆陈水的确说过,如果同乐山正中间修出一条路,会把同乐的龙脉切断,也会让同乐变成两个同乐、一家人变成两家人这种话。当年他这么说当然是有私心,可是话说出去了,为了面子又只能坚持。那个时候,他担心另一半同乐不归自己管,另一个原因就是修路必然经过他家门前,自家门前那块空地当然不再属于自己啦。躺在床上的陈水找不到机会解释。再后来同乐村就变成了同乐社区、同乐合作公司。

"他们是故意要瞒着你的,你不回来,咩好事都冇,同乐的机会就这么多,你再不抓就彻底没啦。"阿见通过这件事,把陈有光从汕尾带了回来。电话里阿见说:"你有义务维护老豆的尊严吧。这是你找回面子的重要机会。"这条拐来拐去的路是当年陈水带人修的,不方便行车,合作公司讨论过几次修路都被拦下,不是有人上访,就是有人躺在路上。而这次阿见的计划是把陈有光的老豆陈水推到路的中间。

陈有光本来认为被瞒着无所谓,那反而更好,他看得见那些总是嘲笑他的人呢。直到阿见告诉他如果来了新领导,把他家的事情变成历史遗留问题,没人敢接手,最后损失的是他个人啊!

阿见只用两句话便击中了陈有光要害,虽然对方是外地人,却把同乐的情况了解得如此清楚，包括退休多时的老豆陈水的情况。陈有光心里的火已经被点着，听阿见又说了一句，那个女人和他们是一伙的，不然为什么把你骗到外地才修路？听到这句，陈有光还在犹豫，他想和钟欣欣通一次电话再说。

这时阿见又说："更要命的是趁机把你家里的院子也拆掉，你想过没有？"

听到这里，陈有光气炸了，这次他连陈小桥也不想管了。为了这23平方米，他让自己的仔走读，把前途都搭了上去，如果拆掉，自己真是黑过墨斗啊，太不值了。

不等阿见继续，陈有光已经穿上衣服，他这次要和他们拼了。要知道当初为了多得些补偿，陈有光连夜扩出23平方米的院子，如果连这个也保不住，那么自己就白折腾了，而儿子陈小桥也成了牺牲品。这件事已经让陈有光丢了面子，如果再把院子拆掉，那他陈有光真的没脸活着，他当然要从源头上制止。

所以他偷偷溜出房间，上了阿见的汽车，回到了深圳。这也才有了陈有光堵路的这一幕。

说到修路这件事，之前钟欣欣问陈有光，每次征求意见，你都不反对，事后再胡闹什么意思啊。陈有光说想领开发商送来的花生油。他答得理直气壮没有一点不好意思。他说："修路经过我家门口我没同意吧，我签字了吗？我全家签字了吗？你们如果敢做我就不客气了。"钟欣欣苦笑，陈有光的这个特点也是不少同乐人的特点。平时在群里发了通知没人看，又总是不断来咨询。轮到她在楼下值班的时候，需要她像个全科医生，解答各种问题；等到下一次值班，原来的问题又来问一次，如果回答错了，对方马上搬出上一次她的回答，有好多次钟欣欣觉得同乐是她人生的考场。"你们怎么不记事情，我已经把这些问答编辑成小册子发到各家各户了。"钟欣欣忍着不耐烦，找回之前的通知再次发到群里，尽管她知道用处不大。上班的时候还是会有人跑过来问，因为他们需要听见社区干部亲口回答。下次过来，之前讲过的又全部归零，需要重新来过。钟欣欣真切感受到基层工作的困难。

累到浑身发软的钟欣欣，回到宿舍便不想出去吃饭了，她连外卖也不想点，而是直接躺倒在床上。她将手机立在枕边，眼睛看着画面，思绪从同乐街上来到陈有光家里。他们口中说的那些莫名其妙的话，比如我过世的老豆曾经讲过咩咩，或那日我要拜神的呀，所以我不能过来开会的，或是我看过日子不能出街之类。钟欣欣常常感到恍惚，心想也不看看什么年代了，还找这些借口当理由。几个月来，钟欣欣拼尽全身力气，使出浑身解数，苦口婆心，软硬兼施说动了陈有光父子，先去到汕尾学技术，回来后再选择就业。一周之前，钟欣欣买了车票和矿泉水，把陈有光和陈小桥送上了开往汕尾的大巴，迎着初升的太阳，钟欣欣看着汽车远去，心中愉悦，忍不住吹起了小口哨。她的眼前似乎出现了幻觉。同乐的路口，陈有光正在自己开的汕尾美食店里忙碌，而学成归来的陈小桥，在同乐海浪市场一侧的特色餐厅门前忙碌。钟欣欣对自己闺密说到此事，对方调侃她："你太过积极了吧，还有一年多你就回去了，有此必要吗？"按理说此刻的陈有光应该在汕尾，与亲戚一起喝茶聊天相谈甚欢，共叙思念和家长里短。钟欣欣无论怎样脑洞大开也想不到，陈有光不仅偷偷溜回深圳，而且正在同乐街上撒泼。想不到这么快情况就变了，钟欣欣跟谁说理去呀。我难道之前没有做工作吗？不仅做了，还做了很多。

离上次的表演才几天呢，陈有光又故技重演。陈有光身穿银白色太空制服，如同一个外来客，立在学校门前的马路中间，如同一尊雕像，一会儿双手叉腰，指天指地，摆出演说家的POSE，间或叫停正在行驶的车辆，大声训责对方，企图用他那高而尖的声音划破同乐的上空。正如不久之前郭正安说的那样，如果不及时制止，很快路上将出现拥堵，围观的人也会越来越多。在众人束手无策之际，钟欣欣急中生智，捂着胸口说："我快完了，必须马上到医院，陈有光你马上开车送我，快呀！"

陈有光愣了一下，眼睛四下去看，显然他是担心阿见过来制止他。钟欣欣明白对方的想法，走到陈有光身前，说："我痛得受不了，你要送我啊！"陈有光见了，只好跑到马路边上，推出摩托车，开到钟欣欣跟前，待钟欣欣坐稳之后，便急速地离开现场。

到了医院，钟欣欣又故意拖延时间，目的是结束闹剧，保住陈小桥的面子，她担心被陈小桥的同学看见。

回来的路上，陈有光似乎才冷静下来，他想要缓解尴尬，对钟欣欣说："喂，你有冇发现我无喉结。"

钟欣欣说："陈有光，你是不是太无聊啊？你知不知道这会影响到你的形象。"

陈有光说："喂，靓女，你怎么这样对我们老百姓说话呢？"

钟欣欣只好说："抱歉啊，我可能语气不好，请原谅。"

陈有光依然不饶，继续耍赖："做乜嘢，有钱大晒啊！"这是陈有光的口头禅。有时他想要反驳对方便是如此。钟欣欣没有恋战，她知道对方心虚，故意和她闹僵，免得她多问，原因是前一晚陈有光在家里打了欧影，而欧影此刻正走在找钟欣欣告状的路上。

似是要给自己找台阶，陈有光并不安分，不断大声说话，见无人理自己,他盯着每个人问:"做咩,好巴闭咩,我犯了什么错吗?"下车时,他夸张地大笑,眼睛看着钟欣欣:"我不用麦就可以让整条街的人听到我讲话啦,我是同乐的高音喇叭,整条街没有人敢惹我,你知不知我的那些米和油也是这样喊出来的,他们怕我大声。"说完,陈有光仿佛占了上风般夸张地大笑起来。

"神经病啊,你不是答应我不再搞搞震吗?你如果影响到陈小桥,他会恨你的。你现在怎么又出尔反尔,我还怎么信你。"这句话钟欣欣是在心里说的,担心被对方看出来,她急忙在脸上堆出一大朵微笑。她想起了老妈的提醒:稳定情绪很重要,这样才能立于不败之地。

经过一夜的思考,钟欣欣拨通了老朋友的电话,她已经很久没有联系过对方,记忆中对方还是当年的样子。

她认为自己眼下的处境与陈德福有关,他显然没有尽到朋友责任。可钟欣欣又意识到这事不能怪陈德福,合作公司老总已经换成郭正安,陈德福目前已经没有任何职务,没有了工作上的交集,她的确没有理由找他。面对陈有光这个大魔头和突发事件,钟欣欣有了深深的无力感。想到陈德福后的郭正安,钟欣欣略有迟疑,陈小桥提醒得没错,她的确不应该选择同乐,分明是给自己找麻烦,现在变得无处躲藏。

电话响了几声,陈德福接了电话,语气客气陌生,与之前的那个陈德福完全不是同一个人一样,就连声音也变了。钟欣欣说自己的确大意了,没想到他会提前跑回来。上次有人隐约提醒过,这个陈有光比较难搞,软硬都不吃。自己说知道了却并没在意,她没有料到陈有光后期竟然会有这么多花样。

钟欣欣想好了怎么和郭正安解释这件事:"我让他们先躲开是

为了回避矛盾,缓解陈有光和陈小桥的情绪。陈小桥压力这么大,会不会出现过激行为不好说,到时陈有光也会跟着失控,现在他都已经管不住自己了。"每次想到郭正安那一年四季永远穿在身上的白衬衣、黑裤子,看不出高兴还是不高兴的脸,钟欣欣便感到自己太难了,她认为对方没有任何生活情趣,寡淡,无聊,遇到问题总是让她自己想办法或拿方案解决。

昨天倒是有些奇怪,郭正安在走廊里问钟欣欣,陈小桥应该住得惯吧,深汕合作区的培训班你可以直接联系他们,说完又站住把对方微信发给钟欣欣。陈有光闹事,郭正安没有批评她,似乎这件事情没有发生过,只是让钟欣欣送陈水回家,这让钟欣欣感到不安,不知对方葫芦里卖的是什么药。似乎郭正安早知道会发生陈有光闹事这一幕似的。

钟欣欣想到这场闹剧幸好被郭正安止于那个中午,否则后果不可想象。

三

当年同乐的家暴在深圳西北角这一带是出了名的,附近的女仔多是听了这些传闻,断然不敢嫁过来。只能生闷气的同乐人故意放出话,外省的、客家的、潮汕的都不娶,哪怕像仙女那么靓。

钟欣欣打电话约欧影到自己的办公室,欧影不同意,说不想见到合作公司的干部,他们都是本村人,担心有人传话给陈有光。钟欣欣听了只好让对方来自己宿舍,说其实这里也不安全,除非你想见陈有光和陈小桥,他们现在吵架都是在我这里。说到这里,她突然感觉这正是郭正安有意安排。

一进门,欧影便摘下口罩,钟欣欣见到欧影右脸颊处有一道还没愈合的伤口,脖子上面是一条已经褪了色的抓痕。欧影说过陈有光就是这么个人,对他好对他坏都不行,之前受过刺激,自卑又自负,认为所有人都在忽悠他、骗他。"有时我主动帮他做点事,冲茶做他喜欢吃的饭菜,想和他说说话,我知道他比谁都孤独。结果他喝了酒就会找茬骂我,只要还嘴就动手。"

钟欣欣半信半疑,阿见骗他他怎么又信了呢?她不理解陈有光每天四处找人说话怎么还孤独了。

"他和街上的狗都说话,和墙上的蚂蚁也说话,有时还让蜜蜂叫他爸爸。仔啊你要听话哟。"

欧影学着陈有光的样子,身子靠前,嘟着嘴,钟欣欣见了忍住不发笑。欧影告诉钟欣欣,陈有光现在学会了自己骗自己,他喜欢阿见口花花的会哄人。陈有光有时清醒,有时糊涂。欧影说:"他如果不骗自己没办法活。"

钟欣欣说:"你知不知道我最讨厌哪类人?"欧影不说话,钟欣欣又说:"就是那种'圣母婊',把自己搞得很悲壮,我看你们一个愿打一个愿挨真是配一脸。行了我也不劝了,你好自为之,下次他打你左脸,你把右脸也给他,这样就平衡了。"说完话钟欣欣气呼呼地拎起桌子上面的奶茶仰头喝下,也没有让欧影喝水。

喝完,钟欣欣像是解了气一样,瘫坐在沙发上,她变得失望和沮丧,前面她已经多次对欧影说过:"如果再发生家暴的事,你第一时间应该是打电话报警,而不是找我,我能怎么样,难道能帮你报仇吗?"

欧影最大的本事是不说话。钟欣欣心直口快,直来直往,不愿意看到这类人,此刻,她不愿意理欧影,于是跟对方说:"如果没

有什么事你就回去吧。"

"谢谢你。"欧影说完,向外走去,只是还没走几步,钟欣欣便在后面喊了句:"如果你打不过他还是可以来找我的。"

"嗯嗯。"欧影说话的时候没有回头,但是钟欣欣看见对方的身体似乎顿了一下,声音也有些异样。

四

钟欣欣挂职期间的职务是工作站副主任,配合郭正安的工作。郭正安安排给钟欣欣的第一份工作是联系陈有光一家,目标是引导陈有光躺平的全家人参加工作,不要总是用自家大屋做诱饵,坐等开发商的食品和社区救济,不仅丢人而且影响太坏。

自从上回陈阿婆表态要钟欣欣常常来家里之后,钟欣欣明显感到陈阿婆的害怕,陈阿婆分明感到了来自阿见的威胁。她把情况报告给郭正安之后,急忙赶到陈有光家里。钟欣欣知道,陈阿婆希望钟欣欣帮忙劝劝阿见不要再来找陈有光。

钟欣欣心想,不是你的仔引他过来,他怎么来的,你应该想想自己家的问题。

她明显感觉到陈有光一家已经不是不工作的问题,当务之急是需要规避风险。陈水不能说话,陈小桥自己的问题还没有解决,欧影更是不能与陈有光对话,只有陈阿婆可以说几句,可她不说,反倒来找钟欣欣解决,这是什么原因呢?钟欣欣想要问个究竟。

陈阿婆说:"你是公家人对不对?"

钟欣欣突然想起上次来,见到陈有光家门口有螃蟹壳,便有些好奇,多看了几眼,陈阿婆便有些慌乱。钟欣欣心想,不是说已经没有钱买菜了吗,怎么吃起了海鲜,在同乐陈有光还能借到谁的钱,不会是收了阿见的钱吧?

"唔好问我,我咩都唔知。"陈阿婆翻了个白眼。

钟欣欣找不到话。她发现自己对郭正安无话,看见身边那些同事也无话。钟欣欣羡慕此刻的陈水,不用没话找话。此时,她与爷爷级的陈水保持了通感。当然,陈水不是不能说话,而是愧疚和自责。中风之前他最喜欢说的一句话是:"我哋当年……"有次被陈有光从外面回来大声呵斥:"你当年做咗咩,害到我哋跟你受苦。"此后陈水不再说话。

有一次,欧影对钟欣欣说出一个秘密,她见过陈水深夜时打开门走到院子里。

见钟欣欣听了惊得说不出话,欧影又说,可能是自己眼花了,最近总是出现幻觉。钟欣欣觉得欧影是想说什么,见到有人走进来,话又咽了回去。她感觉这个欧影并不是陈有光以为的那么简单,只是没有了自信,她也失去了方向。

钟欣欣每次到陈有光的家里,都会暗中观察陈水的反应。有一次,阿见买来枇杷讨好陈阿婆,假装睡着的陈水故意把床上的热水袋挤到地上,显然,他故意打岔是为了提醒老婆不要做傻事。

可是他也知道这样做没什么用处,他太清楚自己老婆了,从小到大都喜欢占小便宜,又爱吃东西,哪怕别人提了条鱼,她都会高兴得在厨房唱起歌来,千恩万谢,就是个只会算小账的蠢女人。他曾经痛恨自己老婆当年不拦着自己,都是一些坏人,做老婆的本来可以帮他挡一挡的,不仅没有,还收了人家的一点点好处。每次想到这些陈水都会难过得闭上眼睛。他不想看见这样的一张脸在自己眼前晃来晃去。

似乎是破译了陈水的想法，陈阿婆那几天常常会拿着锅铲比画着要打陈水。

这个动作，她并不回避欧影。她有意让欧影看到。但在外人面前，陈阿婆当然是要维护老公的。她的话题也总会绕到自己老公做过同乐村委会主任这件事情上。

阿见在陈有光家里吃过一次饭之后，再来的时候，每次都会带点东西过来，陈阿婆欢天喜地，赶紧接过来，有一次他还送了黄骨鱼。这是她平时舍不得买的东西，偶尔会在市场门口遇见，大小不一的鱼，每次遇见似乎价格也都不同。

看着不远处陈阿婆开心的样子，陈水都会默默叹气，他不敢发出任何声音，否则可能会被送到养老院去。他早已经听到阿见和陈有光商量过这件事。他担心阿光仔最近就会送他出去，他听郭正安说过，这个阿见会排除一切干扰他计划的不利因素。

陈水知道老婆的特点，大事糊涂，小事清楚。早些年经常与邻居吵架，有一次还大打出手，让他这个村委会主任脸都丢尽了。这一次，他先是听见阿见在说话，只是他装作什么都没有发生。阿见继续诱惑陈阿婆，还说自己老婆和阿姨们都有玉手镯，下次去云南，也要买一只送给陈阿婆。

阿见说："我见她们戴过，有和没有还是不同的，戴上以后特别靓的。"

"阴功啊，我成世人咩都冇，陈家真係欠我嘅，我係嚟还债嘎，怪我当年食咗阿光仔老豆水塘钓上来嘅乌龟，仲有肚入边嘅仔，好多蛋啊。"陈阿婆捶胸顿足，后悔不迭。她太想把自己这些年的苦恼讲给每个人听，但是同乐人都怕她。

阿见继续说："手机他们也应该给你配一个啦。你看看那些老人家个个都有苹果手机,没有手机怎么好意思聚在一起。阿姨呀,我太理解你了。如果你是我老妈,我一定会带你去云南和广西旅游,对了,丽江你去过吗,还可以骑马。"

陈阿婆委屈得快要哭了:"我边度都冇去过,净系听村入边嘅人经常讲。我知佢哋特登激我,系同乐出钱,佢哋就系唔同。"

阿见说:"没事,以后会有大把机会,我敢保证。"

陈阿婆说:"我唔敢骑马。"

"那我们就不骑。"

陈阿婆抱怨:"系啊,我有好多年冇出过同乐啦。"

阿见道:"太不像话了。这是怎么做子女的呢?"

陈阿婆脸色难看:"唔讲啦唔讲啦,每次听咗,心都好唔舒服。怪我自己命唔好。"

"阿姨,我看你是一个旺夫的相,怎么会变成这样呢?你们一家本来好好的呀,让人羡慕。你看看各家都那么有钱,太富了,多少人想嫁到这里呢。"

听了这一句,陈阿婆的脸更黑了。她偷偷看了眼欧影的房门,小声道:"我哋屋企嘅嘢你都知道啦,我老公都系因为佢冇得做官。佢同我哋屋企八字唔合啊。越嚟越行衰运。"

"阿姨我一看你就觉得你有头脑,怎么会做出这种傻事呢?"

"阴功啊!"陈阿婆声调高了起来,她似乎已经不怕别人听到了,甚至是故意说给四周人听的。这时,她又听到陈水在不远处把拐杖碰倒了。

在欧影心里,陈水也发生过"59岁现象",那就是焦虑和难以言喻的失落感。当初欧影未婚怀了陈有光的孩子,成了陈阿婆的把柄，就连陈有光也把她看低。陈有光本想再多玩几年，曾经耍赖，四处躲欧影，就连陈阿婆也帮着仔撒谎。欧影知道再不处理就没有办法掩饰了，急得直哭。倒是陈水拍了板，大骂自己的仔和老婆，逼着陈有光去把证领了。再后来欧影又提出嫁进来的媳妇要分红的要求，陈水不敢答应。欧影说我不是给我自己提，同乐不可能永远是这么关着门、封闭的，应该对外嫁女和嫁进来的都有一些规定。也就是说在欧影的督促下，同乐出台了新的章程。

全家人除了欧影都恨陈水，怪他把家产赌光了。只有欧影同情陈水，陈水心里的苦没人知道。他希望自己的仔争气，可以接上自己的班，可当时的陈有光除了在厂里威风，对回村里没兴趣，并且在那一年还因为工厂搬走而失业了。

欧影对钟欣欣说过，陈水走错路家里的每个人都有责任，为什么不好好听他把心里的话说完，那些拉他赌博的人来了，做老婆的没有劝阻，做儿子的也不好好关心老豆。言下之意，是在怪陈阿婆吃人嘴软。当初那些人到家里打麻将，陈阿婆会笑说要抽水拿佣金，当然，赢的人自然也懂做，会抽出一两百说是喝茶，到后来则是四五百，直接说是场地费，陈阿婆当然没有想到会输掉老公陈水后来的大好事业。

欧影看得出，陈水还是接受她这个媳妇的，因为她聪明，会帮着他把台面上乱七八糟的资料归类，整理好，放在一侧。有时候也会把陈水的衣服熨好，她认为作为一个村主任是需要面子的。这些事情陈水也乐得接受，毕竟家里的每个成员都享受到这些，也就越发认为当初同意自己仔找个北方妹还是正确的。他有时见到自己老婆陈阿婆说话难听，也会劝几句。这样一来，陈阿婆便会更加生气，严重的时候能躺在地上打滚。直到陈水落选再到中风，欧影都没有机会对自己的家公说句："谢谢老豆，你比我亲老豆还好。"这句话在她的心里放了很多年。所以到后来，陈有光几次动手打欧影，她也没有想过离家出走，她认为陈水是把这一家子交给了她，而她绝对不能辜负了这份托付。

后来遇见钟欣欣，欧影才知道自己还是有些愚蠢的，她不能眼睁睁地看着陈有光把陈小桥害得不能读书，把整个陈家弄垮了，而自己跟着陈家一起被这个时代淘汰。

钟欣欣明白这个家里的关系，陈有光怕陈小桥，陈小桥怕陈水，陈水怕陈阿婆，而陈阿婆又怕陈小桥。而陈有光母子二人似乎又可以共同欺负欧影。

虽然陈阿婆对欧影有意见，可是她又怕又疼陈小桥，在陈小桥面前，她是不敢做什么的。陈小桥刚从产房抱出来时，陈阿婆便说像我仔小时候，太像了。过了会她又说："只要似我仔就好，似我仔就好。"

躺在产床上的欧影听了心里不舒服，假装睡觉。

"刚开始以为就是说笑。到头来发现陈阿婆就是把陈小桥当成第二个阿光仔，大了之后的光仔太不听话，什么时候都不顺着她，陈小桥当然就成了替代品。"

陈小桥稍大些，陈阿婆便宁愿自己受累，也要把陈小桥抱到自己床上去睡。

欧影说："刚开始我还很开心，也乐得个轻松，我以为这个家终于接受我了，毕竟生了个男孩，我也算是立了功。可是很快就发现陈小桥不愿理我，连妈咪都不愿意喊了。原来是我的家婆不断地在陈小桥面前说我的坏话。"

欧影说最可怜的是陈小桥，他本来应该与她这个做妈咪的好，可是他却不能,还要与妈咪保持距离,每次两个人正好好说着话,听见外面有脚步声,陈小桥马上变成了冷脸。这样一来,欧影说什么他都听不进去。"从怎么吃饭到如何养成学习习惯我都不能干预。"欧影本以为这种情况只是暂时,可到后来发现很难纠正。所以在陈小桥的教育上,欧影承认自己是失败的。"就连家长会她都不让我参加,说一个外省妹,不要给本地人陈小桥丢脸。"

陈小桥虽然跟陈阿婆亲,可是陈阿婆背后说欧影坏话的时候,他会不高兴,垮着一张脸。见陈小桥这样,陈阿婆也不高兴,怪欧影在背后说了什么话,她最担心欧影说到家里目前的处境。

小的时候,陈阿婆教陈小桥说话时会说:"哩条村嘅人都系我哋管嘅,你阿爷最厉害啦,佢上台讲话时好威呀,你大个要似佢咁样。"

这个时候,欧影会把话记下来,找机会便去纠正。她拉着陈小桥的手说:"你爷爷是村里的领导,要为大家服务,不能陪你是因为要给全村人做好多好多事情。"如果被陈阿婆听到,当然是生气,认为欧影就是与自己对着干。"你阿爷系公家人,边个都要听佢嘅,唔好听你老母乱讲。"

欧影低声反驳:"我们要教好小桥,不要让他误会了自己阿爷。"

陈阿婆吼叫:"误会什么,他阿爷这些年付出了那么多,到底得到什么啦?你不站在我们这边说话,还要来这么讲他。这些年,如果不是因为你,他会变得这么倒霉吗?听这个人的听那个人的,就是没有听他自己的心。"陈阿婆越说越气,最后直接扔下锅铲走回自己房里,咣的一声把门甩上。这次之后,欧影和陈阿婆两个人的矛盾公开化了。如果欧影和陈阿婆都在家的话,陈小桥多半会跑到街上去玩。

陈小桥心疼欧影，可是脸还是很臭，嘴也冷，放嘴边的口头禅是："所以呢？"从来不好好说话。如问：晚饭吃了吗？他回答几点了。如果问：收到学费了吗？他答所以呢。平时欧影和他说话，他能用一个字答的，绝不用两个字。两个人沟通已经越发艰难。很多时候，欧影和陈小桥说话，对方则会说不要废话。似乎欧影从来就没有资格去看自己的仔。有时她偷偷看一眼陈小桥，对方都会跳起来问："有事？"

欧影紧张起来："没有，没有。"她担心陈有光知道后，会动手打她。上次是欧影一侧的脸被打肿，膝盖也被踢出了血。因为陈有光喝多了酒，新来的保安要求他测体温时，他解开皮带准备捆绑对方，说自己当过厂长，还当过治安员。正在带着保安四处检查的陈德福见到，上来过问情况。

陈有光借着酒劲向保安做了一个夸张的打人动作，被四处找他的欧影远远看到，她冲上来，拦住了陈有光，并向保安赔礼道歉。陈有光似乎突然找到了发泄口，他抡起巴掌，向欧影左侧的脸上狠狠地挥了过去。

欧影显然知道对方要做什么，她顾不上自己，用力拖着陈有光向家的方向走。陈有光像是怒了一样，他大声叫着："你个死八婆，老子就是被你害的，如果没有你，你知道老子有多威吗？有钱，本地人，厂长、治安员全做过。你个死八婆害死我了。"

这时，陈德福突然出现在她的眼前，他拦住欧影说："如果你愿意，我可以现在就帮你把他送进派出所。"

欧影低着头，继续向前走："不用不用，这是我自己家的私事，不麻烦你了。"

陈德福说:"你怎么这么傻呢?"

"是我愿意的谁也不怪。"欧影说。

陈德福听了,用力踢向脚边的花池,痛得他差点叫出了声。他认为这个女人就是活该,不值得同情。他不知道欧影是用心良苦,她不希望陈德福被拖进来。

欧影对钟欣欣说就连陈小桥也不需要她了,之前欧影到学校找陈小桥,陈小桥皱起眉头,问:"你来做什么?"欧影知道陈小桥这么说话意味着什么。陈小桥已经有几次擅自离开学校,学校来电话询问情况的时候,陈小桥才回到寝室。

欧影不敢对陈小桥说学校批评他的原话,只好说:"你去了哪里,大家到处找你。"

陈小桥问:"找我干什么?"

欧影说:"都很关心你。"

陈小桥说:"不需要。"

欧影问:"你去了哪里?"

陈小桥说:"关你什么事?"

有几次在大庭广众之下陈小桥怼她,欧影只能闭嘴,和陈小桥不再交流。欧影本来想把这种关系再维持一段时间,可是很快她便发现了阿见和陈有光的计划。他们正在策划让陈小桥走读时,欧影便打过电话给陈小桥,刚说到"你爸爸"三个字,对方便烦了,说不要跟我提他。欧影想了几天,周五前便写好了信,提醒陈小桥要好好读书,不要听信别人的话,也顺便了解一下同乐人在做什么。

欧影梗着脖子站在门前问陈小桥:"看到信了吗?"

陈小桥没有抬眼皮:"嗯。"

欧影眼睛放光:"太好了,你仔细想想我说的话。"

陈小桥答:"没看。"

欧影:"怎么回事?"

陈小桥答:"丢马桶里了。"

欧影看着陈小桥,陈小桥并不看欧影,拖着箱子走上同乐街,他要过到对面的汽车站牌下等车。

欧影才缓过来,想追上去帮着拎行李,对方已经打了个的士,开远了。

五

事情的源头是同乐街上的陈小桥。

陈有光的儿子陈小桥教过钟欣欣一句土话:"周身蚁(比喻惹了许多麻烦)。"为了让钟欣欣明白这句话的意思,陈小桥用造句的方式,告诉钟欣欣,自己老豆这种人谁沾上都难脱身,好难搞的,最终会是周身蚁。

钟欣欣一头雾水,经过解释,明白了,只是并不理解陈小桥为何这么评价父亲,而接触了陈有光两次之后才发现陈小桥真是没有说错。

当时陈小桥用尾指点了点坐在外面正与阿见喝茶的老豆,示意对方便是这种人,随后他又加了一句,说阿见激活了陈有光,陈有光受到阿见影响不再躺平,他准备与阿见一道夺回自己失去的光荣。

"现在呢?"钟欣欣问。

陈小桥说:"现在是折腾。"

钟欣欣听了也不好表态，只能掩嘴偷笑。钟欣欣与陈小桥熟悉后，对方便劝她不要理自己老豆，否则不仅解决不了任何问题，还会被他赖上。说话的时候，陈小桥上下打量钟欣欣，他认为钟欣欣不过是个斯文的靓女，不用一周就会被气跑。

"我可是不止一周了哦。"钟欣欣看着比自己矮了小半头的陈小桥，冷笑着表示不服。她不信别人搞不掂的事她也搞不掂，言下之意是自己什么都不怕。陈小桥摇头笑说："难道你比我还了解我老豆呀，我还没出生就知道他要在同乐搞嘢。"

钟欣欣问："是不是他最近又想出什么新花样，搞乜嘢？说来听听，他有什么本事可以这样。"

陈小桥说："佢几时唔搞搞震，几时唔整盏人，他咁得闲，当然要搞嘢啦！现在有阿见支持他，更威水啦。"陈小桥看了眼自己家被烟熏得黑乎乎的屋顶和烂掉的纱窗。

这段时间钟欣欣掌握了阿见的一些情况，只是还想再多了解些。可是她还是没有改掉说话太冲的毛病，让陈小桥接受不了。比如有一次，她说，我的生活跟你们可不一样，却一直没等到对方回应，陈小桥眼望远方，感到自己受到了伤害，因为钟欣欣说了你们。

好在钟欣欣改得及时，陈小桥才愿意透露阿见每天的一些行踪，以及阿见的仔也在附近活动。阿见的儿子在团伙里是个打手，他们就是要把陈有光变成钉子户，企图阻止同乐修路、发展新产业，最终的目的是控制同乐的经济产业。这些信息钟欣欣都不能说，虽然她也非常恐惧，可是不能表现出来。如果说出来，陈有光可能会乱搞，从而影响了整个计划。这些郭正安已做过交代。

每次合作公司干部问到陈有光家里情况，陈有光便会绷着脸道:"切,我有必要话你知咩?你係边个?你哋侵犯我隐私知唔知呀?"

用同乐人的话说陈有光属于特别材料制成的。关于他的故事,在同乐没有人不熟悉,他是同乐老人们饮早茶的谈资笑料。"冇嘢做啊,一齐去饮茶啦!"哪怕昨日下过大雨,路面还有水,同乐人穿着人字拖,也要蹚着水,去新安酒楼吃上心心念念的虾饺、叉烧包、金钱肚。虽然相隔没有几步路,可同乐人的生活习惯、谈话内容和深圳其他的地方都不同,好似差了几十年。吃的用的倒还没什么,就是观念有些不同。虽说是在京基百纳饮着早茶,可是同乐人骂的也是这个地方。

"有乜好,挡住晒啲太阳。"

"后生仔都学坏啦,个个都唔番嚟饮我煲嘅靓汤。"同乐老人摇头感叹,这些新玩意把同乐人教坏了。

钟欣欣虽然知道陈小桥的意思,可是她没有办法推掉这个活呀。不仅要让他站起来,还要让他动起来。这是郭正安对她说的话。

钟欣欣已经能和陈小桥说不少话了,有一些事情还可以用微信私下沟通,否则她没有办法获得真实的情况。经过这段时间的接触,钟欣欣眼里的陈有光除了会骗人,鬼点子多,懒惰,还有一样就是自尊心超强。他那些谎言又多半是为了保护自尊心。最近陈小桥对钟欣欣说:"阿见对我老豆没安好心,我敢打赌他在挖坑给我老豆跳,所以我必须在江湖上找些朋友对付他。"说这句话的时候,陈小桥轻轻拉了下袖口,他的手臂上是一条蜥蜴的文身。

钟欣欣惊得先是睁大眼睛,后又快速挪开,只是因为紧张,她瞬间忘记了接下来要说的话。

由于阿见的指使，陈有光跑到学校拉陈小桥走读，走读的路上陈小桥又挨了打和羞辱，这令陈小桥感到丢脸，更加不想读书，总想着找江湖上的大佬帮自己出气。

为了阻止陈小桥和人打架，钟欣欣决定不再等，她提前约了陈小桥见面，希望他改变想法，还把社区的意思告诉他，组织上不是不管，而是要有证据，不可能随便抓人。

有一次，陈小桥刚刚剃光了头，见钟欣欣看自己的头，陈小桥笑说进去时省事了，钟欣欣便猜到了陈小桥的想法。只是钟欣欣不能明说，只好兜兜转转，目的是拖住对方，取消同乐街上的约架。过来的路上她已经发现几个后生仔在同乐街的拐角处抽烟说话，显然是在等陈小桥。

再后来，为了说服陈小桥不要意气用事，打架不能解决问题，代价太大了，再说了每个人都有苦恼和不容易，钟欣欣不顾面子，也讲了些自己的苦恼。陈小桥听后，有些怀疑："我还以为只有我这么惨呢。"

"当然不是啦，只是不说罢了，比如你老豆，他也不想这样，他也有难言之隐，包括你家里的每个人，只是每个人的表现方式不同。"

"我可以把你当兄弟吗？"

钟欣欣听了憋住笑说："好怪的称呼啊。"看着陈小桥哀求的眼神，钟欣欣只好点头。

钟欣欣走在同乐街上想起之前的事情，还有些感触，只是她找不到谁去说,这个世界变化太快了,好像没有人记得她。钟欣欣看着闲置的旧屋,再望向天上的云彩,她有点想家了。虽然同乐离家并不是很远,可钟欣欣没办法回去,原因多多,除了帮助陈有光离开阿见这件事没有进展以外,她也不想郭正安小看她。当然还有一个原因让她不想回家,钟欣欣告诉陈小桥自己在单亲家庭中长大,也有不如意的地方。她劝陈小桥不要把困难放大,谁都有问题,区别只是说与不说。见陈小桥疑惑地看着自己,钟欣欣继续爆自己的料。父母分开之后各自组了新家庭,钟欣欣虽然故作理解通达,可心里还是觉得生分。大学里谈了几个男朋友,最后都分了,对方说钟欣欣心理有些问题,沟通能力欠缺,常常用吵架代替说话。所以她对爱情也不抱希望。钟欣欣认为这些属于个人隐私,不为外人道。钟欣欣不轻易说,不知道为什么,说着说着便被陈小桥拉下水,一股脑倒出这么多,话题便显得有些沉重。她想起自己的身份,便感到有些不好意思。钟欣欣说:"本来我这个人从来都是向前看的,可是被你秒变成了老年人,愿意教育人了,还不断回首不断想事情。这样吧,你好好地读书创业,等我结婚时,你得送我一颗钻石,方能消除我的心理阴影。"见陈小桥笑着看自己,钟欣欣继续:"所以你必须好好读书,光明正大地赚钱,理直气壮地享受,只有这样,你送给我的厚礼我才敢要才敢接受。"说话时,钟欣欣还在手上比画了一下。

陈小桥没想到钟欣欣这么接地气,由微笑变成大笑:"我这是帮你啊,引你说话算不算帮你?"见钟欣欣点头,他继续说:"你要讲出来,这相当于帮你清理垃圾,只有这样你的脑子才会转得快些,不然就死机了,你应该感谢我才对。"

钟欣欣说:"也是也是,那明天我请你再吃一餐如何,这些年我是故意风轻云淡,防止别人笑话我,相信你不会拒绝我吧。"

陈小桥道:"那我就是强说愁喽。"

钟欣欣说:"不,你又成熟又坚强,我都要向你学习,我们定下了不变啊。"

"我什么时候变过。"陈小桥最讨厌的就是老豆的善变,所以他用力点了下头。很快陈小桥又调整为之前的模式,他害怕自己真诚的样子会被人嘲笑,于是他故意刺激钟欣欣:"不过,搞唔掂就算啦,唔好死撑啊。"

钟欣欣用粤语答:"边个话搞唔掂,边个边个?"

陈小桥被钟欣欣的样子逗笑,脸上出现佩服的神情:"你白话讲得好好啊。"

钟欣欣笑了:"使乜讲。"

钟欣欣到了同乐一段时间就被同乐人记住了,这倒不是因身材高挑,皮肤白净,温柔可爱,而是一口流利的白话和与相貌极不匹配的声音。也就是说,钟欣欣天生一副大嗓门。每次钟欣欣下了班跑到陈有光家去找陈有光聊天,都会惹得四邻站在不远处向院子里看,也有男仔路上调侃陈有光:"哇,好犀利呀,成日都有靓女去你屋企啊!"陈有光也不解释,他希望被同乐人误会。"哎呀,唔得咩。"陈有光很是得意,"人哋中意呀。"

另一个原因是她的穿戴过于正式,尤其脚上经常更换的皮鞋甚是扎眼,要知道同乐人男女老少一年四季都喜欢穿着露脚的凉鞋,哪怕天冷得要死。直到后来,欧影告诉她,这是基围人的特点,因为他们的祖辈早已经习惯了一年四季下身泡在水里。欧影还顺势告诉钟欣欣,当年陈有光把冰棍一样的手指,插进她的衣领里,说:"我今后要保护你,给你温暖。"欧影尖叫着躲开,翻转头笑着说:"你都成了一条冻蛇,还能保护谁啊。"当时陈有光接不上话只是笑,他喜欢听欧影讲的这些,他也不懂,同乐的女仔可能也不懂。

钟欣欣听到后也笑了,她知道同乐人是不怕冷的,因为他们离开水就活不了。上岸后的这些年,他们还是不习惯,虽然脚上穿了鞋,但是生活习惯没有变。比如村改居这么多年,其他地方已经顺理成章地叫合作公司了,而在同乐,个个还是同乐村、合作社、一队二队地叫着。新来的干部经常是一头雾水,不知什么意思,仿佛穿越到了几十年前。即使钟欣欣这个下基层锻炼的干部临时有事回原单位,还常常缓不过来神,说话总是我们同乐村如何之类,惹得同事笑话她着魔了。钟欣欣笑着说自己不仅着了魔,好像还老了很多。同事上下打量起钟欣欣,的确发现她有变化,不只是黑了、瘦了,还有什么地方变了说不清楚,似乎钟欣欣已经不是之前那个钟欣欣。钟欣欣看见同事这样看自己,故意嘟起嘴:"什么眼神啊,我有那么老吗,仙女我是酝酿投胎事宜。"

女同事也笑了,说:"主要是看你的穿衣打扮与之前有些不同。"

"是不是很土啊?"

"当然不是,是比较精干,估计没有时间化妆打扮。"

同乐人的穿衣习惯影响了根本没怎么打过鱼、捞过虾的后代,虽然他们有的毕业便被招进当时的同乐村委会上班,经过培训考进了现在的合作公司做了专干,可生活习惯还是拗不过上代人,京基百纳便成了他们的乐园。只是他们不会像父母亲那样,一边享受一边抱怨。

同乐有的人家在福田或是不远处的南山买了高层,可老人们还是不愿搬，说晒个太阳都不方便。

年轻人表达不满："哪里不方便，坐上电梯下楼就能晒到啊。"

"太阳和太阳也是不一样的。"说完话老年人连眼皮都不抬，含着胸，拎着把旧蒲扇坐到树下了。年轻人听见，也不生气，翻着眼皮出了门，远远就遥控解锁车子，打开空调后，站在车门边远远望着树下的老人们，然后摇着头把车开远了。

同乐的老人们过去还会扎堆打牌，现在有的老人喜欢捧着个手机看，手机里面东北女人魔性的笑声没完没了，这边打牌的也受到了感染，回过头搭话："低俗！"那边回应道："是你仔说你的吧。"说完，看着手上的手机也觉得没滋没味了。现在的同乐连约个早茶也推三阻四，不觉间曾经吹水饮茶的人少了很多，同乐人自己也知道自己人不省心，难搞。

倒是钟欣欣明白，这些老人还是想与老伙伴们站在同乐的街口说上几句家常，回忆一下当年的事情，现在哪里变化都大，让人认不出，他们一时间还缓不回神。几十年过去，同乐老人们穿的衣服，并不会因为对面是京基百纳而改变多少，饮食更不会因为对面街上有麦当劳、肯德基、西餐而有所改变，甚至更加捍卫起自己海边人家的饮食习惯。毕竟小时候就如此，哪里可以说改就改的。十几块钱一件的衣服穿了几年也舍不得脱，实在太冷，最多会多加一件中褛在身上，而凉鞋还是要穿的，毕竟看着亲切、舒服。同乐人不喜欢那种太正式、太隆重的装扮，他们认为那是属于外地人的打扮。同乐人对外来人一直保持着戒备之心。比如合作公司里进来的那些后生仔、靓妹仔。

钟欣欣是深二代，读幼儿园便能听懂粤语，也就是白话，也能说一些，只是回到家里不愿意讲。她的父母一位是贵州人一位是兰州人，各自都有家乡话，只是到了深圳后才说起普通话。

陈小桥告诉钟欣欣"周身蚁"这句话的意思显而易见，惹来一身麻烦。

陈小桥说钟欣欣幼稚可笑，自讨苦吃："我老豆是个'老司机'，你并不是他对手。"

"我从来没有想成为谁的对手。"钟欣欣说。这时陈小桥见陈阿婆似要探听，到嘴边的话又咽了回去。钟欣欣见状只好约陈小桥到同乐街京基楼下吃甜品，她觉得既然陈小桥知道不少，自己索性也就不再隐瞒，只是一些事情还是先不让陈阿婆知道为好，免得节外生枝。

关于"老司机"这个话题，钟欣欣不服气，她想引出陈小桥的话。"他开的可是摩托车，而我要坐的是飞机头等舱。"钟欣欣了解到这些年陈有光常常开摩托车到街上拉活，而早在几年前深圳就不许摩托车上路拉客，况且陈有光这一台连牌都没有上过。

听了这话，陈小桥心中不快。钟欣欣并不知道这是陈小桥的隐痛。正是因为他不想同学知道家里的情况，尤其是老豆偶尔还会去拉客，才去了离同乐有些距离的地方读书。

陈小桥语气严肃："我老豆可不喜欢你这些话，你说这些大口号只会让他生气，说白了，他虽然能力很差，可自尊心却比谁都强。"

钟欣欣笑着调侃："自负是自卑者的通行证吗？"

陈小桥又说："如果帮他手机充点话费那可能会另当别论，这是他的手段之一，不然他就不断失踪，让你找不到，借口是没钱续话费，为了还你一个人情，我把他的情况告诉你。"

钟欣欣表现出不屑，眼睛望向远处，心想：知道呀，不就是找理由向合作公司伸手要东西吗？听说了呀。套路谁不懂啊！

陈小桥看出钟欣欣的态度，说："如果没有满足他，那你就不要怪他搞搞震了。"

钟欣欣说："什么意思？"

陈小桥说："他最想见到人扑街啦，那他可就有得吹了，前边已经赶走了几个，个个怕晒他。"

"你的意思是我和其他人一样要输？"钟欣欣双手交叉胸前，做出不服状。陈小桥不好意思看钟欣欣，嘴里的话却又不能不说，只是他已经站在了钟欣欣这边："你不应该理他，同乐人边个唔知我屋企，你本应扮得靓靓地坐在同乐大楼，到了中午去京基百纳吃条红斑鱼，下午再过去喝杯咖啡之类，到了下班的时候再去那里逛逛，买条链子、做个美容之类。"听着陈小桥的描述，钟欣欣想笑："我都被你描绘的美好画面陶醉了，你们同乐离这种生活还有一段距离吧，我每天忙不停啊大佬，光是你们一家，就会让我不能清闲。"

听钟欣欣这么说，陈小桥当然不舒服。平时他可以自嘲，可是听见钟欣欣不留情面，心中不爽，冷冷地说："对，你们是你们，我们是你的帮扶对象，困难户，钉子户！我让你受苦了。"这一刻他站老豆这边，之前他是不愿意承认自己和老豆那样生活的。

钟欣欣愣了下，发现自己说错了话，急着补救。她找到了窍门说："如果我说错了话做错了事，请你告诉我，我改正嘛。"在同乐，钟欣欣最大的收获便是学会不断认错。"反正咱还年轻，来得及的呀。"钟欣欣厚着脸皮把这种话说出来，自然获赞，她就是想把自己这种心态教给陈小桥。

送出去的拳头打到了棉花上面,本来有怒气的陈小桥立马软了下来。他第一次发现自己的理由不是想象中那样堂堂正正,所以在钟欣欣的面前,他也不敢太过理直气壮了。

钟欣欣说:"我这不是到了人生地不熟的同乐吗?需要学习呀,需要你教我的啊。"

陈小桥说:"你并不喜欢这里,你和他们一样认为我们家每个人都是怪物。"

钟欣欣愣了下,想起陈小桥经历过的那些,她调整语气道:"谁说的,我喜欢呀,我想吃烤生蚝,想和你们去消夜,明晚要不要一起呢?"说话时,钟欣欣心疼自己的瑜伽课,又要失教练约了。

陈小桥说:"你是不是又想给我补课?"

钟欣欣笑了:"其实我真的有些不情愿呢,如果我给你补了,会有人盯着我有没有帮你把成绩提起来,到时我就有压力啦!我这不是自出难题吗。你好好想想,我们'90后'哪个会这么蠢,做一件亏本的事。"

陈小桥笑了:"你有压力?"

钟欣欣说:"是啊是啊,我担心自己没有这个能力,到时让自己出了丑,真是活该啊。"

"你的意思是我这辈子就这样了,再也学不好了,成了同乐的烂仔,跟我老豆一样?"陈小桥脸上的肌肉僵硬,右上眼皮跳着。

钟欣欣嘴硬:"当然没有啦!我只是有些担心而已,怕自己不好交差。"

"交差交差,你把我们当成你的任务,和他们一样。如果我学习不好,或是退学了,刑事拘留了,你的任务不仅没有完成,还要罚款,不能提拔是不是?"陈小桥质问钟欣欣。

"不是不是,我说错话了,我承认曾经有过这样的想法。"

"现在难道不是?"陈小桥问。

尽管答应得很好,可是刚做起题,陈小桥便开始犯困,他说有点渴需要喝一个酸奶,喝完酸奶看了一眼题之后,陈小桥说想回房里躺一会儿,只需要十分钟。钟欣欣不同意,陈小桥突然站起身转过头质问钟欣欣:"我这个家已经成了这样,我为什么还要学习?"陈小桥认为自己家几代都这样,早被同乐人看死。

钟欣欣神秘地说:"更要学啦。以后会有用啊。"

陈小桥这时又想起了什么,说:"你被人呃咗。"陈小桥对钟欣欣说这些话时,并不知道自己付出了真心,在同乐他除了钟欣欣,谁都不喜欢。眼下,他生怕钟欣欣捉弄自己,所以他要装得不在乎才行。

钟欣欣到同乐四个月零七天,似乎对一些人的脸也不再陌生,她认为同乐的事情不会再难倒她。钟欣欣发现陈小桥每次说话左手的指尖会微微抖动,和嘴里说的那些话极不匹配,她感到奇怪。

陈小桥正苦闷着,平均每五六个小时会提到一次死。他不仅和老豆闹翻,还与阿嫲陈阿婆、母亲欧影都到了一触即发的状态,因为陈小桥已经说不想读了。欧影急得跺脚:"到时你怎么办?什么技术都没有,如果这样你这辈子都毁了。"

陈小桥挑衅:"我流浪唔可以咩?"他的手又抖了起来。

陈阿婆倒也不劝,她的偏头痛犯了,直接回房躺下。这么一来,把两顿饭没吃的陈水饿得头晕眼花,坐在轮椅上不断用手去拍打墙面。看见飘在空中的灰尘,钟欣欣才有了把陈有光和陈小桥劝到外地的想法，这样便可以让陈小桥暂时离开备考的氛围，家里人可以回避掉矛盾，不仅如此，钟欣欣还考虑到这样阿见自然就找不到陈有光了。钟欣欣以到深汕合作区学习技术这个名义让他们过去，她认为过段时间，阿见找不到父子二人，自然会知趣地离开。钟欣欣交代陈小桥在陈有光的手机上做了手脚，把阿见的电话和微信拉黑，这样一来，电子盲的陈有光和阿见便联系不上了。

六

到同乐没多久，钟欣欣便感受到了强烈的被排斥。努力无效后，钟欣欣记得自己找过离开同乐的捷径，原因是她想给自己下基层的日子找到一些好玩的事情，比如看电影、逛街、吃东西。同乐被规划成本地人生活小区之后，外面的车就无法开进来，的士、滴滴之类只能开到小区之外。大热天女孩子走五分钟到小区之外，脸上的妆肯定是花了一半的。想要快点，还要走到马路边上。经钟欣欣认真观察细致判断，她可以从南边直接来到大厦的小门，顺着小门便可以进到格调高雅的咖啡厅，喝上一杯猫屎后再转进KKM的化妆品柜台。如果反过来，可以拐进环保所，通过家属楼，然后走到红桂路上，这是一条离图书馆最近的路。还可以直接向红岭的方向走，那里是荔枝公园和著名的万象城。总之钟欣欣给自己设计了几条迅速离开同乐通向外面的小路。

眼下，钟欣欣站在同乐街陈有光家的院子里想事情。她不明白，为什么同乐每天都被四周的繁华和喧闹包围，却顽强地长成了一个自己的样子而没有被同化。

同乐是一个怪胎吗？外面越是繁荣，他们越发要守住自己。钟欣欣在日记本里写了这一句。

这是见到陈德福之前的钟欣欣，而见到陈德福之后，她被陈德福身上笼罩的压抑感影响了，她装着不经意地问陈德福："陈有光的情况你都知道吧，我也不用再废话了，我需要你的支持，你要帮我想想办法，这个陈有光我真是搞不掂。"这是现在钟欣欣的说话方式，不再像父辈那样拐弯抹角，尽管她对眼前这个男人有过不一样的情愫。

话说当年钟欣欣第一次见陈德福的时候，还是个文艺女青年，她先是用眼睛量了下面前这个男人的高度。当年她见陈德福时被对方的样子吸引过。虽然在心里想到关我什么事，又不可能和我在路上漫步，但脑子里已经有了散步的景象了。钟欣欣承认当年对此人倾心过。钟欣欣内心有身高情结，原因是她18岁之前是个小不点，又瘦又小，脸色和头发也蜡黄，总是受欺负，像一个长不大的豆芽菜。似乎所有人都嫌她碍事，时不时地推她一把，或是训她。钟欣欣总是希望自己长得高大一些，有几次年三十晚上，都会对着窗外祷告，希望自己长高些。大一下学期整个人似乎吃了药，长高一大截，寒假回家时父母见了都大吃一惊。钟欣欣还特意在门口站了一会，她想等等当年欺负过她的那些小混混们，那种感觉真的很有意思。钟欣欣后来不仅高了，也很壮实。老爸告诉她，只是父母身高的原因，并不是因为什么祷告，当年之所以矮小，只是没有到时间，怎么急也没有用。似乎是童年的阴影所致，高大威猛自然成了钟欣欣择偶的第一标准。陈德福进入她的法眼，被当年的她喜欢也属于正常不过的事。

一米七的钟欣欣站在更高的陈德福面前说："我感觉不到陈有光真实的想法，他到底想要什么，好像还不是钱，说不清楚。"钟欣欣并不知道她刚到同乐的这天上午,陈德福和郭正安发生过一次正面交锋。事情发生在同乐合作公司四楼的会议室里。

陈德福坐在第一排,郭正安传达完街道的社会治理的会议内容,陈德福就举了手并站起来说有问题。

陈德福会提问题在郭正安意料之中,只是他故意装没有看见,他想好了,等一下要去对方办公室找他聊聊,所以也想早些结束会议。郭正安正准备说散会,陈德福从座位上站了起来。他说:"我想问的是把这些房子都租给了外面的人,怎么管理,这还是同乐吗?"

郭正安沉默了一下道:"我只是在说,请物业不要把前后两个门都堵死,否则就把同乐变成了一个封闭的地方了。"

陈德福继续说:"有什么不好,和当年一样,节约管理成本。"

"我们现在的情况与当年不一样了,同乐要发展,不能坐吃老本吧,再说我们同乐不能像铁板一样,也需要交流的。"郭正安的脸对着台下的股民,他再说了一次散会。

"等等,那些人每天只在这里睡觉,制造些生活垃圾,这些算是什么交流。"陈德福气呼呼地继续挑衅,"你这是卖地求荣,让外面的那些人进来,把我们同乐的房产租了占了,你安的什么心?"

郭正安说:"不给外面的人进来,把同乐人圈在一起,的确很好管理,看起来也是很安全,可是各位股民,我们不与外面交流怎么能行,这是什么年代了。现在的同乐经济模式单一,还能维持多久,今后怎么办你们想过没有?"见大家沉默,郭正安又说:"我们要学习,需要长见识,即使我们自己不想,可是孩子们呢?他们的孩子也需要吧。上一次搞法律讲座，只有几个工作人员参加，其他人似乎是拒绝接受。各位同事啊，这样我真的很害怕。"

"你担心什么呢，你是一个外人，不比我们这些跟第三方签协议的人，你过两年就回去，有什么资格说这种话，再说了，你能代表同乐吗？"最后一排有一个人突然站出来说话，会场突然安静下来。原来是陈有光。

"陈德福你把同乐耽误了，错过了我们的黄金发展期，这件事你还是听郭主任的吧。"新站出来说话的是陈德福的小学同学，他站起身，一番话对准陈德福。

立刻有人附和："带头抢建，把我们同乐的脸丢光了，主要是孩子们会被人嘲笑，你让同乐丢脸了。"最后这一句才是压倒陈德福的稻草。他没有想到自己冒着那么大的风险，失去了自己最宝贵的东西却换来这个结果，而当初他们求他时的情景还历历在目。陈德福一句话没说便冲出了会议室，出了门便流下了眼泪，他不为别人，只为自己感到不值。

七

钟欣欣并没有想到，她到同乐后的考试才刚刚开始。

刚过了三十岁生日，1990年出生的钟欣欣已被同学嘲笑是初老，因为每次聚会，她都毫无理由地拒参了。事后钟欣欣脸上风轻云淡，没有丝毫愧疚。什么老了，太可笑了吧，自己还是个女孩子呢，恋爱都没有超过十次。用钟欣欣母亲的话说："你是在婚恋市场受了刺激，拒绝长大而已。"钟欣欣的母亲是个小学老师。

钟欣欣说："我还是个孩子呢。"

听了这句，这位小学老师急了，忙着引导："超龄了，时间过得很快啊！大龄剩女大龄产妇。"

钟欣欣说："我还没想结婚呢，不存在产妇问题，所以你的顺序搞错了。"

"你做好不婚的准备了？"老妈问。

钟欣欣说："那又如何，你们当然想我早点结婚，这样可免除你们的内疚，可我不成全啊。"

"你不能再错了啊。"他们认为钟欣欣是不会说话，容易得罪人。

钟欣欣听了很生气："什么意思啊，就不能说我点好的吗？谁不会说话，谁都会，告诉你吧，只是我不想说假话，至少不会像你那样委曲求全。"

"对对，你说的都对，你抓紧时间找个好的，免得我们担心，好像失恋是件多么了不起的事情，全世界的人都要让着你，你上午有起床气，晚上有抑郁，变得各种时段好像都不能好好说话一样。"钟欣欣的母亲说。

钟欣欣正要开腔回怼，这时听到有人敲门，果然是陈有光和欧影。钟欣欣放下电话，去迎接这一对夫妻。最近一段时间，夫妻二人把钟欣欣的小客厅当成了吵架的地方，似乎随时可以过来理论。有时也会是陈小桥，他会来投诉自己的老豆或阿嫲。

钟欣欣放下电话后庆幸自己不回家的决定太英明太智慧，这家家难念的经她也听够了。她猜想，如果自己回去，肯定避免不了被各种催嫁提醒，然后她随时与父母翻脸。她知道在男女比例失调的深圳谈个恋爱不容易，她这个早恋，而且多恋之人，最终还是光荣地剩下了。眼下，作为一个大龄女青年，钟欣欣不愿意住在家里的一个重要原因就是为了躲开父母、躲开熟人，她想体验一下作家张爱玲所提倡并实践的社会性死亡。当妈的听了这话，吓得张大了嘴不敢说话。

有一次当钟欣欣把自己这句话转给同学，说是治唠叨秘籍时，对方睁大了眼睛夸张地大叫："什么，亲，你这是变态了吗？"

"那你是怎么对付家长的呢？秘籍快点给我。"钟欣欣发了一个跪地请求的表情图。

同学传授说，我告诉他们别急，有一天我会让他们免费直升外公外婆，连女婿都不用见到。

"哈哈，这个绝，这个绝。"钟欣欣大笑。

因为本来思路就不是很清晰，尤其对婚姻持否定态度，所以钟欣欣一般尽量避免交流。她最后竟与问题家庭陈有光一家结了对子，几乎就是靠说话来工作，有时睡醒起来，连她自己也觉得不可思议，简直是怕什么来什么呀。她不想把工作上的事告诉母亲，她怕对方那种冷嘲热讽。她曾经说不喜欢母亲的沟通方式。"完全居委会大妈嘛，没有任何科技含量。"

接下来的时间里，钟欣欣都在思考如何沟通，如何帮助这一家处理父子关系、母子关系、夫妻关系。就连从小到大见惯老豆套路的老油条陈小桥也觉得新奇，钟欣欣没有架子，没有套话，人不装，有趣。

钟欣欣说的也是实话，她认为没必要骗陈小桥。陈小桥人小鬼大，跟他说假话反倒还累，不如直来直去。

钟欣欣也听过这样的比喻，说是在深圳放出一个男人，与放出一套写了拆字的同乐旧房一样，立马就被人加价抢掉。钟欣欣本应该相亲的年龄却在同乐合作公司跟陈有光一家纠缠。更要命的是事情总是被拖回原点，让钟欣欣感到心烦。

钟欣欣最初以为这一家只有陈有光一个懒汉，走近一看，懒汉不止一个陈有光，他老婆儿子也都比较好吃懒做并且借口多多。起初以为是误会，很快便发现这病传染。陈有光全家时而自卑时而自大，时而离题万里，让钟欣欣找不到对策。如果不认真对待，分分钟会前功尽弃。比如说，在陈阿婆的眼里，讲普通话的女人都是捞妹，来广东捞钱的。她的口头禅是："阴功啊！"她说自己老公贴上身家，把家里的东西都赌输了，也是在欧影进了陈家之后。同乐人个个知道，这个结论就没有离开过陈阿婆这张嘴。有次邻居听了，劝陈阿婆："喂，你唔好唱衰人哋啦。"陈阿婆双眼一瞪："怕乜，我怕边个。"想到还要去市场里给陈小桥买煮艇仔粥的瘦肉和油条，陈阿婆不想多话，她走了一半想起应该穿个水鞋才好，那里正在挖泥，装水管，走一圈应该又是一脚泥了。她拎着裤子刚回到门口便见到有人提着桶卖禾虫，这是老公陈水最爱吃的，年轻时每个礼拜日都要寻上半斤蒸了下酒。

陈水也有好久没有见过这个，喜欢得不行。中风前他曾经指着水蛋上的禾虫考陈有光："你细个最中意食，记唔记得係乜嘢？"

陈有光不耐烦地回了一句："唔知。"随后脸扭到一边，他不喜欢老豆提起当年。

"食得咸鱼，抵得渴。"陈水总想找机会教育自己的仔陈有光，目的是说给孙子陈小桥和儿媳欧影听。他认为虽然陈有光不尊重自己，可陈小桥还是愿意黏着他。陈小桥小的时候他常带着他去别人家里喝酒吃茶，所以陈小桥胆量还是比陈有光大许多。在分红的事情上，欧影是应该感谢他的，毕竟当年修改村里的章程还是他做的主。陈小桥猛吃了一口,用碗遮住了脸,故意让欧影的脸亮在阿爷陈水面前,只要他们不谈他就好。欧影则装作听不见。欧影最不喜欢陈水的就是他每到吃饭时便教育人,经常搞得一家子大吵后各自回屋,留了一台的剩饭和一整晚的郁闷。当村主任时就这样,不当村主任了也如此,谁受得了。

钟欣欣告诉陈阿婆自己是深二代,父母是八十年代最早到深圳的基建工程兵,只是晚婚晚育才让她成为"90后"。针对陈阿婆那些想法,钟欣欣说:"阿婆您这想法不应该有啊,三十年前或许可以这么说,现在这么讲很可笑,都是深圳的建设者,没有这些外来者,深圳不过是一个小渔村吧。"

这天下午,见钟欣欣两手空空进了客厅,陈阿婆面色冰冷,随时要找茬的样子:"渔村有乜唔好?我哋过得好好,我哋唔需要高楼,唔使行出同乐,冇咁多外地人嚟虾我哋。"

"是帮助你们。"钟欣欣答。

"边个帮助边个啊?"陈阿婆冷笑。

钟欣欣说:"我们同乐人应该共同富裕,不能漏掉一户。"

"我屋企富了吗?是比之前更差吧。"陈阿婆又绕了回来。

钟欣欣瞪圆了眼睛看着陈阿婆,而陈阿婆又回到了原地。这个陈有光一家除了陈小桥都希望时光倒流,回到过去。钟欣欣本以为自己向陈有光一家介绍了来历,对方便可以接纳自己,她全程都在微笑,脸都僵了。说了半天,连她自己也突然找不到北了,心想:"难道我就这么不受待见吗?"

钟欣欣记得当时天很冷,用陈小桥的话说,当时她在打冷震,脸色发青。钟欣欣站在陈有光家门前,看见他和那个叫阿见的男人在饮茶,有些不可思议,没话找话问:"你不怕这茶冷了吗?"钟欣欣本想说咖啡和茶可不一样,可是想到自己的身份又把已到嘴边的话咽了回去。

钟欣欣分明看到陈有光的唇语是:"关你乜事,唔使你理。"欧影走出来,帮钟欣欣找台阶下:"他习惯了,不会生病的。"

"生病了又怎样,我依家有钱医咩?"陈有光似乎永远要抬杠。

到了后来,欧影才告诉她,陈有光是故意的,这么多年来,除了合作公司偶尔来人送东西,除了这个阿见,很少有人来陈有光家,亲戚也避之唯恐不及,就连最应该报答他们的汕尾表哥发达之后也不联系了。已经有半年多的时间了,下午三点开始,两个男人就会坐在门前,像是一道风景。陈有光对合作公司感情很复杂,又爱又恨。

钟欣欣报到当日,有个同批来的男孩私下说除了同乐分我到哪里去都行。他说上一批过来的同事说,同乐关系最复杂,领导软弱,做事不果敢,性格温吞,有人骂他都不敢强硬起来,如果没有把柄谁会这样。见钟欣欣就是到同乐,对方又笑着说只要不去陈有光家就好,听很多人说那个家乱成一锅粥,特难搞。说话的小伙伴皱眉摇头的样子被钟欣欣想起来。钟欣欣苦笑,自己不仅到了同乐,还与这个陈有光结对子,更直接插手他的家庭内部矛盾。

钟欣欣叫苦不迭,最怕的还是来了。她一向心虚气短,毛躁是她的病,只是很久没有犯,以为早改了。母亲曾经笑着对她说:"不是改了,而是会藏起来了,关键时候又会露出来的。"听了这话,钟欣欣感到对方看不起自己,好像她不会变似的。这一次的事情,钟欣欣想起了母亲的话,在心里骂自己又被她说中。钟欣欣承认在陈有光的事情上,她的确有逃避的意思,而把陈有光这一家当作自己攻克的难题报上去请功自然是虚荣心作怪。

钟欣欣承认自己对郭正安这款比较讨厌。不满是源于报到当天,对方的态度。当时满心欢喜的钟欣欣和其他几个同伴等着社区的人来接自己,第一次见郭正安,便留下了不好的印象。他西装革履,上上下下打量每个人,好像在挑选宠物,面无表情,毫不掩饰自己的喜好,看得钟欣欣心里有火。想不到看完全部人之后,他才介绍自己是谁,钟欣欣的心顿时凉了,同伴向她挤了下眼睛,钟欣欣迅速在微信里回了个骷髅的头像。

礼貌性地介绍过彼此之后,郭正安明确表达,自己并不欢迎钟欣欣。不管钟欣欣瞬间变白的脸,郭正安对钟欣欣说:"真不好意思哈,我也不是针对个人,只是想要个男同志帮我们,同乐工作比较难搞,不适合女同志。"他的眼神掠过钟欣欣,眼睛向后看去,似乎期待有奇迹发生。

郭正安似乎没有看到钟欣欣的脸色,微笑着说:"其实专业不对口也没关系,还可以慢慢学,只要是个男同志就好。"

就连送她过来的干部科的干部都看不过眼,过来打圆场,对钟欣欣说:"你安心工作吧,有什么情况我们随时通话。"到后来钟欣欣才知道郭正安早已经选定了她,只是故意用这些话刺激她。

钟欣欣看看郭正安又看了下带她过来的上级领导,甜美的笑容僵在脸上,顿时生气,心想我还不想来呢,你们最好提出来,把我按原路退回,这样我还可以申请到另一个社区。这一次,郭正安给钟欣欣留下了一个笑面虎的印象。

去同乐的车上,郭正安回头对坐在后排的钟欣欣说:"我不是

针对你啊美女同志，我的确想要个男同志，可以做点实际工作，我这里和你们上面不同，也不能天天坐在房里叹空调。"

钟欣欣面无表情看着窗外："郭主任那你也太不了解机关了吧。"

郭正安说："机关再辛苦还能有我们苦吗？我们这里每天都要加班，白加黑，5加2你要有准备哦。"

钟欣欣冷冷地说："机关同样辛苦，加班是家常便饭，半夜了还能见到群里的人讲工作，一人多岗，一岗双责，你看这次我出来，我的工作就要分给其他同事去做，我们是996，也不容易。"

郭正安说："合作公司可是直接面对千家万户，面对的是每个具体的家庭和个人，碰上一个难缠的你就不会再说这种话了，我敢保证你不用两个月就会来找我诉苦。"

钟欣欣真是气炸了，地方还没有到，对方就用这些来吓唬她。钟欣欣一时找不到合适的话怼对方，索性沉默。下车前郭正安用客家普通话补上了那句："欢迎你来同乐。"

钟欣欣不想回应，她拎上自己的爱马仕包包，左手拖着名牌行李箱，右手接过工作人员递过来的房间钥匙，冷冷地回了句："谢谢。"随后，头也不回，直接穿过马路，把郭正安和司机甩在后面呆呆地看着她。

钟欣欣像是知道后面有眼睛看着她，所以走得潇洒夸张，昂首挺胸。一直走到宿舍门前，还在心里骂："太没人性了，装腔作势，自以为是的家伙。"钟欣欣的脚不小心踢到了花盆上，随后"哎哟"了一声，她蹲下身子，看清是一株即将枯死的花连同花盆歪在了她的脚下。钟欣欣拖着又酸又疼的脚进了宿舍，扔下行李便瘫倒在床上。钟欣欣心情极差，看着雪白的四壁，她感到了茫然，同时也对接下来的工作有些担心。

果然是铜墙铁壁,整个同乐都在挡着她,让她钟欣欣找不到北。钟欣欣冷笑,以为只有你郭正安对我视而不见,其他人竟然也如此,我这样一个大美女,哪怕在最繁华、美女最多的深南大道上,也会有男人看的。到了同乐这么久,竟然没有什么人正眼瞧过她,包括多说几句话,除非她停下来,挡着谁的路,才有人会从背后大喝一句:"行开呀!"

此刻,钟欣欣竟然把什么都想了起来,在心里愤愤地说:"我知道你们这些本地人巴闭,你们这些拆迁户有钱能怎样,与我何干,我又不是来借钱的。"

放下行李之后,她按照要求去看自己的办公室。发现自己被安置在一个大会议室里,美其名曰,超标的办公室。来来往往很多人,办公室差不多成了司机们吸烟聊天的地方。

钟欣欣对办公室的工作人员说过想要一盆绿植,话像是对着空气说的,根本没有人理会她,就连文具也是追了几天之后才拿过来一个撕过几页的硬皮本子。

钟欣欣的目光从笔记本上移开,心想,什么乱七八糟的,连个正常使用的文具都是这么不靠谱,根本放不进包里随身带。

钟欣欣本来不在乎这些小事,可是眼下众人分明是在无视她。钟欣欣对着郭正安的门,在心里面想:郭正安,我都给你们记上。你们用这个方式来抵制我,越发说明你们有问题,这回我还偏偏赖着不走,倒是要看你们能装到什么时候,你这个虚伪的家伙,除非没有人征求我的意见。她已经看到信访转来的一封群众来信,是对拆迁工作的不同意见。

经过了陈有光这件事之后，钟欣欣已经有了心理准备，如果郭正安当众批评她，她必然猛烈反击："他们做得不好，可是这能代表你们这届就做好了吗？工业园还不是迟迟没有动工？"钟欣欣想好了怎么对付这个郭正安，比如她会问，你们要留给集体资产的15%资金，为什么后来又拿去给老人旅游、吃大盆菜、办养老院，不是讲好了要用来做今后发展的储备金吗？到这个时候，钟欣欣已经做了功课。还有听粤剧、看舞狮，这是同乐人在三月三的时候必有的节目，可是同乐现在不是只有本地人吧，你们哪个节目是给同乐以外的人准备的？

"你能给谁记上啊，你也不看看他们把什么样的任务分到了你的头上，光这个陈有光就够你忙的，锻炼时间结束你也未必能把他的事情搞掂。"这是饭堂遇到的那个紫金人说的。对方说："你也不要泄气，同乐人太愿意给人来个下马威，或许是你说了哪句话，做了什么事让对方不高兴，我有体会。"

钟欣欣翻来覆去想了几个晚上，也没想清楚，只好先放下。因为摆在眼前的事情还忙不过来，那就是正在气头上，准备大闹一场的陈有光。同乐人的说法是陈有光折腾了近二十年，先是把老豆的村主任折腾没了，再把自己的好日子折腾光了。

看起来做个合作公司干部，眼里不能只有这一家，不仅如此，还要知道同乐的前世今生。比如2004年冬季，陈有光老豆的这一届村委班子，因为各种问题，而被以陈德福为首的另外七个人取而代之。那个时候，深圳的房价正在高速增长，告状信飞得到处都是。同乐人抱怨其他村都想着发展经济，改善投资环境，而同乐还像个八十年代的农村，城市管理没有上档次，就连当初大运会选址的时候都要绕着走,同乐失去了一次与世界接轨的机会。同乐人说:"本来可以趁机把我们的酒店做好,体育馆修好,我们年轻人也有机会在自己小区里看大运会的。"可陈有光的老豆陈水说同乐不能修桥,也不能拆祠堂,这是老祖宗留下来的,我不能成为罪人。别的村已经发展起来了,同乐就一直这么拖着,哪怕后来陈德福当上了村主任和后来的合作公司老总,也没有胆量破坏陈水立下的规矩。

一些同乐人说当初陈水就是打着培养自己仔接班的主意,可惜陈有光并不争气,这也是命。打乱计划的是欧影,她的到来把所有的规矩都破坏了,不仅修改了村里的章程,同乐的所有会议都开始使用普通话了,总之欧影改变了同乐人的许多事情。

钟欣欣听合作公司的人说,陈有光还是在合作公司上过班的。当时陈有光收拾得干净、整齐,像其他人那样穿上了他人生的第一件白衬衣,当时他并不知道自己到底会分到什么工作,只是发现有人远远地偷看他,还有他的几个小学同学也在里面。他们在远处偷看他,却不过来打招呼。他像是被剥光了身子,手脚不知道放在哪里,眼睛也不知道向哪里看。面对墙上、台面上那密密麻麻的文字,陈有光发现自己脑子不会转了,像个木头人。这个世界变化太快了,陈有光知道自己没有赶上最后一班车,他被抛下了,即使有人来教他,他也总记不住文件上面那些新词,他看着眼前说话的人,脑子里嗡嗡地响着。除了不懂电脑,也不知道如何与人打交道,更重要的就是早晨起不了床。这是欧影告诉钟欣欣的。她说陈有光成了一个摩托车拉客司机。当然,这件事情他瞒着陈小桥。

陈小桥曾经是陈有光的骄傲,那个时候他还愿意上学,陈有光也常常拿这件事炫耀。那个时候,陈有光还没有那么害怕白天,他偶尔白天也会出来拉几趟客,到同乐街上走一走。直到遇见了阿见之后,父子关系闹僵,夫妻关系越发冷淡,陈有光把自己的生活过得更糟了。

已经这个样子了,陈有光把这笔账记在同乐,也记在欧影身上。

卖懒,卖懒,卖到年卅晚;
卖穷,卖穷,卖畀猪婆龙;
卖衰,卖衰,卖畀大头龟。

同乐人谁都清楚陈有光的历史。当年陈有光靠着他老豆,最早进到外来加工厂做上了厂长,外来加工结束之后,陈有光错过了进村委工作的机会。因为老豆的影响,陈德福这一届,也容他这样游手好闲待着,还来慰问,而到了郭正安这一届便一点情面也不讲了,直接把他的身份转到物业公司,原因是他不懂电脑,没有学历,年龄偏大,还需要参加培训才能上岗。陈有光当然不满意这种安排,只好请了病假在家睡大觉,每日别人上班的时候,他才走到街上去闲逛。有段时间,听见谁家细路跟着老人学唱儿歌,唱到这里,他会停下来,远远地冲着对方大骂后再跑掉。身后是追上来的"痴线佬"的骂声,显然是被他吓到。

"你认为我们能不能回到过去?"不等对方回答,陈有光答,"我认为是可以的。"

对方笑了,说:"你又发梦啦!"

"你不信吧,那是你没有回去过。"

"神经吧你。"

郭正安把陈有光一家安排给了钟欣欣,自然有很多人关注。有人等着看笑话,只有个别人隐隐觉得郭正安似乎是在押什么宝。这件事只有钟欣欣不知道内幕,她先是觉得无所谓,大不了就挨时间,两年一到,她便回到原单位了。钟欣欣认为郭正安故意用这个著名的老大难家庭,来占据她的时间,让她无暇顾及这一届上访和投诉,比如有的群众投诉同乐发展太慢,之前派来的人个个都没办法完成任务之类。

陈有光一家的问题属于历史遗留问题,比起真正的贫困户,他们家情况好不少,却又是整个同乐唯一需要合作公司帮助的家庭。钟欣欣认为,陈有光最需要的还是扶智。陈水落选后,这家人从此一蹶不振,尤其是陈有光每次到合作公司闹事都说当年如何如何。

钟欣欣心想,你郭正安这分明是给我设关卡出难题呀,让我被这样的一家人缠上,意欲何为?到时候没有精力去理政务,放了几年还不建的工业区是担心我这个外人知道吧,那些商业合同到底是怎么签的,是担心我了解太多吧。

通过陈有光偷偷溜回来闹事这件事,钟欣欣认为自己之前的想法太过简单,本以为自己的这份工作没有多难,大不了将陈水推到院子里晒太阳,每天上下午各推出去一次。而对陈小桥不愿意读书的对策是,带对方到劳务市场转转,让他体会一下找工作的难,最后让他明白,没有什么事情是容易的,还是在学校安心学习才是正道。至于最难搞的陈有光,钟欣欣想到的办法就是开导开导再开导,让对方明白,参加技能培训很正常,他陈有光并无特殊之处,不要再拿自己老豆当年立过功说事,更不要把没文化当作奖牌挂在胸前。

钟欣欣差不多想好了如何应付这种人,可还是不舒服。到合作公司已经有段时间了,这里却连基本办公条件都没有保障。吃饭问题,住房问题,全部靠她自己解决,如果不是老爸通过电话指导过她,让她安心,连最初的用水用电都成了问题,她没想到深圳还有这样的地方。

钟欣欣有些不好意思再提,如果连这样的小事都需要帮助,那岂不让人笑掉大牙?虽然来之前领导跟她谈话时提到基层很艰苦,你不要当成是去享乐的,而要借此机会磨炼自己。可是到头来,谈话的人约不到,找到眼前说话的人,又是满口套话、假话。钟欣欣心想,这些人可真是说得好、做得差,眼下的小事都这么不配合,更不要说其他。到同乐已经四个月,工作却一点进展也没有,除了材料还是材料,她看了许多材料,可还是找不到办法走进陈有光的内心,也找不到工作的突破口。钟欣欣当然不明白这正是郭正安有意为之,他希望钟欣欣得到真正的锻炼,而不是停在看材料写材料上面。

所以当陈有光答应带着仔去外地学习技术,而不是在家闲着时,钟欣欣高兴得想跳起来,真是太意外了,陈有光前不久还是不配合工作的样子,怎么突然间就来了一个180度大转变呢?这导致钟欣欣乐晕了头,急忙写汇报表功。材料里,她把陈有光一家的问题列出来,然后再把自己采取的措施精心整理,一一列出。却不曾想陈有光杀了个回马枪,直接打脸,把她的这些事迹变成了笑话。

和她坐在同个办公室的两个司机显然看到了她的笑话。最近只有他们敢和她开玩笑,而其他人依然当她透明,是可有可无的人。

"仲係光叔犀利呀。"说话方向另一个人挤了下眼睛。

"我估佢又要饮酒庆祝啦,係唔係?"两个人说完意味深长地笑了,眼神里啥都有。

钟欣欣心想,陈有光敢提出来的合作真是胆大包天。陈有光说如果钟欣欣能帮他申请一笔救助款,他愿意拿出一部分给钟欣欣。钟欣欣想,我就那么没有威严吗?还来做生意了,想拉我下水吗?钟欣欣对陈有光的态度也无法把握,讲原则时,陈有光便会批评钟欣欣你要注意工作作风;如果温和了,对方便敢与她提各种无理要求。

"你以为我在跟你做生意吗!"有次陈有光请钟欣欣帮他一个忙,说可以给回扣,被钟欣欣顶了回去。

陈有光似乎抓住了钟欣欣的把柄:"那又怎样,你是不是看不起做生意的?"

钟欣欣瞬间想起了之前的几位同事,估计都被陈有光一家整蛊过。陈有光你分明用这个方式来羞辱人,也包括羞辱她。还敢讲提成,如果他拿到慰问金,他又可以享受一番;如果没有申请到,你钟欣欣就和之前那些干部一样,拎着行李箱滚吧。这当然是陈有光的伎俩,钟欣欣感觉这便是同乐人给她布下的失败路径。到了这一刻钟欣欣联想丰富,她深深同情和理解自己的那些前任、前前任同事们。

钟欣欣看到几个匆忙出门的干部,想到这是午饭的时间到了。于是她追上去笑着问:"请问我们中午在哪里就餐?"她不想再吃楼下的快餐,再吃就要吐了。像是没有听见钟欣欣的问话,几个人连眼睛也不抬。钟欣欣又问:"饭堂是不是在那边?"对方不停下也不回答。没人搭理钟欣欣,她不想跑太远,只得多走了几步,去了左侧新开的宝利餐厅点了份牛河、奶茶，一共二十八元，付了钱坐在窗口的位置上看行人。

不到二十分钟钟欣欣就吃完了，感觉除了咸什么味道都没有。钟欣欣没有急着回办公室，多走了几步进到一家小超市选了五盒桶装面、一瓶紫金辣酱放进袋子买了单便回宿舍。

走在路上，她先后看见两辆摩托车飞驰而过，她看了眼脚上的鞋，她想好了下班就去天虹买双平底鞋。这可不是深南大道，不是机关，而是同乐街、城中村，踩着高跟鞋给谁看呢。

又过了两天，自己的泡面也吃了快一半了，想起来胃里都不舒服。钟欣欣就对别人吃饭的事特别敏感了，她看见对面办公室的女孩拿着饭盆去打饭，便悄悄跟在后面，一路到了饭堂打饭。她没有盛汤，她觉得还不是时候，能打饭已经不错，饭堂里也没有人管她。又过了几天，才有人和她搭话。与她说话的是紫金人，对方问钟欣欣是谁的家属。

钟欣欣说不是家属，是下基层锻炼的干部，"我参加过干部大会，坐第二排，你应该知道嘛"。

对方先是摇摇头，后来又想起来，说："知道了，好像听人说过，两年时间。"

钟欣欣好奇地问："那怎么没人理我？"

紫金人斜眼看了看四周，撇了撇嘴，神秘地笑了。

钟欣欣继续感慨："太怪了，这么怕我呀，有什么事瞒着我吗？我又没有搞调查。"

紫金人道："不是怕，是不在乎，你一个女的，又是外人，还没等熟悉情况，人就回去了。"

钟欣欣说："你的意思是我可以混？"

"我没这么说。"对方笑笑。

钟欣欣说:"那你告诉我应该怎么做才能让他们重视我。"

对方得意地笑了,说:"你们是来镀金的吧,也不关心数据、材料是不是真的,汇报有没有水分,反正程序对了就可以是吗?"

"什么意思呢,难道隐瞒了什么?"钟欣欣问。

紫金人说:"那我就不知道喽,我是说你现在这样其实很好,一个女孩子,你结婚了吗?"

"没有,你告诉我接下来我还应该做什么?现在由我负责说服陈有光配合我们的城市改造。"钟欣欣问。

此人抬眼看了看四周说:"陈有光是个老大难,至于内部的情况,你最好找那些老干部,受过处理、心怀不满的,而不是找在职的,否则什么情况也拿不到。"

此人上上下下打量着钟欣欣说:"不过你这样也好,没有经验,谁都不把你放在眼里,他们说什么也不回避你,你工作也轻松。"

钟欣欣说:"怎么不避,陈有光这家还能轻松吗?当然了,还有其他一些事情也要做的。"

这个人看了眼四周说:"那可麻烦,这个家伙谁沾谁倒霉,看起来郭正安对你真的不够友好,你才刚来呀,没有得罪过他吧?"

见钟欣欣看自己,紫金人笑着说:"不过我理解你刚开始的确想得太过简单想快速收场,只是到了最后,会发现陈有光一家会黏上人。你知道那个陈有光花名是什么?'黏虫'。这是同乐人为他起的,最初他都不知,自己还跟着叫,后来他老妈知道了什么意思,气炸了,可是已经被喊惯了,都改不了口。"

钟欣欣重复了一遍:"黏虫。"

像是担心被人听见，紫金人用手指做了一个嘘的动作，然后看了下四周，快速用碗遮住脸吃起了饭，随后连个招呼都没有打便起身准备离开。

钟欣欣着急说："怪不得我说想打印一份资料，他们都说电脑坏了，不给我用，事事都不配合。"钟欣欣跟在了紫金人身后。

紫金人说："是呀，让你在小事情上都受挫，最后你只能习惯，打报告说自己不适应，然后要求回原单位，或是请病假或找其他理由走掉，这样他们就可以重新换个人，你来了什么都做不了，还占了个指标。"

钟欣欣明白了这些人为什么这样对她，可眼下怎么办呢，如果只这么等下去，也不是办法。这次饭堂吃饭，让钟欣欣想明白了一件事，就是不能总是盯着联络户陈有光这一家，其他工作也要开展起来，还可以多接触一些人，不然她的时间就浪费了，到时候自己拿什么汇报。

"我应该找谁了解？"钟欣欣问。

"陈德福。"对方不加思考说，"他是同乐的灵魂人物。现在大家不只是不听你的，其实也不听郭正安的，主要原因也是因为陈德福。"

钟欣欣在心里默念了一句。紫金人说出一个重要的信息，这让钟欣欣感到意外，再想想又觉得属于意料之中。"你是说他在干扰同乐的工作？"

"算了，我什么都没讲啊。"紫金人急匆匆走了。

八

陈有光这一家软硬不吃，各种手段让钟欣欣束手无策，眼下，她不知道该怎么办，听了紫金人的话，钟欣欣想还是去找陈德福吧，不要再坐等对方主动联系自己了。钟欣欣拨通电话，不等对方说话便说："同乐人把他叫黏虫，我认为真是恰当，你是不是该向我介绍一下情况？"

陈德福当然知道说谁，两个人索性开门见山，也没有寒暄，陈德福犹豫片刻道："你要理解他，当初他不是这个样子。"

"什么当初，你和他一样，都想回到当初。我说的是现在。"钟欣欣感到对方有些恍惚，想要批评对方，可话到嘴边又咽了回去。

陈德福曾说好下班后打电话请钟欣欣过来，却一直没有动静，钟欣欣就有点心急，眼看着快要六点，钟欣欣也不想等了，拿着还没有看完的材料就下楼去找陈德福了。在楼下她遇见了早一年到同乐的小姚，对方之前和钟欣欣一样被任命为社区副主任，每天早出晚归，开会时会碰面，不过也只是远远地点头致意。对方问她要去哪里。钟欣欣说去找陈德福。

小姚意味深长地笑了下，钟欣欣心急，也就不想再探究竟。

陈德福的办公室在九楼，他与郭正安见面机会不多，似乎平时也有意回避了见面。办公室的墙上是一幅写得一般般的横条书法。陈德福的门是虚掩着的，钟欣欣敲了下没等对方说话就直接进去了。

钟欣欣看到"花开花落，云卷云舒"几个字时，在心里笑了，原来《菜根谭》的这些字也被陈德福用在开解自己了，要知道多年前,他的办公室里只有草帽和水鞋。钟欣欣还好奇这个陈德福怎么连报纸都没有。陈德福希望钟欣欣支持他,他说这些年找不到人说话快自闭了。见面还没落座,陈德福便把电话里的话题续上了。他说我不再是党员了,你知道吗?

到底怎么回事?钟欣欣吃惊地望着对方,她糊涂了,心想,当年是你鼓励我入的党,还说如果留在同乐,会做我的介绍人。那一年,钟欣欣还不到二十岁,作为一名大一学生来同乐社会实践。

"第二十四条规定,对开除党籍的,原则上不能恢复党籍,符合条件的可以重新入党。"陈德福从柜子里拿出一个红本,他指给钟欣欣看。陈德福似乎比上次见面又瘦了许多,两腮已经凹陷下去,眼睛没有了之前的光泽。见面后还没等钟欣欣讲陈有光家的事,陈德福却抢先开口:"我希望重新入党,你要帮我。"

陈德福用入党的事情把钟欣欣要吐的槽压住了。钟欣欣心里急,一肚子话要问,却又无法开口。当年陈德福正式说话前必须说"我是一个党员,眼下……"。钟欣欣压住好奇心安慰陈德福:"你现在过得不错吧。有钱人的生活,豪宅豪车,孩子在国外读书,有几辈子都花不完的钱,就不要在乎这些啦。"

陈德福低声道:"你是在讽刺我、笑话我吗?对,我是什么都有,可我在乎这个身份。我让你感到好笑了吗?"

钟欣欣调侃道:"党员这个身份并不是你的装饰品哦大佬。"

这句话让陈德福崩溃了,他变了脸色:"我有这个虚荣不可以吗?"

钟欣欣不解地看着对方:"难道你希望党员身份为你加分吗?你差不多满分了哦。"

陈德福说:"我找你是希望你帮我写一份像样的入党申请书,

主要是把之前的那些事情解释清楚,我是冤枉的。"

钟欣欣问:"什么意思?"

陈德福说:"如果当时我不出头,同乐人的权益就争取不到,我不理解的是凭什么其他人只是处分,而我是开除党籍。"钟欣欣开始理解陈德福为什么一直不露面,原来他还有许多难言之隐。

钟欣欣说:"你觉得这样处理不公平?"

陈德福说:"当年我是同乐的当家人,理应为同乐人争得这个利益,再说也没有人告诉我这么做是不对的。"陈德福有一肚子话要说。

钟欣欣问:"你学习过政策吗?为老百姓做事情是对的,可是前提是需要依法依规。"

陈德福看着钟欣欣,像是不认识她,过了一会说:"如果有时间,你帮我写份入党申请书,你是大才女。"

这时,陈德福和钟欣欣同时听到了敲门声,是小姚。钟欣欣感到意外,她发现陈德福也一样。

没等钟欣欣说话,对方说自己带来一包茶,说是新茶,随后放到茶几上。

钟欣欣招呼对方坐,内心里觉得十分奇怪,又不好问。钟欣欣坐到矮凳子上帮忙冲茶,希望在喝茶的时候,把话题引出来。小姚感到了尴尬,坐了几分钟便说有事告辞了。钟欣欣感到奇怪,她并不知道陈德福曾经找过小姚,请他帮忙。而小姚一直也没有找到路径,倒是因为这件事情被同乐的一些人孤立过。小姚一直想找机会告诉钟欣欣,要她不要答应陈德福的请求,这件事太难办了,处理不好会引出很多事,这是一个挂职干部解决不了的,不仅如此,还会影响到自己的考核和鉴定。他还担心如果解决不了,会影响钟欣欣回去的时间。于是在走廊里看到钟欣欣向陈德福办公室走来的时候,他想拦下钟欣欣,或是把钟欣欣劝走,只是话到嘴边又放弃了。

钟欣欣说:"当初你是怎么写的?"陈德福答不上来,只好沉默。钟欣欣又说:"还可以再抄一次呀。"

陈德福不好意思了:"我真的不太会写文章,从小语文就差。"

钟欣欣说:"那不是写文章,跟语文好还是数学好没关系,需要写出你的心里话,你应该写出自己的心里话。"说完这句,钟欣欣吃了一惊,就连身体也感到发麻,她为自己能说出这些话而高兴。她那个经常给她上课的老爸总是用这个口吻跟她说话。

钟欣欣当年来同乐,带她的师傅就是陈德福。两个人虽然很久没见了,可是见到还是感到莫名的亲切,陈德福似乎也终于找到一个人可以倾诉了。钟欣欣知道2015年5月14日陈德福被开除了党籍,原因是他带着同乐村民搞抢建。

钟欣欣说:"我记得那个时期已经出台了相关条例,你应该也学习过啊。"陈德福告诉钟欣欣当时情况紧急,他想用这个方式,帮村民多争取一些拆迁费,等回迁的时候多些面积。钟欣欣说:"土地是国家的你也知道。"说话的时候,两个人已经离开办公室,坐上了陈德福的汽车。钟欣欣说想去码头看看,她已经很久没有看过了。

路上陈德福和钟欣欣说出自己的委屈:"我又不是为了自己。"钟欣欣说:"为了别人就可以违反政策吗?"陈德福道:"如果可以让同乐人没有后顾之忧,我个人无所谓。"钟欣欣看了眼开车的陈德福笑着调侃:"还以为自己很伟大是吧,心里是不是想着怎么不给我发个奖呢。"陈德福听了半天没说话。钟欣欣乘胜追击,继续讽刺:"上面是大大的四个字:同乐功臣。"

陈德福看了眼钟欣欣说:"我没有想过多分一间,从考虑这个事情,到申请贷款,从设计到最后动工,我瘦了十多斤,同乐有老人拦在路上劝我不要做傻事,要对自己好点。我告诉老人家,我真的不是为了自己。"钟欣欣说:"不是为了自己就可以违法吗?"陈德福停了下才闷闷地说了一句:"申请书网络上也有模板。""那好啊,你自己抄一份就可以,不要忘记下面写上自己的名字。"钟欣欣冷冷地说。陈德福不理钟欣欣的话,继续发泄愤怒和不满,显然这是陈德福的痛。几年的时间,他说自己总会不停地回想这件事情,尤其是每年7月,他关在办公室里听见走廊上跑来跑去的党员跟人打招呼心里不是滋味,等所有人站在门口排着队走远,陈德福说好像把他的心带走了。每年7月,陈德福都会失眠几天。说到这里,陈德福突然把车停在路边,他的头埋在方向盘上一动不动。

钟欣欣吓了一跳,她感到自己说的话有些重了,显然陈德福并不是调侃,而是认真在求她帮助。

两个人在车上就这样坐了很久,天已经黑了。远处的灯火亮了起来,钟欣欣看见海上星火点点,对岸就是香港。她知道那里住着陈德福的哥哥、姐妹还有其他亲人。钟欣欣看见陈德福缓缓抬起了头,和她一起看着对岸。还是钟欣欣打破了沉默。

"你有没有反思过自己到底错在哪里?"

陈德福紧张起来:"什么意思?"钟欣欣说:"情感上你做得都对,可是我想问你,你应该知道公权不能滥用吧?"陈德福说:"这是有人对我有意见,有人想要诬陷我,我根本没有滥用过,我没有给自己乱划过一寸地，而多一些拆迁款是同乐人的心愿。"

钟欣欣问："有人诬陷你？目的是什么？"

陈德福说："我是想保护同乐人的利益。"

"维护同乐人的利益就必须违法违纪吗？"钟欣欣明显感觉自己的心变得越发硬。她钟欣欣在同乐等了那么久，终于等到他陈德福愿意说事，说的却是这样的话题，钟欣欣不想怀旧也不想讨论是与非。也就是说，她从梦想一下子迈到了现实，原因是对方的脑子里只有这一个问题。

"90后"的钟欣欣眼下是要解决自己的问题，她无奈地说："眼下我也很着急，陈有光一家需要回到正道上，否则将把我们同乐拖下水。可是现在同乐和陈有光一家都在抵制我，而我什么都做不了。"钟欣欣说到这个事情就会烦躁。

两个人各自带着问题交流了一次，却什么都没有解决。送了钟欣欣进入小区，陈德福说自己还有事，连招呼都没打便把车开走了。

距离住的地方还要走一小段路，钟欣欣在黑暗中走着，两侧是同乐小区各家各户透出来的光亮，有些人家还围坐在院子里纳凉。同乐人的晚饭常常是一家人聚在一起，边聊天边吃，很是热闹。

与陈德福对话之后，钟欣欣陷入了沉思。虽然自己对深圳原村民不算陌生，从小学到高中，班上不少同学都讲粤语，只是没想到真正接触起来，还是有许多不知道的事情。等到接触到陈有光这家人的时候，她更是觉得自己是个菜鸟，各种怪事让她招架不住。包括陈德福也是好怪，具体怎么发家的，她说不清楚，只是多年前便是同乐的首富，钱多到自己记不清，老婆也是同乐最靓的，从鲍鱼王变成合作公司老总之后，从最初反对陈水的做法，到最后走了跟陈水一样的路，被撤职下了台。没见陈德福之前，钟欣欣脑子里是陈德福那副帅气的样子。想不到十几年时间，他的气质就被改变了。那时候，钟欣欣还是个大一的学生。过去的陈德福高大帅气，眼神里无时无刻不透露出的那种傲慢，在年轻的钟欣欣心里还是异常迷人的。当然，也让她无缘无故地自卑过。

那时的陈德福刚刚变为单身，成了名副其实的钻石王老五，门前聚了一堆想要做媒的人，包括当时有位在同乐开公司的大老板也想把留学还没有毕业的女儿介绍给陈德福。多年之后钟欣欣再想此事，会笑自己那时太傻。追自己的男生有一个班，可当年的钟欣欣多喜欢玩点另类啊，总之，这个深二代有点鬼迷心窍，喜欢陈德福身上那种酷酷的劲儿，只是她从来没有对人提过。

钟欣欣面对陈德福的求助，感到了意外，她对陈德福的想象完全不同，这回是陈德福向她求助。"到现在快五年了，你认为我还有希望吗？"

钟欣欣心里一惊："有啊，没有希望怎么活啊。"钟欣欣笑着安慰。

"那我应该怎么办呢？你告诉我，接下来我怎么办？"陈德福问的这句话在钟欣欣脑海里飘了很久。

钟欣欣答不出，因为她也不清楚怎么做。眼下，她发现不清楚的事还真的不少，首先就是陈有光，现在又多了一个陈德福。陈德福不能帮到她，反要钟欣欣帮他。

钟欣欣记得郭正安把任务交给她时，不仅态度严肃认真还充满了担心。他对钟欣欣说，完成不了没关系，这才是正常的，也是意料之中的事。

钟欣欣不说话，心里冷笑，觉得眼前这个郭正安太喜欢装腔作势，还以为多大事，也太小儿科了吧。钟欣欣漫不经心地答："好。"心想，这也叫任务呀，看来你们是不懂什么叫任务吧。我在机关里做的那些项目哪个不需要我竭尽全力啊。这份工不就是去给他讲点道理，拍几张照片做好台账交差吗，总之是可以搞掂的。

九

郭正安向钟欣欣简单介绍过陈有光这个特殊家庭，只是没有说到太多事。为什么会出现这种情况，根源是什么并没有细说。

郭正安说过："我知道你会感到有压力，不过，你可以慢慢来，不用急于求成。"

钟欣欣想，慢慢来？我就是要速战速决，拖在那里你不嫌烦我还嫌烦呢。于是钟欣欣故作谦虚："我试试吧。"她心里想，下午就约见面，我总不能天天跟他们这家磨嘴皮子吧。以后总结时我怎么说啊，我不能让这一家子跟我磨上半年吧。难道说我跟陈有光儿子谈过，跟陈有光老妈谈过，跟陈有光老婆谈过话就可以吗？我要有成绩的。

郭正安对钟欣欣说过："知道你没有基层经验，有事可以问，向合作公司的干部多请教。"

钟欣欣听见对方这句，心想你这是褒还是贬啊，玩什么套路呢。

经历了一些事情之后，钟欣欣希望陈德福可以帮自己解困，想不到遇上了陈德福的问题，一件事情变成了两件，一个麻烦变成一团乱麻。

钟欣欣刚到同乐时，还有过一点点幻想，直到她见到陈德福，才明白时间太有力量了,她只能把陈德福当成自己的老朋友而再无其他幻想。而且,在同乐一段时间后,她开始希望时光飞逝,过去她从来都不会有这样的期盼,毕竟她这个大龄女青年,是希望时间慢一些的。此刻,钟欣欣盼自己早些回原单位,而不要在同乐消耗太久,这对自己非常不利,变成老姑婆的可能性也不是没有,毕竟深圳这个城市女生太多也不是什么秘密了,更重要的是同时考进来的两个同事听说已经要提拔了,而自己的进步的消息还遥遥无期。钟欣欣认为如果再拖下去,婚姻大事被耽误不说,其他的事情也可能没有办法解决。三十岁的女孩子,无论事业还是婚恋都属于关键时刻。眼下最关键的就是不能耽误时间,对于那些莫名其妙的事情尽量不去多想。比如,来同乐的路上,钟欣欣想好了要如何与居民打招呼,可真的到了地方,才发现同乐的人超冷,没人在乎她是谁,更不会把她当成什么挂职干部,甚至她主动向居民做介绍这道程序也省了,他们只是把她当成一个无关紧要的女性而已。有的男仔会在她路过时吹口哨,或是盯着她的背影看。有一次她从车上下来,有个男仔对她说:"喂美女,你占了我的车位,胆子好大啊。"有上了年纪的人问她哪里来的、哪里人,有人帮着钟欣欣答了,好像她是哑巴不会说话。除了几个男仔,其他人一律表情冷漠,仿佛钟欣欣是空气,就连给她安排的那间办公室里的水杯还被人弹过烟灰。

吃完饭,钟欣欣在楼下买了草莓回办公室。她用自己新买的壶煮开了水之后,泡了一杯龙井坐下。很快她便发现哪里不对,原来,是她的杯子里又被放进了烟灰,这回连桌子上的签字笔笔尖也搞断了。

钟欣欣绕着办公台走了两次之后,她把这个杯子重重地顿了下,重新坐回位置上,眼睛谁也不看,只对着前方冷冷地说:"是什么人对我这么好呢?"

她看见有人偷看了她一眼,然后再和同伴交换了眼神,低着头。钟欣欣等待一场争吵,把自己的尊严找回来。一分钟两分钟过去了,还是没有。

钟欣欣站起身,向着门口咚咚走了几步,转头,端起茶杯,咣的一声把茶杯从半空中摔进铁制的垃圾桶里,声音很响,钟欣欣从侧面看到身后两个人吓得站了起来。钟欣欣并没坐回位置上,而是拉开门,她没有坐电梯而是顺着楼梯跑了下去,她不想被人看到自己的尴尬。钟欣欣围着大楼跑了一圈把情绪调整好,回到办公室时,她像是什么也没有发生过。

到了下午,钟欣欣带着两名施工人员走到陈有光家门前,她蹲在地上,准备看施工人员下地线,其中的一名施工人员突然问钟欣欣怎么接线。

钟欣欣没想到对方会问这个问题,瞬间红了脸,尤其是旁边还有陈有光和阿见。钟欣欣大脑空白。

过了半分钟,钟欣欣问:"这种问题怎么问我?"

阿见说:"你不是什么都懂吗,什么都不懂你到合作公司做什么?研究生,还名校毕业,不是什么事情都能处理好吗?这些你都不懂,还想管大事。美女啊,你不要太高估自己哟。"阿见说完话得意地笑了,冲着陈有光挤眉弄眼,继续说,"如果不懂,可以单独请教一下我们光哥,光哥还是不错的,包你满意,他当年可是风云人物啊,哪个女仔不想好好陪下我们光哥。"

"咸湿佬!你讲乜!"这当空的一句砸下来,导致阿见张开的大嘴忘记合上,两个人的脖子似乎滑进了一条花蛇,被冻在原地。

是陈德福。他拖着巨大的身影站在阿见和陈有光身后。

"关你乜事啊。"陈有光抖着自己的裤管。阿见迅速站起身,一张脸变成了灰白,他不敢看陈德福。

陈德福看也不看阿见,转身对陈有光说:"阿光,你别再走错路了。"

陈有光扭着脸:"我行我嘅路,关你乜事。"

回到宿舍后,吃了两颗巧克力,钟欣欣还是没消气,她的火还是不知道对谁发,感觉自己像个小孩子被陈德福救了回来,连句感谢的话都没有来得及说,当然也不知道说什么。钟欣欣想找人问问,他郭正安把这种赖皮交给她到底是什么意思?事先如果有人做过介绍,她钟欣欣应该不会接下这份差。钟欣欣认为郭正安太不尊重自己了,至少要征求下她的意见。陈有光是对方给自己挖的一个坑。记得第一次去见陈有光时,郭正安说镇里有事,不能送她去陈有光家,后来了解到他根本就没有事。最初钟欣欣认为郭正安真的有什么急事,也没多想,等后面接触了陈有光一家,包括后来陈有光上街闹事,钟欣欣才越想越感到蹊跷。钟欣欣认为这些事情早就有迹可循,再后来了解到对方是躲了起来,分明就是想她知难而退。

回想起来,带路的人对钟欣欣的介绍比较模糊,记得他对着正在喝茶的陈有光说:"光哥,带个美女同事给你认识。"说完转过头对钟欣欣说:"你叫什么,跟我们光哥说一下。"

钟欣欣听了这个介绍非常生气,并不接茬,而是说:"哇!那家的院子在烧烤啊。"说完,钟欣欣才转回头自我介绍,"你好,我是钟欣欣,到同乐挂职的干部,很高兴认识你。"

钟欣欣认为合作公司的这种态度,导致了后面陈有光对她不仅没有尊重，反而还有些轻浮的举动。比如陈有光说钟欣欣长得像自己初恋。听了这一句，钟欣欣开始怪郭正安。钟欣欣想："这是什么工作啊，这个家伙说话也太随便了。"见陈有光这副轻浮的嘴脸，钟欣欣嘴上没说什么，心里骂："像你个大头鬼，也不看看自己的样子。"想到这儿，钟欣欣想起她当时忍不住环顾四周，她看见房子的墙皮已经脱落不少，有的因为回南天出过水，导致墙皮起了皱。钟欣欣曾经非常好奇是什么样的女人嫁给了这个懒鬼，还没见到人，她的脑子里便已经勾画出一个蓬头垢面的妇女的形象了。所以等见了文静秀气的欧影，钟欣欣忍不住眼前一亮，她不太能理解这么好看的女性怎么和陈有光走在了一起。当然，那个时期的欧影还是憔悴，一双眼睛如同死鱼般缺乏生气。当时天已经冷了，钟欣欣记得自己的手指尖被冻得有点疼，她看见这个女人光着一双脚趿拉着拖鞋向外走。外面刮着风，陈有光并没有劝钟欣欣进到里面的意思。这样一来，钟欣欣也不管那么多，她的眼睛直直地对着客厅说："你们也不要坐在风里啊，茶都冷了，快进去喝吧。"负责送她过来的人撂下她便走："你们说话吧，我还有事先回。"

钟欣欣刚刚进了门，便反客为主邀请陈有光进入室内。钟欣欣只能如此，外面的风太大了，坐在那样的风口，冻得浑身发抖。后来有一次陈小桥拿出她这个事说，让钟欣欣也笑个不停："我怎么到了你们同乐就变泼了呢。"

陈小桥后来说："本来就有这天赋吧，只是被同乐村激发了出来。"

"同乐合作公司、同乐居委会，怎么到了同乐人嘴里就变成了村，做几辈子村里人还没够啊？"钟欣欣好奇地问。

陈小桥笑了笑，他觉得这个好自然，没有什么好说的。钟欣欣承认自己不够坚定,改成合作公司这么久,同乐人还是"同乐村,同乐村"地叫,钟欣欣也只能跟着。

陈有光伸长了脖子,端起茶杯喝了一口说:"做乜嘢,想同我讲话,可以呀,我系十分钟五十蚊,先转账后讲嘢。"

"这么少啊,你知道吧,我的出场费也很贵,我猜你肯定也付不起。"钟欣欣笑道,却开始思考这个别开生面的见面之后到底会发生什么。

陈有光没想到钟欣欣不按常理出牌,竟不知道怎么答了,随后不敢看钟欣欣,显然之前的人都被陈有光这波无厘头吓退了。

陈小桥对钟欣欣说:"你和我老豆是棋逢对手,将遇良才。"

"切,你老豆也叫良才?"

通知是通过OA发的,周二开例会,钟欣欣接了通知后便提前到了办公大楼,她准备好了几个问题想问郭正安。下了电梯,见有人站在走廊排队。钟欣欣也不等,直接进了郭正安的办公室。郭正安正在泡茶,并没有什么人在里面,见钟欣欣进来,笑着说:"喝茶,单丛哦。"

钟欣欣本来想用高八度的声音,被对方的态度搞得只能调下来。她说:"你们要向陈有光介绍我的身份,现在他根本不理我。"郭正安解释道:"如果讲你是合作公司派来的,陈有光会直接跟你要钱,或是由他老妈伸手要东西。"钟欣欣听后感到匪夷所思:"所以呢?"

"所以你这样最好,随时可以调整身份。"郭正安继续说道,"他搞不清楚你的身份可能更有利于工作。"

钟欣欣听了,感到好笑和无奈,她相信郭正安说的是事实,因

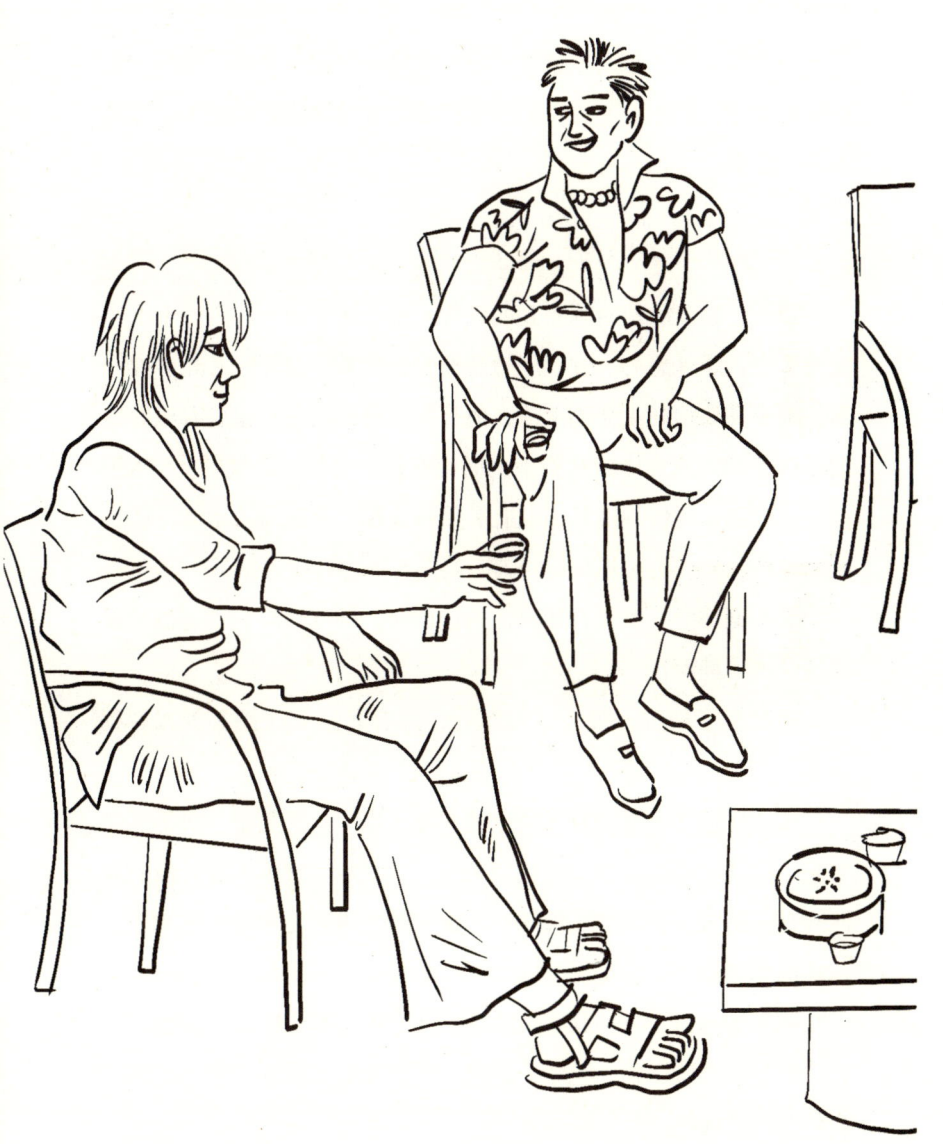

为陈有光已经列出一张购物清单,交给她。他得意地说,合作公司不能坐视不理,只要他动脑子,想办法,什么都能得到的,无须上班。

钟欣欣发现,每次她急吼吼地冲进郭正安的办公室,他都是先安抚她坐下,说不急不急,坐下来说话。这让钟欣欣一肚子的火没办法发出来。

很快,钟欣欣便对陈有光的各种无聊手法感到了厌倦。太下作低端了吧,真是恶心。钟欣欣想到那天的情景。没等陈有光多说一句,那个神秘的阿见便凑上前,他身穿紧身的花衬衣包裹着他健硕的身体,如同八九十年代街上的时髦青年。这样的衣服钟欣欣N年前见过。那个时候她的母亲就有类似的衣服,钟欣欣希望等自己长大后也有一件,可是还没等长大,就发现那种衣服太土了。

见阿见滔滔不绝地介绍自己的过往时,钟欣欣问:"这位老板你是什么兵种啊?"

阿见来了精神,说:"海军呀,陈有光身上这件衣服就是我送的。"

钟欣欣这才去看陈有光身上的衣服,也是一件制服,只是非常夸张。她看了眼陈有光,继续问阿见:"我最喜欢军人啦,你们部队在什么地方,你们要下海吗?"钟欣欣发现阿见神情有些紧张,却还故作淡定。

阿见被问住了,钟欣欣乘胜追击:"你们不会是去捉鱼吧?"

阿见脸红脖子粗,急了,他说:"开什么玩笑,当然不是啦,我们又不是渔民。"

钟欣欣装作不知道地问:"那是做什么呢?"

阿见说:"我们要保卫大海呀,大海不能被坏人污染。"

钟欣欣对着陈有光的衣服说:"这样啊!不过这件衫并不是海军装,应该是圣陶沙小区的保安服吧。"

这样一来,就连陈有光都觉得钟欣欣这么做太过分,不给他面子,也不给他朋友面子。他想骂人。

钟欣欣不理陈有光,对阿见说:"附近哪里有游水的地方?"

对方被钟欣欣这句无厘头的话问哑了。

钟欣欣说:"如果你是海军,我想和你比比谁游得更快。"钟欣欣想要揭穿对方的身份。

陈有光不明白阿见的话错在哪里,要被钟欣欣揪住不放。保卫大海不被污染有什么错呀,为什么就被这个女仔死盯住不放?陈有光在心里说,难道海军不保护海还要保护山啊?陈有光感到糊涂,不知道对方到底是哪个路子的。听见对话,躺在床上打游戏的陈小桥立马从床上跳起来,透过门缝他看到门前端坐着一位高个子的靓女。他发现此人与之前那些都不同,似乎是专治老豆各种不服的人,拆穿阿见骗子身份的人看来已经从天而降,而且还是一位身光颈靓的女仔。陈小桥取消了接下来去网吧的计划,而准备看看这个钟欣欣到底有什么本事。

第二章

十

陈小桥休学之前,陈有光学会巧妙安排自己的工作时间。如果没有客人,刚好天气又不错,陈有光会把摩托车支在大榕树后面,睡觉或是下棋。如果碰上电瓶车从远处开过来,他也不躲,电瓶车里的人会说:"陈有光,我远远就认出你了。"还有的人问:"陈有光,你不是生病了吗?"

陈有光答:"是呀是呀,还在吃药啊。"

"阿光仔你不能赌啦!"有人说,"如果再赌我对你不会客气的。"

陈有光笑着应:"嗯,不会啦。"

车开动前,车上的人又补了句:"千祈唔好学你老豆咁,搞到家都败晒啦。"

听到这句,陈有光变了脸。"你个衰仔,我几时赌啦?我咁系娱乐知唔知啊!"遇见车开出去了还有人回头看他,陈有光便赶紧收了棋盘,一段时间不会出来。

之前，陈有光就是在这个地方认识的阿见。怪的是下棋时阿见一直让着他，陈有光连续赢了几局，一时间他以为自己棋艺精进，似乎忘记了自己并不太会下棋的事实，只这几招还是小时候阿爷教的。过去连小孩子都下不过，怎么就赢得了别人？陈有光也糊涂了，原本只想用这个方式打发时间，顺便碰碰运气。这样的事，他要走到另外一条街上去做，免得被老妈见到又哭哭啼啼。

有一次迎头遇见买菜回来的老妈，两个人都吓到了彼此，老妈身边还有个邻居，两个人正说说笑笑，平时陈阿婆不走这条路。见了陈有光，老妈眼睛像是被人撒进了灰，顿时暗了下去，那是他一辈子都忘不了的。回来的时候，陈阿婆没有做饭，而是躺在了床上，老公陈水当年的事情又重新回到了眼前。

到了第二天，陈有光不敢再睡懒觉。看着老妈花白的头发，手里拎着一个袋子正要出门，陈有光心里难受，忍不住冒出一句："老母，你系咪要去市场？我陪你呀。"陈阿婆不说话，提着塑料袋，里面是陈小桥的一对球鞋，她本想拿到街口去洗。上次用水洗后颜色有些发黄，陈小桥便再也不穿了，说太丢人，所以陈阿婆不敢再随便自己洗了。

陈有光瞥了眼陈阿婆忍不住说道："老母，你做乜要帮佢，佢自己有手有脚。"

"你都有手有脚。"陈阿婆看了陈有光一眼，脸又转向别处，显然不想理这个仔。

陈有光马上改口道："老母啊，我送你啦，外面修路，你可能唔识路了。"

"点会唔识路？我哋系本地人，连屋企嘅路都唔识咩。"陈有光知道老妈只会坐免费公交到金威啤酒厂下车。

"哎呀老母,我成日都拉客紧係比你熟啦,金威哩个牌子依家都冇啦,边度仲有厂。"

陈阿婆每周都要去两次佛堂,她要帮自己的仔、自己的孙求一下观音菩萨。陈有光担心老妈和自己一样坚持不了太久,随时会崩溃。陈有光越发害怕陈小桥的眼神。因为陈小桥的眼里已经透出要杀人的气息,而陈有光知错了却改变不了什么。

不久前,陈有光对老妈吼:"你日日咁拜,佢哋帮过你咩,帮过我哋哩头家咩?几十年,我哋仲係过住苦日子,你仔、你孙命运变好咗咩?"陈有光吼叫着,把墙上的观音像扯下,猛地摔下,嫌丢在地上不够又踩上去。陈阿婆见了,脸色灰白,她手脚冰冷,嘴唇发抖,说不出话来。陈有光很快便知道自己说错了话,做错了事,他吓坏了,可又想不出办法补救,只有干着急,后悔自己多嘴。陈阿婆在床上躺了两天,不吃不喝。见到陈有光站在一旁,陈阿婆闭起眼睛,合掌道:"菩萨保佑,等我离开哩个世界!等我带我个死鬼老公一起离开哩个可恨嘅世界!"陈有光知道做错了事,低着头快速离开。只是很快他又得回来,他担心老妈,因为他刚刚看见老妈摇摇晃晃,不仅身子已经不稳,而且眼睛里已经没有了光泽。

老妈的样子,让陈有光心烦意乱,他发动摩托车,冲上大街。开出一段路又后悔。他想起上次输了钱的阿见,那一次陈有光手气特别好,做梦一样赢了四百多元。阿见还对他微笑。他觉得整个家里,从欧影到陈小桥再到老妈,没有人理解他,而在前一刻,他瞄准了马路对面,他想要登上京基百纳顶层,那里才可能给他极乐世界。

想归想,陈有光只能重新跑回下棋的树下,这一次,他不是想骗那些外地人的钱，只是想再等等阿见。

怪的是陈有光等了半个多月才又见到阿见，仿佛之前的事情从来不存在一样。阿见瘦了许多，就连微笑也很虚弱。像是早有默契，陈有光递了一支烟过去。阿见接了也不说话，笑着继续看棋。

等到两个人坐在街边蔡记烧鹅端了茶杯的时候，才正式说起了话。

阿见介绍自己是海康人，去过世界各地。

倒是陈有光像辆刹不住车的摩托车，滔滔不绝地说了许多。等到吃完一条鹅腿，陈有光感觉自己好受了很多，也不知道是不是肚子里有东西了，很暖和，他的脸对着阳光，眼睛看着阿见，他很想哭，他真的希望对方是个女仔，那样的话，他就要和对方表达爱意了。陈有光希望再和这个阿见多说一会，可是又不知说什么。他觉得对方接了一个电话后便心事重重，说还有事，后会有期。说完话，阿见拎着一只黑色提包，转身出门了，在路边等叫好的车。

再见面的时候，还是在老地方，只是从原来的室外换进了包房，空调似乎也开了许久，一进门，便让人觉得冷。陈有光从家里赶过来的时候，穿着拖鞋，本以为会显得潇洒，可见了穿西服打领带的阿见，又自卑起来。

这次，阿见点了一桌子的菜。阿见说自己在茂名一带做汽油生意，最近到深圳踩点，想看看还有哪些生意可做。

见阿见对自己笑，陈有光有些不好意思。这样一来，就更加没有自信了，像是见到长辈一样，他把自己家里的事情讲了出来。比如老豆和自己当年如何威风，比如老豆和自己后来被人欺负，被那些讨债的、放高利贷的大耳窿追杀。

不知道为什么，这些事情讲出来之后，他好受了很多。陈有光认为阿见不会笑话他。果然,阿见连安慰都没有,便直接说:"所以你才要想办法,证明自己,而不是每天还想着回到合作公司赚那几吊子钱,是让他们笑你吗?还要参加什么培训,跟那些十几二十岁的后生仔一起,真是惨哪!"

一辆黑色的轿车再次接走了阿见。上车之前,阿见又安慰陈有光:"你的事情都不用担心,还有我,我会帮你想办法。"也就是这次,陈有光站在雨里开始想阿见对他说的那些话。他觉得这个阿见真的不同,神一样的存在,他这辈子都还没有遇见过这么关心他的人,包括他的老妈和老婆欧影。当然他还不知道六个月之后,他将在自己同乐的家里见到钟欣欣。

最后是怎么走回家的,陈有光已经忘记,那一晚他喝得太多了。这一次他抱着白酒瓶子,什么也没有丢。之前,他总是走几步便丢下一古岭神酒瓶,像是丢下一颗颗手雷,同乐人觉得好搞笑。

陈有光再次看见阿见的时候,已经是醒来之后的很多天。陈有光在同乐的街上,每天梦游一样。伴随着阿见的消失,陈有光好像刚刚换过了全身的血。

此刻的阿见身着白色衬衣,浅灰色西裤,好像之前什么都没有发生过一样,与陈有光并行。陈有光放慢步子,快走到自家门前时,他想着说点什么呢。

阿见先说的话,他笑着说:"最近出了趟远门,才回来。"随后,他指着不远处的牛肉店,说:"很想念这条街上的美食,怎么样,陪我吃好吗?"

陈有光显得有些拘谨,他扭捏地说:"我刚刚吃过了。""我是说请你陪我吃。"阿见说。

刚坐下,阿见便从袋子里掏出几个花花绿绿的盒子,说:"马上要过节了,安琪是老牌子月饼啦,拿给你老豆、老妈、老婆和仔吃,不要提我,说是你孝顺他们的。我一看你,就知道我们是兄弟,命中注定的兄弟,有事情随时找我。"最后,阿见安慰道:"你的那些事,别放在心里折磨自己,我都能理解。人活在世上,有各式各样的苦,等有时间,我带你去到庙里上个香拜拜,保你一生荣华富贵。"也就是那次,他对陈有光说:"你有大屋怕什么,不出一分钱,便已经赚上半个亿了。"

听了这话,陈有光红着脸道:"将来陈小桥结婚,我再加多一层,同乐应该会同意,也能说得过去。"

阿见似乎愣了下,但很快便恢复平静,他说:"那就更好了,几辈子都吃不完。到时,你可以带着你的老妈去旅游,到世界各地走走。你老妈肯定特别眼红那些邻居吧。"

"是呀是呀,虽然她从来没有跟我提过,可是我知道的。老豆被免职之后,我老妈每天在家里服侍他,连广州都没有去过,我真的对不起她。"

说话时,陈有光又想要抹眼泪。阿见说:"这事好简单啦,都怪老天没有早点让你认识我,双区建设,湾区概念,不抓住这个机会你等待何时呢?这个事不难,你让陈小桥转学回家住就可以,为了房子你要动动脑想想办法,上班才有多少钱,补偿款才是大事,你要放长眼光。现在做什么生意都不如做房地产。"

听到这里,陈有光仿佛已经见到了钱。他拖着哭腔说:"隔着罗湖桥,老妈念了一辈子香港,她很多姐妹都成了香港人,而她至今也没去过。有一阵子总是念着猪肚煲、姜葱鸡,而这几年再也没提了。"听了陈有光的话,阿见说:"那算什么呀,还是去新马泰吧,让你老妈多拍点照片给同乐的街坊邻居看看,我们说定哦。早点申请吧，扩建的钱，我帮你出，湿湿碎（小意思）啦！"

陈有光听了，脸涨得通红说："不用不用，太麻烦。"

阿见说："这你就不相信兄弟了吧，我这是为了自己，将来你再帮回我就好啦。"

陈有光想，他能求我什么呢？回到家，看着破旧的门框和灰白的墙，陈有光心里暖暖的，像是有滚烫的液体流到身体各处。他不敢把这些事告诉别人，包括自己的老妈。阿见还说："我在香港那边有个办事处，两套连在一起的大屋给你们住，厨具都是新的，让你老妈住到厌。"

陈有光担心说出来被人知道，好事情就没了。陈有光浑身每个细胞都兴奋着，好久没有这么开心过。回到家，他想对欧影说说，可是欧影坐在椅子上眼睛盯着电视，看也不看他。这样一来，陈有光的心又变冷了。

想到阿见的话，如果保住门口这23平方米，再多加一层，拆迁时便可以多补钱，到时候，什么分红呀，根本看不上，瞬间就变成了大富豪，这么多年的心结也就没了。陈有光考虑找陈小桥高兴一下，点份烤鹅，他已经很久没有吃了，主要目的是告诉陈小桥这种大好事不是天天都有的。可是见陈小桥目光冰冷，陈有光又把话咽了回去："你饿了吧？老豆到厨房给你做碗汤粉。"与陈小桥说话时，陈有光总是忍不住把老豆两个字加上，陈有光想到了阿见的话，所以求陈小桥转学的心已经非常急切。

陈有光摇头，他认为时机还是不对，便想着再等几天。

这期间他想到推土机轰隆作响的那些日子，同乐人拿着钱去住迪拜帆船酒店，并吃那些又腥又怪的鹅肝之际，陈有光家里还是一菜一汤；同乐人四处投资买房进了十七英里和天鹅堡的时候，陈有光家里的情况仍然没有变化,连吃的大米也改成了江西、湖南的。有次陈小桥看着电视说:"光是他们戴的蓝牙耳机就一千多元。"

陈有光说:"那又怎么样呢,暴发户。"

"同学都有。"陈小桥说。

陈有光说:"我们同乐人最务实啦,不会在这里跟人论谁手机好不好,谁包是名牌。"

陈小桥说:"那比什么呢?"

陈有光说:"比房子,比拆迁款,汽车和手机才值几个钱。"

陈小桥不说话,第一次没有反驳老豆。机会终于还是来了,陈有光以为陈小桥接受了阿见的想法。陈有光之前听阿见吹嘘,说自己家族的面子如果想要挽回,阿见是有办法的,至于是什么办法,阿见神神秘秘不说,陈有光也是半信半疑。阿见只是说他可以不费吹灰之力,便让陈有光重回往日辉煌,像在工厂时那样,很多女工前呼后拥,那些老板也要求他帮助去报关,只有报关成功,才可能拿到订单。重回自己的家园,重新成为这同乐街的主人,让一切重回深圳的当年。听了阿见的话,陈有光身体像一锅煮开的水,沸腾起来。仿佛阿见是一道闪电,瞬间照亮了他灰暗的人生,而这样动听的话,是他活到现在从未听过的,陈有光像是醉了,他浑身发软,找不到两百米以外自己屋企的路了。他摇摇晃晃,回到的时候已经接近天亮。他微笑着躺在了自家门前。

当时阿见坐在西北角烧烤店的沙发上说:"到时候,你老豆输掉的分红自然重新回到你的手上。我知道你不愿意去京基百纳,说那里阴沉沉的,你恐高。这些都不是原因,你是怕看见京基百纳里那些店铺,我知道那店铺都是本地人的,那些人之前过得并不如你,现在个个巴闭到不得了。你的心情肯定不好,你心里流血了吧。"说完话,阿见轻轻地端起酒杯,在嘴上轻轻地抿了下。而此时此刻的陈有光,大脑仿佛被充了鸡血又被加了一个大冰块,他脑子出现了严重的短路,这导致他什么也听不见了。他一边拼命地点头一边哭泣。

"你真的希望还像过去那样生活吗?你应该告诉我实话,就现在,不然我不知道怎么帮你。"

陈有光像是一个痴呆儿那样应着:"我当然愿意了,我当然愿意。"

"当年可是没有手机的哦,你再也不能一天到晚对着手机发呆了。"阿见的样子高大起来,仿佛带着陈有光随时飞离地球般。

"没关系呀,当年我有BP机。那时我多威你知道吗!"在那样的一个夜晚里,陈有光认为只有和阿见在一起,才能回到过去,所有的事情也才能得到彻底解决。到那个时候,正如阿见所描述的:"届时你将成为董事长,你还要把原来的池塘修回来,把当年的小河移到大屋的后面,那三棵荔枝树也将重新植回原来的地方,你可以隔着树去看小河里的天鹅和鸭子。"

"是六棵。"陈有光脱口而出,纠正对方。他忘记了眼前的阿见并不是合作公司工作人员。

十一

进到陈有光家之前,钟欣欣刚把新宿舍清理干净,没住几天,郭正安便又通知她搬到同乐花园去住。过了两天,钟欣欣才发现,原来是住在了陈有光家的斜对面。这样一来,钟欣欣上下班都会路过陈有光的家门前,方便掌握对方的动向。郭正安解释:"主要是为了你和联络户近一些，方便沟通。"

陈有光喜欢开玩笑，他介绍自己的时候说一家人都没文化。当然了，自己的仔除外。"陈小桥很快就要读大学啦。"陈有光骄傲地说。钟欣欣装作同意对方的观点说："是的是的，寒门出贵子。"

想不到这话惹得陈有光生气，他脸色铁青，瞪着眼睛说："你是不是看不起我家，你只要说一声就好，我马上就不同意和你结对子，也不拖后腿，我保证不用你负责任，男子汉大丈夫敢作敢当。"

听到对方这么讲，钟欣欣不好意思，后悔自己说错了话，连说了两句对不起。心里却想这个家伙这么爱面子呀，再说寒门怎么了，谁不是寒门，谁给寒门定义了。钟欣欣发现怎么说话都难对上陈有光全家的心。

书归正传，必须说到修路的事，陈有光说自己根本就没想做钉子户，是命运安排的，如果同乐不给他一个合理的解决，他是不会罢手的，谁来都没用。当年的股份不应该没有经过他签字便转给了别人。债是老豆陈水赌博欠下的，全家人凭什么要为他的赌债买单，合作公司有什么权力做这个事情。陈有光问："我何时同意过？"如果这个事情不解决，他将永远不会搬出这里，他就是要做钉子户，影响全同乐的发展。

钟欣欣发现，眼下的陈有光看不得同乐人过得开心。本来陈小桥是家里唯一的面子和希望，可因为转学的事情没有处理好，陈小桥便旷课了，后来又提出不想读。陈有光说，如果自己的仔再也没有了前途，他陈有光活着的意义也不大了，他就是要把整个同乐都拖下水，大家都不要发展了。陈有光对钟欣欣说："如果没有父母，我死了也无所谓，活着没意思，你也不用教育我，我讨厌听你们搞那些心灵鸡汤，谁也不要教育我。"总之，天被陈有光聊死了。

陈有光告诉钟欣欣，在家的时候他和陈小桥父子二人没有话，可每次他刚刚离开家，前脚迈进钟欣欣的宿舍，陈小桥的微信便会跟过来："老豆你在哪里，怎么还不番屋企呢？"

通常陈有光看见微信便很生气，就会马上打开语音对着手机大声吼："我在哪里你不知道吗，我现在还能去哪里？"

接下来就会陷入短时沉寂。等了一下，陈小桥还没有回复，陈有光便死盯着手机屏幕开始坐立不安。很快，微信里又出现陈小桥发的文字："如果不是你逼我转学，我是不会变成这样的。"

"还不是听了你的话，没有转吗，只是走读又来怪我。你安心读书呀。"

"我近视看不清黑板，你要给我钱去做手术。"

陈有光重新打开语音："你又拿眼来说事，是你看手机看多了，每晚都不想睡。"

"你还是我亲老豆吗，我看他们说得没错，我不是你的仔，你连我的死活都不管。今后数还数，路还路，你不再是我老豆。"陈小桥又开始重复他的把戏，按照惯例是他要出去玩了。

听到这话陈有光的眼立马红了，慌乱起身，准备离开，钟欣欣也紧张起来："怎么了，陈小桥那边有急事吗？"

陈有光道："他开始闹了，我最怕他去跟人借钱。"钟欣欣已经听到了关键的那一句。陈有光最害怕陈小桥问"是不是亲老豆"这一句，这句话很伤陈有光自尊。当年欧影嫁过来的时候，同乐男人便当着陈有光的面笑他是接盘，调侃他："北妹那么靓怎么会嫁给你，是不是我们要直接恭喜你做老豆啊。"当时陈有光听了，如果开着摩托车，便会立刻停好车，翻身下车去打对方。只是还没有等到他走过来，说话和听话的人已经一哄而散。陈有光受的这些气，他不知道应该跟谁去说。有一次，他和欧影吵架，刚说出口，本以为欧影会哭，想不到，这个女人笑了，说："对，他是别人的种行了吧。"气得陈有光想要砸了新买的落地灯。

钟欣欣回想起欧影对她说过的事，故意扭转话题问陈有光："陈小桥不是已经同意上学吗？"钟欣欣说我还发过红包鼓励他要加油。

"呃人的，这家伙又打了退堂鼓，找理由不去，其实是怕人。"

钟欣欣说："哎，是说他眼睛的事吗，上次我不是带他去看过医生吗？近视谁都会呀！"钟欣欣后来知道，陈小桥被人勒索要钱，只好骗陈有光说想要做个视力矫正手术。

陈有光说："唉，他说自己和我一样，不是读书的料，他怕人笑话他。我这个老豆好差吗？"钟欣欣说："那他想做什么，他还那么小，你的确让他没脸见同学。"

陈有光说："小时候说大了做白领，不用受累，坐在空调房里抄抄写写很舒服。"

钟欣欣被气笑了，问："那现在呢？"

"他现在什么都不想，傻仔说要跟我一样。"

"不会吧？！"叹完这句，钟欣欣不敢再说什么了，她担心自己夸张的表情会伤到陈有光，虽然他自己把儿子说得一文不值，可轮不到她钟欣欣说。

陈有光说:"唉,也不知道是怎么了,我真是作孽,养了这样的一个仔。"

钟欣欣说:"不要这样讲了,比你惨的人还大把呢,他也不是一无是处。"钟欣欣心里想,你什么都经历过了,当年还风光过,有老婆、孩子,有个属于自己的大屋,有什么不满足呢?无非是想过上好吃懒做不劳而获的日子而已。

因转学的事情在学校闹得沸沸扬扬,陈小桥觉得没面子,开始厌学逃课,直至提出不读书了。这件事让陈有光特别绝望,成了他一道绕不过去的坎。可是他再怎么责备自己,也是于事无补。陈有光好多次说:"我真希望咩都冇,番番以前。"

"陈小桥的理想是什么?"

说到这个话题,陈有光道:"唔知道,我倒是想看看他到底能怎样。"陈有光开始耍无赖,他对明天会发生什么一点把握都没有。

钟欣欣发现这是陈有光的伎俩,最近一段时间他总是提到卖房,显然那个阿见非常着急,等不下去。钟欣欣不接对方的话:"同乐在城市改造,要修路,就你还没有签字。"陈有光听了,立马当什么话也没说的样子。听合作公司的人讲,就小区改造的事情合作公司很多人都找过陈有光,他谁都不理,如果你给他打电话,他会没好气地问:"什么事?把我工作的事情解决了,把我老豆的分红给回我,我就签。"说完便挂了电话。

钟欣欣觉得这个人太可恨,如果是自己家人、朋友绝对拉黑。陈有光总是玩这套把戏,把她当猴子来耍。钟欣欣眼下不好说破,又不能关了门不让他进,毕竟他是钟欣欣的联系户。

欧影说陈小桥今天这个样子，是陈有光不断折腾胡闹的结果。半年多前，阿见骗陈有光说："如果家里多个人住，就有理由把房子向外扩建一点，等拆迁时你补的就会多些。"

陈有光说我去哪里找那么多人。

阿见启发他让自己的仔转学，不要住校了，说自己的仔都这么大了，需要一个独立的空间。听了阿见的话，陈有光马上给陈小桥打电话，劝他回家住。陈小桥说："老豆，你不懂政策，高二之后没有特殊情况是不能转学的，我现在是高三，更不能随便转的。"

陈有光说："现在你就是特殊情况。"

陈小桥蒙了："什么情况？"

陈有光说："你回来我们可以把房子加盖一层。"

陈小桥说："我的户口在屋企啊，住不住都无所谓啊。"

"那你走读吧，让他们看到家里的困难。"

"讲白了，你就是想闹到我在学校没办法待，每天来回跑被外面人欺负是不是？"陈小桥说这话的时候已经开始走读。

陈有光隐约感觉到自己的失策，同时他对阿见的动机有些怀疑了。可是怎么办呢，阿见说要帮他，自己也吃了人家不少饭，几次赌债都是阿见帮他还的，这一刻陈有光不知道怎么办了。

陈有光还是觉得不能放弃，当时他跑到学校门口等陈小桥，想不到自己的仔听说老豆过来溜得更快了，直接躲进楼顶打游戏不下来。找了一圈没有见到自己仔的陈有光只好进到学校找宿管老师帮忙，他特意带了瓶洗发水送给宿管，请对方帮忙说服陈小桥回家住，如果办成此事，他要请自己朋友过来重谢。这一次，阿见留在学校外面的酒楼里，说如果办成这个事情，他要开瓶好酒来庆祝。阿见暗示对方自己有茅台。陈有光的动力十足，他似乎忘记了做这件事情的真正目的，脑子里只有阿见对他竖起的大拇指。

　　这样一来，陈小桥每天都要躲着这个老豆。他几次去饭堂吃饭都会看到不远处老豆的身影，他会在吃饭和自习时找陈小桥。陈有光也认可阿见的话，只要有耐心，你的仔一定懂得你是为他好，这家业是留给陈小桥的。他要亲口把这些话说给自己的仔听。他认为没有他办不到的事，家里的那些柴米油盐可都是他闹回来的，就连阿见也对他的办法竖起了大拇指。陈有光折腾了两个月。为了逃避老豆，陈小桥有时候会偷偷溜出学校，让老豆扑空。一段时间之后，陈小桥发现自己听不懂老师讲的东西。

　　这样一来，陈有光竟然更加有借口不去揾工，理由是他要照顾自己的仔。

　　钟欣欣对陈有光说："你当务之急是要挣钱养家。"

　　陈有光说："那我跟你讲讲理吧，我的仔为什么心情不好？还不是因为房子！有什么不好理解的。如果我家里有大屋，我用得着让他跑来跑去给人看吗，他会受欺负吗？"

　　"你这个人怎么不讲理？"

　　"做咩？有钱大晒呀！好巴闭咩！"

　　钟欣欣说："我说的是你要带个好头。"

　　"如果我们家里有分红，我也不会在乎钱，因为在乎钱，我才需要多点补偿款，我要加盖一层怎么了，我要扩大一些面积有什么错？现在因为加盖，我的仔不想读书了，怪谁呀，都是合作公司造成的吧，合作公司可以推卸责任吗？"这是陈有光的逻辑。

　　过去陈有光说自己不上班与合作公司不公正有关，现在陈小桥不上学，源头竟是分红。总之他把所有的责任都推到了同乐合作公司。钟欣欣哭笑不得，她明显感觉到对方就是敲诈，只好改变话题。钟欣欣从口袋里掏出一张卡片说:"这样吧,我看见门前的那个店铺是做早餐的,说是家里老人生病,租期又没到,如果想做生意,可免租一个月。你先租下来做都不错呀,让陈小桥帮帮你,让他也懂得揾食不容易。总之不要再等救济了,要工作赚钱,电话在这里,你先了解一下。"

陈有光表现出不屑:"我怎么可能做这么低档的事情,那是外省人干的,再说我又不会低三下四地求情。"

钟欣欣说:"那你能做什么?不懂技术可以学啊。"

陈有光说:"我还要学什么,真是笑话。"

钟欣欣说:"你应该老老实实学门技术。"

陈有光说:"学什么,煮汤粉还用去学啊?"

"家里的菜当然谁都会,可是开个餐厅还是需要有真功夫的,再说了,既做老板又做厨师还是很好啊。"钟欣欣继续鼓励对方。

陈有光偏执了一样:"老不老板我不在乎,再说了,做大排档算什么做生意,太辛苦了吧,我们同乐人什么时候做那种事啦,个个都要收租的,我凭乜唔可以。"

"学习一份生存技能更好。"钟欣欣说。

陈有光抱怨道:"当年我学了呀,跟着老板学,跟着厂里的师傅学,可是最后呢,还是被淘汰了。"

钟欣欣说:"是你没有跟上时代,还停在了半路上,从厂里出来之后你学过什么东西,你停滞不前,一心想靠收租发达,成天不动手不动脑,只会怨天尤人。"

陈有光接不上话,过了会儿索性变了脸:"你看不起我?"

钟欣欣说:"不敢,我希望你给陈小桥做个榜样,不要老想着收租啦。"

"我是为了自己吗？我有租收，将来我的仔才有租收。"

"你不要害他了。"说完这句，钟欣欣发现自己错了，之前郭正安似乎提醒过她，和陈有光说话必须谨慎。显然她有些心急，看不得对方每天坐在门口坐而论道，不劳而获，静等合作公司上门慰问，送生活用品，这个样子实在影响太坏，全同乐的人都在看着她的成果呢，太丢人了吧。

陈有光说："如果不给我加盖也可以，条件是劝陈小桥回去读书。"

钟欣欣从街道开会回来，所坐的公务车刚刚开进同乐，车上还有两箱交给妇联的书籍和宣传手册。车还在路上，钟欣欣便心急地拉开车窗去看外面，她想看看上周拆掉的雨棚是不是又在夜里被人搭了回去。最近一段时间，这样的事情，在钟欣欣负责的片区已经发生过多次。

外面的热浪瞬间直冲进来，钟欣欣的脸开始变热，发烫，司机准备拉窗，被她制止了。不远处正在修路，小巷上空的无数电线已经被包好，和之前乱散的情景大不相同。她就这样看着，内心也莫名感到愉快，她是看着同乐在她的眼皮底下一天天发生变化的，也就是说她见证过。这么想着，突然见到一个熟悉的身影正在远处。定睛一看竟是陈小桥，他正与几个人坐在石阶上抽烟，他的一条腿搭在花池上面，故意露出一双名牌鞋。钟欣欣让司机停车，提前下了车，她看见陈小桥在远处大声笑着。很快，陈小桥便发现了钟欣欣在看他，陈小桥先是愣了下，随后站起身，跑过来和钟欣欣打招呼，他说话的时候挥舞着双手，动作夸张，眼神迷离，似乎喝了酒。

这些事情能告诉陈有光吗？当然不能，他显然知道，只是不愿意面对而已。作为一个年轻干部，钟欣欣曾经找过陈有光几次，她发现这个陈有光不上路，也不把她放在眼里，还把她当成了保姆。有一次见到钟欣欣协助他把门前的杂物清理过之后，陈有光便调戏道："你长得不难看，如果我没有那么快娶老婆……"

钟欣欣问："什么意思？"

钟欣欣看着对方皮笑肉不笑的样子心里想，口花花，又刷存在感了，如果不是考虑马上要过端午节，她也不想过来。这次她为陈有光父母带来了刚摘的荔枝。

陈小桥提醒过钟欣欣，我老豆吃软不吃硬，和他说话要学会随时调整节奏，是个难啃的骨头。

钟欣欣点头称明白，她在想如何说服对方。

像是心有灵犀，不一会儿钟欣欣便见到了陈有光，对方像是知道钟欣欣的想法，他说："美女我一定帮你完成任务。"

钟欣欣故意装傻："什么意思啊？"

陈有光递过来一瓶矿泉水的时候，她为了表现自己不见外，提着桌上的水壶去烧水了。她想一边冲茶一边说话，免得对方紧张。她认为这样两个人的关系就会融洽，了解到的事情也会多起来。

钟欣欣记得去陈有光家里的事情，有一次陈有光的老妈走过来，这位瘦小枯干的老妇人，此刻皱着眉头，眼睛如同长了钩子，盯着钟欣欣上下打量，似乎准备在某地停下，深扎下去。钟欣欣微笑地叫了声："阿婆你好！"

陈阿婆像是没有听见，不过钟欣欣还是感觉对方没有几根毛的眉头打成了砣扭动了两次，她的眼睛望向远处。

很快欧影便走了出来，当时这个女人还是让钟欣欣眼前一亮，她脸色苍白，眼睛里尽显哀伤。走近些，看到对方的眼珠似乎不会动弹，如同从梦里走出来的人。陈有光也不做介绍，直接说："我这里有客人，是上面派来跟我谈话的，你快去行街啦。"女人听罢也没反应，而是眼神里充满着幽怨，径直走出了客厅，到了院子里，随后，出了铁门。

那一刻，钟欣欣仿佛见到了从家里逃出去的一只小动物。见钟欣欣看着欧影走远，陈有光说："我们家的坏运气都和这个女人有关，不过她是我之前那个工业区最靓的女仔。"

钟欣欣已经猜到了，她做过一点小功课，于是她笑着说："你这么大本事啊，佩服佩服。"

"没有啦，都是她们这些死八婆黏上我不放手的。"接下来，陈有光不等问话便打开话匣子，"那时我谈了很多女仔，有个在厂里打工的女仔，有一天想过关到市区，就过来找我，问我能不能送她出去。"陈有光说自己当时在厂里什么都管。

见钟欣欣等着他说话，陈有光喝了口水说："我说看看吧。"

陈有光对钟欣欣说："欧影是厂里最靓的女仔，只是她很少理人。当时，我有摩托车，好威的。多年以前，我经常从罗湖海关来回接人，特别拉风的。有一次老板还坐过我车呢。后来严了，就只能在同乐街上跑来跑去，当然，多数时间是在陈小桥上课的时候，免得他知道了不舒服。当年欧影也是通过这个方式认识我的。我见她一个人在那里东张西望，没想到她竟然跑了过来说希望我拉她进关。见我同意了，她就跳上来。"陈有光说自己差不多晕了。

"刚开始的时候，她抱住了我的腰，我也不理。再往后她就抱得紧了，她说过了年就回老家了，临走之前她想去关内看看地王大厦和深南大道。"

陈有光接着说："结果我把她送出去后就后悔了，我说我干吗那么傻呀，她也许是出去沟仔也难说。"陈有光说结果他当晚就失眠了，想了整晚这个女仔。

钟欣欣问："她当年靓吧？"陈有光说漂亮女人大把，可这个家伙太聪明，他指了指脑袋说："她想嫁个本地佬，这样就不会被人欺负。"

陈有光说第二天刚到中午11点，他就在厂门口等着欧影。陈有光说："像是知道我会等她，别人拿着饭盆去找吃的，欧影一出厂门就四处张望，见我也不打招呼，直接跳上车，一路上我们都没有说话，而是把车开到了一个旅店，然后去开房，我不知道自己胆子为什么那么大。她在房间里走来走去，好像我们早就认识一样。做完了那个，我才觉得她并不是一般的打工妹，熟悉得很。我也有些失望。想不到，又过了些天，她也没有来找我，好像不认识一样，你知道我最受不了这种了。"

没等钟欣欣问，陈有光说："我好难受啊，从头到尾我都没有想过自己可能会找北妹做老婆的，同乐从来没有人这么做过，惊天大新闻啊。村里人个个都知道的。其实那个时候，我知道她已经不在流水线上，做了文员，只是不想在厂里做，先行别人一步，准备找个本地仔嫁了。"

陈有光说当时他就是要和别人不同，就是想娶个外省妹。他说自己只能回家跟老妈摊牌，说自己找了个外省妹怎么样。

陈有光老豆倒是同意："好啊好啊，只是她嫁过来也不知道有没有分红。"

陈有光问："她看上的是我这个人，凭什么不能分红？"

陈有光老豆就不说话了，倒是陈阿婆不客气地说："看上你这个人,你有什么好,鬼才相信她不是打咱们家的歪主意。"

钟欣欣问陈有光是不是全同乐第一个娶了外省妹的,有分红吧?她说:"好像你们是最早给外来媳妇分红的村,还上过电视呢,我看过材料。"

陈有光说:"有啊,她分了1股,比我们本地人少1股,当时同乐专程为她开了股东大会,研究这个事,还写进了章程里面。唉,有人骂我老豆,说我们同乐的财产就是被她这个北妹骗去了一部分,这件事也影响了我老豆。"

陈有光说到这里,动起了气,说之前有个女仔喜欢他,是他的小学同学,可是那女仔的大佬很傲气看不起他,背后说他没有真本事,陈有光知道了很生气,所以两个人就错过了。陈有光并没有说这个大佬是陈德福,更没有告诉钟欣欣两家这些年的恩怨。

十二

同乐的道路改造会议刚开完,钟欣欣本来还有事情找郭正安说,可看见有两个人已经冲到前面,钟欣欣也就不想再排着了,于是把笔和本子快速塞进包里,从后门溜了,不用五分钟便抄小路到了陈有光的家。她心急如焚,海康公安已经把阿见的资料给过来,钟欣欣需要做的是不能惊动阿见,同时还要把阿见诈骗的证据留下,同时,她还要保护好陈有光一家人。钟欣欣感到自己肩上的担子越发沉重。

像是知道钟欣欣要过来,还没有等钟欣欣从包里掏出保温杯,陈有光便把自己泡好的工夫茶,倒出一杯推到钟欣欣面前。见陈有光如此热情,钟欣欣知道对方应该有话要说。

陈有光指着墙上一幅老虎的画说:"这是阿见为我作的画,值好多钱,他说等我有了钱再给他,可以先挂这里。"

钟欣欣想笑,眼前的画不过是张印刷品,可是她又不好揭穿,只能忍住笑说:"这个放在家里有点吓人哦,山水画更好些吧。"

说话间,陈阿婆也走了过来,她希望钟欣欣到合作公司求情帮忙买块福地。她只要想到自己的这个事便会对钟欣欣客气点。此刻,陈阿婆走到客厅中间给钟欣欣又冲了一杯茶,并转头指着泛黄的墙壁,告诉钟欣欣原来那个地方是摆放她老公奖状、奖牌的地方,她说自己老公陈水做了二十年的同乐领导,也算是给同乐立过大功的人,修水库就是他带了一帮人去的,当年为了挽留那些想外逃的村民,他差一点淹死在水里。陈阿婆做出要哭的样子说:"依家边个记得,个个都唔记得佢啦!"说完,陈阿婆开始抹起眼泪。

陈有光插话:"阿见这样的大老板能看上我,我开心还来不及。"钟欣欣打岔:"他什么时候画的呀?"她希望用揭穿这张画的方式暗示对方其他事也可能有诈。

钟欣欣正想说话,有人摁住了她的肩,是刚刚进来的郭正安,他向钟欣欣使了个眼色。

陈有光并不给郭正安倒茶,也不打招呼,他继续说:"阿见说是在老家特意画给我的。"钟欣欣笑说:"他对你倒是花了心思。"陈有光故意大声说:"当然了,我们是兄弟,我当然相信他,谁挑拨都没有用的。"显然他是有意说给门外喝茶的阿见听。

"是阿见放了高利贷给陈有光,还准备拉陈小桥下水。"两个人出门后,钟欣欣听到郭正安说这句话,心里一惊,她想起陈小桥脚上的名牌鞋。原来郭正安担心的事发生了,她觉得陈有光可能真的遇上了麻烦。

钟欣欣最初以为所谓联络户不过就是慰问后拍些照片留存资料而已，不曾想是这么多具体而难办的事情。原来以为会做得很好，给郭正安看看，让他不要再小看女性。接下来，钟欣欣继续动员陈有光不要天天赖在床上，而应该行动起来，既然陈小桥不愿意读书，可以先学门技术，比如在门口小店做个早餐之类，而不是啃老。陈有光说："他能啃吗？我自己都没有钱。"钟欣欣了解到陈有光的特点，就是喜欢耍无赖、推三阻四，找理由不做事。钟欣欣一步一步让陈有光讲出事情的来龙去脉，目的是让对方明白，事情由你陈有光造成，你必须劝陈小桥学习，要么参加补习班，要么去学个生存技能，不能再拖下去，成天在街上游荡并不是长久之计，而且可能遇上意想不到的麻烦。

陈有光潇洒地说："那是他的事，他唔生性我都冇办法。"

钟欣欣说："陈先生，我告诉你，陈小桥可是你的儿子，你是他老豆，应该负起责任。"

"我怎么负，我替他去上学吗？"钟欣欣发现陈有光之前的内疚感已经不见了。

"至少应该劝告他，毕竟年纪还小，不读书怎么办？"钟欣欣也不知道自己接下来应该说什么。

陈有光说："可是我像他这么大的时候在哪里，在水里打鱼，在田里耕地，边个理过我，我老豆天天在村里忙，他忙着送别人家的仔和女去武汉、西安读大专，参加培训，却从来没有想想自己的老婆和仔。"说完话，他看了眼陈水，并站起身，给对方倒了杯水放在小桌子上。

"你希望你老豆在任期间为你做什么？"钟欣欣问。

陈有光没有喝酒，却如同醉了酒般，提高了嗓门："他完全可以帮我们家里的亲戚招工,上班,包括我。而他为了自己的好名声什么都没有做。"

钟欣欣说:"同乐村主任这个职位不是他自己的,是全同乐的,那不是他个人的权力,而是公权。"

"NO,完全不是。陈水的脑子里想的全是集体,想的全部是别人,哪怕是一句提醒,或者公事公办,让我得到这个机会也好,可他什么都没有做。别人已经从工厂里回来,去读书了,而我还在厂里死守,末代厂长。到最后,我因为没有文化,连合作公司的大门都进不了,成了同乐唯一的摩托仔,他还有什么脸活着。"

钟欣欣近距离见到陈有光流泪,陈有光声泪俱下:"你知道吗,我矛盾啊,我好想让他看见我落魄的样子,目的是让他看见了后悔。"

陈有光说:"可是我老豆逃避了,他不再说话,甚至他逃到了重症室,出来之后,他就这样,再也不表达。"陈有光像演讲那样挥舞着双手,他突然走到了陈水的面前,并且,把自己的手放到了陈水的脖子上。

陈阿婆已经从外面飞奔过来,而钟欣欣也吓得魂飞魄散,她差点尖叫出声。

而这时,陈有光却帮着老豆整理了一下衣领,温柔地看着老豆,说:"老豆,你真是害了我们全家啊。"

说完话,他像是什么都没有发生那样,重新坐回茶几前。钟欣欣把陈有光的茶换上了自己带过来的黄山绿茶说:"因为老豆对你不起,你就有理由不理陈小桥?你不是说他不读书,你也没有希望了吗?"她想把陈有光的时间都占上,钟欣欣已经掌握到阿见带来的人已经进驻到同乐的出租屋。

陈有光赌气道:"我能做什么,去学做菜?不会吧,年轻时我都没有做过这么低等的工作。"钟欣欣一脸无奈。

钟欣欣发现陈有光除了不愿意动脑子,也不愿想办法,别人给了他办法之后,他又不愿意去做,只会抱怨。各种办法都无效之后,钟欣欣说:"陈小桥如果再这么混半个月,意味着什么你知道的。"

一阵冷意从脖子后面直接滑到了脚底,陈有光不敢说了。

钟欣欣不愿意对方装傻,她奋起直追:"再过一段时间,如果你还不拉他回来,只能在看守所里见到他了。"

这一句吓得陈有光脸色煞白,盯着钟欣欣看。见他的样子终于软下来,钟欣欣明显是讽刺:"我看你还是好好下棋吧,我不耽误你时间啦,你甚至还可以教教他如何骗人做老千。"

陈有光说:"唉,干部同志你不要这样,我听你的可以了吧?你说怎么办吧。"

钟欣欣也不说话,她站起身,只是做出要走的样子,而陈有光抢先一步,拦住钟欣欣说:"你太喜欢生气了呀干部同志,这样会长皱纹的知不知道啊。"

钟欣欣站在门口,把自己早已问过的报刊亭的情况告诉陈有光,说报刊亭不用租金,卖点报纸和水你愿意做吗?陈有光犹豫了两天之后,报刊亭也被申请走了。钟欣欣只好再去协调工作站楼下一间即将倒闭的快餐店。有了上次的教训,钟欣欣替陈有光悄悄垫付了押金。她告诉陈有光,现在合作公司免了一个月的租金,你必须抓住这个机会。陈有光这次倒是听了进去,也像模像样地开了几天业。只是没几天,陈有光便没了兴趣。

为了方便钟欣欣工作，社区把钟欣欣的宿舍安排在同乐花园里，其中缘由，只有郭正安知道，就是安排钟欣欣盯紧了阿见。洗完澡，钟欣欣正看材料，便听见有人来按门铃。她猜到就是陈有光家里的什么人了。果然钟欣欣站在阳台上便见到了陈有光紧蹙的眉头，于是调侃对方："你这个大老板不会赚钱这么快吧？"像是担心钟欣欣责备自己，陈有光撇了撇嘴，伸出粗短的手臂说："你看，煎鸡蛋时被烫了。"接着又委屈地说，"本来是不需要鸡蛋的，都炒好了瘦肉，可是有个客人非要吃荷包蛋，我还把手伤了。"钟欣欣看见陈有光的手臂上的确有个红点子，面积不大，已经涂上什么药膏。她看的时候，对方的脸上还做出很痛的样子，脸上的肌肉一抽一抽。看到钟欣欣看完了，对方才把手慢慢缩回去。

钟欣欣感到好笑，仿佛对面是个五岁的孩子，她忍着笑："那你还是要注意安全，不要搞到水感染了。"

"是呀是呀，痛死了，我都换了两种药，到现在还不好。"说完话陈有光扭了下水蛇腰。钟欣欣突然觉得对方应该还有不太愉快的下文，于是她不再说话，冷静地看着对方。

陈有光猜钟欣欣意识到了什么，把身体缩小了些说："所以我把店还回去了，不想给你增加麻烦。"

钟欣欣继续沉着脸："那我花钱买的那些餐具，也全部打水漂，变成了废品是吗？"

陈有光讨好地弯着身子赔着一张笑脸："没有没有，有个保安说想到平湖开个店，我送给他了，根本没有浪费。"

钟欣欣急了："什么意思？"她猜到陈有光又变了，根本不想让自己辛苦，只是她故意让对方表演。

陈有光说："他给钱啦。他转了四百块给我，你看，我就是要还给你的。"陈有光从口袋里掏出手机,打开微信支付,拉开交易细目,拿给钟欣欣看。

钟欣欣不看,嚷了起来:"拿开,不要给我看到!"钟欣欣说,"你做得漂亮,我现在还有事,你也回去吧。对了,陈小桥今晚怎么没有找你,不是天天在找你吗?你不去表演太浪费了。"

陈有光说:"他可能怕你,我也怕呀,你都不像女仔呢。"

钟欣欣的脸冷着,站起身,显然是在下逐客令。陈有光见了,知道不好再坐,讪讪地起身,出了门。

钟欣欣后来才知道,陈有光先是同意租个小店,很快便又改变主意,原因是同乐正在打击地下六合彩,派出所不久前才端掉了几个,原本他是指望开个小店偷偷做地下六合彩赚钱的,现在这个发财梦破掉了,就把店退了。同乐早有人说,不劳而获收着租金才是陈有光的人生梦想。

知道老豆不做小店之后,陈小桥猜到是阿见的主意。他恨自己长得不够健壮,不然的话,他会在同乐之外,狠狠打这个家伙一顿,让他从此站不起来,也不再找他老豆,这个店来得多不容易他清楚。所以他看见自己细细的手臂时,就会在心里面叹气,他不知道这一天什么时候到来。他担心这一天到来之前,他的家已经被这个阿见搞散了。

钟欣欣知道当务之急就是拆开陈有光和阿见,因为她已经了解到,阿见正在唆使陈有光把家里的房子卖掉,除了借出一部分钱,眼下他已经开始酝酿放高利贷给陈有光。原来陈有光正在走老豆陈水当年的路。

让陈有光一家认清阿见的意图,这是钟欣欣眼下最想做到的事情。钟欣欣不可能明说,因为没有证据,如果说了对方可能会气急败坏,做出什么过激的事。万一是误会,那影响就更恶劣。她只能去找郭正安商量,因为陈德福不想与人交流。

最初钟欣欣不明白郭正安劝她和陈小桥交朋友是什么意思,还说只有这个仔好了,陈有光这一家才能好起来。直到欧影对钟欣欣说了事情的来龙去脉,钟欣欣才算是明白了事情的症结。

陈有光所在的同乐村共同的祖先是位历史名人,从小到大,陈有光便知道不可以给家族丢脸的祖训。陈有光老豆曾经对陈有光寄予希望,可是陈有光到了初中便不愿意再读书,再后来是进了香港人开的电子厂宝利金做了厂长,感觉拿着港币很威。读书的理想便放到了下一代陈小桥的身上。那个时候陈有光的老豆精气神十足,总是对着陈小桥说:"你老豆我指望不了,所以我们家的希望就靠你实现,不然,我死不瞑目,阿爷知道你会考上清华、北大,给阿爷争气对不对?"被老豆搞得很烦的陈小桥听了这话,对着阿爷陈水发脾气,说:"我考不上,你让其他人去考吧。"陈水则笑着看他:"我只有你一个孙啊,我让谁考啊,就是你呀,你能行的。"

每次听到这些,陈小桥的脸色都不好。有一次还把碗重重地顿在饭桌上,使本来就不稳的餐桌差点翻了,说:"不吃了。"随后,他转身离开餐桌,回到房间时,重重地甩上门。两分钟不到,他又叫了一声:"我不读了。"声音震掉了门上的福字。这是同乐请合作公司的书法爱好者写的。陈阿婆说家里一年到晚不顺,有邪气,还是需要贴个符,保佑全家大吉大利。

钟欣欣听人说,由于陈有光瞎闹,陈小桥在学校丢了脸,导致他差点成了街上的小混混。陈有光知道自己错了,却又还不上债,回不了头,只能继续向前走,阿见的饭也照吃着,只是越发心虚。

他对钟欣欣的态度开始有些变化。

欧影不喜欢家婆一天到晚神神鬼鬼。遇上初一十五家人不在时，陈阿婆还会烧上一炷香，嘴里念念有词。欧影有时从外面回来，见了刚从地上站起来的家婆，心里冷笑道："求也没有用，你们家世世代代都那么懒。"自从陈阿婆四处说她坏话，骂欧影害了他们全家，欧影才恨了，只是还没有动过离家出走的念头。

虽然她的这些话从来没有说出口，可是陈有光的老妈心里清清楚楚。陈阿婆只是动了动嘴角，什么也没说，放东西的声音已经表明了自己的态度。

正常情况下，陈有光的老妈没有资格摔锅摔碗，这些是陈有光的专利，再之前是陈水的专利。陈水落选之后，陈有光便理所当然成了一家之主，似乎他才有资格决定这些物件的存亡。陈阿婆只能比平时手重点去放一下茄子或者白菜，这些菜也不会有太大的声音，只会轻轻地掉下一片叶子，或者比之前软了一些。欧影听了，除了心惊肉跳，再无办法，难道还可以逃跑吗？已经是个中年女人。这也给陈阿婆留下话柄，她常常说："如果阿光仔当初听我讲，就唔会被人骗婚，搞到依家咁，都係命啊。"

欧影只能在心里冷笑："如果不是有当初的赌博怎么会有这些事情，还想把事情赖到我身上。"她不说话，脸对着窗外。

欧影嫁到陈家之后，她和陈阿婆似乎都懂得对方的心事，对方没有说出的那些话，还有细微动作，如同暗语，彼此的心里都非常清楚。这样的两个女人当然互不相让。

欧影认为陈阿婆受了一辈子苦却还要维护老公就是犯贱、虚伪，尤其看到陈阿婆端着个碗，站在床边喂自己老公吃饭时，欧影知道对方是想做样子给她看，心想我才不会像你这样活呢。有几次陈有光对她动手,陈阿婆装作看不见,摘下围裙匆匆出门。还有一次是在陈阿婆出去之后陈有光才狠狠地推了她一把,虽然没有受伤,可是那次之后,两个人不再亲热。欧影认为这是陈阿婆背后捣的鬼,心想这样的一个女人有什么资格教别人,连老公都没有管好,输了家里所有的钱,自己的仔都受了牵连,成了个老混混。现在陈有光为了当上同乐的困难户,每天哭穷,只要有人来修路,或是上级来检查工作便要去拦路告状,非要惹出一堆事才罢手。

　　陈有光心情不好时,便会把所有的问题都归结到当年老豆赌博输了家里的股份,也输了家里的运气,为此他不想吃饭而只想喝酒。很多时候,他用一瓶金威啤酒充当晚饭。他说,我只和酒亲,其他人都是要害我的。说这话的时候,他是包含了老母。这样一来,陈阿婆很生气,她觉得自己受了太多委屈,年轻时跟着陈有光的老豆受苦,到了晚年还要省吃俭用,起早贪晚服侍一家人,心中有气也不能发给自己的仔和孙,只能对着外来的媳妇欧影。"咪就係霖尽办法想要嫁畀我哋广东人咩,等人哋睇得起你,依家好啦,人哋个个比你厉害,打错算盘啦!"陈阿婆冷笑。

　　陈阿婆因为折磨了欧影而高兴。这个时候家里一定是吵翻天的,陈有光正好猛喝一大口酒,并把酒瓶用力顿在台面上,以示自己的愤怒,他站起身,大骂老妈:"想要做乜,係唔係唔想过啦?"

　　陈有光的声音特别洪亮,已经有了表演的性质,他故意敞开了门,让路上的人向他这里看。陈有光曾经告诉钟欣欣说自己适合唱男高音,等以后有时间,他邀请钟欣欣到KTV唱歌,他最喜欢的是腾格尔的《天堂》,每次唱这个,都有小妹鼓掌叫好。他问:"我为什么唱得这么好,知道吗?"

见钟欣欣好奇盯着他看，陈有光便笑了，不好意思地说，你看我这里，我是同乐唯一没有喉结的男人，这就是天生的高音，可以唱男的也可以唱女的。钟欣欣盯着对方脖子看，发现对方脖子处的确有些怪异，只是想不出有什么不同。见钟欣欣这样看，陈有光有些得意，把双脚跷到了椅子上。见陈有光这样，钟欣欣收回了自己的目光，心想："这个家已经破成了这样，他怎么就不愁呢？"陈有光笑："怎么样，你哥我潇洒吧。"钟欣欣应了一句："是呀，好听。"经过这一段的观察，钟欣欣发现一个事情，对方说什么都不要反驳，陈有光的自尊心极强，绝对不能揭露，更不要刺激他，否则的话他就干脆耍无赖，到时候就更加难以进入工作。再说，也没有办法替换。郭正安曾经说过："面对这种奇葩你小心点就行了，不要碰到他们的底线。陈有光把面子看得非常重要。"

见自己仔这样，本来躲进厨房的陈阿婆走出来，抹一把眼泪，习惯性地骂自己老公为什么不早点死，把一家人害得这么惨。陈有光的老豆当年因为好赌把股份输进去之后，便开始装傻扮懵，只是谁也不知道他在说些什么。这个时候他便歪着脖子在竹椅上看着一家人因为他而乱成了一团。因为丢了面子，陈有光不想跟老豆说话，如果说就是骂对方，看见对方毫无还击之力之时，他非常开心。陈有光的老妈则每天都会对这个老公说："你快死了吧，到时我就跟着你一起，我再也不想服侍你，受够了，你不要把自己当成一个功臣，你是我们陈家的罪人。"

陈阿婆用骂老公和自己的方式来减轻陈有光对老豆的痛恨，她劝慰陈有光："我都咁骂你老豆啦，你应该消消气啦，唔好再恨佢了。如果再恨，就係恨我啦，反正我都想着早点死，费事等人睇到唔舒服，也好给人腾地方，有的人不是想要卖房子吗？当初嫁过来就这么想的呀。"陈阿婆第一次听到陈有光说到卖房,吓得浑身发抖,这与当年自己老公是一个样子,一定是在外面输了钱。

找不到办法的陈阿婆只得把卖房这个主意推到欧影身上。她转头对陈水说:"你一直睇我做乜,放心吧,到时我会带住你,我哋系自己作孽先要受苦,阿见要呃房就系哩个女人搞鬼,本来就唔系好人。"

陈阿婆手里端着陈水的中药,现在她一气之下倒在了地上。她认为自己已经说了最狠的话,自己的仔还有什么可抱怨的。陈阿婆的方法的确有些小效果,陈有光因此没再发大火,因为在老妈那些狠话面前,所有的埋怨都微不足道,他只能把气压在心里。这样一来,陈有光因为找不到可以夜不归宿的理由,只得自导自演,他骂了老豆后,再假装生气,并扬长而去。院子里是阿见在等着他。眼下阿见最能理解他,肯定他的做法。

面对阿见的表扬,陈有光有些不好意思,从小到大,他没有得到过任何人的夸奖,哪怕当年厂里的女工,也没有人夸过他,而是要他请吃大排档或是喝菊花茶人家才会说句"老板你真是有钱人啊",多数人都是求他帮忙换工作,并不是真心欣赏他的。眼下阿见能这样夸他,真是让他感到舒服。

站在阳光下,穿了一身白色西服的阿见真的很帅。就是这样一个神秘的大佬却愿意和他交朋友,陈有光觉得特别有面子。只是有一件事让他感到不安,那就是钟欣欣几次来与阿见的对话,先是质疑他的海军服和身份,之后是讲到墙上的画,钟欣欣暗示那就是个印刷品,到处可以见到,这样想的时候,他会猛喝一大口酒,他担心对方在暗中调查他。

最近一段时间,陈有光的老豆总是嗜睡,不再说话,饭量也少得可怜，身子也越发显得瘦小。欧影看不下去了，低声劝陈有光，说："再大的事情，也都过去了，不要想，还是出去做事吧，也让家里有点收入，不要总是等着救济。"她担心陈有光再这么折腾，陈水将会被活活气死。

陈有光翘起兰花指，拈了一块鸡骨："有什么不好，你吃的用的，都是合作公司送的，也都是我挣来的。"

听了这话，正准备夹菜的欧影的脸冷下来，筷子放在碗上，离开了餐桌。最近一段时间，她对家公充满了同情："老豆您一把年纪，不要再想那么多，好好养病，过两天，我推你到同乐街上看看风景，同乐变化很大，又干净又整齐。"

听过欧影的话，陈水竟然捂着歪扭的脸哭起来。他哭的声音很压抑，细弱得像个女人那样。钟欣欣听说这便是他的看家本领，高兴哭，失意也哭。

见到这个情景，回家没多久的陈有光便感到了心烦，他拎起椅子上面的衣服，挂在身上，再次出门，把欧影扔给了怒火在胸中燃烧的陈阿婆。这一次，他想到了阿见说过可以帮他借到钱。现在街上不许上路拉客，陈有光想要换一个不招眼的事，如果只靠着老妈做手工赚的那点钱，酒也喝不上了。

陈有光出了门之后，家里更乱了。先是欧影斜了眼家婆，她认为今天的不愉快都是家婆造成的。陈有光并不知道，欧影最近这些表现是受了钟欣欣的影响。

钟欣欣对她说："沟通太重要了，你要改变他们的想法，不要只是接受，最后把你带到哪里去了都不知。"郭正安对钟欣欣说过欧影有文化，要争取到她的帮助，只是经过这些年的折磨，她开始自暴自弃，没有自信了。

陈阿婆见自己的仔连饭没吃便被气跑了,心疼得直跺脚,她只能把气出在欧影身上。此刻她从牙缝里透出轻轻的一句:"鸡婆来的,食塞米,边有脸教人。"她洋洋得意的是当年自己是处女身子嫁给的陈水。

每次从邻居处听了这些,欧影都会恨,而这一次竟然当着自己的面。

欧影也骂了起来:"这也可以拿出来炫的吗?真是不要脸!你是没有赶上好时候,如果有机会做'鸡',我看你会比谁都跑得快。"虽然两个女人脸上都是微笑,可是嘴上却不闲着,只是声音压低了许多,如同小声唱歌。

陈小桥看见这情况,跺着脚不知深浅地高喊:"宫斗宫斗。我们家有大戏。《还珠格格》啊!"这部剧是陈小桥童年的记忆。

这样一来,欧影便在脑子里把对方想象成了容嬷嬷,而自己呢,自然是年轻的紫薇之类。

陈阿婆不知道陈小桥喊的是什么意思,只是见欧影神清气爽,便猜到不是好话,赶紧四处打听容嬷嬷是谁。

"哎呀,电视也有放啊,你怎么不看,要学会好好享受生活啦,理他们做乜。"同乐的老邻居说,

有次陈阿婆发现电视里真有一个老年妇女恶狠狠地指着宫女在骂,瞬间明白了欧影和陈小桥那些话,于是她跑回家,坐在客厅中间大哭起来:"头家都係被哩个女人害嘅,就连我嘅孙都畀哩个女人带坏。"

同乐街的人,走到陈家门前,听了会偷笑,他们都想起这一家两代不争气的男人,没有房、没有钱是他们活该。同乐多是些勤勤恳恳做事、务实的人,哪个会像他们这样总是搞搞震,一天到晚做

事要给人看。这一家两代人说话做事都是这样奇葩。

　　有次陈有光给陈小桥鼓气,背了句陈家祠堂墙上面的话,被陈小桥轻蔑地看了一眼,陈有光心虚气短只好不再吭声。走读的事情之后,陈小桥似乎一夜之间便有资格这样对待这个老豆。原因是老豆陈有光小丑般的表演和那些不靠谱的拆迁政策,让陈小桥成了同学们的笑话。陈小桥从小到大都希望陈有光改掉酗酒的毛病,陈有光应着"可以可以,明天就不喝了",到了第二天似乎全忘了,到了晚上又是醉醺醺回家。陈有光管不住自己的嘴,说完又后悔,浑身上下散着酒气,走路也总是一步三摇,谁也没有办法和他说正事。之前他喝酒的时候还会避开陈小桥,或用矿泉水瓶子装了啤酒,边走路边喝,几次醉倒在同乐的某条小巷子里。被陈小桥发现之后,他干脆不避了,每次饭端上来前,他就走到床边,弯腰从床下拎出一瓶啤酒,转回头,走到餐桌前咚的一声放在台面上,像是宣示自己主权那样。最初的时候像是没发生任何事情,见无人回应,他自己沉不住气,开始找话题,天南海北地吹,把脚搭到椅子上吹,说如果不是外地人过来,抢了他的饭碗,他可能会进到街道办去做事,当个科长也是湿湿碎的事情。这样的时候,他一定是喝了一瓶半以上,他开始说自己可以当大老板了,还指手画脚地说这些地都是他的,想在哪里盖房子都可以。

　　欧影低着头装作没听见,陈阿婆听了只会躲进厨房悄悄抹泪。只有陈小桥听了,表情冷漠,他愿意用这个方式去对付老豆。陈有光也怕自己的仔这副样子,因为这个家里除了欧影,只有陈小桥读到了高中。陈有光倒多一杯酒,讨好陈小桥:"你想喝吗?如果想,喝点吧,当年我像你这么大的时候都会喝酒了,还是我老豆教我的呢。满月时,他用筷子沾了酒给我,等大了点,喝酒的时候他也会让我喝一口。"说完,陈有光瞥了眼歪在床上的老豆。他举起酒瓶,向着陈水示意:"喂,老家伙,你看什么看,都是你教出来的,没有你也就没有我的今天。"

陈小桥面无表情,他在心里嘲笑老豆:"除咗哩个你仲识乜?还把这个当成技能炫耀了。"

陈有光怕自己仔的这个眼神,又不敢明说,直到见到陈小桥冷着脸出门,才把一只脚踩到椅子上面,对着门的方向大骂:"做咩,睇唔起老豆呀,我估你将来仲不如我。"

他刚说完,突然传来重重的一声响,是欧影。之前她胆子小,也会让着陈有光,可是最近因为陈小桥旷课的事情,欧影完全变了个样子。陈阿婆本来也不满意陈有光的态度,可是见了欧影这副样子,想法就有了变化,她阴阳怪气地说:"当时就唔应该搞咩胎教。"

听见陈阿婆这么说,欧影那边才算安静下来,后悔当年的无知。她怀孕的时候,还是陈有光宠着她的时候,任她买东西。去妇幼保健院做例行检查,一个年老的女医生冷着脸向她推销一种用于胎教的录音机,当年的五百块钱是全家人半个月的生活费。

欧影刚表示为难,对方便说:"如果你不听这个,万一生出葡萄胎我可管不了你。"

"乜意思啊医生。"陈有光本来是想要打架,可是欧影在桌子下面捏他的手臂,他只好把后面的话收了回去。

听到女医生用普通话又说了一遍,欧影的眼皮剧烈地跳动了几下,她最怕这个医生说出这样的话,没想到不仅说了,还更加狠。走出医院,下了决心再也不来这个地方的欧影回了头,她找到女医生,说:"好吧,我买了,你给我开单,我去交款。"

女医生说:"就在这里交。"

欧影听到,知道自己上了当,可也没了退路。花了这么多的钱,又不能不用,欧影每天都会把录音机放在肚子上面听一会音乐,似要报复一样,只要想起这个吃亏的事情,她就会把它拿出来放在肚子上面。因为花了太多钱,这件事情一直被陈阿婆记着,并在许多重要的时刻提起:"你知道陈小桥脾气那么暴躁是什么原因吗?"见有人在听,陈阿婆又说:"就是因为听了那个东西,那里面是什么呀!她不管白天晚上都这么放着音响,娘胎里他就烦,大了能学习好才怪,他这样早被我预到。"

每次她这么说,欧影都不说话,她怪自己太软弱,没有拒绝。女医生后来被医院开除,这作为同乐一个很重要的新闻上的《第一现场》,刚好当时家里的电视正开着。欧影当然知道自己上当受骗了。可是这件事情已经变成了陈阿婆的把柄和实锤,每逢遇见同乐一些老年人走到家门口,或是买菜的时候,陈阿婆都会提起这件事情。好像这个家混成今天这个样子,主要的原因就是买了那个用于胎教的录音机,言下之意,欧影是个败家女。

钟欣欣还是对陈有光这一家放心不下,只是转念一想,自己有些天没给家里打过电话了。因为陈有光,钟欣欣已经有段时间没有回家,这次回去要给父母带个礼物。她想先去商店给老妈买个染发膏,上一次见她的白头发又多了不少,过去她会染得勤快一些,可是这两个月好像无所谓了,任自己老了十岁。于是钟欣欣去了天虹商场,到了二楼,扫码买了一个汉堡和冰淇淋坐在角落里吞下后,便直接进到了负一楼的超市,受郭正安的委托,钟欣欣要给陈有光、陈小桥父子二人买点日用品送过去。

十三

最近陈有光的情绪波动很大。只要看到眼前的同乐，或是看到别人家都已经有了豪宅靓车，陈有光便会像个病人一样，把摩托车开到墙角，身体如同得了热病，浑身无力，踉跄着回到房间并瘫软在床上。此刻，他的眼睛如同被拉直，不拐一点弯，什么也不看，像是担心四面八方的光汇聚过来烫到他，他躲在黑暗中，连呼吸声也没了似的。

同乐人家的院子里多数放的都是宝马、奔驰或更好的车。他们这是换的第三批车了，第一批多是富康和马自达。到了第二次换的时候则是本田和路虎，再后来，个个是高配的豪车。同乐人换车的历程陈有光没有经历过。1990年开始，他就是一台本田摩托车，当年是威风八面，恣意行走。那时他故意加了大油门，发出巨大的声响。可眼下摩托车却就要散架的样子，又破又旧。只要想到当年，陈有光浑身便充满了力量，身体内充盈着说不清道不明的热流四处乱窜。

同乐街上的陈有光越发感到自己活得窝囊，不仅没有人再提他做厂长的事情，还要给他一个保安做，分明是来奚落他。而阿见是陈有光回到当年的唯一希望，阿见说过有办法让他重新变得威风。"个个人都要拜你，像当年那样。当年多少人想进厂啊。"阿见说。

陈有光问："你是说我们家里再也不会穷了是吗？"

阿见说："当然，到那时你们家有花不完的钱。"

陈有光说："我希望仔仔听话，欧影和我老妈也不要成天再唉声叹气。每次见到她们皱住眉、叹大气我就想逃。"他差不多把阿见当成了观音来膜拜。

阿见说:"还用说吗,到时他们只会围着你讨你开心。你老妈、你老婆抢着做事,家里的事根本不用你费神的。"只要想起阿见用那充满磁性的沙哑的嗓音为他描绘的场景,陈有光就幸福地闭上眼睛,配合着那些画面,不愿意醒过来。

"那些好日子本来就是你的,只是被他们抢了。"阿见继续说。

陈有光的身体继续加温,终于燥热的他睁开了双眼,他说:"我做梦都想回到过去,现在太不好玩了。"

阿见微笑着说:"陈有光,你信不信如果我发力,整条街都是我的。"

陈有光点着头边说边笑:"係啊係啊。"

同乐的夜晚很美,灯光错落有致,影影绰绰,高低不平的小路,如同天阶,越发不真实。这里的景色陈有光很喜欢,会让他想起小时候,那个时候,他会跟着老豆走在这样的路上,他觉得在夜晚回想这些事情安全而可信,有时候,他甚至觉得只有这样的时候自己才是孩子。想到这陈有光鼻子发酸,他在同乐的小路上走走停停。陈有光希望永远不要天亮,他不想看到今天的同乐村,到处都是新的,新得刺眼,新得让他不安全,他希望一夜就回到从前。回到二十年前,那个他老豆说话算数的年代。老豆对他说过,阿光仔你好好读书,将来同乐是你的,我要把它交给你来管。

可是老豆已经不是那个老豆,同乐也不是原来那个同乐。

整整一天,陈有光的身体都感到不舒服,右肩像是睡落枕,酸痛沉重,这导致他的脸也压得变了形。陈有光刚刚换了一件新衣服，粉色格子，牛仔裤，是钟欣欣送的，她说是买给自己老豆的，他不穿，如果陈有光不嫌弃可以放心大胆地穿。钟欣欣这么说就是不想让陈有光有被救济的感觉。陈有光并不是很喜欢这个颜色，觉得像个女装，尤其是领口处系得很紧，裤子也把他箍得难受。整个人呼吸都感到困难。

见到衣服时陈有光有些不好意思地说："还是给陈小桥留着穿吧。"

钟欣欣说："我给他也选了一件，上次他帮了我一个大忙。"

这么一来，陈有光也不想争了，他认为如果自己把这件给了陈小桥，钟欣欣绝不可能再送衣服给陈小桥。这么一想，马上感觉这件衣服也没有那么难看了。陈有光本来是打算找个合适的时机再穿，毕竟是件新衣服，至少眼下还不是最好的时候。可是钟欣欣逼着他去洗手间把衣服换了，说想看看大小。

后来见钟欣欣送了陈小桥一件白衬衣，陈有光心里有些不舒服，觉得钟欣欣就是不把他当正经人，他怀疑是同乐人讲了他太多坏话，于是他笑着问钟欣欣："边个要我着成咁样？"

钟欣欣笑了，说："还以为你就是喜欢这风格呢，这不是你二十年前的衣服吗？"说完话，钟欣欣笑着从包里又拎出一件白衬衣和一套西装。

见陈有光有些尴尬，钟欣欣马上改口道："你最近有些变化呢，是不是想给陈小桥带个好样？过去的事情我们谁都不要再提了。"陈有光觉得挺怪，自己怎么会去听了一个女孩子的话，而且还是个"90后"。陈有光想来想去，平时他除了阿见，听过谁的？上街的时候，他总是穿着那套所谓的海军服。

"这个衣服不好看吗？"

"太难看了，又土，又窄。"

"是啊，你不是想回到当年吗，你能再回去吗？"

陈有光不好意思，急着改变话题，其实还有愿望没有满足，于是他讨好地问："你老豆多大年纪了啊？"

"看起来和你差不多吧，可以给人做爷爷了哦。"钟欣欣的目的就是让对方穿正常衣服、做正常人做的事。

陈有光想买个新手机，可又不好意思提，手里这个有些旧了，他认为没有面子。和人说话的时候，他很少会拿出来，不像阿见，说话做事都是把手机放在别人的面前，与脖子上面的金项链遥相呼应。而眼下呢，自己的境况这么差，比同乐的人穷，可是又比其他地方好些，所以他没有理由长期接受救济，至少不能跟人家明要，只能暗示对方。

面对同乐的变化，陈有光的做法是不放进脑子，否则没法活。有时他安慰自己："老喽，落伍了。"可陈小桥却总是直击他的痛处："你从来就没在队伍里，早被人抛下了车。"听见自己的仔这么讲，陈有光的脸火辣辣的，像是被人甩了巴掌。

十四

之前陈有光从不当面说欧影把自己的人生毁了，因为他不承认自己已经失败了。这种话也不让老妈讲，虽然在陈有光心里，欧影的确改变了他的命运。

陈有光喜欢用拳头说话。

钟欣欣感到欧影的眼睛不一样，总好像钩子一样，扎进了钟欣欣的肉里。钟欣欣看了心里发毛，坐立不安，知道对方想要找她说话。可是钟欣欣本能地装作什么都没看见。接下来，她没有像其他人那样被陈有光的逐客令吓倒，而是装作倒茶和看墙上的画，以此来拖延时间。

当初欧影虽然没有和钟欣欣交流，两个人却似乎对上了暗号。这样一来，钟欣欣心里有了底，她会心一笑，在陈有光和门口阿见的注视下，缓缓地离开。

同乐街两边的树木长势喜人，高高大大，叶子浓密，树冠差不多在路的中间接上头的时候，郭正安找来城管的人将树换成了小树苗。到如今长得还是不高。而同乐人也懒得理了。当初多好啊。可是郭正安为了扩道，就把这些老树换了，搞得很多老年人生气。这件事情陈有光当然也有份，有人组织了人去搞事。只要有盒饭吃、有钱领的事情当然不能少了陈有光。他的这一点让他的仔陈小桥看不上。

陈有光说："两百元就不是钱了吗？"

陈小桥说："嫌丢人。"

"有本事你可以不向屋企拿钱喽。"陈有光奚落道。

等到下个月的时候，陈有光给陈小桥钱的时候，早已经忘记了之前的事，而陈小桥偏不同意，扯出一张拍到台面上。

陈有光说："做咩？"

陈小桥说："说话算数，我不要你去闹事赚来的钱。"

陈有光来气了："做咩，咩意思？有本事你一分钱都不要。"

"之前你去做医闹，现在又做钉子户，我哪个同学不知？不要就不要，这是你说的，我难道还要求你啊。"陈小桥气呼呼地说。

陈有光也来了气："我说了又怎样？"

陈小桥吼道："你做咩生我！"

"我愿意呀，生着玩怎么啦，快去快去，你去告状吧，郭正安办公室603，法制办在一楼，还有派出所在街上，你快去，不要光说不行动。"陈有光刺激着陈小桥。

这个时候欧影冲了出来，对陈小桥说："钱不是他一个人的，你不用理，没事了，再不走就要迟到的。"

陈小桥像是得了安慰，梗着脖子对着陈有光翻了个白眼，然后出了门。

陈有光此刻又是满含泪水，他拿着一张粉红的百元人民币跨到老豆陈水面前，用手去打自己的耳光，他痛哭流涕："老豆，你看到了，边个都敢虾你个仔，连我自己仔都要激我、要打我。"

这时他听到卧室里传来的吵架声，是老妈和欧影。

陈阿婆说："他那样不懂礼貌不知道像边个，我仔细个绝不会这样子。只有北方佬先会咁，就係个野种。"

欧影说："是吗，如果我养了你这样的一个仔都没有脸活下去了。"

陈阿婆说："喂死八婆，係你求住入我陈家门。"

欧影故意气对方："怎么了，我早在门里了，成功了呀。"

陈阿婆说："你怀着唔知道係边个嘅仔，跑嚟我哋屋企，等我个衰仔买单。"

欧影说："是呀，反正已经买了单，是你那个衰仔愿意的。"

陈阿婆边哭边骂："阿光你个衰仔，唔听我话，要激死我啊。"

欧影笑道："这话你说了快二十年了呀，怎么还在呢。"

听到这里，陈阿婆向着不远处的儿子大喊了一声："我唔做人啦！"然后倒在了地上。

此刻，欧影看见眼前一个男人慢慢移身过来，随后是一团黑影，然后她左右脸各挨了一巴掌，陈有光才收了手。当他从欧影刘海的缝隙里看见欧影在笑的时候，又回头狠狠地掐住了欧影的脖子。这时他听到脚下传来的声音："仔啊，我头好唔舒服呀。"这才罢了手。这是陈阿婆每次劝解儿子的办法。

钟欣欣的宿舍，欧影半躺在钟欣欣的沙发上，脸已经变了形。钟欣欣见欧影伤得这么重，问她怎么不报警。

"你还小不懂呢。"欧影摸着自己的脸低着头。

钟欣欣问："是不是他们威胁你了，不然你怕什么呢？"

欧影说："没有啦，陈阿婆总是让我跟她一起去佛堂，说爱是长久的忍耐。"

钟欣欣腾地站起来想要发火了，心想你欧影真是可怜之人必有可恨之处，难道准备一辈子都这么忍下去？

似乎知道钟欣欣的想法，欧影说："我也找不到更好的出路。"

既然对方明白自己的态度，钟欣欣也不想隐藏："你并没有努力，你早已经放弃了自己，如果你已经放弃了自己，你的话还有说服力吗，陈小桥还会相信吗？"

欧影不说话，低头看着地上自己的影子。

钟欣欣说："如果你都放弃了努力，你认为我还有再为你的仔补课的必要吗？"

欧影急了："不不，你说吧，我应该怎么做？"

钟欣欣不想再说挨打的事情了："你有手有脚怎么不去找份工呢？"

欧影说："我什么都不会了。"见钟欣欣不说话，欧影改口道:"我可以学,可以学的。"

既然话说到这个份上,她当然是有想法的,她内心希望这位干部把自己的老公劝回家,不要在外面野了。

有一次钟欣欣问:"他真的外面有女人吗?"

欧影说:"是他自己说的,没人相信,他连钱都没有。"

钟欣欣不解。

欧影说:"他当年有魅力,当初他一进我们厂就被工友们围住了。"

"那是当初,那个时候他还是厂长,很威风的时候。"见欧影不接话,钟欣欣觉得这句话不合适。"最后他选择了你?"钟欣欣问,"所以你觉得自己是幸运的,他就可以胡来了吗?"

欧影不说话,默认了钟欣欣的话。

钟欣欣特别想告诉欧影的是:"这可是过去了很多年啊,你有没有想过呢,他那些所谓的魅力还有人认吗?现在就是个中老年人啊!你怎么跟他一样走不出来呢?如果你们一家都从九十年代走不出来,那可就没药可救了。"看着欧影半老徐娘却像小姑娘一样的神情,钟欣欣忍住了自己的话。

这时欧影看了下自己的表,说:"陈有光这个时候应该回去了,我还是走吧。"

"你不怕再挨打吗?"钟欣欣急了,站起身,手指着欧影的伤说。她看见欧影惊恐的样子。

钟欣欣在心里替对方不值,嘴上还是劝慰:"你应该走出来,不要天天留在那个家里。"钟欣欣感到这个欧影太可悲了。

欧影说:"其实也没关系的,我都习惯了,我认为年龄大一些的时候,他会改的。"

听了这句，钟欣欣更生气了："如果不改，你就一直忍下去吗？"

见欧影重新变回忧伤，钟欣欣说："他再打你，你就报警吧。"

见欧影幽怨地看了眼自己后叹了口气，钟欣欣心又软了："走吧，我们出去走走，他打过你那么多次，他变好了吗？"

"你何时知道我被家暴的，是不是听同乐人讲的？"欧影说。

"第一次见到你就看见脖子上面留下的手印，只是不好意思问也不方便看。"

还有一次欧影用微信给钟欣欣留过语音。当时钟欣欣似乎听到了隐隐的抽泣声，她用语音回过去："你走出来。"

"我不知道你在哪里？"欧影回答。

"你站到窗口。"钟欣欣引导着对方，她在窗下向欧影招了下手。欧影看到后马上消失了。

欧影想了想说："是的，你那天来我们家，人刚坐下，那个阿见便紧张了。等你回去，他好像比较关心你，他找陈有光的次数比之前更多了，而且四处打听你的情况。"

"怎么四处打听？"钟欣欣问。

"听他给什么人打电话，问最近合作公司调来新人了吗。他向电话里的人描述的高个、皮肤白白、三十岁左右的女孩子不是你吗？"

钟欣欣笑了。

"我还听到他提过你的名字，也不知道说了什么，陈有光的心情也不好，还喝多了酒。"

"你不用理他，他下次再找茬，你就离开，马上过来，或是选择报警，我正在找这种家暴的典型呢。"钟欣欣说，"他正撞我枪口了。"

欧影对钟欣欣说："我如果报警他会被带走的。"

"他家暴的时候怎么没想到这些？"钟欣欣继续问，"这是他说的话吗？真是无赖。"

欧影说："是我的家婆哭着求我，她说如果报警了我老公可能还会判刑，到时陈小桥的前途都没有了。"

钟欣欣听了，冷笑。

欧影紧张起来："领导，我希望你不要把家暴这个事情说出去，再说了，我又没有被打伤，他只是过来很轻地推了我一下。"

"轻轻推了一下脖子上面会都是手印吗？"钟欣欣不满地问，"你知不知道，他会这么做你是有责任的，你在纵容他犯法。"

欧影说："那我怎么办啊，也没有人来救我，我在这里只是一个人。"

钟欣欣说："救你？你自己都不想救自己了。"见欧影沉默，钟欣欣又软回去说："好吧，你再想想，也好自为之，如果信任我，就来找我；如果不需要，你就好好保重自己。这么热的天不用穿长衫了，你的刀疤我已经看到。"钟欣欣一秒都不想啰唆了，她心里骂了句活该，然后就准备冲凉了，她觉得这一天真是没有意义，什么时代了还能遇见这种女人，真是个奇葩中的战斗机。可是还不到五分钟，钟欣欣便看着欧影的眼说道："你不是一个人，我们都在等你。"

第二天，钟欣欣打开房门后发现陈阿婆站在门口，她怯怯地说要请钟欣欣过去吃饭，说感谢钟欣欣对陈家的关心。钟欣欣听了，本来是要谢绝的，晚上有同学从上海过来，自己准备在欢乐海岸请对方吃饭，顺便带着对方在附近走走。当年自己在上海读书的时候，吃过对方家里做的糯米饭和黄花鱼，是对方爸爸下厨，钟欣欣印象很深。

可是见陈阿婆的举动很是奇怪，便犹豫着要不要留下来听听她说，不然过了这么多天，工作还没有进展心中没底。于是，钟欣欣跑到门口打电话给同学征求对方意见，想调整一下时间。这时她突然看见不远处偷偷看她的阿见，阿见似乎在犹豫是不是要进到院子里。

钟欣欣突然做好决定，她认为自己如果不留下来，之前说的话可能白说了，她就是要和这个阿见会一会。

等重新再进来之后，她接过陈阿婆手里的壶说："我来我来。"有一次到陈有光家里的时候，陈有光曾经倒水给她喝。看着杯边重重的茶垢，钟欣欣装作说话，又放了下去，再也没有端起来。

吃饭前先要做饭。陈阿婆像是很熟的样子，把钟欣欣拉到厨房说起了悄悄话。钟欣欣知道对方是做给欧影看的。刚刚还说腿疼手疼的陈阿婆，到了灶台前如同换了个人，立马生龙活虎，眼冒亮光。她先是给铁锅里加了一大碗水，放上个没过水的小铁架，盖上并拧开煤气，然后故意从门里向外看看有没有人偷听，当然是做给钟欣欣看的。陈阿婆喜欢这样，以示友好。

接下来，如钟欣欣所料，她要在背后说欧影的坏话了，目的是让钟欣欣离欧影远点，表达此人的话不可信。看见钟欣欣对着锅灶发呆，陈阿婆说："看到没有，这些脏活累活都是我做的，人家不可能做了，她只需要勾到男人就成功了。烂佬怕泼妇呢。"说完话，陈阿婆瞥了眼欧影的房门。

钟欣欣问:"你是说她平时也出门?"

陈阿婆说:"之前的事情我不知道,勾到了我的仔,她就可以万事大吉啦。有吃有喝,当然不用出门的啦。"

钟欣欣说:"我了解到,她读过书有文化的,待在家里太可惜了。"

陈阿婆说:"女人读那么多书做什么,吵架的时候只会伶牙俐齿,变着法不听老公的话。"

"他们应该互相尊重吧,而不是谁就应该听谁的话。"

陈阿婆听了,看着钟欣欣说:"你也是北妹吧,怪不得。"

钟欣欣马上用白话说:"我屋企係外地,不过我喺深圳出世长大,嚟咗深圳就係深圳人啦!"

陈阿婆白了钟欣欣一眼,她认为钟欣欣忽悠她,陈阿婆扬了下手,像赶蚊子一样,继续说着自己心抱的坏话。"那女人是个扫把星,来了这个家,这个家就开始走衰运。"

钟欣欣说:"我了解过,与她应该无关。"随后,钟欣欣指着煮沸的水说,"阿婆呀,你是要请我吃晚饭吗?"

陈阿婆像想起来什么了,熄了煤气,冷着脸推搡着钟欣欣出客厅,说:"以为你跟他们不同,看来一样的,都要帮着她来欺负我的仔,下次你送东西就好了,不要跟我说话。"说完气呼呼地坐在沙发上,抓起上面的蒲扇,对着自己身子用力地扇起来。

"阿婆,你不请我吃饭,我请你可以吧,那边的常德菜怎么样?"

陈阿婆黑口黑面,白了钟欣欣一眼:"我怕辣你唔知呀?"

等到了第二天,陈阿婆刚要出门,就见到了等在门口的钟欣欣,陈阿婆的脸变得快:"干部同志,又有咩送呀?"

"哪里有天天送米的呀？再说了，你们家个个身体健康，我怕这样送会伤害你仔的自尊心呢。"

陈阿婆冷笑一声："怕什么，我不怕。你们送什么都是应该的，同乐最欠我们的。你们养我们两辈子也不够。"

钟欣欣讨好地说："你这是去哪里呀？买菜呀，我刚好也想去买呢，你要教教我啦。"

陈阿婆说："今天又想吃我屋企饭啦。"

钟欣欣说："我也不能光吃不学啊，阿婆你教我。"

陈阿婆说："你要学乜？"

钟欣欣故意撒娇："做菜呀，你看我这么大了还没人要，还不是因为不会家务吗，阿婆你要教我呀。"

陈阿婆被钟欣欣逗笑了："我就知道你们这些小年轻五谷不分的嘛，怪我命不好，认识你们这些人。"

看着面前这个瞬间年轻起来的老年人，钟欣欣有种莫名其妙的心酸。估计这辈子都没有什么人想要向她学习吧。看来每个人的自尊心都要保护好，尤其是陈家人的，这些年，他们差不多自暴自弃了。

到了晚上，陈阿婆想起出门前钟欣欣约她一起去海滨市场，说想听听陈阿婆有什么建议。

陈阿婆长这么大，从来没有人听过她的意见，都有些不知道怎么接话了。

陈阿婆把这些事情想过一遍之后，她认为把所有过错都安在欧影身上可能也不一定是对的。这是钟欣欣对她说的。

钟欣欣启发陈阿婆，比如有没有想过你的仔，如果不是因为有欧影这样一个老婆，才没有拿回扣呢。

陈阿婆直截了当地回答:"如果拿了钱,我们家就发达了。"

钟欣欣说:"也许已经进去了。"说完话她也不看陈阿婆,这一刻她突然有些心疼欧影。

这时陈阿婆愣愣地看着钟欣欣。这是她之前在同乐从未听过的话。她没有再反驳,而是去了厨房。

陈阿婆煲了汤,特意多做了一碗留给钟欣欣吃,钟欣欣猜想对方是想过她的话,所以态度上也有所改变,两个人的关系也进了一步。钟欣欣想着这样便可以通过陈阿婆影响陈有光,尽快收心,不要再被人骗。

十五

上午的太阳光会让同乐街显得干净些,到了下午则变得颓废和凌乱。这是钟欣欣的发现。

听见钟欣欣和陈阿婆两个人的对话,欧影先前还躲在房里装睡。到后面,她实在忍不住了,悄悄打开门,听完了陈阿婆完整的话,才把整个身子亮出来。这个样子当然惊到了正在说欧影坏话的陈阿婆。钟欣欣放下手里的汤碗,匆忙站起身和欧影打招呼。可是已经来不及了,前面她赞美陈阿婆厨艺好的话欧影显然已经听进耳朵。此刻,欧影与钟欣欣连招呼都没打,她不看钟欣欣一眼——要知道前一天两个人还说了许多,欧影把自己的心里话全部倒给了钟欣欣,想不到这么快她就喝起了陈阿婆的汤。

要知道陈阿婆的小气在同乐是出了名的,除了老公和孙子陈小桥,谁都不要想在她这里占半点便宜。就连陈有光想多喝一碗汤都不情愿,更何况欧影和外人。陈阿婆突然对钟欣欣大方,让她没办法解释,她猜这个时候欧影肯定误会自己。可是眼下没办法解释,她还是拉住陈阿婆要紧,免得陈阿婆也被阿见拉下水。

菜市场里,为了拉住陈阿婆和自己多说几句,钟欣欣特意换了纸币,向陈阿婆请教买菜做饭的事情。有一次,钟欣欣分明看见阿见跟了陈阿婆一段路,显然他对钟欣欣这么一个年轻女孩对买菜做饭这件事有兴趣感到蹊跷,想探个究竟。见钟欣欣帮着陈阿婆提着袋子在菜市场里选冬瓜,阿见也戴了墨镜站在不远处。菜铺老板见了神情怪异的阿见,打招呼:"老板需要咩?"阿见听了,躲也来不及了,又不好发声,只好嗯嗯地应着。钟欣欣听了,心中暗笑。倒是陈阿婆见了旁边的阿见,嘲笑道:"你都有屋企咩?"

阿见点头答道:"是呀是呀,买点萝卜排骨煲汤食。"

陈阿婆说:"最好这样了,你呀也都好老的人了,不要天天拉着我的仔出去饮酒吸烟,搞得我的仔身体都差好多,把家里的钱花得光光。"

阿见在大庭广众之下被人揭了短,非常狼狈,只好辩解:"阿婆,你有没搞错,是你仔缠着我呀,又来向我借钱。"

"边个信你呀,成日闲到死。"陈阿婆听到阿见的话,头轰的一声响,果然没有猜错,这人和当年骗自己老公的那些人一样,没安好心,是放赌债的。

想到这里,她把手里的菜扔给钟欣欣,直接冲到阿见面前,大声嚷起来:"你没安好心,成日来我屋企搞搞震。"

"我搞咩啦?我有大把生意做,懒得理你家烂事。"

"我屋企唔好,你点解成日过来。如果有事做,你做咩赖起我屋企。讲得好好的事,无拉拉就变咗,我仔做咩唔想翻工?你日日盯着我心抱做咩嘢,我孙仔点解唔想读书,唔是你做的好事咩!"

"你问我,我问边个?是你家风水不好,几代人都这么差的,你怎么不自己好好想下上代人做了咩坏事?"

听了这一句,陈阿婆崩溃了,她脱掉两只鞋子,向阿见砸了过去。不等阿见那边的反应,她已经躺在地上捂着脸大哭起来。陈阿婆边哭边骂:"我的命为什么这么苦?嫁到陈家,没有享过福,一辈子都在受苦。我的债怎么还没有还完呢?我点解还不死呢!"这个时候已经有人围过来看热闹。

钟欣欣也没见过这样的场面,吓得手足无措,只好蹲下身子去拉陈阿婆。想不到对方看了钟欣欣的脸之后,马上对准了钟欣欣:"对了,今天的事情就是你惹的,那个人点解无拉拉跟我到这里气我?"

钟欣欣急着辩解:"我都不知道怎么回事!"

"好,那你必须拉住他,让他给我道歉。我的血压升高了,要他赔我医药费。"

钟欣欣转身去找阿见,阿见早已经跑得人影都没有了。钟欣欣只好劝陈阿婆:"阿婆,我们回家再讲,不要在这里,这么多人。"

陈阿婆说:"我怕咩,越多人越好,总要有个讲理的地方吧。我陈家为村里做了那么多事,老头子瘫在家里了,边个理过?"钟欣欣低声道:"我这不是在帮你乜,这是阿见给的一千元,你先放好,免得他后悔。"汇报这个事情的时候,郭正安说这个费用由陈有光家里自己出。

"他们怎么会出这笔钱,他们哪里还有什么钱呢?"钟欣欣不解。

郭正安神秘地笑:"以后你就知道了。"

陈阿婆见了钱，两眼放光，一分钟之内穿上鞋，从地上站起来，说："帮咩了，搞到我屋企成日不得安宁，动员我们搬家给你们腾地方，你要立功请赏才是真的吧。你想算计我屋企，是不是太年轻啦。"陈阿婆翻脸很快。

钟欣欣说："阿婆，您误会了，回去我跟你解释。"

陈阿婆站在地上，叉着腰道："解释咩？"

钟欣欣道："阿婆，有什么话，你慢慢同我讲。"

"我点解要话你知，你係边个呀，我同你好熟咩？"

"阿婆，我们也要为后代着想啊。"

陈阿婆哼了一声，大吼："都唔打听下，起同乐，我陈家怕过边个？"说完话，陈阿婆已经起身，拍拍身上的尘，抛下钟欣欣走了。

十六

傍晚，从同乐小学到各自的家门口，一路都是老人和孩子们。钟欣欣没想到，阿见会站在巷子口等她。他穿着件镶了金线的黑色T恤，脚穿一双白色波鞋，手里捏了支长香烟。距离他们不远处是一辆黑色的轿车，司机正从后视镜向这里观望。

钟欣欣吓了一跳，站住脚，打量着刚刚喊她名字的阿见问："找我有事吗？"

"有啊。"阿见似乎正等着这句，他掐灭了烟说，"你听没听过'挡人钱财对自己不好'这句话？"

看钟欣欣没回答，阿见继续道："你应该知道我会做什么吧？"

钟欣欣说:"是要我胳膊,还是要我肾呢,都还是年轻的。"

阿见笑了:"看起来不陌生啊。"

钟欣欣也笑:"有的人港台片看多了,总想着模仿。"

"有的人不知道深浅,我怕行差踏错,我提醒一下而已。"阿见说。

钟欣欣说:"我只是希望你不要影响他们一家的正常生活。"

阿见说:"他们家正常吗?全家人都是超级奇葩,我这是看不下去了,是在帮他们走出困境。"

钟欣欣说:"你做了什么你应该知道。"

阿见说:"钟欣欣你在调查我,我告诉你不要坏我好事。"

钟欣欣说:"你做什么好事了?"

阿见说:"我这个人呢,说到底还是不欺负女孩子的,但是别人也不能挡我的路,记得不要说我阿见没有给过你机会。"

钟欣欣说:"你想要做什么呢?"说完话,她指着头上的摄像头说:"你看,我们都在监控之下,这个你应该知道的。"

阿见看了眼摄像头气呼呼地说:"我做什么取决于你会做什么。我阿见在江湖上混,从来都给自己留路,可是如果有人不想给我留路,那我就不客气了。"

说完话,他拉开车门,坐上去,黑色的轿车马上开远了。钟欣欣站在原地,好像做了一个梦。正常情况下,她会拐个弯进陈有光的家,可是这一次她没有,她在同乐街上走了两圈。最后走到晨光烧饼店里吃了一个饼,看着同乐街上各家出来散步的人多了起来,才多要了两个豆沙饼一起付了款,去了陈有光家。路上她打了电话向郭正安汇报情况。郭正安交代她先不要急,一切都按部就班,继续补课,不要让陈有光家里人察觉到。

进了陈有光的家，钟欣欣像往常那样在陈有光家的椅子上面坐了一会，脸色苍白。刚才的事情非常突然，她还没有缓过劲。欧影似乎也感觉到了，她安静地走过来陪在钟欣欣身边坐了一会，没有说话。作息时间混乱，刚从床上起来的陈有光似乎也发现了钟欣欣的异样，边刷牙边探出身子去观察钟欣欣。他看见钟欣欣坐在原地不动，像是发呆，脸色也越发难看。只是很快钟欣欣便调整了自己的状态。她想好了，她的时间表里今天要做什么是不能改的。

陈小桥是关键，他是陈有光和欧影的软肋，也是阿见物色的人质。

钟欣欣第一次在陈有光家里见到陈小桥时，对方正在房间里练倒立。他见到钟欣欣的时候，是反过来的。

钟欣欣看着他，没有来由地笑了。

陈小桥问："这样有意思吗？"

"有啊。"随后，钟欣欣把手里的包放在台面上。

陈小桥顿时说不出话来，差一点摔倒。好在他强行管住了自己，保持住了一个男人的体面。

"你是谁？"陈小桥问。

钟欣欣不说话，想让对方猜。

陈小桥："噢，送米的？"

钟欣欣摇头。

陈小桥："送油的？"

钟欣欣："你这个倒立我也会。"钟欣欣笑着说完，向前跨了一步，倒立在陈小桥的对面。

"直接送红包慰问？不会吧，现在又不是过年过节。"陈小桥倒立时的眼珠子转了两圈，显得有些古怪，长这么大他还没有遇见过这类人,"那你想干什么?"

钟欣欣说:"给我一个机会如何,比如教我唱粤语歌,我可以给你补课。"

听了这一句,陈小桥直接立正,把钟欣欣留在了墙上一个人倒立。"谁说我要补课了?"血冲上了脖子和脸,陈小桥直接嚷了起来。

钟欣欣只好跟着陈小桥回归正常站立模式。两个人互相打量一番之后,钟欣欣自我介绍:"陈小桥你好,我是钟欣欣,高中毕业于外国语学校,和你们学校曾经打过一次篮球。当时你小,我们没有机会见到。"

陈小桥盯着钟欣欣的嘴,半天说不出话。

"怎么了,冠军大晒呀,关我屁事?"陈小桥说。

"不是呀。"钟欣欣不知道怎么回答,"我是你们友队的师姐呀,怎么了,嫌我老,有代沟?"钟欣欣成功打岔。

陈小桥不知道该怎么接,他被钟欣欣说话的方式逗笑了。过了很久之后,他对钟欣欣说:"说了这么多,都是搭讪,而且我确定你来同乐之前没有做过功课,临时抱佛脚出丑了吧。不要玩我啦,我当时在学校什么爱好也没有,什么都没做。"

钟欣欣说:"大哥,你知道我时间多宝贵吗?光是健身卡就两张,每周都要去美容院打卡,现在全没了。"

陈小桥上下打量钟欣欣说:"你又不是演员。"

"可是我爱美呀,总不能被人嫌弃吧,我要找回自己的回头率。"陈小桥再次看了眼面前的年轻的"白富美"说:"你确定来我们家不是为了自己立功?"

钟欣欣感觉到陈家的每个人对外面来的人都保持着警惕。

钟欣欣便走马上任,成了父子二人的小老师。她说自己总得做点什么吧,不然工资都领不到,需要父子二人帮助成全。一时间父子二人要拿起书本学习,还是有些不适应,甚至还有些尴尬,连话也不说了。钟欣欣又只好对陈有光说:"我听说你老豆会拉二胡,可以教我吗?"

"他这个样子怎么教。"陈有光警惕起来。

"我知道你也学过。"钟欣欣说。

陈有光红了脸,羞怯地说:"没有没有,有什么好学的,谁会听啊,土得要死。"

"不能这么说呀,我喜欢听。大家都不学,我学了就是冷门。等我学成之后,这就是我的看家本领,看他们谁敢小瞧我。"钟欣欣说。

陈有光说:"你不是嘲笑我吧,我是没有常性的人,学了没两天就不学了,坚持不了,所以我特别崇拜那些能坚持的人。"

钟欣欣说:"我知道你不会给我学费的,所以我想这样我们两个人就相互抵消了,我工资有着落,这样双方都好过啦。"

陈有光说:"靓女原来你是这么计较的呀。"

钟欣欣说:"还是算清楚点好,大家都互不相欠啦。"钟欣欣就是要让对方打消顾虑。

听了这话,陈有光上下打量钟欣欣,像不认识一样,摇头道:"唉,世界变了,世风日下啊。"

"我这个不算啦。"钟欣欣急着辩解,她这么说的目的,除了让陈有光父子放心不要有太多压力,也让阿见打消顾虑。

这样一来,就连陈有光这个见了合作公司干部就要骂的人,也只得放行了。不仅如此,他还翻箱倒柜,把断了弦的二胡找出来擦干净。当他看见镜子里手捧二胡的自己时,被吓了一跳,赶紧放下,远远地捋了下头发,正了正衣领。这一次他要过到马路对面去,那里有个乐器店,他要换个新弦。

等出了店的时候,正是下午五点多,不远处的海上悬着一轮圆圆的太阳。陈有光发现自己已经有很久没有这样看过太阳和海了。他也是第一次发现同乐是个不错的地方。

天还有些凉的时候,陈阿婆便煲了汤给孙子陈小桥喝。汤里面放了花旗参,这是她偷着放了很多年的宝贝。她特意起了个大早,跑到海滨市场,挑挑拣拣,物色了最好的几块排骨,准备煲八个小时。陈阿婆认为只要喝了自己煲的老火汤,陈小桥就会愿意读书,将来就会考上大学,然后把老公和阿光仔丢的面子都挣回来。

钟欣欣和陈小桥聊过,虽然休学了,可是不能放下功课,陈小桥也同意。

想到这些,陈阿婆已经很久没有哼过的小调又重新回到了嘴边。虽然她唱得乱七八糟,可是心里的闷给唱跑了一半。她边唱边想,然后便想到了给他们家带来福音的人是谁。当然是合作公司干部钟欣欣啦。于是她想着等钟欣欣过来补课的时候,她要去菜市场给对方买些生地、熟地来煲汤。这种汤她也有阵子没喝了。钟欣欣除了语文,其他科目都补。

钟欣欣对陈小桥说:"你的作文写得很棒,你倒是应该给我补,这样学费就互相抵消了,你看如何?"

陈小桥愣了下,随后说:"开什么玩笑,你在骂我吧,我语文真的好吗?"又说:"你算得可真细。"

钟欣欣说:"好啊,连你的老师也这么说,那你愿意给我补吗?"

陈小桥装作不在乎:"我哪个老师说好了?"

钟欣欣说:"是一个湖北口音的女老师,她说你的作文写得超精彩,属于意想不到的好。"

"她是不是认为我就应该什么都不会。"陈小桥表现得有些不开心。

钟欣欣说:"当然不是啦。你让这位老师惊喜啊。"

听到这一句,陈小桥涨红了脸,从小到大还没有人这么跟他说话。他只觉得这是这么久以来最开心的一天了。陈小桥迅速结束今天的谈话,他害怕幸福被他全部使用完了,再也没有了。他感到不只是脸在发烧,连身体也变得不像是自己的。他背着双手,顶着同乐上空突然飘来的小雨,向不远处走去,他想离同乐人远一点,离人群远一些,独自去享受这美好的时刻。

给陈小桥补课这件事之后,钟欣欣和欧影似乎达成了默契,哪怕两个人不说一句话,在同个空间也有感应。钟欣欣感到欧影可能是懂她的,包括对方一句话、一个微笑可能都是有用意的。当然了,钟欣欣不可能去问。她只是高兴:至少这个欧影不用再费力争取了。

有一次担心钟欣欣给陈小桥补完了课,往回走的时候天有些黑了,欧影说:"已经过了十点,今天这么晚。"

钟欣欣怕对方内疚:"没事没事。以前我在上海读书的时候后半夜还与同学在大街上走呢。深圳就更不怕了,到处都有监控。"钟欣欣突然感到欧影可能有其他意思。

随后钟欣欣想到阿见那天的出现非常突然,至少比预想的要早。自己还什么也没有做,对方怎么就敏感了,自己的计划也没有向别人透露过。难道是陈有光的那些话让对方感觉出了什么?

钟欣欣脑子里考虑着如何问陈有光。只是转念一想，万一陈有光想多了，找阿见商量怎么办？等陈有光走到她身边坐下，钟欣欣把话咽了回去。钟欣欣继续教陈有光学习电脑。陈有光本来是抗拒的，钟欣欣说："我相信你可以，就这几样：开机，关机，在电脑上打开表格，然后把事情按照上面的要求分别填进去。我们试一次如何？"

陈有光不耐烦地说："我不会这个，这是年轻仔学的。"

钟欣欣说："你老豆老妈都在，你就是小年轻。"

陈有光不满地说："边个讲嘅？"

钟欣欣说："我呀，我说你没老你就没老，一个'70后'好意思说自己老了吗？'40后'那些人还在玩手机，他们都没讲自己老，你凭什么呀？"

陈有光说："我脑袋不会转了，看什么都记不住，真的不适合做嘢。"

钟欣欣问："如果陈小桥说自己不能上学了，功课很难，听也听不懂的时候，作为老豆你怎么答他？"

"他正是记忆力最好的时候，哼，他胡说呢。"陈有光道。

钟欣欣学陈有光的口吻："你眼下是人生经验最丰富的时候，有什么理由躺在家里什么都不做，总是等着救济？"

"我老了，做不了这些。"

钟欣欣说："在你父母眼里你现在还很年轻，还没有资格躺在家里什么都不做。况且你学的这些东西并不难，只有这几样，我们可以试试的。"

陈有光学的东西就是网格员需要具备的技能，把合作公司出租屋里的房客名字和工作单位按照分类填写进表格。这是合作公司研究后决定给陈有光安排的工作。

前面学习得还算顺利，再过两天便坐不住了，陈有光多次站起身说："冇搞我啦，我唔得咯。"钟欣欣按住对方的肩膀道："如果你不学，我就放弃给陈小桥补课。他都在克服困难学，你这个当老豆的更应该做好。"钟欣欣笑着把陈有光摁到座位上，说："你应该给陈小桥鼓劲的，他可是盼着你放弃，然后他也不学了。"

在钟欣欣的协助下，陈有光在填好了四张表的时候，便找到了规律，就连钟欣欣说"喝杯茶啦大佬"，对方都没有停下。

钟欣欣表扬道："你学习能力很不错，仅凭这点，让我对给陈小桥补课也有信心啦，否则我都想着放弃了。"钟欣欣看出对方已经来了兴趣时，她提出了休息，说明天再做吧。钟欣欣看出陈有光竟然有些恋恋不舍时，她认为自己这份坚持还是对的。

十七

阿见说是因为催了陈有光还钱，陈有光没回应，才直接住进陈有光家里的。

这个举动似曾相识，顿时吓坏了陈阿婆，当年自己的老公陈水遇见的那帮赌鬼就是这样。

等到了吃了晚饭要睡觉的时间，对方也不走的时候，陈有光也怕了，他分明感到自己可能惹了一个比老豆惹的还大的祸。怎么办啊！此刻，陈有光除了躲再无办法。他翻出自己的电话本，想看看还有谁可以救他，可是找了两遍，还是找不到。他在镜子里明显感到自己又要哭了。此刻的陈有光如同不认识阿见一样，他回到自己的房间，连饭也不出来吃了。

他偶尔出来一次，看见阿见如同在自己屋企一样逍遥自在，手扶一个茶杯端坐在陈有光平时坐的沙发上。陈有光后悔不迭，他已经知道了菜市场上的事情。眼下，他不知道怎么办，毕竟自己欠了别人那么多次的饭菜和钱没有还。陈有光后悔上次去汕尾不应该跟着他们回来。

阿见大摇大摆住进了陈有光的房间，随后他在房间里折腾了一会儿之后，把陈有光房间里的东西打了一个包，扔到了客厅中间，室内安静，却像是随时要燃爆。

陈阿婆很快便血压升高了，她又不敢高声说话，担心被阿见听到后对自己的仔下狠手。陈阿婆安静地把自己的老公陈水的饭喂好，随后给陈水盖上一条特别厚的被子。她在心里祈祷陈水不要那么快醒过来。

的确如她所料，陈水好像比任何时候睡得都安稳，如同死人一样，就连陈阿婆也感到了奇怪。

钟欣欣还在床上睡着，便接到了陈阿婆打来的电话。陈阿婆在电话里又哭又叫，钟欣欣很快听明白了。陈有光前一晚便失踪了，陈阿婆还说到阿见住进家里的事情。

钟欣欣说："昨晚怎么没有给我电话呢？"

"不敢出来呀，现在我是说买菜，我不知道他仲要做乜嘢？"陈阿婆担心对方想着上次在菜市场被自己骂的事。

钟欣欣听了，半天还没回过神。陈有光前两天还好好的，答应她学电脑，认真工作，怎么一下子就玩起了失踪。钟欣欣简单洗漱后便给郭正安打了个电话，随后便直接去了陈有光家。这一次，她从同乐小学侧门走了过来，路上她除了打电话给郭正安，也联系了陈德福，简单说了下这两天发生的事情。

以为陈德福还会像上次那样不冷不热，想不到陈德福这次非常积极，他安慰钟欣欣不要紧张，还说他们都在，不要慌，慢慢想办法。

可如果阿见找人挟持陈有光，绑票了怎么办？那也太大胆了吧。钟欣欣把自己的猜想用电话告诉了郭正安。此刻，钟欣欣还想给自己的父母打电话，她只想听听他们的声音就好。不知道为什么，此刻，她惦记他们；之前他们叮嘱她时，钟欣欣都会心烦。

可眼下，她想起自己父母平时唠叨的那些废话都是无价之宝。在等待陈德福过来找她的时候，钟欣欣给母亲打了个电话，钟欣欣认为每个人都应该有自己愉快的后半生，她需要理解母亲。母亲的电话接得有点晚，和过去一样，母亲还是那么唠叨，完全不听钟欣欣说什么；还说如果钟欣欣同意，要到同乐看她，想给她做饭，收拾一下房子之类。母亲似乎是连哭带笑说的。放下电话之前钟欣欣脑子里全是家里的情景。自己叛逆期时母亲幽怨的眼神，她每次要接一个开心的电话都会跑到阳台或者躲到角落里。她很明白自己的电话让母亲感到兴奋。放下电话，钟欣欣内心好受了许多，她认为自己今后有必要向父母报平安。

郭正安说："你先去他的家里看看，安抚好他的家人，这边我们会向上级报告，采取办法联系到他，你记得一定不能激怒对方。"

钟欣欣明白郭正安说的对方就是阿见，还没有进到陈有光的家里，路上便已经看见同乐的几个人在路上窃窃私语；见了她，眼睛便附在了上面，一路跟进陈有光家的门前。

陈有光的老豆陈水竟然坐在门口。

钟欣欣远远地看了，吓得不轻，一路小跑过来，她看见了穿戴整齐的陈水。陈水见了钟欣欣激动得说不出话,嘴一直抖着。他身后的轮椅已经滑到很远。陈水一脸悲壮,像是要赴刑场。

钟欣欣问:"阿婆呢?"

陈水做了一个拜佛的动作。钟欣欣明白了,陈阿婆去了佛堂。

接下来钟欣欣便见到这个失语的老人,突然像个婴儿般呜呜地哭了起来,似要起身。钟欣欣见状,上前一步,扶住了陈水,并把轮椅拖到他的身后,扶着陈水坐下。这个时候,陈水的身体已经瘫软下去,好似无人扶就会从椅子上面滑下来。门口很快围了一些人过来。钟欣欣伏在陈水耳边说:"找阿光的事你交给我们,你先回房休息。"见老人身子更加无力地沉下去,钟欣欣神情严肃地说:"老领导,这件事情您如果不帮我,我肯定完不成任务的。"

陈水的身子发抖。

钟欣欣握住陈水的手臂:"是不是他?"

陈水猛地睁大眼睛,死死地看着钟欣欣的脸,不断点头,他的手死死地抓着轮椅的扶手,像是要撕碎了谁那样。这样一来,钟欣欣认为要先保证陈水的安全,于是她把陈水交给了匆忙赶来的合作公司干部之后,重新回到了陈有光的家。路上她在想着陈阿婆刚刚打电话时说的话,她说:"家里出了大事。"

钟欣欣望向室内,到处是被子、枕头和撕破的课本。

之前的情况是,陈有光失踪后,陈小桥便站在客厅指着陈有光墙上的画说:"我现在宣布,不搞掂阿见我不返屋企。"

陈阿婆听后也不劝,自从陈小桥转学不成这件事之后,欧影几次离家出走又回来,到陈有光提出要与阿见合伙做生意,发生了这么多事情之后,陈阿婆已经筋疲力尽,没有了力气。如果不是因为陈水,她都不想去煎药,更不想做饭。眼下,她需要煮点稀饭等陈水回来吃。

陈阿婆担心陈小桥会怪她。因为欧影就是因为和她吵了架已经几天没有回来。

陈小桥也对陈阿婆这个态度不满。每次陈阿婆骂欧影，或是暗中怂恿陈有光打欧影，陈小桥都会离开家一两天。陈阿婆已经发现，只是她管不了自己的嘴，她太恨这个欧影了。

这些天她只能嘤嘤抽泣，她再也不敢大声说话，她认为这一段时间家里发生了这么多事情，个个都心烦得要命。陈阿婆已经瘦到了不到八十斤，看着老公陈水越发暗淡的眼睛，她认为自己也不会活很久了。这样一来，她索性觉得还是对老公陈水好一点吧。

陈小桥正式提出了退学，他说准备找自己的兄弟替老豆报仇。为了表达自己的决心，陈小桥动手把自己的书本变成了碎片，扔得到处都是，他像是发了疯一样大声喊叫着："太好了，不读啦！"只是看见作业本里有钟欣欣给他写的那些公式时，他的心痛了一下。

陈小桥本以为这么做会很爽，可是当他真的这么做的时候，他一点也不快乐。他流着眼泪，心里好似被什么东西烫伤，发出吱吱的烧焦的味道。这导致他喊叫的时候很豪迈，而哭的时候又是轻轻地呻吟。而他的阿爷陈水则闭着眼睛不看，似乎停止了喘气。陈阿婆刚开始见到，还跑上去抓陈小桥的手，想要阻止，只是她太矮小了，够不到。等到陈小桥把几本书都扯完并散得到处都是时，陈阿婆终于能够拉住对方的手了，只是她自己的手已经松弛下来，她像是疼得已经站不稳脚步。陈阿婆先是坐在地上哭，随后躺在地上打起了滚。见了这一幕的陈小桥也被自己之前的举动吓到了，他尖叫着冲出门去，他想到了死。他记得身后的哀号声如影随形，似乎无法甩掉，他被阿婆的举动吓到了，也被自己如此的行为吓到了，甚至他还想到了钟欣欣。她是那么耐心地对他，有几次他就是想睡觉，不想读了，他只吃完了欧影带给他的酸奶和面包后就有些困了。他说自己不喜欢读书，只睡一会儿，太困了。

钟欣欣说："好，你先休息一会，等下我叫你。"不知道为什么，陈小桥这一觉睡得天昏地暗，醒来时已经黄昏了，太阳已经快挨到了海面，而钟欣欣则坐在一旁在陈小桥的本子上面写着什么，她帮他批改了很久之前的那些作业。

陈小桥不好意思地坐了起来。他揉了下眼睛，然后冲到外面洗了脸，再回来时，他准备认真学习，学多久都可以。

陈小桥脑海里浮现了许多事情，他还记得陈阿婆有一瞬拉住了他的裤脚，求陈小桥帮助她早点死掉，她再也不想受罪。

知道了这一切的钟欣欣非常沮丧，她坐在满地碎纸片、一片狼藉的陈有光的家里，心灰意冷。这是一个夏天，而钟欣欣却感到像冬天那样冷寂。她不知道应该同情眼前的两位无助的老人还是同情自己。当初自己费尽心力，让他们解开心结，现在全部归了零，最终的结果是有人离家出走，有人消失，有人去混黑社会了。她曾经向学校老师各种保证，好不容易才把陈小桥劝说到同意补课。这次又被阿见瓦解了。钟欣欣头有些大。她不敢想这一连串的事情。此刻的钟欣欣才发现走投无路的是自己。她和陈家一同陷入了困境，她第一次明白陈有光一家要走出来是多么不易。关系错综复杂，千丝万缕，根本不是她想象的那么简单、明晰。

把陈水推回到厅里，并扶到沙发上躺下之后，钟欣欣喝了几口陈阿婆递过来的一碗稀饭。她希望钟欣欣吃了饭有了力气，帮她找回陈有光,帮她找回陈小桥。钟欣欣明白,更可怕的是陈小桥,如果他被拉进黑社会,或者吸了毒,便再也回不到学校了,那才是陈家真正的绝望。这时,陈水抬起了手,陈阿婆看见他的手就明白了对方的意思。

陈阿婆转身迅速跑回房间的柜子里,拿出一个破旧的相册,递给了陈水后,陈水像是变了个人,像是被附了体一样,翻到了他要找的那一页,上面是一张同乐村委合照。

陈水的两只手颤颤巍巍,移到陈德福的脸上,又移到郭正安的头像前,他突然热泪满脸。

"太好了,你是要我找他们吗?"钟欣欣有些哽咽。

"其实他们一直都在的,虽然你没有看见,可是他们从来都在你的身边。好的,现在我就给他们打电话。"

钟欣欣打开手机,先是拨了郭正安的电话,对方占线;钟欣欣又拨了陈德福的电话,陈德福刚"喂"了一声,这边的陈水便哇的一声哭了起来。

陈德福那边"喂"了两声后听这边没有回应便明白了,他对钟欣欣说:"你先看好陈水,防止出现意外。"

"好的。"钟欣欣用力握了下陈水的手,那是只如同枯树枝一样的手。这一时,她的心突然定了许多。

第三章

十八

同乐街与深南大道不同,那是只有同乐人才知道的一条小路。打个比方,如果深南大道是一条大河的话,我们同乐街便是它一侧的小溪。看过了深南大道两侧的高楼大厦,看过前海上一幢幢高耸云天的写字楼,再回到同乐,便如同到了乡下,恍惚不定肯定是少不了的。尤其到了光晕退去的天亮时分,街道上还没有人,只有几只麻雀在旧电线上面站着,同乐街才呈现出它本来的面目。同乐人的优越感不知道何时没的,似乎是被谁一夜之间偷走的。同乐人想来想去也不知道怎么回事。这样的时候,有些老年人便不甘心了,去凤凰山和仙湖又嫌远,只好买了水果和香去不远处的文昌塔了。烧香、拜神,再念念有词一番之后,他们开始说出心里话了。有的老妇人最后竟委屈地抹起了眼泪,把该说的不该说的统统倒了出来。这样一来,不少人知道同乐来了个高个子的年轻女人。她总是问东问西,谁家有事情,她都要冲上去,根本不像个女人。

问话答话的老人们都是一脸无奈,这个世界上有太多事情自己不知道了,似乎每次走到同乐的牌坊站一站,都会发现街的对面又换了个样子。

有一天,陈阿婆一觉醒来,像是换了个人,她睁大了自己凹陷的双眼说:"同乐就是被对面的光给换走了呀。"同乐人听了,摇头不搭腔。陈水出了事情之后,陈阿婆的确变了,心神不定,说话一惊一乍。

被换了心的同乐人似乎还没来得及想想来龙去脉,便要接受这个新的同乐了。他们像是有了约定,不再谈论同乐是如何变成今天这个样子的。平时在陈家宗祠里谈天说地的老年人,也变得不再说正经事,而只会凑在一起谈论炒股或打麻将。似乎能把他们凑在一起的事情也只有这个,除此以外就是三月三了。庙里的神,他们还是要拜的,那一天的大盆菜还是要吃的。

对什么都无所谓的同乐人信北帝,除了初一、十五,每年的大年初一前夜都会结伴去烧香许愿。当然了,除了发财和一家老小平平安安,其他的也不会多求什么。

5月18日这天天空像被洗过一样,干净,偶尔有飞机慢慢经过。太阳很大,也很少有人抬头去看。

谁也不知道陈有光是何时冒出来的,他像是忘记了前一天发生过什么事情,一边在街上优哉游哉地走着,一边晒着太阳。路边摊位上有个人过来,想讨陈有光麻将台上面欠的两千元,陈有光说手里没钱,即使有钱,也不会那么痛快地给出。他说自己不记得有这件事。对方追着陈有光说:"好,你不给也可以,你进庙里发个誓,说你没有欠过我钱,这样我们就一笔勾销了。"

陈有光听了,说:"发就发,我怕咩。"

这时被跑过来迎陈有光的陈阿婆听了,她急得直哭:"边个唔界你啲钱了,等缓几日就送过去的。"

陈有光大闹同乐之后,钟欣欣曾经装作任何事情都没有发生的样子,继续找陈有光聊天。她想了解这几天从深圳到汕尾,从汕尾到深圳,陈有光到底经历了什么,才有这样的变化。

陈有光指着院子里晒的一床棉被说,这个是同乐村发的,那些油也是同乐村送的。他像是失忆了一般,不接钟欣欣的话。

钟欣欣说:"合作公司对你们家非常关心。"

话还没有说完,陈有光便抢话:"对呀,我拖了全村后腿,不帮我,他们没办法交差,现在真正关心我生活的是你们这些人,而不是我本人。"陈有光很得意,说话间他给自己点了一支中华烟。见钟欣欣看自己,陈有光更加无赖:"这个是硬的,420元一条;680元一条的软中华我要等见朋友时才会抽。你知道吗?我这是给同乐脸上贴金啊。你看他们风风火火干了多少件大事啊,只有我过好了,他们才不紧张。抽这么贵的烟还不是因为你们嘛。我这是给同乐做广告:只有我富裕了,他们才能完成任务。"

"你应该记下来呀,我看你喜欢记东西,你们不是要报材料请功吗?我这是帮同乐村说好话,我说这些你会不开心吗?"陈有光笑着,钟欣欣发现陈有光经过这几天的失踪,又回到了从前,她之前的工作似乎白做了。

钟欣欣说:"如果是你自己辛苦赚的钱,你抽什么都没人管。"

陈有光说:"不可以这么讲,同乐的历史你不了解,没资格说。如果不让我加盖,我还会大闹的,大家谁都没有好日子过。我这是弥补损失,因为扩建,我的好前途都被毁了,你说我活着还有什么意思?如果扩建没有成功,我算不算是双倍的失败呢?"说到这里，陈有光的眼圈变红，好在钟欣欣已经习惯了对方的逻辑，不然会被带偏。钟欣欣几次想岔开话题都被对方绕回来。

钟欣欣问："修祠堂你家出钱了吗？"

"我如果有钱当然要出，没钱，是因为我们家的被同乐给了别人，所以这是我找合作公司算账的原因。对了，你直接说给我多少钱吧。"

钟欣欣觉得又可气又可笑，这个陈有光果然廉耻都不要了，把要钱当成自己的职业，于是问："你不打工赚钱这还成了同乐的责任？"

陈有光似想起了什么："现在没人关心我的死活，对了，我向欧影要钱她不给，反倒出了一份钱修祠堂。"

钟欣欣心想，欧影也不姓陈，还不是替你出的，于是说："同乐人不是不关心你，大家都很关心，只是方式不同，关心你并不说明你就有理，你对，请不要再找借口了，尽快找份工吧。"

陈有光说："我也想，可是我的仔被你们搞成这样，我是不放心我的仔，才没有出去的。他现在不读书对我们全家打击太大了，我老妈饭都不想吃。"见钟欣欣还没有反应过来，陈有光越发无赖："我现在这个情况是谁造成的，难道不是同乐合作公司吗？"

"是你自己带着目的去学校闹，才有了后面陈小桥的不想读书，怎么就变成了合作公司的事呢？"钟欣欣提醒对方要搞清楚。

陈有光不接钟欣欣的话，继续说陈德福、郭正安两个人先后把他坑了，说同乐没好人。前一段，陈有光愿意学电脑，人也老实了许多，可最近几天情绪又开始反复。

钟欣欣越发感到郭正安是把最难啃的骨头扔给了她，而她已经没有退路，钟欣欣说："你没有什么病，上次体检表我看过。你不去工作反复闹,谁还会看得起你呢?这是思想上的病。"

陈有光不悦:"那我做什么?"

钟欣欣说:"那天你不是都会用电脑填写数字了吗?做得很好啊。即使不会电脑,你还有一双手吧,也可以开个小店。"

陈有光说:"做生意吗,我哪里有本钱?"

"每天喝酒、赌棋就有钱了吗?如果你这样混下去,陈小桥会跟你学,你愿意陈小桥跟你一样吗?"钟欣欣说。

"你想说什么?"陈有光说。

"我的意思是要走正路,自食其力,过有尊严的生活。"钟欣欣说。

陈有光梗着脖子:"我没有尊严了?"

钟欣欣说:"你并不希望你的孩子将来走错路吧。"

陈有光一听这话,马上说:"钟欣欣,你不要咒我。他们说你的话特别灵,比神婆还灵,所以,我现在听你的。我可以带着他离开深圳,去合作区,到你说的那个地方学技术,行了吧?条件是你必须答应我扩建。"

"你不怕违法?"钟欣欣转移了话题,"我希望你不要窝在家里,让一个正在长身体,世界观正在形成的孩子天天看着你,有样学样。"

陈有光怒道:"你是对的,你什么都是对的,好吧?因为你是干部,你有文化,你们就可以掌握我们的命运吗?"

钟欣欣说:"你一个大男人天天游手好闲不丢人吗?"

"我老婆都没有反对,你急什么?"陈有光站起身摆出准备吵架的架势。

"那你打算一直这样混下去吗?"钟欣欣上下打量着陈有光

道,"再这样下去,我看你身体和智力都会退化的。"

"如果你是我老婆,信不信我会把你休了?"陈有光气得脸变灰了,与之前的扬扬得意完全不同。见钟欣欣没事人一样地看着他,他更加恼火,对钟欣欣说:"你这样说话是不对的,你不能欺负我们老百姓。"

被他这么一说,钟欣欣被气得找不到话回答。

陈有光说:"我怎么感觉你说话越来越像一个人呢。他当初就是这样骂我的。"听陈有光这么一说,钟欣欣糊涂了:"我像谁呀?"

陈有光说:"那我不能告诉你。对了,现在是你负责我家,加盖这件事你不帮我,我是不会说你好话的。如果有人来问我,我还要投诉你只拿钱不做事。"说完话,陈有光又变得忧心忡忡:"你知道吗,如果不是看在老豆老母还在,我都不想活了,现在在桥底下照样睡得很好。我只是想让我老妈不要伤心,我的仔不要怪我。"

钟欣欣猜到陈有光又开始撒泼不讲道理,只好来句狠的:"所以你就不能重走老豆的路,害了陈小桥,也害了你自己。"

陈有光:"你小小年纪为什么这么说话啊,我不想活了。你们为什么不懂理解人啊!当初因为离开工作岗位后,我找不到合适的工作,四处游荡惹事,我老豆觉得没有希望了才去赌的。"钟欣欣见到陈有光突然开始哭了,他像个女人那样用手捂着脸,长一声短一声地号叫。

钟欣欣不想看对方再耍无赖,只好站起身要走。见钟欣欣不理自己这套,陈有光迅速变成笑脸:"好了同志,我知道你是为我们家好,我们去合作区的培训学校,学个技术回来。混不出个人样,我不会让我的仔回来,这样你满意了吗?"

钟欣欣见陈有光情绪稳定了,她才出门。走了几步,钟欣欣又转身对陈有光说:"只要想学好,都来得及。"钟欣欣感觉自己说话的样子好成熟,好像父母那一辈人。

回到宿舍,天已经黑了,钟欣欣把情况用微信发给了郭正安。随后在自己的工作日志上写了一句话:虽然陈有光再次同意了去外地学习,可是效率太低,花费的时间太长,而且让对方的心情不好,而这个时间是抑郁症的高发期,今后要改进工作方法。

没想到不到一分钟对方就回了信息,说两个人需要面谈。

十九

9点不到钟欣欣便到了郭正安603的办公室。钟欣欣以为来得太早,还要在办公室等一会。想不到对方已经正坐在办公室看报表。钟欣欣的态度郭正安显然明白,两个人直接进入主题。她讲了这一段工作不顺利,反反复复,时好时坏,各项工作都进展慢,非常焦虑。

郭正安听完说知道了,除了做好工作,她本人也要注意休息。除了陈有光这一家的工作,其他事情也很重要。同乐的事情都不是孤立的,而是互相有联系的。钟欣欣说知道了,便告辞了。

出来的时候,钟欣欣脑子里似乎还飘着对方茶几上面的茶杯上方的气味。

钟欣欣走在路上一直在想郭正安的话,郭正安很清楚这一段时间只有陈有光这一件事情,为什么说这话呢?是不是知道陈德福提出要入党的事了?他自己为什么不提,也不推动呢?

到陈有光家时，正遇上陈阿婆给陈水喂饭。像是知道钟欣欣要来，陈阿婆打了个招呼后便端着两只铁碗坐到陈水眼前，摆了一张冷脸给钟欣欣看。陈阿婆把碗放在圆形的到小凳子上，然后拿着一个吃西餐用的叉子给陈水喂饭，担心碗掉到地上摔烂，陈阿婆又向里推了推。她先是叉住一小片萝卜咸菜强塞入陈水的嘴里，随后是将一团白花花的米粉送进了陈水的嘴里。像是早已掌握节奏，陈水已经开始吞咽了，他吃得很慢。陈阿婆正在叉下一片的时候，陈水开始反胃，作呕。见陈阿婆怒目而视，他不敢吐出来，最后强行咽了下去，然后闭住眼睛，头耷在胸前，仿佛已经睡着。钟欣欣只好走上前说："不然买点米糊吧？"陈阿婆像是没有听见，轻蔑地看了眼老公后继续喂，这一口，更加生硬和粗鲁。再后面，钟欣欣再也不敢提这个话题。

　　钟欣欣看在眼里，正想着要不要帮忙倒杯开水过去时，陈阿婆突然把铁碗里剩下的半碗米粉连同碗摔到地上。她拖着哭腔骂道："你这是害我啊，你嫌害我还不够吗？那些年，你天天忙工作，忙着帮助别人，不顾家，不管孩子，让我守着活寡！陈水，我和你一起死了更好，也就不会给合作公司添麻烦了，不要让干部每天都这么累了啊。"钟欣欣注意到陈阿婆斜眼看向她。

　　钟欣欣还注意到陈水的眼神亮过一下，是在她进门的那一刻。

　　还没等钟欣欣缓过神，已经看见陈有光在不远处朝地面摔下一只铁碗，随后他抬腿出门。陈阿婆说："你就知道躲，你躲吧！一有事情你就不见了，你走吧，不要回来！这个家不需要男人，你不是个男人！"

　　钟欣欣惊得不知所措，这时她看着陈有光转回头，突然疾步走回房间，一把拉住欧影的头发将她的头向墙上撞去。欧影自上次跑出去才回来没有几天，脸的上旧伤还没有完全好。

不到两分钟，钟欣欣很快便见到陈小桥从房间冲出，他拿着一个啤酒瓶，指着陈有光说："行开啊，信不信我可以打死你的，我是不怕坐牢的！"

陈有光道："你敢打我？你现在变成了什么样子？书都不读了，变成一个小混混、小流氓是吧？"

陈小桥说："是的，我现在有样学样，要成为同乐街上第二个陈有光，烂仔光你满意了吗？这样我们一家就不用愁吃啦，反正我们几代人轮着向政府要钱。"

陈阿婆用一声长号结束了早晨的"战争"，她跑进房时狠狠地摔了一下门。这一次她把门上的灰尘抖下了不少，随后门框也悄悄地裂了一道缝隙。而当晚欧影离开家，在同乐街上拦了一辆的士，坐到汽车站，换大巴去了东莞。在街上走了一会儿又回来，她不知道自己应该去哪里。这些年，她总是逃走后又回来。欧影天亮前回到家，她先是在客厅坐了一会，之后去洗手间洗漱，然后像往常那样睡回自己的床上。

钟欣欣了解到这是陈家的"保留节目"，说话时，欧影的嘴角的伤还没有完全好。钟欣欣看着眼前这个女人，感到奇怪，真的什么都不怕了吗？好像在说别人家的事情。有次欧影平静地说："源头在我，我不该走捷径，害自己，也害了小桥。我对不起所有人。"

钟欣欣看着对方："是的，谁在年轻时都会冲动。"

"我一直在为自己的行为买单，也许还了债，完成了一些事情，我就走了。"

钟欣欣变得紧张起来。她知道对方的意思，看着欧影的眼睛说:"在这里,你不是一个人。虽然有时你可能看不到,可是我们都在。"

二十

去汕尾的时候,陈有光和陈小桥是一早出的门,那时天还有些灰。站在同乐街等车的时候,陈有光通过玻璃看到身上钟欣欣送的粉红色格子上衣,感觉有些伤感,从小到大,还没有什么女人关心过他。当年他和欧影还好着,而现在,他们已经很少说话。陈有光已经有好多年没有摸过女人的手,也没有过拥抱和亲吻。平时在家里,他都是拣老豆或者陈小桥的旧衣服随便套在身上。

街上没什么人,只有两个清洁工。前一晚下过雨,阳光照在刚被冲洗过的石板上,反着光。陈有光如果不是有心事,他会喜欢这样的景象。当年的陈有光在工厂上班,每天早早起床,心情特别好;后来做了厂长更加开心,他觉得走路都是飘的,那是他最好的时光。陈有光脑子里一直留着当年的那个自己。他希望一觉起来,回到当年。陈有光认定如果不是命运捉弄他们一家,他可能不是现在这种处境,早已成为一名成功人士。十几年前,因为选举失败,仅用了半个月的时间,老豆便输光了家里的钱,也输掉了家里一台彩电和刚刚装上墙的空调。一夜之间,陈水家就由全村羡慕变成了一个笑话,老豆因此生了大病。陈有光有几次做梦都是揪住老豆的头发,他摇晃着老豆,质问他为什么要这样不负责任,把大家害惨了!老豆双眼无力地看着自己的仔。陈有光知道为什么,因为自己不争气,老豆心灰意冷了,才去和人赌的。

醒来以后,四周非常安静,只有远处深南大道汽车奔跑的声音。陈有光感到浑身无力。他的满腔仇恨应该找谁去报呢？很多人已经搬进了中心区，有的人没有离开，却在附近买了新屋。只有陈有光一家没有变化，陈水静静地坐在轮椅上，陈阿婆在菜场和厨房间忙碌或发呆。陈有光在街道和自家门口的藤椅上，他脑子里除了记忆就是记忆——那美好的二十世纪九十年代是他陈有光的天堂。

上次钟欣欣教会他的做表格的方法怎么忘记了，他真的老了吗？他想起了钟欣欣帮他一家人做的那些事情，陈有光也对自己不满意。

很小的时候，陈有光腿上得过病，恢复得不好，走得快还是能看出。可是等他进了工厂，没有人再说他腿的事情，他认为那个时候的他太威风了，只要有地位，其他都不算事。不光如此，他的老豆也是这么认为，他说，做人最重要的是能话事，有人听你的。当年的"三来一补"他明白，可到了腾笼换鸟的高科技时代，他完全晕掉了，根本不知道别人在说什么、做什么。

陈有光承认老豆有时说的话还是对的，他在倒酒的时候，特别想给老豆也倒上一杯，陪着他喝上一杯。可是两个人不能说话，每次说话，他都会忍不住想到别人住进了新房子，而自己家的老屋却随时可能被人拆掉，所以他要忍着这口气。陈有光的内疚和仇恨往往发生在同一秒，他想不出那是一种什么感觉。所以当群里说拆迁的时候，陈有光就想找茬骂人。想归想，做归做，陈有光披了个马甲在群里待着，希望看到有没有新的动静。

陈有光并没有等到时光倒流，倒是老妈阴阴地说："再唔出去做嘢，家里就冇得食了。"

陈有光什么也听不见，瘫在床上念了句什么便又昏睡过去，酒已经弥漫到他的身体和脑子中。不知过了多久，陈有光在恍惚中听见有人叹气，他认为不可能是老豆，虽然那声音有些像，可是眼下的老豆不会说话，只会傻笑。陈有光不愿意想这些令人头痛的事情，很快又昏睡过去。睡梦里他忆起了往事。他伤心的是当年那些小妹不知道都去了哪儿。他从来不会和她们上床，他只是愿意享受她们的崇拜。她们哭着求他帮忙想要留在深圳，或是哄他帮忙带她们去趟深圳市区看看深南大道，看看国贸大厦和地王大厦，她们想拍张照片给家里人看看。那时的陈有光在厂里威风着，夜总会陪唱的小妹在天亮前回出租屋都要坐他的摩托，陈有光遇见了会主动拉她们一段。他最喜欢的就是一上来一串，坐上来四个，把他挤到了车头去。几个小妹笑成一团，最前面那个抱住了他的腰，胸紧贴着他的身体，搞得他身体像是发烧，连说话也说不连贯。倒是这些小妹并不欺负他，反而非常豪爽，争着抢着付账的时候，陈有光会笑着告诉她们："不用啊，我是厂长呀，我又不是拉客仔。"几个小妹听了，先是一愣，随后笑着，齐声说："唔该厂长阿叔！厂长阿叔好嘢！"看着她们嘻嘻哈哈地笑着打闹着走远，陈有光用力吸了下鼻子，心里不是滋味：现在人家已经把他当成阿叔了。不光在现实生活中，就连做梦陈有光的现在和过去也总是混在一起的。

村改居之后，同乐政企分家，变成工作站和合作公司。因为没有学历，陈有光只能作为临聘人员在公司里做保安。可是当他看见村里的其他人做的事情和他做的不同之后，陈有光就会生气，再后来就是请了病假回家养病。他在同乐人眼光里看明白了许多事，包括自己和别人的不同。这之后，陈有光不愿意跟任何人交流，他甚至痛恨深圳成为特区这件事，他觉得这些所谓的好政策夺走了他的好日子。陈有光找过郭正安求情，说："我跟那些人一起长大的，都是初中毕业呀，一起下到厂里做主管，做厂长，怎么到头来，我乜都冇啊。当年陈德福是求我回来的,他说:'陈有光,你别四处打杂工了,做生不如做熟,回到同乐总有饭吃。'"

陈有光接着说:"等我回来后,陈德福下去了,郭正安开始刁难我。"

钟欣欣问:"他怎么刁难你了?"

陈有光说:"其他人在办公室里面喝茶,而我是做网格员。什么是网格员?差不多就是保安,每天都在街上转。我什么身份?我过去是做过厂长的。"

钟欣欣知道郭正安和陈有光的冲突。当时郭正安请陈有光去合作公司开会,陈有光一肚子火,拎着郭正安的衣服走到同乐街上,故意大声叫:"郭正安,你不能不尊重历史,不管同乐改成什么名字都不能抛下老村民不管。"陈有光就是要用这句话把老村民都吸引过来。

郭正安语气平和,他说:"没有抛下任何人,只是工种不同,你看看你那些当年的伙伴各自都是什么情况,一直在学习,参加过各种培训,个个有技术,你学习过吗?我担心的是如果我们同乐人都不学习,我们真的就被这个时代抛下了。"

知道钟欣欣对郭正安也有意见,却也不支持自己,陈有光非常不满:"这些无情无义的家伙,我懒得理他们,我只想拿回自己的分红。如果拿不到,我就卖了房子,拿了钱还了账之后远走高飞。"

陈有光恨同乐村的这个分红。他说为什么有分红这个事呢,如果没有,自己屋企还和原来一样,也不会比其他人差多少。像小时候,团结友好互助,谁也不用羡慕谁;那个时候亲戚也是亲戚,朋友还是朋友。陈有光特别想念那个时候;包括那个时候天上的太阳,还有田埂上的小花小草。有许多时候他在自己的梦里大喊大叫:"我想要回到过去!"醒来的时候,他是在2020年的夏天。现在除了阿见理解他、同情他,陈有光感到在这个世界上再也找不到什么人说话了。如果不是阿见的出现,陈有光认为这个世界是与他无关的,而阿见才是他最亲的人。

之前陈有光想要打陈小桥,都被老妈拦下来。老妈说:"他还小呢,大了自然会懂事。"陈有光想到比自己还高的仔被老妈说还小的时候,感觉很怪很怪。随后陈阿婆意味深长地看了眼陈有光,陈有光年近五十还没有长大,便已经老了,连懂事的阶段都没有经历过,或者懂事了却对这个世界没有办法。因为他除了会开摩托,什么也不会。而过去那些年自己当厂长、做报关员之类的事情早已时过境迁。

每次向别人炫耀他都会听到这句:"什么,报关是什么?"

有人问:"厂长?厂长是做什么的,就是公司老总吗?你能做老总?"这些窝囊又尴尬的事情全变成了陈有光的负能量,说不出口,化成了脾气发给家里的所有人。

再后来别人问到之前的事,陈有光只要发现是恶意后,便会生自己的气。

陈小桥说:"我知道什么是'三来一补'。"

陈有光以为自己还在做梦。

陈小桥说:"来料加工、来件装配、来样加工、补偿贸易。"

"什么,你刚才说了什么?"陈有光不敢大声说话,他害怕这美好的东西会因为自己的大声说话而消失。

"对呀,我还在东林做过呢,也是村里的企业,那段时间太幸福了，学到了不少知识，也长见识。可惜没有用了。"说到这里，陈有光不敢再说，除了阿见，其他人都没有见识，不懂深圳历史。可悲的是，活到现在，他陈有光连个吹牛的人都找不到，实在难过。阿见曾经说："当年你绝对是能人，如果你们有点私心，拉出一帮人，自己接单自立门户也有大把机会。你为什么那么傻啊，比老板的仔还忠心，错过了一个赚大钱的好机会。"当时陈有光看着对方，眼泪不争气地涌出来。阿见真是说到了他心里去，这些年没有人理解他，就连那个香港老板也不知道去了哪里，他的那段光辉历史似乎也消失了。陈有光有些哽咽，对阿见说："二十六年前，我们老板本应从罗湖海关回到厂里，他突然没有过来，我等了他一天。他在那边出了点事情，我也不敢问。又等了一周，他还是没有回来，电话也不打过来。没有办法，我只好替他将这个厂硬是撑了三个多月，自己还垫付了两个离职工人的工资，就连供货商的钱也是我替他先出了。等老板过来时，问我想要什么。你知道吗？他们不相信我会什么也不要，而帮他守着厂，没有人能理解。"

"哇，你发达了。"听陈有光讲这段往事，阿见像是看见了黄金那样开心。

陈有光对老板说把工资补发回来就行。这件事情在老板的朋友那里传开了，个个都希望请他帮忙，说陈有光任何时间来，他们都欢迎。陈有光想起这件事情仍然热血沸腾。这些年，他被自己感动过。那个自己，才是他心里的陈有光啊。他希望自己活成那个样子，被人看得起，被人尊敬。他记得老板看到他的那一刻，差点要抱住他，说话也是语无伦次，眼泪一直在眼眶里转。老板说："陈有光，你真是一个好人，我们以后是兄弟。"

"就为了这句话，我什么也没有要。对我们陈家来说，名声比什么都重要。"听了这句后阿见接不上话，只是奇怪地看着陈有光。

陈有光心想：你阿见未必完全明白我心中所想。

眼下，听见自己的仔陈小桥突然这么说话，陈有光手脚发麻，他太激动了。他不敢问："你怎么知道的啊！"陈有光不敢再说其他话，他担心陈小桥的说法会发生变化。

倒是陈小桥在那边的床上说："我都这么大个仔了，你不要担心我。"

陈有光躺在床上，腰痛也不敢动，他就是害怕稍不小心，陈小桥变回原来那个小混混的样子。

二十一

电话里，钟欣欣把陈有光回到同乐街去阻拦人家修路的事情讲给陈小桥听。陈小桥像是有心理准备，笑着却不应，似乎是意料之中的事。

钟欣欣说："你老豆本质上是个好人。可是他不知道时代变了，我们帮他穿越回来好吗？"这指的是上次陈有光把陈小桥扔在汕尾的事情。

钟欣欣感觉对方愿意听下去，便继续讲，她希望陈小桥了解事情的全过程。陈有光对社区干部有了成见，钟欣欣希望对方可以协助自己做事："唉，别提了，我打听过，为了赚钱，你老豆还做过'医闹'，现在是在同乐闹。既然他这样，我也只能把种种招数都用上了，上一次我骗他说自己快死了，要他送去医院。我想用这个方式把他从那个地方支走，不然他可是人来疯，会被带偏的，如果那样，我就前功尽弃了。"钟欣欣向对方还原了当时的情景，她想用这件事情给陈小桥上堂课，同时也对自己做了无情的剖析。

成功劝说了陈有光去外地学技术后，钟欣欣曾经认为自己超厉害，做了别人无法做成的事情。眼下，她承认自己多次去瞄宿舍角落里的拖箱，她希望陈有光这个事情有了点起色之后，她要回趟原单位，再去看父母。那种微妙的感觉让她感觉需要珍惜点什么。

钟欣欣曾经渴望立功，得到领导表扬，对她刮目相看。如果运气好，她的做法被推广也很有可能。而眼下，她希望去度个假，至少去趟海岛吧。否则真是从里到外的土啊，就连思维都和同龄人有差距了，上次群里说的什么网红店自己全然不知。不仅如此，口袋里偶尔还会装上一些纸币，有时为了说话，约了陈阿婆一起去海滨市场，偶尔还是需要用的，有时她都不太相信这是自己。要知道她钟欣欣可就住在京基百纳的对面啊。仅仅是隔了条小街，她都很少进去。钟欣欣有次在电话里对同学说，自己太充实了，感觉充实得快要爆炸了。

基层的工作太多太多，推不出去啊。机关面对的是单位，而社区面对的是一个个具体的人、具体的家庭，推给谁呀，都是具体的实事，退无可退。钟欣欣想到了接她当天郭正安的那些话。

有一段时间，钟欣欣喜欢在楼顶处打量同乐，打量这个规划有些乱、人口结构复杂的地方，也打量陈德福、郭正安、陈有光。陈有光那浮夸的身体动作，让人哭笑不得。钟欣欣心想，同乐有陈有光这样的活宝，倒也不是一件坏事，不然的话，这个村真是太没有意思了。陈有光最喜欢模仿杰克逊的太空步、擦玻璃、拉绳子、攀高之类。他并不知道这些对钟欣欣来说也是再熟悉不过，钟欣欣的父亲和陈有光年龄差距不大。钟欣欣心想："你以为这是文艺表演啊！只能证明你是'遗老'，过时的一个老家伙。"

陈有光的确还活在二十世纪九十年代，没有走出来，这样的陈有光是可怜的。看到对方，钟欣欣想起了自己的父亲。也许在父母的眼里自己就是那个叛逆的陈小桥，只是到了同乐，她才有了一些变化，而本质上差别不大。

郭正安交给钟欣欣的任务是做陈有光的工作，令其不要再好逸恶劳。当然，切记不可批评和打击，更不能翻旧账，可不能伤害到他的感情。钟欣欣曾经就陈有光脸上的伤私下问过村民："听他说是见义勇为搞伤的。"

"啥，他怎么不说是想当烈士呢？"

同乐人告诉钟欣欣那是陈有光惹是生非，被外面人打伤的。

"外面人？"钟欣欣不解。

钟欣欣自己这段时间的睡眠也变得混乱起来，睡睡醒醒反复多次，她发现自己的梦可以分成多集了。闹钟一响，钟欣欣从床上跳起来，昏头昏脑洗漱之后，走到陈有光家门前。郭正安对钟欣欣说过，这一段主要工作就是改变陈有光，现在全同乐人都在等他，不想伤害到他。

钟欣欣向陈小桥解释自己真的不是出于无聊才找他老豆聊天。陈小桥曾经看到老豆手拿着钟欣欣多买的一份早餐，那个时候，陈小桥想起课本上"不吃嗟来之食"的这一句。

钟欣欣向陈小桥挤眉弄眼："这个不是嗟来的，是你老豆给我面子。"

陈小桥说："你总是这样不怕我老妈吃醋啊。"

钟欣欣对陈小桥说："最好让你老妈也来吃，不过，到了你们同乐我都没当自己是女的。"钟欣欣准备说，她这样一个美女，跟陈有光走在一起，人家还以为她发神经呢。说到一半发现不对，只好打住。她现在说话比较小心了，这个陈有光一家太特别了。此刻，钟欣欣想起郭正安，她有些明白郭正安说话时的风格，没有那么风风火火，没有那么雷厉风行。钟欣欣把后面的话咽回去了。当然，钟欣欣对郭正安故意不跟她交底，直接把她推进来还是不满的。想到这里，钟欣欣无奈地摇了摇头，她认为郭正安太过老谋深算，怪不得有人写了信投诉他。

二十二

清晨的同乐街像是有了一层薄雾，房子和墙面似乎也比昨天旧了些。

不觉间到了同乐老人盼望的三月三。以往这个时候，他们如同约好了一样跑到老街上去会合，然后再进到报恩寺——那是小时候捉迷藏的地方。他们把平时自己爱吃的水果摆到高台上面，嘴里念念有词，等回来的时候，人便轻快了许多。

他们的这些行为当然会受到年轻人的嘲笑，只是他们不想理会，毕竟老人有老人的道理，年轻人有年轻人的选择。

只是见到年轻人轻慢或者对报恩寺里的神仙们无礼的时候，他们便会举出一些例子，比如街上卖油漆的那家人。遇上一个女的进来要钱，说是上次进货时，店里的老板没有付款就收了货。老板的老婆自然不信，更想着抵赖过去。想不到，这个开始还一脸憔悴、低声下气的女人说时迟那时快，一把从楼梯上揪下头发凌乱故意装傻的潮汕老板。在老板娘惊恐的眼神里，女人把老板揪到店铺门前说："不想给了是吗？也可以，只要你对着报恩寺发个誓，如果没给,让你的仔考不上高中,接下来冇书读。"

听了这句,店铺里的两个人吓得魂飞魄散,男人冲着老婆吼叫:"快拿给她!"这样的事情在同乐太多了。老人们最愿意传播这样的故事,因为家里的年轻仔已经管不了了。他们希望可以借助神灵的力量,帮助到自己和越发不好辨认又难以捉摸的同乐。

十多年前的同乐街上经常能看见不少"杀马特"靓仔靓女,就连洗发店也直接叫非主流。里面的洗头妹来了不到半年,便有了文身和耳洞。新来的小妹刚开始眼神躲闪,皮肤白净,一眼便可以认出。只是她们不用两个月便在神情和打扮上变了个样子,即便是她的亲娘老子一时间也难以辨认了。她们最喜欢服务的是那些白领管理层,不讲价,洗完吹完按着墙上的价格表直接付。她们不愿意接待的是那些真正的同乐人,他们喜欢跟店里的小妹聊天,当然说的都是些过时的话。比如讲当年的"三来一补",讲自己开中巴的事情,讲那个时候每次去喝早茶都给小妹一块两块小费,小妹也喜欢,"老板""老板"地叫着,可惜那样的日子一去不返啦。

见洗头的小妹看着他,陈有光自然要多说几句。"你知道暂住证吗?"

见小妹一脸不解,陈有光又说:"边防证呢?"

小妹继续摇头。这回陈有光没了兴趣,他觉得那个时代没可能回来了。于是连头也不吹了,丢下三十块从皮椅上面站起来,走了,也不回应后面那句假假的"欢迎再来"。同乐人真的觉得孤独了,好像自己当年那些事情真的都不曾存在过一样。再往前走了两步,见到连垃圾屋都被涂上了鲜艳的颜色,没涂的地方还能露出"时间就是金钱,效率就是生命"的半句。像是怕受刺激,陈有光顶着细细的小雨急急地回家了。

同乐街除了一条被改为步行街的地方，其他地方都比较拥挤。即使这样，陈有光的摩托车也能穿行其间。当然了，他基本不在白天拉客。只有到了夜晚，有一些从对面街想要去红桂路的女仔会不想走路，又想省钱，才会坐上他的车。陈有光的摩托基本不上正路，只在同乐的小胡同里转来转去。像是为了维护他的自尊心，同乐人装作根本没有看见，基本上也不太会与他打招呼。而这样的挣钱方式到了2021年的下半年已经行不通了。

从小到大，同乐的孩子们常常被附近几个村里的人嘲笑近亲结婚这件事。有的学生还被个别老师找到办公室直接询问。同乐的孩子也不知道如何回答，只是觉得这句不是好话，保持微笑跑掉算是最安全的做法了。这源于同乐的老年人看不上村外人，不是嫌人家穷就是嫌人家里没有香港亲戚，导致了有女仔被剩在同乐。早年间还有自梳女的说法，眼下一律统称为大龄女青年，并无什么传奇色彩，无美感可言，反正落下就是落下了。陈德福的妹妹便是其中一位。在她家人的眼里导致陈家妹妹这个结局的罪魁祸首便是陈有光，然后是欧影，源头是陈水。这样一来，陈水家几个人都被同乐人嫌弃了。

在多数人的陈述中，陈德福的妹妹痴情不改，在等不争气的陈有光。这样一来，陈有光的老婆欧影便成了坏人，同乐人看她的眼神从没有正常过——有的直接无视，有的则躲得远远的。受此影响，欧影索性谁也不理，除了拖地、洗碗、倒垃圾，她什么都不理。在她眼里只要家里人接受就好，不用讨好其他人。事情并没有如她想象中那样美好，毕竟家里的每个人都是同乐的成员之一。这样一来，陈有光家里的夫妻关系、婆媳关系、母子关系由冷淡直接上升到恶化。

"一不嫁潮汕郎,二不嫁客家佬"是同乐人在女仔耳边比蚊子叫得更多的一种声音,这是做阿婆、当老妈的人教给家里女孩子并需要牢牢记住的事情。同乐的女仔找来找去都是在同村里面绕,村子多数人又是同个祖宗传下来的。能嫁什么人,不能嫁什么人,是同乐人对自家女儿常念的经。当然,他们也会告诉那些男仔们,讨老婆千万不能找外地人,否则家里的钱会被人分去了一半。同乐人个个做得很好,除了最无畏、最大胆的陈有光。他找了个外省妹欧影,不仅仅让自己家里受到了歧视,就连后半生的命运也被无情地改变了。

最初,陈有光并不在乎,他说:"那又怎么样,我找北妹怎么啦?"老豆当村主任,陈有光对一切都不在乎,他觉得整条同乐街都是自己的,可以横着穿行,似乎同乐谁都矮他一头,他陈有光江湖地位永远不变。也有男仔管不住自己的嘴,和他开着玩笑:"你又不是不知道,她们好多做'鸡'呀,到了夜晚,个个打扮得妖里妖气,喜欢穿那种黑裙,还要洒香水把自己的周身搞得香香的,站在路边等货柜车。"

陈有光听了,直接爆了粗口:"你家姐、细妹、老妈都係'鸡婆'。外省人关你咩事啊,我中意她们啊。"陈有光仗着自己的制服和胯下的一辆本田摩托,气势上也优越许多。陈有光就是要找个外省人,谁也拦不住,从小到大,他就是要和别人不一样。他这个村委会主任的仔,为什么要和别人一样?同乐的女仔听话、顺从、擅长家务。可是这些是他看不起的,不够刺激,如同白开水。他陈有光就是中意外省女仔那种特殊的味道,包括她们的普通话、浪漫多情。

听陈有光话的两个男仔不敢再讲什么,显然陈有光是认真的,而不是玩笑。如果他们旁边站着流塘仔或是扇贝仔他们就不怕了,会追着陈有光扬起的灰土笑着骂一句:"你个衰仔,找个靓妹就好巴闭啊。"其中显然已经有了讨好和巴结的意思。

陈有光听了,更加得意:"阿光我中意啊,关你咩事?"他一脚油门踩下去,让自己飞出去好远。

到了现在他的这些话仿佛还在半空悬着,陈阿婆记得当时跟陈有光吵架的情景,目的是劝自己的仔生性,不要乱来。可这衰仔像是昏了头,死都要找这个欧影,这还是同乐的头一份。过去连找个前后村的都要被人唱衰,更不要说还找了个外省人,同乐人最怕的就是股份被外面的人分了去。当年因为欧影,村里的章程被改写了。他们第一次有了外姓人来领这个钱。这样一来,同乐村除了陈有光的老豆,村干部个个都后悔分红章程不够严密,让这位外来媳妇钻了空子,与土生土长的其他村民一样有了股份,到年底还有分红。再到后来,同乐人怀疑章程是村委会主任陈水有意为之。

这样一来,你说同乐如何不恨这个陈水呢?

陈水当然没有听到欧影为他申辩:"他当初带着全村青年男子去修水库,才让同乐没有淹也是事实吧。"

"那又怎样?那不是他该做的事情吗?他不也得了奖状戴了大红花?大伙还让他多做了一届。好彩他被选了下去,不然,他会把这个位置传给阿光仔的。"

阿光仔喜滋滋地说:"哼,边个想做呀。"

同乐人也不客气:"你想做也不会给你啦,人家要有文化的,你读过几年书啊,咩都冇。"

二十三

陈有光每次家暴后,都会感到内疚,可是又总是控制不了自己。直到陈小桥上了初中,不再忍他。

见到老妈被喝了酒的老豆打,也不还手,只是向后躲,陈小桥就会站过来,冷冷地看着老豆。陈有光只好放手。

有一次陈有光接到老师电话,说陈小桥在学校打了同学。陈小桥所在的学校多是小商小贩的孩子,放学后几个骑了单车的妇女稀稀拉拉守在门口,根本见不到汽车。这样的学校,老师通常脾气会很大,他们不愿意搭理像陈有光这样的家长,觉得他们身上总是有种去不掉的腥味,除非学生惹了很大的事,老师才叫家长过来。

陈有光不想去,他想让欧影去,被欧影拒绝了,原因是脸上、脖子上都有伤不好意思出门;而且陈阿婆在同乐村说了太多自己的坏话,欧影担心自己的坏名声传到了学校,影响到儿子。记得和陈小桥发生冲突的那个下午,陈有光知道了陈小桥将要退学却不知道陈小桥刚刚在外面被人打过。"你是要退学吗?"当时陈小桥从学校回来,陈有光站在家门口,手里拿着皮带。陈有光差不多被自己做的那些错事折磨得快疯了。

陈小桥不说话,他闻到了老豆身上的酒气。陈小桥说:"所有人都笑话我。"陈有光知道自己的仔要说什么,那些话他听了十几年。陈有光冷笑道:"什么所有人,少来这套。是你不愿意读书,想吃了睡,睡了吃,不用劳动。"见陈小桥不说话,陈有光说:"不读也行,只要你告诉我以后怎么办。"陈小桥冷冷地说:"这不是你一直过的生活吗?"

陈有光红了脸,发不出声音。他不敢去看陈小桥,眼神只能四下飘着,没着没落,他结结巴巴又说:"我那个年代还可以靠老豆找份工作,那个时候工厂好进,大家也普遍没文化。"见陈小桥看着他却不说话,陈有光恢复了一点元气说:"现在,没有读过书就是没有读过书,只能做体力活,就是体力活也需要技术。"见了陈小桥的脸上流出了汗水,陈有光胆子大了起来,他上上下下看了眼自己的仔说:"我们这里这么热,你要是天天在外面搬砖,一会儿就会晒晕。只是现在你想要做这个可能都不行了,你看现在连这个都是机器人在做。"陈有光好像换了一个人。

陈小桥突然冷笑了一声:"你也会讽刺人了吗?你有资格吗?"陈有光被自己的仔说得答不上来,只好低了头。陈小桥继续说:"这些话你应该先说给自己听,怎么了,现在觉悟了吗?当年你做什么去了?"

"我怎么不知道。"陈有光太久没有去同乐合作公司那栋大楼了。

"这样吧,你如果上班,我就上学。"

陈有光在心里说怎么去啊,当初自己把话说得那么绝。此刻他希望有个人拉他一把,求求他,给他个面子,请他回去上班,哪怕是打杂他也愿意。否则他不知道怎么爬上那栋楼。

陈有光差不多是拖着哭腔了,他指着远处说:"当年,我们可以托人找关系便获得一份工作,而现在这些都不行了,进什么地方都要考试,连高中都没有毕业怎么考啊?当年真的是好时候啊,至少人情还能起作用。现在呢,全部要考试,你考得了吗?我猜如果你不努力,这辈子你并不会比我活得轻松,现在哪怕是一个修水管子的、搞清洁的、搞绿化的都需要专业。当年你老妈来到我们村就像是外星人一样,现在我们同乐有了很多外省女人,她们也是通过考试进来的。你没有文化,能去哪里啊?"

两个人都说累了,他们把这辈子要说的话都讲完了,似乎从此永远不用相见那样,彻底撕破了脸皮。很快他们便如中弹一样,痛得失去了知觉。陈有光的皮带像条蛇那样软在了地上。

躺在床上陈小桥很快便进入了梦乡。在梦里他似乎听见不远处的老豆陈有光呻吟过一声,随后这个声音便消失了。陈小桥坐在父亲身后,被他带着一路飞奔。一会儿是桥上,一会儿是笔架山。陈小桥一路笑着,这个时候,父亲把他放到了一家酒店门前,里面传出阵阵香气,陈有光说:"陈小桥,今日你想食咩都得。"

陈小桥口水都流了出来,走下台阶的时候他见到自己的同学也坐在位置上看着他笑,陈小桥刚伸出手想拉其中的一个同学,对方的椅子便滑动起来,竟然向后移动。接下来,其他的几个同学也变得越来越远了。陈小桥伸出的手变得没着没落。而他不顾老豆的拉扯,向前追出了几步。结果他们竟然坐着椅子直接飞出了门外,向着自己学校的方向。陈小桥并没有大叫,而是把头低下,泪水洒在了他的回力鞋上,他知道自己追不上他们了。因为其他同学穿的是名牌,而自己的是18块钱一双的红白相间的回力鞋。

醒来时陈小桥前后左右都围绕着菜香,是那种辣椒炒五花肉、香煎咸鱼的味道。那是陈小桥喜欢的味道。每次陈小桥端着饭脑子里都会想到这些好吃的。有几次,陈小桥经过人家的门前,看着小桌子上面摆放的饭菜,想过偷偷溜进去吃两口才走。这个念头不止动过一次,如果不是他还有别的想法,他很可能会这么做。对于饭菜,陈小桥难以说出口,他不喜欢陈阿婆的论调,什么他们不能吃油炸的,容易热气之类。陈小桥心里说:"我愿意热气啊。我想天天都热气。""那种东西好湿热。"陈阿婆说。"我愿意湿热,我愿意中毒,我想吃广东本地以外的菜。"他在心里大声喊,"你们能不能坚持点有用东西呢,还有,那些菜,你们会做吗?我们家有钱吗?窗户坏了,一年四季漏着风,都没有钱修,还好意思说吃的喝的。"陈小桥在心里讨厌老豆,也不喜欢老妈,他认为欧影连个反抗能力都没有,活得太窝囊,开始向生活缴械投降,被家暴了也不反抗。他认为老妈就连吃辣这样的小事,也不敢坚持,完全没了自信。他想对老妈说:"没有钱买鱼虾,为什么就有钱给老豆买酒了,还替他瞒着一些事情。你如果给老豆买的是补品,我也就不说什么了,可是你给他买的是啤酒、高度白酒,这些年因为喝酒他惹的事还少吗?他家暴的时候你为什么不报警?你怎么连是非观都没有了?他今天这个样子你是有责任的。"

陈小桥坐在汕尾的床上,想起了那些不愉快的事,他认为离那个家远一点好,至少要做到不与老豆同时回深圳,他觉得自己会更自由一些,有了这个距离他才能看清楚一些事情。他把自己这一路在哪里转的弯也全部想了起来。陈小桥记得自己偷了老豆二两酒,倒进矿泉水瓶里,带到外面喝了。他发现喝完酒之后的世界变得和平时有些不一样。温暖,朦胧,每个人都好似化了妆,他自己走路也轻松不少,连放在心里的那些烦恼也少了许多。和陈小桥喝酒的是向西仔,他们有的之前喝过酒,但是对于陈小桥能带来酒,还是充满了惊喜。因为在他们眼里陈小桥就是一个小可怜,不仅仅是他瘦弱的身体,还有他不敢看人的眼神。那种躲闪让几个人觉得陈小桥没有杀伤力。在校外被打之后,陈小桥发现了很多事情,尤其是学校里面,是有"帮派"的,只是平时看不出来。最凶恶的向西仔,修水库的时候,他们从塘头迁徙过来,担心被人欺负,主动变凶,他们本来不会这样的。有人说就是假的,也有人好奇,想试探一下，结果说是被向西仔砍个半死，至今头上还留着疤。当然这事也只是传言，没有经过考证。

陈小桥就是这样被莲塘那些同学作为好朋友接纳的。陈小桥带着酒，却没有喝多少，而是被同学抢了喝完，陈小桥见了，非常开心。这样一来，回到家后，他的眼睛开始瞄老豆的酒瓶子。有时也会省下一点零花钱，他觉得自己总要做点什么才行，不能总是吃别人的。

想不到再见面的时候，几个同学根本不需要陈小桥做什么，直接拎来一箱啤酒。他们说："陈小桥，你愿意喝多少就喝多少，只是不要让我们扶着你回家。"说完话，他们大笑起来。

这一次他们不仅扶着他，而且还要背着他回家。到了这个时候，陈小桥也不再盯着老豆的缺点了，他甚至认为早晚有一天，他可能会走同样的路。这是陈小桥人生的拐点。想到这里，陈小桥的鼻子酸了，他想起了帮他补课并鼓励他进步的钟欣欣。想到这里，陈小桥走出门外，对着夜空，想了很多。这种事情他不愿意在吃饭的时候想，也不会在睡觉的时候想，因为那个时候家里总是很多人，甚至桌上的东西摆得乱七八糟。他需要想想自己这一家输在了哪里。自己的脸被人打花时，不是在校外，而是在学校的楼梯转角处。当时他被一个嬉皮笑脸的男孩子追上，对方跟他说了一句什么还没有听清，就被人从背后踹了一脚。接下来，又有人补上了一脚，导致他从楼梯上摔了下来，摔成了狗啃屎。随后是不远处女生的笑声。他用余光看到穿了莲塘中学校服的两个女生正搂着肩膀，看着他。陈小桥将自己的脸埋得更深一些。他想起那些向西仔，所以他知道怎么做了。陈小桥是晚上九点多才回的家，这个时候家里已经吃过了饭，他故意躲开饭点，就是不想陈阿婆大惊小怪，围着他转来转去,然后发着狠诅咒人家。他猜到家里人的反应,所以他等到家里灯光都昏暗的时候才进家门。起先选择这样的灯光的人是欧影,她不愿意去看外面;再后来便是陈小桥喜欢,他不愿看见自己家这么破烂,暗下来的时候,他才能躲开眼前那些不开心的事。

经过这些变故,家里的事情都不在陈有光的眼里了,包括对自己的仔陈小桥也没有放在眼里。他认为陈小桥到了该懂事的年纪,却不懂事,自己像陈小桥这么大的时候,已经到田里耕地了,也会勾女仔了,而你陈小桥能干什么?只是让你转个学就能把你变成一个差生,也太经不起事了吧。他在心里想:如果将来我不在了,你是不是就要饿死?我这么做难道不是考验你吗?这也太经不起考验了吧。

有了共享单车之后,陈有光的生意越发难做,所以他答应了其他摩托佬,天亮之前戴上头盔一起去把路边那些共享单车推倒。陈有光看了看陈小桥就去门口找自己的车了。等他回来的时候,陈小桥吃着盒饭,也不抬头看陈有光。

陈有光后悔听了阿见的话在学校瞎闹,把陈小桥变成一个走读生,上学的路上给小混混机会去欺负自己的仔。只是陈有光不愿意在陈小桥面前承认这些事情都是阿见捣的鬼。

陈有光最近见到有人过来上下左右丈量他家门前的那块空地,他感到心虚:当年老豆出事之后,也有人这样过来看房子。什么意思,想让我搬走吗?没可能!

后来,陈有光心虚地说:"我只是想要多点补偿款怎么了?"欧影说:"这些事情你应该去问问合作公司,而不是听外面的人说。"听了这话,陈有光说:"我就是希望多出一间屋,让老妈晚年过得舒服些,不要再跟着我们受苦呀,陈小桥怎么就不懂得配合?"

"正常情况下,高中是不能转学的,你这是给陈小桥出难题,让他焦虑。"如果不是钟欣欣把话当着阿见的面挑明,陈有光还不愿意道歉,他说:"又不是我的错,我怎么知道呢?"

"你是错了还那么理直气壮,不问也不学习。"钟欣欣说。

陈有光已经知道给自己的仔陈小桥惹了麻烦,可是他不知道怎么办,只好硬挺着。"道歉有用咩,也不能让他愿意读书。"陈有光骂骂咧咧,内心里沮丧得要命。

当时的陈有光和钟欣欣焦虑地站在康宁医院门前。

"仔,老豆错了。"陈有光站在抢救室的门前双手合十默默地祷告。他当然不知道陈小桥并不是真的想死,而是要阻止老豆做傻事。陈小桥多吃了抗抑郁药,才被送进了抢救室。

"你要和陈小桥多沟通,否则来不及了。"钟欣欣曾经对陈有光说过。

出发到汕尾前,陈小桥对陈有光说:"我不后悔,老豆你也没有错。我以你为榜样,混江湖,我要跟他们拼到底,给你报仇,出了这口气。"

听了这句话,陈有光不仅没有开心,反而脸色变成了灰色,就连身上的衣服也显得宽大起来,整个身子似乎瘫成了一块皮瘫进椅子里。

钟欣欣接到陈小桥老师的电话,当时的钟欣欣上了车,准备到珠海与大学的舍友会合,说好了去大铲湾、伶仃洋。她想放松一下,最近压力有些大。钟欣欣愣了两秒,礼貌地问:"您是哪位？"

对方说："我记得您给陈小桥开过家长会，我不清楚您是不是他的继母，所以有些事情需要和您沟通一下。他这里留下的家长电话就是您的，所以也只能找您了。"

钟欣欣想起对方的模样，那是一个三十多岁，颇有风韵，喜欢笑的女老师。"不好意思，我是同乐合作公司的干部，上次只是帮忙，现在我刚到珠海，车还在路上，所以您还是找他的家长吧。"

"他家里的事情您应该很清楚。"老师说。

钟欣欣说："那您找一下陈小桥，请他自己想想办法吧，我真的不合适。"

老师说："您这个电话就是陈小桥给我的。"

钟欣欣说："什么意思呢？我只是合作公司一名干部啊，还没有结婚，没做过家长。"钟欣欣并没有把自己是陈有光家联络员这件事告诉对方，她不想对方知道陈小桥的家是困难户。

"这些我不管，您既然给他开过家长会，就要为他负起这个责任，上一次您不是什么都听了嘛，还记了笔记，我有印象。"

钟欣欣想不起来跟老师最后一句说的是什么，她把车靠在了路边，头伏在方向盘上，感到心烦。这个老师竟然说："如果您不回来处理，可能会比较麻烦，陈小桥已经提出不读了。"

钟欣欣的车已经到了中山。如果就此回去再次"放了鸽子"，她也不好意思再见同学。她放下电话之后，脑子里一直又都是陈小桥的形象，心里不安起来。这可怎么办呢？万一陈小桥真的被那些人拉走，这一家就彻底垮了。钟欣欣脑子一直没有闲着，犹豫不决。十分钟后，钟欣欣只好打电话给同学，说她临时要回深圳。同学说："你搞什么鬼呀，你不是说带我去岛上的吗？我连泳衣都买好了,房也订了。"

电话那边:"哎,亲爱的,我突然找到当父母的感觉了。"

"好吧,在我眼里你从来没心没肺,除了对这家人。不过你这个小妈妈就这样把我这个孩子抛弃了。你还敢说找到当父母的感觉了?"

钟欣欣已经不想插科打诨,说:"一言难尽,见面再说吧,我宁愿你打我一顿也不想看见这个小家伙被家庭给害得没书读了。"

同学不解:"怎么会有这样的家庭呢?"

钟欣欣叹息:"所以我们要成长啊,不要随便评价人啦,可能很多家庭都是千疮百孔,而我们不知道而已。"

对方说:"所以我是不婚主义者。"

钟欣欣没有接对方的话。如果在过去,她应该会附和的。眼下,她调转车头,加了油门,让自己快一点回到深圳。

钟欣欣没有停留,经过深中通道直接去了学校。

老师希望钟欣欣给出一个公平公正的评理。

等到事情处理完,钟欣欣才了解到,她赶到学校之前,老师找过陈有光。陈有光如同捧着一块烫手的山芋。老师冷冷地说:"陈小桥的家长吗?请你有时间来一下学校。"说完便挂了。放下电话,陈有光的眼睛盯着陈小桥,他昨天看到的情景应该就是真的了,难道有人要道歉吗?可是那也不需要家长去啊,这让彼此都觉得特别尴尬,再说了两个人似乎早已心知肚明,何必要捅开这层纸?

既然还有这个事情,那么他心里的话也需要放一放,陈有光说:"请你先把自己的脸洗干净,头发剪成男人的样子,不要再这么混下去了。"

还没等话说完,陈小桥已经转身出了门,他看见陈小桥的书包显得比平时鼓。

老师是在办公室见的陈有光,她一如既往地冷:"陈小桥连续一周没上课了。"

陈有光说:"我看见他进的学校门啊。"

"你可以看看录像,他进来晃了一圈就走了,外面还有一辆车等着他。你需不需要调出来看看,证明我没有冤枉你这位优秀的儿子。"

陈有光连连摆手:"不用不用,老师一定是正确的。"

"不要这么说,现在陈小桥触犯了校规。"

陈有光不敢看老师。

老师说:"所以你先把他带离学校,然后办理相关手续吧。"

陈有光继续发呆,他不知道什么是相关手续,难道是开除吗?他已经将眼睛从老师的身上挪到了老师的桌子上面,老师喝了一口水,并对着路过的一个老师说:"今天你的裙子好看,我也下单了,是另外的颜色,放心吧,不会和你撞衫的。"说话时女老师顽皮地向对方眨了下眼睛。看到这里,陈有光的心快要碎了,陈小桥差不多要没书读了,而她却还跟没事人一样聊着家常。这时陈有光身后还有人端了杯开水站在那里,不耐烦地皱着眉说:"请这位家长不要站在过道上。"

陈有光退让的时候,见到这位老师脸上的鄙夷。这位老师对陈有光说:"之前就想请你过来,因为有几个孩子拉了全体同学的后腿,真想让你们给我们讲讲原因,说句对不起之类。接下来,就发生了这个事情,我认为你不用费心与他交流,这样大家也就都解脱了。"陈有光明白,陈小桥已经快把老师折磨疯了,很难再有和风细雨的话了。

上次家长会陈有光迟到，他的眼睛盯着地面，不敢说话，想不到就是这位老师把眼睛看向了他，说："是不是生意很好啊？"

陈有光也不抬头，连说了两句："是的，是的。"

老师说："已经禁摩了吧？我从来都讨厌那种东西。听说当年这个学校有个老师就是被你们这些摩托佬抢了包，又在地上拖了十几米，成了植物人。"

座位上已经有人发出了惊呼，四十几双眼睛齐刷刷地看向他，仿佛那个抢包的人正是陈有光。陈有光似乎看到窗外有个人影晃动了一下，然后瞬间跑远了。

老师神神秘秘："算了，不说了，家长们回去要忘记我今天说的事，免得做噩梦。"

有的女生故意经过陈有光身边，然后恶作剧地向其他人做鬼脸，惹来一阵大笑。

陈有光机械地点头讨好："晚上我要批评他，老师你也狠狠地批评他，没关系的。"陈有光像是个机器人那样，四下点头，如同在拜四面佛。

老师冷冷地说："那我可不敢。"

陈有光说："我叫他过来向你承认错误。"

老师说："不用了，你先把他带回去。"

陈有光说："校长知道这个事情吗？我上次见过他，人非常和善。"

老师说："那你最好跟他聊聊，看看他会不会改变主意。"陈小桥离得很远，可是这些话却像是在他耳边说的。而陈有光费了这么多口舌却被老师堵得说不出话。他呆呆地看着老师，像是要哭出来。老师显然不怕他这位家长，也不怕校长。

有一次陈有光来开家长会，他特意提前了十分钟到，见办公室里有人，他招了下手后就在门口等。可是几拨人进去了，还没有轮到他，于是陈有光在门口喊了句："好忙呀。"对方像是没有听见，继续和客人说话。等到所有客人都走光了。校长拎着包站起身，边锁门边说："我们忙死了，真是羡慕你们生意人这份潇洒。对了，你有事吗？有事也要等有空再说吧。"想到这里，陈有光沉默了。看到手里的东西，他跑着追过去，说："我拿两包茶叶给您喝。"

想不到对方马上站在了原地，问："你是什么意思？"说完，他指着上方的摄像头说："快回去吧，不要给我惹麻烦，我真的帮不到你什么。"

老师又说话了："对了，我请你不要送什么茶叶给我，首先我不喝茶，其次会让我为难，因为扔也不好，送给清洁工、保安也对不起你，所以请你出门时带走。"老师说完话，眼睛向门口望了一眼，陈有光发现不远处卡座上的一个长得很好看的女老师捂嘴在笑，而陈有光的手捏紧了摩托车的钥匙。显然是那个校长把他的事当笑话在说。

天完全暗了，陈有光不知道自己从学校出来多久了。他一点也不饿，他把摩托车开到湖滨路最里面的巷子里，身体刚刚靠到树上便闭上了眼睛。陈有光似乎睡了一会，睁开眼睛的时候，天完全黑了。有一条小狗来到了陈有光的面前，嗅了嗅他的裤脚后围在他的身边。陈有光想要伸手摸摸它，似乎没有了力气。有时客人说要到这里，他也会停下来，看看这里的老房子，这是他小时候常来的地方。那个时候，海还在不远处，一些螃蟹也会被海水冲过来，他会拾起，拿回家交给老妈。那个时候的老妈还没有那么老，脾气也没有那么坏。他和其他村民一样，挨着住在一起。他们会喊他阿光。后来发生了一些事情，之后所有的关系都变了，这个世界也变了。不知道过去了多久，同乐不再是同乐村而变成了同乐合作公司；再后来，他也不再是光哥，而是黏虫，家里人连他的名字也不叫了。"陈老板，你是我们的陈老板啊。"这是阿见的叫法。阿见的叫法让他晕乎乎的，如同喝了好酒。他就是想听这种话。

陈有光对着黑暗中亮晶晶的眼睛说："我真的不应该贪心，听阿见的话期望拆迁的时候补多一些，然后去闹自己的仔，求他转学。这个事情，我知道他是恨我的，我让他出了丑，丢了脸。"小狗似乎知道陈有光不是坏人，所以向前走了一步，它接近陈有光的身体。陈有光摊开手，向前迎了迎，他希望这只小狗先靠近自己的手臂，因为他的身体有太久没有被人碰过，哪怕是一只动物。

陈有光对着小狗说："你有家里人吗？他们会找你吗？"

停顿了一下，陈有光又说："我有，可是他们都恨我，谁和谁都不好，总是抱怨我，好像我是一辆只会拉客的摩托车，而不是一个人。"

陈有光对着小狗自言自语："你知道那个钟欣欣对我说的，他们都在等我，是真的吗？"

小狗这时似乎听到了有人在叫它，看了看陈有光，顺着灯光的方向跑远了。本来陈有光想再和它说几句话，可眼下他的话只能放在肚子里。他今天晚上不饿，他猜到这个时候家里人应该先后吃完了饭，有的回到床上看手机，有的则机械地继续去接那个红线绿线赚钱。他们似乎永远不用担心陈有光，他们知道陈有光到了时间自然会回家，之所以还没有回，应该是生意还不错。他突然想到了应该怎么办,这么重要的事情还是应该找钟欣欣帮忙的。他想好了,明天一早就去找她,请她救救自己的仔。他就这样想着想着,睡了过去,似乎做了什么好梦,他被自己笑醒了。

第四章

二十四

此刻的阿见站在客厅中间,演戏般宣布陈有光做了房产公司老总。

陈阿婆、欧影都吃惊地看着陈有光,又看着阿见,听了这话最害怕人是陈有光的老妈。陈有光所期望的欢呼和祝贺都没有,只有陈阿婆恐惧的眼神。她上下打量着阿见和自己一把屎一把尿拉扯大的仔,眼睛里不断浮出怀疑,如同她的白内障那样,让她感到眩晕。虽然陈阿婆不愿意别人骂自己的仔,但也无法相信这个仔可以成为老总。

阿见环视了陈家的客厅之后说:"陈有光是我公司最大的股东,你们知道吧,懂吧?对了,你们不懂,你们同乐也没有人有资格懂得陈有光老总的价值,因为你们没有这个智商,你们就是一群什么都不懂的衰仔。"

陈有光不笑,他的脸像是在哭,他知道自己已经完了,再也挣扎不了,他感觉自己已经束手就擒了。

如果陈小桥再大些，懂事了，自己便可以不管陈小桥了，现在自己怎么做都不对，也就是说他死不起。每次陈有光跟陈小桥生气，会几天吃不下饭，结果就是没力气，拉不了客。陈有光说自己刚刚还被老师教训过，那个女人说话跟刀子似的，毫不留情。为了让阿见信服，心情好受些，陈有光把在学校刚刚发生的事儿说了出来。自己的仔陈小桥又没有去上课，老师通知家长和孩子同时到校，陈小桥回家没说，吃完饭找不到人影，还是老师把电话打到陈有光手机才知道。陈有光进入教室，发现自己迟到了。老师像训犯人一样，问他为什么这么晚才来。陈有光说生意忙，去了外地看建筑材料。"我顺便去了趟海康，那里距离海南很近。"老师并不关心什么海康不海康的，说："去哪里也不能迟到。"陈有光说，最近路上都在限号。老师看也不看他，冷冷地回敬道："现在地铁都通到了万福、松岗，再说路上不是已经禁摩了吗？"陈有光愣了下，说不出话。老师显出不耐烦："别挡住过道，那是人走的地方。"陈有光慌了，迅速跑到最后一排。他摇摇晃晃的样子，引来家长和学生的笑声。陈有光仿佛看到自己仔的身影在窗口闪了一下。老师说："陈小桥几天没到校，作为家长你不知道吗？这次我们找来的都是特殊学生和他们的家长。"有着江西口音的女老师站在讲台上，样子严肃，目光犀利。陈有光脑子很乱，什么都听不清。他发现这个班的女生很多，就连家长坐在旁边也敢拿出小镜子梳头化妆，有的转过头偷偷向陈有光挤眉弄眼。见陈有光点头又摇头，反应有些慢，话也说得很混乱，老师更生气了，斜眼看着陈有光说："现在我懂了，陈小桥为什么会这个样子。听别人说，你们那个街上个个都是自己人和自己人结婚，连潮汕人、客家人都不能娶和嫁，所以互相包庇。陈小桥讲普通话，家里情况又特殊，所以上学放学没有伴,也没人帮他打掩护,我说得没有错吧?"

老师明确表态:"陈小桥不仅旷课,连期中考试也没参加。"

陈有光蒙了,结结巴巴地说:"之前我的仔学习一直都好好,怎么会这样?"

老师不满了:"按你的意思是到我这里来学习还不好了。我把他教得不会了?"

"不是不是。"陈有光知道自己说错了话。

陈小桥走读当然是阿见的主意。阿见说:"现在谁不想抢建,如果你错过了这次,就再也没有机会了,你的老祖也会恨你的。知道吗?你这块地将会是十五万一平方米了。他也是辛苦点,可是你就能赚几百万,将来这样的机会不可能有啊,大佬,我这是为你们家着想呢,否则关我屁事。"

陈有光听傻了,当年自己家这片的房子一千块一平方米都没人要,现在变成了十五万。陈有光站在路上,如同喝醉了酒,仿佛做梦,他啰啰唆唆、颠三倒四对阿见讲了很多。平时他喜欢和陌生人说话,或者在别人睡着的时候说话,比如有一次他见老豆流着口水歪在椅子上面,便哭哭啼啼和对方说了许多,也包括道歉。

陈有光认为只有对陌生人或是睡着的人说话才感到安全。他也会对自己的仔陈小桥讲,那是对陈小桥的背影或者书包讲。不知为什么,此刻他想起了钟欣欣对他说的那句话,她像是无意间说的,可是他却一直记在心里。钟欣欣说:"陈有光,我们等着你。"

此刻想起,陈有光竟然像个弱女子那样想流泪,他觉得自己是那样孤独和无助。

在陈小桥很小的时候,陈有光会一边给对方洗澡,一边说话。

他在向陈小桥的身上撩水并轻轻揉搓的时候说:"他怎么可能不是我亲生的仔呢,你看他的卷毛、扇风耳,还有脚趾都像我的。"陈有光喜欢那个时期的陈小桥。那个时候的陈小桥肥嘟嘟的,好得意(可爱)。有一次陈有光在给陈小桥洗澡的时候,突然流下眼泪。之前陈小桥嘴里还哼哼着什么,见陈有光这样,他突然停下来,伸出手帮陈有光擦了眼泪,随后不再说话,而是静静地配合着陈有光。陈有光突然觉得陈小桥有了什么变化,只是一时又想不起是什么。总之他被吓着了,他想不起前面自己说了什么。他去看陈小桥的时候,陈小桥则懂事地说:"老豆,我长大了帮你做事,你不要怕。"

陈有光急忙笑着道:"不用不用,大人的事不用你管,家里的事情不用你操心,你好好学习就行。"

后来陈小桥的学习态度发生了很大的变化,陈有光认为这与他们那次说话有关。那次之后,他发现陈小桥不再喜欢大笑。之前幼儿园老师曾经说陈小桥的笑特别有感染力,有治愈功能。

有一次陈阿婆哄陈小桥睡觉的时候,突然说了句:"大了之后千万不要像你老豆,他是个不生性的仔。也不要像你老妈,她嫁到我们同乐只有一个目的,就是跟我们家抢房抢地。如果没有他们这些人,我们家不知道会过得有多好。"

陈小桥不说话,慢慢地闭上眼睛睡觉了。

到了现在,陈有光还常常在梦里抱着自己的仔,醒来时,陈小桥冰冷的眼神再次把他拉回现实。

如果再不说,他觉得自己会被这些事儿压垮。他认为这些秘密被分散在各处,而这些人永远不要聚在一起,他的秘密就被分散了,这是陈有光给自己想出来的办法。他为自己的小聪明而暗自高兴。他承认自己是个好面子的人，别人家住进商品楼，换过几次车之后，陈有光甚至想要带着家人搬到樟木头，那边的物价低，二手房也便宜，关键是谁都不认识。陈有光想的和别人不同，当年他想要用满口白话来强调自己的身份。那个时候的地便宜得要命，当年同乐的村干部拿着一个棍子，这里画一下那里画一下来分地的情景他们都记忆犹新。可惜当年的这些事情没有人再提，至少没有人和陈有光说这些，似乎他们的回忆和他陈有光的并不一样。他们现在碎碎念的是前海、大湾区、示范区，似乎同乐的昨天、前天也都这么好一样。任凭他们念得多快活，陈有光也不理，他愿意让他的脑子停在当年——当年看不到边的田埂、在他头顶的蜻蜓和脚边跳起来的青蛙。

陈有光说："等你考上大学我在同乐就巴闭啦。"

陈小桥讲："要考你考啦，你成日冇嘢做，去考大学啦。"陈小桥也好面子，他反对陈有光这种游手好闲、招摇过市，却又把希望寄托在自己仔身上的人。

陈有光瞪圆了眼睛说："你以为我愿意吗？我又不是读书的料，所以才劝你好好上课。"

"现在你把我们一家坑得好惨，你好巴闭呀阿光仔。"陈小桥指着陈有光的脸吼。

二十五

陈有光焦虑无助，不知道怎么办。

这一天之后，陈小桥见他也不理睬，陈有光心里空空落落，他觉得自己的话说得太重，可又管不住自己的嘴。有一次，他见陈小桥把鞋扔得左一只右一只，窸窸窣窣翻着什么，像是没有找到；又隔了会儿，便在帘子的另一端打起了游戏，早把作业和下午被老师批评并提出找家长这件事忘在脑后。这一晚，陈有光脑子里不断浮现出阿见的样子，此刻他觉得不妨试一把，至少对方是理解他的。他回想起阿见的话，非常坦诚。对方也不避讳，主动讲到自己年轻时做生意失败过，为了生意，前些年还被人骗过。说到这里，阿见叹了口气，说自己命苦，身边没有帮手，非常需要人支持，像是故意做给陈有光看。阿见先是一脸绝望，隔了几分钟，他眼里又重燃了希望。听陈有光说到自己的仔，阿见都劝陈有光："你别担心，我看你的仔不错，以后生意赚了钱要让他去留学。"每次听这些话，陈有光脑子里都会浮现出戴着学士帽的陈小桥。陈有光在黑暗中坐了起来，把老妈叫醒，说："我们不如把楼下这间屋直接租给阿见做生意，这样家里还可以多些钱。"

老妈不说话，盯着陈有光看，欧影则一脸冷漠，看也不看陈有光，如同这件事与自己无关。

陈有光被老妈盯得难受，有些急了："看我做咩？你们知唔知，如果回迁时多分出一间房，可以少奋斗几多年啊？大家日子都好过。依家咩最值钱，係房子，係我们哩边嘅房子。如果我们能像其他人家那样收租有多好，又自在，乜都不用做。"陈有光心里得意，脑子里想的是家里已经是同乐上的一座豪宅了。虽然自己不会说话，可阿见会说话，第一次进到家里，哄得陈阿婆晕乎乎的，又是端茶，又是倒水，直到老公陈水在椅子上面大叫，像是在大发脾气。陈阿婆还想再搭句话的时候，陈水直接从椅子上面摔了下来，并且尿湿了裤子。

阿见看着轮椅上陈水，阴险地笑着："一日三餐差不多都没有了,还有这个能力啊,我真看不出。"

陈阿婆说:"是啊,那要看对什么事情。"阿见突然露出真面目:"阿婆,你要识做啊,好好配合,真的会很有钱的呀。"

陈阿婆冷笑:"你认为我会不要自己的后代,像我们家大番薯那么蠢咩?"

阿见大笑:"他不是蠢吧,是为你们着想啊。"

陈阿婆道:"我们陈家男仔悟性都好迟,你睇我老公咁老先生性,我仔都系咁。"

换洗好了老公的衣服,陈阿婆似乎醒了过来,她放下阿见递给她的陈皮礼盒说:"陈皮不错,好东西,可是我的房子更好,你不能动的。如果动了,我就跟你拼命。"陈阿婆突然间像是被自家老公陈水附了体。

"他,七十多岁的一个老人,土埋到了脖子,你认为他会……哼。"阿见气急败坏。

陈阿婆说:"不,他已经醒过来了,只是不会说话。"阿见说:"你认为他会支持你咩,发梦吧你?"

陈阿婆笑道:"会呀,比如说,你敢动我的仔,我肯定会和你拼命的。这一点他一定支持我。"

阿见大笑:"这么拼呀,他就是个站都站不起来的老家伙。"随后他咬牙切齿地说:"他离死就差一步,你信不信我可以把他推到马路上让他直接见他老祖。"

陈阿婆高声叫道:"我也只差半步,所以我们都不怕,我们就是变成鬼也饶不了你。"

"阿婆,你的孙并不是你的孙啊,你的仔其实好傻,却好愿意一直帮人凑仔。"

陈阿婆顿了下，面色难看，她说："怕咩嘢，我也不是我老豆老妈的亲生女。当年他们饿死了，可是我给养父养母送终，我让我的老豆老妈改变了观念，他们认为我比他们那些亲生的都好。"陈阿婆当然知道陈小桥是自己的亲孙，她清楚阿见故意要她生气。

出门前，阿见骂道："老家伙，算你狠。"出了门，他又回头去取自己放在茶几上的半包单丛茶。最近一段时间，他感到自己总是不太顺。思来想去，他把这个账算到了那个看起来粗线条，却心思缜密的钟欣欣身上。他认为这个女仔在暗中给这家人撑腰。当然了，钟欣欣也知道自己应该提防的不是陈有光，而是他背后的这个阿见。

等了几天时间，钟欣欣觉得火候差不多了，她装作刚刚才想到的样子，站在陈有光家的门前，大声叫陈有光："下午一起去开会吧，晚上在篮球场吃大盆菜。"

陈有光听到，夸张地摆手，说："不去不去，那些人我一个也不想见到。"钟欣欣见状，猜到自己的大嗓门搞到对方不开心了，只好走到近前，悄声说："这样吧，我到时带一些过来给你们吃。"

"边个要吃呀？"陈有光还在生气。

"是我呀，我想吃，可是没有伴。再说了，我也想学学怎么做，你们给我讲讲吧。"钟欣欣说。走在路上，钟欣欣还在想这个陈有光还是那么要面子，看来越自卑越会如此。

"我知道你担心遇见他们。"钟欣欣说。

"我怕乜。"陈有光说完四下看着。

话说陈有光从老板的厂回到村里时，同乐村已改为同乐合作公司。陈有光不想求人，于是先后到了八卦岭和白石洲的公司里找了活儿,还在一个表厂打过几天工。人家都嫌他没有学历和技术,更重要的是年纪太大,连26个英文字母都认不全。回来的路上,他的脑子里浮现出那些傲慢的眼神,顺便把同乐人的样子也想了起来。过去,他做梦都想让那些人看到自己的厉害,可他没有机会。陈有光后悔没有学到一门技术。这是他的教训啊!当初在厂里如果像其他人那样考个证,或者真的学到一些实用的技术,哪里会这样?

陈有光说:"哪怕我有个本钱做生意也是好的呀。"他说后悔没有听合作公司的意见,当时开会研究将报刊亭给他使用,让他卖点报纸和饮料,可他说太累不要,如果做了生意总不至于这么被动吧。

自己还有机会过当年那种风光的日子吗?这些天,陈有光总是回想阿见的那些话。

"将来你就跟着我干,我分一半的干股给你。不过呢,到时我先让你帮我去海南管理那边的公司,还有一些物业,不好的地方就是离家太远,怕你想老婆。"

陈有光又要哭了,他说:"不远不远,再远一些也都可以,我为什么要想那个死八婆?"他再次被阿见说动了心,兴奋得有些眼冒光。

陈有光记得,有次他陪阿见在同乐街的蔡记烧鹅店吃到一半,阿见指着陈有光身后的一排烧腊说:"你不会是希望自己的仔做个厨师吧?如果真是这样,就算我看错了你。你的仔是个不得了的人才。"

陈有光不好意思了,说:"我也就这么想想,不知道他有没有这样的本事。"

"太搞笑了吧,你们要做这些下等活吗?"阿见看了下外面,

"有人让你做那些事就是看不起你。"随后,他指着这条街上的几家大排档说:"好端端的你,祖上那么风光,到了你的手上却把他变成一个大排档厨师,你怎么对得起列祖列宗?"

看见陈有光越发不好意思,阿见继续道:"算了,到时把你的仔也带过来,我发他高管的工资,每天不愁没饭吃,多好啊。"

说完话,阿见从牙签盒里抖出一支叼在嘴上,并从黑色的公文包里拿出三张百元的粉色票子,丢给一侧的小妹说不用找了,他说:"我的那些酒你记得帮我存好,晚上要用的,还是订那间大房吧,空调提前打开,不要总想着省电。"

小妹笑着讨好道:"好的好的,多谢老细。"接下来,阿见目光悠远,眼里再也没有陈有光。

这一天,两个人是一起吃的早餐。吃罢,陈有光迎着晨光,送了阿见很远。阿见若有所思,眼睛继续望向远处,漫不经心地问:"你们这边的房价怎么样,不会太离谱吧?"他的样子像个嘘寒问暖的官员。

陈有光赔着笑脸道:"新楼盘九万十万,还算合理,附近还有更高的,因为有学校。不过,这里的小学都不怎么样。"

阿见若有所思地说:"是哪个开发商的?是香港李先生的,还是万科?"

陈有光也答不出来。自己家的房子由合作公司统一维修,其他都不清楚,之前都是老豆和欧影在管。

陈有光感谢阿见没有再问,他担心对方再考他一些什么样的问题,他答不上来,可就太丢人了。所以陈有光脑子里强行地记住了一些词:碧桂园、和黄、万科,他认为阿见再问的时候,他一定会把这些地方说清楚。他很快就要去找钟欣欣套这些话，学点知识。平时钟欣欣比较好说话，起初有点傲慢，可后面态度越发地好，每次问她事情，她都是耐心解答。

有一次在同乐街上遇见钟欣欣，陈有光说："同乐人除了笑话我，没人跟我说话。"

钟欣欣说："并不是别人怎样，是因为你不自信，自己看不起自己。"

陈有光觉得这句话特别拗口，可是说得又很对，他说："那我怎么办？"过去他很少承认自己不行。钟欣欣说："学习呀！你不要活在过去，你是家里的顶梁柱、掌舵人，把握着家里的方向，不能随随便便就垮掉。"

陈有光说："垮了又怎样？我无所谓的。"

钟欣欣说："你怎么就无所谓了？你给陈小桥做了表率了吗？你有按时上下班，可以心安理得花自己的工资吗？"

陈有光这时看到半空中一条写有英文字母的条幅夸张地叫："哇，这里要建一个大商铺呀！"

钟欣欣见对方不愿意听，只好跟着转了话题说："那是合作公司搞的培训机构，你也应该去学学技术，带着陈小桥一起。"

陈有光认为钟欣欣这么说是有意让他难受，让自己的仔正视他的问题，除了阿见，似乎同乐街上的每个人都是他的敌人。

阿见说："你果然比同乐的人都聪明，对事情保持敏感。"陈有光道："你看，有好多气球都挂在上面，又有一家店开了。"

阿见说："并不是你当年的小伙伴开的，他们懂什么？现在这个是电影院、游戏厅综合楼，你将来的事业就是这样的，像当年的那个老板管工厂那样，要管很多人、很多事。"

陈有光流露出崇拜:"你厉害呀,连英文都会看。"阿见说:"我要考察这里,当然什么都需要了解。"

陈有光说:"是啊是啊。"他佩服极了,不断地点着头。陈有光发现相信点什么的时候还是快乐的,比如眼下相信阿见会把他带回过去。

阿见看陈有光时充满了欣赏,像是一个长辈那样,而陈有光却已经有了崇拜。阿见说:"我觉得你是个难得的人才,只是同乐太小了,他们还不懂你的价值。"

"什么意思啊,我都听不懂。"陈有光已经明白了对方是在夸他,可是他想再确认一次,已经有太多年没有听过这种话,这种让他浑身发麻的话了。像是知道陈有光的心,阿见停住了脚,他回过头,一脸严肃地看着陈有光。

陈有光吓住了,他后悔问了这一句。

阿见说:"陈有光,我告诉你一件事,其实他们在利用你,就是想要达到立功出成绩这个目的。"此刻,阿见的头像是会发光,刺得陈有光睁不开眼。

阿见说:"你知道吗?我完全可以不必如此。只是我爱才,我认为你是个人才。"

陈有光差不多已经瘫软,他感到天上那一朵白云正在头顶罩着他。他以为自己在梦中。

经过了阿见的洗脑和甜言蜜语,在很长一段时间里陈有光都不愿意见到钟欣欣。因为阿见的这些话,明显与钟欣欣的不同。有一次钟欣欣对他说:"我相信你对人对事有判断。我每天带着人去那片工地检查消防,担心着火,下班之后,还要到你这里上班,真的很累。可是看见因为我,我关心的人在一点点进步,我会感到自己有价值。"

陈有光糊涂了："什么价值？"

钟欣欣说："就是生命的意义。"

陈有光问："什么意义？"

钟欣欣说："这么说吧，比如说我父亲，他曾经是一个军人，他冬天受冻，夏天挨蚊咬也不说，为什么呢？保家卫国便是意义。后来，他转业到了深圳这个当年的小渔村，和战友们吃了那么多的苦，共同在这块土地上建起高楼大厦，这便是意义。"钟欣欣接着说："你呢，脑子里除了要救济什么都不想，来了多少人被你气走多少人，看见你不反思还扬扬得意，我的情绪就会比较低落，感到很失败，便会产生没有价值的感觉。"不知道为什么，陈有光想起钟欣欣的那些话。

阿见的话总在陈有光的脑子里转："阿光，你给我记住，你是一块闪闪发光的金子，被藏在这个名不见经传的小村子里，也真是委屈你很多年了。"陈有光长这么大第一次听到这么美、这么动听的声音。所以他的哭声藏在了胸腔里，他真的感到了难过和伤感。如果阿见是一个女人，陈有光应该会拉住对方的手，哭求对方把自己带走。他从来没有想过这个地方是如此不堪，他甚至感到连一个小时都待不下去。

当陈有光把这句话转告给钟欣欣的时候，钟欣欣由衷感慨，阿见手段多啊，导致陈有光入戏太深。

喝醉了酒的陈有光经常睡在同乐街的长椅上，天亮前或是自己醒了走回来，或是被保安扶回来，所以同乐个个都熟悉他。陈有光回到他破破烂烂的房里，再爬进几十年没有装修的卧室，躺在床上，他觉得自己已经不是过去的那个陈有光了。

"是呀是呀。"陈有光笑着。当然,他过去威风的故事已经刻在脑子里,他又重新为自己编出了新的身份。这个身份是阿见说到的那个身份,他新的身份是阿见分公司的总经理,他负责向阿见报告这块土地上发生的一些事情。比如说,过段时间华侨城要过来谈收购,人家可是说过要给1:1.9的。那是什么概念呢,差不多一套换两套啊。当然,阿见偶尔也会拿钱给他,或是请他喝酒。阿见说,等深圳的公司正式成立,工资就会补给陈有光。

阿见笑道:"不过,有一部分是用股份的形式给你,你高兴吧?"阿见一本正经说完,拍了下陈有光的肩膀:"你们家的这座房子不知道会值多少钱,早晚变成一个大富豪,哪里看得上这点点呀。"

陈有光这几天里都是笑,他完全沉浸在喜悦中,天上的馅饼正在召唤他。

钟欣欣了解到,陈有光的情绪波动很大,之前答应的事情,只要他见过阿见后就会反悔。由于他的变化,直接影响到了陈小桥的轨迹。在回家的路上被打过几次之后,陈小桥开始与街上的小混混们走在了一起。被打意味着什么呢?意味着陈小桥很快就被道上的人拉走,成了江湖兄弟。如果这条路真的被陈小桥走成了,那陈有光就完了,精神会彻底垮掉。钟欣欣感到情况非常紧急,需要社区向上级报告,马上采取必要的行动。

二十六

接下来的时间里,陈有光对陈小桥的态度变了。过去他总是急躁,没等别人说完话,便发了火,或是打断对方。眼下,他按照阿见的办法，看陈小桥的眼神也调整好了："怎么了，不是生病了吧？"陈小桥听了，没抬眼道："冇搞我啊。"哪怕见到欧影批评陈小桥，陈有光也会立马起身："他还算是小孩子呢！"

欧影被陈有光搞得很迷糊："他小吗？什么意思？"

陈有光有些尴尬："我系话佢仲系个细路仔，唔岩咩？"

"喂，你到底在打什么算盘？"欧影说，"这几年，你不是要扩建，就是要加层，绕了一个大圈子，目的就是卖房子。你希望把这个家搞散掉是吧？"欧影最近的变化非常明显。

陈有光被欧影的这番话吓到，果然被阿见预料到。阿见还说："除了你老豆，你还要说服家中所有人，包括欧影，她最担心你卖房子，因为这是她嫁给你的唯一目的。你们是夫妻，她的态度非常重要，这件事情不能闹情绪。我发现你老婆最近变化很大，她总是去合作公司听课，听钟欣欣说话，我看是一些不怀好意的人给她出了坏主意。如果这样，她就会像吃错了药一样，跟你作对，你说什么都有问题。"阿见提醒陈有光："你还要注意那个女的，她是监督你的，一定要小心，免得她坏了你的好事，影响你发达。"

如阿见预测的一样，老妈也性情大变：她不仅对陈有光的态度发生了变化，对陈小桥也开始变冷淡，甚至还会摔摔打打。过去，她总是护着孙子，替陈小桥说话。陈有光并不知道，老妈发现了一件事情，那就是很多天陈小桥吃饱饭并没有去上学，而是到街上游荡，或是偷偷溜回家，躲到床上睡觉。可是她又不能和陈有光说。陈有光解决不了问题，只会大吵大闹或是骂陈小桥。

有几次陈阿婆看见陈有光发愁，她突然开解起陈有光："不学就不学吧，长大就好了，都还不知道是谁的种呢。"终于，陈阿婆把自己的心里话说了出来。

这句话怎么如此熟悉呢？陈有光对老妈说："别人说了我不伤心，可是你说我会难过。"

陈阿婆说："他大了就是你这样的。"

陈有光说："长大就来不及了。"

陈阿婆白了陈有光一眼，道："有什么所谓，反正都饿不死。"

陈有光对老妈的态度很不满，说："什么叫饿不死？捡垃圾也饿不死。"

陈有光内心难过，过去是同乐人看不起他，现在连老妈也对他失望，包括对孙子陈小桥都不再抱有幻想。陈有光感到自己真的无路可走，他不想再等了。他打电话约了阿见见面，还是挣钱要紧，只要发达了，什么都可以不用理。陈有光唯一的救命稻草就是阿见，事情定下之后，两个人说话都不再绕来绕去。

餐桌之上是一瓶53度的九江双蒸酒。

陈有光发现阿见在灯光下的脸色异常苍白，整个人变得陌生，甚至说话也和过去不同。陈有光说："上次你说的那个什么合同我不懂，我相信你，我家里情况你都知道的。"

阿见说："现在我怕的是一个人，你没有发现自己家里人都在跟你对着干吗？"

陈有光说："是啊，你说的是那个叫钟欣欣的干部吧？是个美女呀。"

阿见说："是你没有留心。我的生意这么不顺，就是她从中作梗。你怎么不想想，你没有发现家里人的变化？"

陈有光脑子里全部是钟欣欣帮助自己这一家的事情，他故意扭转话题："哪有那么复杂，她小小年纪，就是个靓妹仔而已。"

"你不要小看了她,她在让你们家里人对付我们,她在阻止你发达。"

"那怎么办?"陈有光愣了下,他还从来没有想过这个问题。

"太好办了呀。"阿见眼里放着光。

陈有光紧张起来:"你不会是要搞她吧,这可不行。"

"大佬啊,你真是想歪了。什么样的女人我不能得到,为什么要找一个怪模怪样的女仔来折磨?我又不是受虐狂。"说完,阿见哈哈大笑。

"我不许你这样说她。这么多年,她是最关心我的人,连我老婆都没有她好。"陈有光说。

阿见说:"大佬啊,我做什么了呀?再说了,她是个大美女呀,哪个男人不爱美女呢?"

"嗯嗯。"见对方没有恶意,陈有光放下心。

阿见说:"好的好的,下不为例啊。我的亲生大佬,咱们是穿同条裤子搭同条船的兄弟呀。"

阿见接着说:"你真的认为你老婆还是你老婆吗?实话说我猜她心里早有了其他人。上次你们吵架的时候,我听得清清楚楚,她说你老妈也有责任,不然你老豆也不会如此,家有贤妻夫祸少。"陈有光听了,半天不出声。

这个时候,陈小桥突然推开家里的房门,快步走到桌前,他一把夺过陈有光手里的酒,仰起脸,全部喝了下去。随后,用酒瓶子对着阿见吼叫:"我不许你挑拨我老豆老妈关系。"

阿见被吼了个措手不及,样子尴尬:"我没有啊,我在帮你屋企,就连你们今晚吃的烧鹅还是我花的钱。"

陈小桥狠狠地看了一眼陈有光,转身走了。当时的陈有光本能地站起身,护着阿见,他担心陈小桥会掀翻了餐台,这样的事情最近已经发生过两次了。

听了阿见这些话之后,陈有光认为以后发达了,全家人也可以搬到其他地方去住,离开这个让他丢脸的同乐街。如果去不了樟木头,中山和惠州也好。年轻的时候,本来是他在折腾,以为很好玩,可现在变成了陈小桥在胡闹。陈有光不得不相信有轮回这件事。想不到陈小桥和自己当年一样,因为转学的事情,把责任推到老豆的身上,然后叛逆、懒惰、不负责任。如果是当年还无所谓,至少可以进厂,现在他常常不知道应该逃向哪里,哪里都需要在网上办公,哪里都需要懂政策,而他的确已经学不会这些了。作为一个本地人、本村人,陈有光觉得自己真是失败。他当年骑着摩托车在同乐驰骋,巴闭得不行,可现在家家户户的门前都是好车,而他踩着摩托车,人家只当他是拉客仔,尽管他已经很久没有生意做了。有月光的夜晚,陈有光会在同乐街上一遍一遍地走。不远处是不夜城,而他仿佛被隔在了热闹之外,所有的好事都与他无关。

有段时间,陈有光整个人都变了,他讨好过合作公司的干部,他要跟着他们,他愿意好好干活,跟着同乐的步伐从农村迈向城市。村委会变成合作公司,村民成为居民,可是机会却没有了,他什么都不会,连电脑都不知道怎么打开。陈有光在只有月光伴着他的空旷路上怒吼:"谁要变成城里人?合作公司个大头鬼啊,这个世界变得我都不认识了。"他每次看见老妈可怜巴巴的样子,便心烦得要死。老妈像是被老豆附了体,每次说话都是说以前的事。平时她的记忆力不好,可是只要说起之前的事情就没完没了。她总是没完没了地抱怨当年没有拉住老豆,而让他四处鬼混,把家里的拆迁款都输了,骂自己为什么不死。她说:"那个时候不像现在这么发达，我没有电话，也不知道去哪里找他，直到人家过来拆空调，搬我的煤气炉，我才明白，他失踪的这些天是输了钱。知道的时候已经晚了，我的命好苦啊。早知道这样，我应该和他离婚，带着你们去广西的，当年有个部队的人中意我。"陈阿婆的话像是从录音机里面放出来的那样一直在重复。陈有光怒吼："你如果认为我老豆不好，你当年怎么不离婚？"

"离了婚，我害怕他会输红了眼，对你们下手，他会卖掉你们的。"这是老妈说的话。

陈有光听到这里，吼了声："我老豆还是不是人，这样的事都做得出，也亏你想得出。"

"你咩意思啊？我把你们养大，还要怪我呀。"老妈不满地摔下手里的抹布，转身回到房里流泪去了。

陈有光在心里恨着，小声说："那个老豆，你以为我有多中意他咩！"

像是听到了陈有光藏在心里的话，陈有光的老妈说："你老豆我可以骂，但还轮不到你指指点点。除了让他不断出丑，你为他做过咩嘢？你老豆是因为你娶了外省女人才丢的官。"

陈有光感到无奈，他发现老妈越发不讲道理，转回头时见到欧影，正想避开，对方说："有你这么做人家老公的吗？当然了，你也不算我的老公，因为你什么都做不了，你就是个摆设。"陈有光听到这里，气得用脚狠踹开了门，虽然对着门外，脸已扭成一团，疼痛已经暂时让他忘记了心里的烦。走出门，他想：我们几个人是冤家啊，互相伤害。如果不是钟欣欣提醒过他，打老婆是家暴，也会受到处理，陈有光会像之前那样，打到对方几天见不了人。想到这里，陈有光加快了步子，因为他担心遇上陈小桥。这一段时间他已经明目张胆在街上瞎逛,也已经不怕陈有光这个老豆了。陈有光看到自己穿着的是拖鞋,而且像是随时要断的样子。尽管如此,他还是要逃开,如果不跑出同乐,担心呼吸都困难。陈有光沿着同乐街疾走了一会儿,很快便被一些踩了电动车的女人们堵住,这是学校和幼儿园路段。今天是"六一",都在搞演出,见到那些脸上化了浓妆的孩子们,陈有光心想,真是不要长大呀。他的希望既不在现在,也不在过去,难道是在未来吗?此刻,他希望自己变成一颗星星,永远不要面对人世间的烦恼。

想到这里,陈有光跑出同乐,来到马路的对面。站到对面的人行道上面,回看自己的同乐时,心才会好受许多,因为只要走到马路对面,他便会害怕,也会想念同乐,他担心会失去。想到这里,他不免有一些忧伤,像是永远不回来了那样。过不了多久,他就会回来,除了肚子饿,他也想要回来。他的熟人和家里人都在这里,离开同乐,他觉得除了空气清新一些,天更高一些,没有什么好的,尤其是对面街上那一天天加高的楼房,还有街道上的那些女仔,她们说话的方式都是让他晕的。他感到这个世界怎么突然变得他不认识了,虽然他才五十不到,却感觉自己好像上了过山车,被甩得晕头转向,既看不清别人,也看不清自己,人已经被甩得快要飞出去,只能听天由命。

刚走到陈有光家的门口,钟欣欣便听见陈小桥说:"如果有可能,我会瞬间消失你信不信?"他说自己不能看到学校,只要看到,心情瞬间就有变化,想要做出后悔的事。

陈有光经常被他这样惊吓,他哼了一声,瞥了眼陈小桥,故作轻松地说:"那要偿命的。"陈小桥说:"到那个时候大家都没了，有什么好偿？"

陈有光说："对，你是不用偿了，我怎么办？"

钟欣欣已经习惯了这父子二人的对话。陈有光看不起儿子，做儿子的当然也看不起这个老豆。每次看见老豆一只脚虚踩着摩托车打火，都会冷笑一声，他觉得老豆并不会演戏。他说："你不就是想要吃别人花钱买给你的饼吗？"

为了找陈有光说话，钟欣欣买了只汉堡坐在门口等对方，她想好了，对果对方不愿意在这里说话，还可以到潮州牛肉粉店边吃边说话，她现在已经习惯了那个味道。

郭正安对钟欣欣说："陈有光自尊心特别强，又敏感。"

也就是在这汤粉店里，陈有光经不住钟欣欣的死磨硬劝，把陈小桥旷课前后的事情讲了出来。

陈小桥生命的转折点是在2019年冬天。

在陈小桥看来，这是他倒霉的开端。在这里，他不仅仅丢过人，挨过打，受过处分，更主要的是他讨厌里面的老师。学校有几个临聘人员，这些人最看不起来自底层的孩子。他知道那些老师多数住在不远处的出租房。而进到这所学校的学生家长多数是做小生意的，在菜市场卖肉、卖菜，有的做早餐卖，开茶叶店的都算是高层次家庭的人，所以那些老师对这些家长说话也就比较随便了。陈有光开摩托车拉客，欧影偶尔会去窗帘店里打工或是商场收银，陈阿婆曾经做过修裤脚和改学生服的活。这些事情是陈小桥不愿意让同学知道的，可是经过老豆的几次折腾之后，老师、同学也都清楚了。

作为一个本地仔，陈小桥刚开始还是有点傲气，可经历了这些事情之后,他感到没法见人了,尤其是见女同学。后来他发现有人把喝剩的矿泉水倒在了他的床上。陈小桥找宿管去问,宿管阿姨吞吞吐吐,不说实话。

放学路上,刚出校门拐到小路上,他便被人打了。坐在地上的陈小桥捂着头,问对方怎么回事,他并不认识这些人。

有个中指上文了几条蓝线的家伙,用普通话对陈小桥说:"是打你不懂规矩,没有买水给我们老大喝。"

陈小桥知道学校有这些恶势力,可是从来没有想过有一天会与自己有关,因为家里这种情况,所以也从来没有炫过富。陈有光并不知道阿见的目的。只要陈小桥在路上,他的兄弟就有机会对陈小桥下手,而陈小桥是拉陈有光低价卖房的重要砝码。

阿见曾对陈有光说过:"你信不信如果我发力,整条街都是我的。"见陈有光怀疑地看着他,阿见又说:"整条街我都有兄弟。"

陈小桥挨了打也没讲过,直到一个风和日丽的中午,陈有光对着正在收拾东西准备返校的陈小桥说:"路上你没有事吧?"

陈小桥说:"什么意思?"

陈有光说:"没有。"

陈小桥问:"我回到家住,你就有违建理由了是吗?你了解政策吗?连常识都不懂。"

陈有光说:"不是违建,是在自己的房子上面加盖,把同乐欠我们的拿回来。"陈有光嘿嘿笑着,心里却已经发虚,他吓得脸色发白,显然陈小桥猜到了。看见老豆的脸,陈小桥明白了,老豆知道阿见在背后捣鬼。想到这儿,陈小桥把书包抢起来,向床上狠狠地摔下,随后把自己穿了一半的鞋狠狠地踢出门外:"怪不得宿舍里的床总是有水呢,害得我莫名其妙被打,原来是你们在搞鬼。"

"又不是我。"陈有光吞吞吐吐,也有些糊涂了。

"还要收我的保护费,让我拿钱出来。"陈小桥继续说,"还说我们家欠了别人的钱,逼我跟他们一起。现在我懂了,这事就是与你有关。好吧,我现在哪里都不去了,要读你去读吧,以后我在家睡觉。"

陈有光心虚地说:"你又没到打工的年纪,不上学做什么?"

陈小桥说:"是你干的好事,你要问你自己,你为什么要搞我?"

接下来的两天,陈小桥在家里躺着,陈阿婆叫他起来吃饭,他翻了个身,也不理,眼睛一刻也不离开手机。陈有光回来了,看着陈小桥说:"我已经跟你的老师打过电话了。"

陈小桥不说话,又突然发出一阵号叫,吓得陈阿婆周身发抖,不敢说话,而躺在床上的陈有光被震得坐了起来。不仅家里人,同乐人都知道陈有光喜欢折腾,可是陈有光折腾了几十年还不停,现在又轮到了他的仔——陈小桥。此刻,陈小桥把书包甩出了门外,大叫了一声,声嘶力竭:"他是想让我死啊!"

到了晚上,陈阿婆见陈小桥消了气,安慰道:"你老豆的心是不定的,几十年都这样,你不要理他,他还是疼你的。"说完,陈阿婆指了指自己的脑袋,对陈小桥说:"你要好好读书,不要理他。"

"我不理他,可他在理我啊!"说完了这句,陈小桥失踪了两天,再回来的时候,陈小桥染了头发,穿了耳洞,就连眼神也变得不同。

在陈小桥逃课的两天里,陈有光为了表达歉意,曾在学校门前不断地向老师同学表达自己做错了事,要求原谅,样子非常可怜和滑稽。他这个样子不到五分钟便上了学校的微信群;随后,陈小桥在校外被打的事情也被扒了出来,图片被挂在群里。陈小桥发现自己真的回不去了。离开学校的当晚,陈小桥哭得撕心裂肺。班上的几个同学还没下课就想找他说话,他们舍不得陈小桥,于是不断地打电话给他,或是发班里上课的视频,说:"不要走了吧,陈小桥,以后我们会对你好一点。""陈小桥,不要走了嘛,以后我不会抢你零食了,下周到我屋企摘鸡蛋果吃好吗?"陈小桥听了这些话竟然像个小女生那样,尤其是听到他们一口一个"陈小桥"叫着他的名字时,陈小桥的鼻子酸了。他已经好久都没有哭过,很长时间,他似乎泪腺长在哪儿都不知道,可是眼下,他边哭边对着黑夜绝望地喊:"陈有光,我恨你,我要杀了你!"

回家睡了几天之后,除了墙上的壁虎,陈小桥的心里话找不到人说。陈阿婆不喜欢欧影,便希望陈小桥也不要接近母亲。陈阿婆只好去挑拨陈小桥和欧影的关系,她总是说:"你看老豆多辛苦啊,全家只有他赚钱养家,你老妈也不管老公的死活,只想着享受。"见陈小桥表情冷漠,像是没有听见自己说话,陈阿婆心中没底说:"好,都不理我,我还不如死了呢,也让他少养一个人。"

陈小桥不知道如何接话,他最不愿意看见陈阿婆这样。从小到大,他都不愿让陈阿婆伤心,下决心好好读书,不让家里人操心,拿回来不少奖状,贴在墙上,他知道这也是陈阿婆的骄傲。每次陈阿婆说这话,眼睛都会斜一眼陈小桥的老妈,有时她是故意让欧影明白,陈小桥能这么好是自己这个做阿嫲的教得好,而欧影除了打扮自己什么也不会。陈阿婆认为欧影不应该穿那么好的衣服,和这个家不配。她总是跟邻居说,自己仔仔从娶了欧影,家里就开始走下坡路。

陈小桥心里难过:"我也不喜欢她,她挨了打都不还手,也不报警,让我看不起。可她是我老妈啊,我有得选吗?"

陈小桥认为自己老豆只会用酒来麻醉自己,对生活毫无办法。他经常坐在同乐的大排档里喝酒,喝多之后开始与周围的靓妹搭话或者吹牛。陈小桥有时被路上的人嘲笑:"喂,你老豆又饮醉了,快去背他回家。"陈小桥也不说话,脸已经变冷,他曾经寄希望于自己将来考个好学校,离家越远越好;可眼下,他想离自己的同学近一点,除了他们,他就什么也没有了。他不愿意回到自己的家里。

清早陈小桥与老豆吵了一架,原因是他再次被人打伤,老豆问他的时候,他说:"没事。"不与老豆说话这个方式是最能打败对方的,因为陈有光太想说话,如果哪个人用沉默的方式对付他,他差不多能崩溃。

陈有光说:"还说没事?我看你就是跟人打架了,让你上学,不是让你跟人打架的。"

陈小桥说:"我愿意打呀,伤的是我自己的身体,死了说明我赢了。"

陈有光说:"你是跟谁打的,告诉我。"

陈小桥说:"我被自己打了行吗?"

陈有光说:"你为什么要打自己?"

陈小桥说:"我恨我还活着。"

陈有光听了陈小桥的话,一时间不知道怎么接,他最生气的就是陈小桥用这种方式对付他。

陈有光说:"你快吃饭,吃饱饭我和你一起到学校,找老师说理。"

陈小桥说："你找他们做什么？说什么理？"

陈有光说："怎么了，校长我都认识，还握过手呢。"

陈小桥说："好，去吧，想找谁都行，只要别说你是我老豆。"

陈有光又被说哑了，他不知道怎么和陈小桥交流，只好说："你先吃饭。"

陈小桥说："要吃你吃吧，看着这个家我就饱了。"

陈有光大声叫："咩意思，唔比我管你啦？"

陈阿婆听到了这话，急得嘴更瘪了，她想推开陈有光，去拉陈小桥，可是陈小桥只用眼角轻轻瞥了一下陈阿婆便跑掉了。"你管我干什么，我如果没有上学，就是已经被开除了。"

陈有光喊着："你个衰仔！"

陈小桥说过几次不想走读，可是陈有光不管，继续到学校门口等他。陈小桥听见陈有光说，当初建的房子不合理，不够大，陈小桥现在大了，需要自己的大屋了。如果不建，"同乐要负责帮我把老豆老妈安排到养老院，不然我不会答应你们的事情"。陈有光对老妈说，会哭的孩子才有奶吃，他羡慕那些贫困县的人，为此他和阿见约好了去一次他的老家。阿见说他的老家有个贫困县，每家每天都可以睡到中午。城里如果有人来了，还会发红包给他们，再补请一顿海鲜大餐，或是留下一些鸡鸭鹅给他们，什么时候用得着自己干活？这是阿见对他说的事情。每次想到这个情景，陈有光都羡慕得不得了。

而对于眼前的陈小桥，陈有光非常着急，因为陈小桥不配合他。现在的陈小桥已经不是走读问题，而是他不想回到学校。

"你知不知道老豆养你花了不少钱,你怎么不懂心疼老豆呢?只是回来住段时间,给合作公司干部看到就好,演戏知不知道?扩建好了,你再回去也不迟啊。"可是这些话陈有光不能说,除了担心陈小桥坏了他的事,同时他也要维护自己的形象,他不想让陈小桥知道他这个老豆喜欢骗人。

陈小桥不看老豆,也不答话。

看见陈小桥这个态度,陈有光除了跟在他后面,再无办法。他说:"别出去了,行李我都已经替你拿回家了,今晚你就回来住吧,不要想东想西了,还是家里好。"

陈小桥脸涨得红红的,浑身发热,他没有想到老豆不经他的同意便已经替他做了决定,他轻蔑地看了眼陈有光,转身出了家门。

陈小桥当晚睡到了离家门不远处一个废弃的泳池中,还没有到半夜,他就已经被蚊子咬得无法再睡。他没有办法站起来,免得被拿了手电筒四处乱照的保安员发现。快到两点的时候,他便已经受不了了,在一点一点地挨时间了,因为不只是蚊子,可能还有其他虫子在围攻他,甚至还有一些老鼠也在他身前身后呼啸而过,像是在商量如何瓜分他的身体,陈小桥渴望一条棉被把自己裹起来。

陈小桥不知道是何时睡过去的,不知道为什么身上总有着辣辣的快感,竟然加快了他进入梦境的速度。梦里听见陈阿婆在他头顶走来走去,嘴里还念着他的名字,像是叫魂一样。而陈小桥的身上像是被压了块大石头,他根本醒不了,也翻不了身,又昏昏沉沉地睡了过去。终于他被一阵鸟的叫声吵醒了。醒来之后,陈小桥发现天已经变灰,显然再过十分钟天就大亮了。陈小桥饿得没有力气,他又坐了一会之后,决定回家。昨天的气差不多已经消了,现在他想要回家,趁他们都还没有醒来之前跑回家,装作从来没有出来过的样子。

　　陈小桥蹑手蹑脚回家之后,他发现家里没有什么变化。除了地上比平时多了两个空酒瓶子,烟灰缸里装满了烟头,中华烟盒已经被捏扁。平时陈有光把烟盒保护得好好,还要放进一些便宜的香烟。似乎家里从来没有人出来找过他,而陈阿婆那一声呼唤,似乎并不存在。想到这里,陈小桥打开冰箱翻出些剩菜,找出勺子全舀进嘴里,心里才没有那么慌。随后他解开了衣服,直接钻进被窝,重新睡过去。

二十七

　　陈小桥是被门外摩托车发动的声音吵醒的,老豆每天都会上演这一幕。最初的时候,陈小桥以为自己老豆这辆车真的坏了,后来发现不是,而是他在等钟欣欣走过来,他希望和钟欣欣说话。最初的时候钟欣欣还会和他搭话,甚至想帮把手,都被他拒绝了。等钟欣欣一步三回头,走远了,他才一溜烟地开走。

　　站在东拐角烧烤店的门前,钟欣欣终于等到了正准备过来打台球的陈小桥。这家店最里面的一间有两张台,同乐街上有些头面的男仔们喜欢来这里喝两杯,如果身边有女仔跟着,偶尔还会上去打上一杆。钟欣欣漫不经心地问:"没有去文身吗?怎么又过来打球了,吃烧烤可没有那么早。"

　　陈小桥急了:"你?喂,钟欣欣,你在监督我吗?"

　　钟欣欣两只脚拧在一起,端详自己染的七彩指甲,慢悠悠地说:"陈小桥,你认为我有那么闲吗?有那么无聊吗?自己的事情有一堆,我有闲心理你吗?再说了,你的人生你自己都不负责,我为什么要管你的事？"

陈小桥说："喂，不要这样讲话好不好。你样样都好，当然可以这么说话。你有过做赌徒的阿爷，有过成天只会抱怨、负能量满满的阿嫲吗？你有过一个被家暴了却还要笑着说感谢的老妈吗？有过一个酒鬼兼懒鬼，每天阿吱阿咗的老豆吗？如果你有这样一个千疮百孔的家，你还会对我说这些吗？如果都没有，你也就没有资格教育我，给我讲这些大道理。"

钟欣欣对陈小桥说："不要再找借口，说困难，谁的生活都可能遭遇过一团乱麻，走过沼泽地。我们要做的就是把乱麻理成金线，铺成属于自己的金光大道。"

"哼，大道理谁都会讲。"陈小桥冷笑。

"我当年也算是个'富二代'了吧，至少是个'深二代'，家里也算有些钱。可是我坐地铁上班，工作不顺心也自己扛着，自己解决。老豆是谁有那么重要吗？他只是你干不好的借口，如果想找逃避的理由，总能找到。"说话的时候，钟欣欣发现自己已经把陈小桥从黑麻麻的烧烤店带出来，走到了由东向西的同乐二街上了。迎着太阳，他们一直走向西湾。太阳把两个人的脸映得红红的，钟欣欣发现陈小桥似乎忘记了之前的不愉快，而钟欣欣也不想再提。钟欣欣已经从几个渠道得知了陈有光的家事，而陈家的事与同乐合作公司又有着千丝万缕的联系。

陈有光和他老豆的故事很多，同乐的每个人都知道，也都能讲上一段。有时陈有光特别想篡改一部分，可是同乐人又会帮他纠正回来。有时同乐人会帮着续编一些，如果对他有用，陈有光会接着编下去。比如这一次，钟欣欣不得不想起陈有光向她描绘的那个时代。

当年"三来一补"刚刚退出历史舞台，高新科技全面进入了深圳，陈有光还没有从梦中醒过来，他懵懵懂懂，不知道如何应付，毕竟变化太快，他的大脑还停在过去，没有做好准备。不只是他，同乐很多人都是这个情况。

二十世纪九十年代初，同乐到处都是外来加工厂，而同乐的年轻人最大的愿望便是像陈有光那样，在厂里谋个报关员或是厂长之类的职务。陈有光骑着摩托车驰骋在同乐的大街小巷之间，他想象自己祖先就是这个样子，他不想当一个普通人，他要做一个大英雄，被所有人崇拜。他经常会梦见自己变成了宗祠里供着的那个人，接受着许多人的致敬。陈有光喜欢把自己打扮得光鲜亮丽，尤其是愿意在自己的头发上打上一层不适宜的发蜡，让街上的人远远就能看见他。那刺鼻的味道和夸张的造型，是陈有光的标志。陈小桥每天早晨都会在睡梦中听到陈有光往头发上喷摩丝，直到陈有光顶着一个夸张的发型出门，发动了摩托车。

陈有光愿意回忆自己作为一名厂长，穿着崭新的西服，驾驶着豪迈牌摩托车飞驰在同乐的情景。小巷两侧是崭新的工厂，上下班的路上，外来女工们仰起一张张年轻的脸，羡慕地看着他。陈有光如同将军那样，行进在女工中间。陈有光总是走不出这样的一个时刻。陈有光所有的时间都沉浸在对往日的怀念上。那个时候，陈有光是同乐的白马王子，女工们眼巴巴地想要嫁给他，欧影便是其中的一位。

即便陈阿婆生气，陈有光也认为那个时候是自己最风光的时候。每次炫耀，陈阿婆便会幽怨地看着窗外说："可惜我们没有那个命，当初如果娶了陈德福的细妹，我们家哪里会变成这样？你知道他们家后来变得多有钱，你如果不进工厂就不会这样。"

欧影听见了便会说:"现在也不晚呀。"

陈有光扔出一句话反驳老妈:"我凭什么要受他们家的摆布?过去我每个月港币一千元都是湿湿碎啦,边个比得过啊?这点钱算咩,我都睇唔起,我很快就会成为有钱人!"

"现在他们的年薪都是几十万。"

"做咩?有钱大晒呀!好巴闭咩!"陈有光又说出了挂在他嘴边的这句。

"你看你都这样了,嘴还那么硬。"陈阿婆听了,叹了口气,转身回房。

"我怎么了?边个冇饭食啦?"陈有光对着老妈的背影吼道。

同乐人没有想到,做了厂长之后的陈有光开始口花花。当然,那两个人从来也没有把话说透。陈德福的细妹一直喜欢陈有光,也以为两个人迟早会在一起的,所以没有担心。想不到,做了厂长后的陈有光不仅被女工们晃花了眼睛,还娶了外省妹。陈德福的细妹自然错过了女人最好的时光,没有把自己嫁出去,现在还是单身。陈阿婆心里一直惦记着陈德福的细妹,所以也就越发看不上欧影,她把后来的不如意归结为自己的仔娶了欧影。当初陈有光把她带进家门,老妈心里不痛快,全程黑着脸。欧影倒是甜甜地叫着阿姨,还带了老家的点心给她。陈阿婆也不看。那个时候自己家有多威风啊,有分红,有大屋,她怕过谁呀?再来的时候,欧影对着陈有光的老妈脆脆地叫了一声"妈"。

陈阿婆听了,心头一颤,气得血压升高,她觉得再也挽回不了,家里掌勺的即将换人。本来在厨房煮饭的陈阿婆变得心灰意冷,熄了火,丢下手里的抹布,没有看一眼任何人便回了房,她的偏头痛犯了,她认为家里掌管厨房的人来了。陈阿婆不想理任何人,她觉得这个女人会给家里带来衰运,而她的直觉又一向很准。

果然,欧影过了门不久,陈有光离开了工厂成了无业游民,陈水从村委会主任的位子上落选之后,接下来开始酗酒、赌钱,家里的分红和家具都变成了他的赌资。陈阿婆被气得心绞痛,想到苦日子还将继续下去而无出头之日,便心酸和绝望得不行,思前想后还是不知道怎么办。走到外面之后,陈阿婆经常不知道去哪里。在整个村子里陈有光家的事情没有人不知道,甚至还有一些人故意气她,常常把分红的事说得声音很大,然后再有意无意地向她家这个方向看。他们无时无刻不在刺激着这个比实际年龄要苍老许多的老年女人。哪怕那些刚刚过来的亲戚们,不用两天也会清楚他们家的事情,会在陈阿婆的背后指指点点。

刚走到村口,陈有光便见到晒太阳的同乐人,他们过来和陈有光搭话。

其中一个对陈有光说:"你玩弄陈德福细妹的感情,陈德福当然要恨你啦。"

陈有光不服:"我几时玩弄别人感情啦,连手都没有拉过的,拜托不要胡说啦!"

有人说:"总之你得罪过他啦,他在我们同乐有多威风,你不知道吗?谁不怕他?他年纪轻轻便是我们那些人的头儿,你说他算不算英雄?"

陈有光哼了声:"那是你们怕,我陈有光怕过边个?什么事都是他说了算就是英雄咩?把自己当老大,别人屋企的事情他也要管,谁要他管啦?"

陈德福的态度成了同乐人茶余饭后的话题,周日饮早茶,免不了说到这里。

同乐人表达不满：街道还想把同乐分成两个合作公司，这次陈德福又想从中阻拦，前面不同意修桥，后面又不同意修路，总是和上面对着干，同乐被耽误了发展。

有人说："他是替我们考虑好不好呀，怕我们同乐人被拆分得到处都是。现在大家至少还能看见彼此，有事情互相还可以有个照应，抱团取暖怎么啦？"

有人插话："你目光就是这么短，什么照应，打群架咩？"

"对，我就是这样的一个同乐人怎么了？"同乐的人曾经因为打架出过大名，"他还不是想要保住我们的宗祠，让那些历史遗留问题还有人管，有见证人。"

对于旧城改造，同乐人产生过太多分歧。当时陈德福带着他们与开发商谈好了盖商品房，这个最合算：同乐占七，开发商占三；同乐出地，开发商出钱。可最后还是被搅没了。陈德福曾经怀疑是郭正安做手脚，因为只有他不同意。到后来才知道是陈水。他说这是国家的地，不能这么做，只要给出去一点，就不再属于同乐，不属于这个集体。事情没有谈成，同乐人大骂陈德福把地捂在手里，别有用心。他们认为同乐如果早早开发了房地产，早就发达了，身价不知翻了多少倍呢。一时间同乐人对陈德福的态度发生了变化，他再也不是当初那种无人不夸的大好人了。

听见同乐人这么说，陈有光觉得既开心，又解恨。

二十八

陈有光闹过学校之后，陈小桥说过不愿意面对同乐的一切，他说过要离开深圳,去少林寺,想学点本领再回来。真实的原因钟欣欣明白,陈小桥太缺乏安全感了,还在襁褓中家里就被债主洗劫一空。阿爷阿嫲、父母几乎每天都在吵架,陈小桥找不到家的感觉,所以一心想要离开这个家。可是如果连大学都不能考了,离开同乐远走高飞还有什么机会呢?这是陈小桥每天都在想的事情。

"现在谁学那些,大家都在讲赚钱的。"陈有光知道陈小桥的心思,除了不想上学,另一个原因就是想学点武术回来打架。

陈有光不同意,说家里没有那一万块钱学费。除了家里没有这么多钱,陈有光还担心陈小桥学坏,只好骗他。再后来陈小桥只好说到附近去打工,并高高兴兴置办了个人用品,如冲凉桶、洗漱用品和运动服之类,临行前还吃了平时舍不得吃的河虾之类。没过一周陈小桥便从外面打电话说要回来,要陈有光去接;或者临时改变主意说不去了。陈有光心里有气也只能忍着。他给陈小桥出的士费,让他回来。有一次,陈小桥又来这套,谎称去外地打工,陈有光拿了六百块钱对陈小桥说:"给你路上自己买点吃的。"说完这些,陈有光竟然好像永远不能再见到陈小桥一样,有些伤感。陈小桥说:"这么少,交培训费都不够。"陈有光赌气道:"你如果能待一周以上我还会再补的,说到做到。"

陈小桥摔了门出去,头也不回。

陈有光暗自高兴,以为陈小桥会为自己争口气,安心打工了。以前他听同乐的老人说过,说每个人的悟性来的时间不同,女仔早一点,男仔则要晚些,有的人到三十岁才有了那种觉悟。陈有光想了一会,他不知道自己算是有了悟性还是没有。他的那一天什么时候到的,或是还在路上?为什么有些事情还是没有想明白?

第二天,陈有光拿着茶杯站在门前,他太久没有这么放松了。

突然间街上有位老人看了他一眼后,说在路上见到陈小桥在商场门口,对方说以为陈小桥陪陈阿婆排队领鸡蛋,那个人说只要扫码就可以拿到他们的鸡蛋和火龙果。

因为这个新的商场开业时,免费送顾客10个鸡蛋,只是每个人不能多领。

陈有光听了,吓了一跳,回到家拉开冰箱门,看到里面和昨天一样空空荡荡,除了几条已经发黄的小葱之外什么也没有。

陈有光起了疑心,换了件衣服出了门,他想去家乐福看看。他边走边心烦,他害怕自己遇见陈小桥。如果老人说的是真的,到时他应该怎么办呢?他们父子二人已经不能再次撕破脸,如果那样,他一肚子的话也找不到人说了。

此刻,他想把最近发生的事情和钟欣欣说说,可又不知道怎么开口。他担心对方会失望,为了劝他带着陈小桥暂时离开,钟欣欣下了功夫。他清楚对方是为了陈小桥好,她说不能再让陈小桥受刺激。同学们都在教室里复习,因为焦虑,他不知道会做出什么极端的事情,暂时回避也是一种方法。

陈有光觉得钟欣欣很怪,两个人每次交流完,他都会想明白一些事情,好像对方的话有种神秘的力量,让他跨过了一些现实中跨不过去的坎。只是陈有光睡了一晚上,第二天醒来,看到自己仍然睡在这个破败的家里,心情又变得无比糟糕。旧的窗帘,旧的锅碗,旧的桌子,它们只要一"说话",钟欣欣所有的努力就被归零了。陈有光常常觉得前一晚与钟欣欣见面说话的事情并不真实。

陈有光曾经想过好好生活,好好找份事情做,可怎么就像魔术一样,变来变去,最后还是那些旧的,陈有光感到了疲惫。

太阳不知藏到了哪里,整个天灰蒙蒙的,路上的行人像是被人追着，个个走得急切。

二十九

"你表哥最没有资格这么做。"这是陈阿婆心里的话。也正是因为在陈有光表哥那里受到冷遇，第二次陈小桥才选择了听钟欣欣的话去合作区。

陈阿婆前面不相信陈有光讲的事情，认为陈有光是因为不想待在汕尾才瞎编的，她不愿意有人说自己娘家人不好。等到陈小桥也这么说的时候，陈阿婆气得捶胸顿足，大哭起来，她大骂陈有光表哥一家最没良心，虽然那是她的亲戚。

钟欣欣只得听着，不过在听的过程中，她也在反思自己的过失。

去汕尾是两个人说定的事，陈有光本也信誓旦旦答应了钟欣欣，说只要你帮我处理好陈小桥的事，我回去后就上班，做治安员也可以。

见钟欣欣不说话，陈有光急着表态："等从汕尾回来之后，我要好好做事。如果合作公司连治安员也不让我做，我就打工赚钱，供陈小桥读书，给他做个好榜样，改变同乐人对我的看法，不再拖同乐的后腿。"

钟欣欣特意买了瓶红酒过来给这对父子钱行。看着陈小桥的眼睛，钟欣欣想好了，等陈小桥学了技术回来，她会把陈德福约出来，为陈有光准备开张的打冷店提前庆祝，并且送个大红包。不仅如此，她还要送他一台洗碗机。钟欣欣每次想到这个和谐的图景，都感到欣慰。她的这些行为当然背后是有郭正安支持的。

钟欣欣也想起过陈德福，保守就是他的风格，当年也是他不同意把同乐变成商业区，还和部分村委发生了分歧。

陈小桥去过汕尾两次，第一次是为了躲避高考，与老豆一起；第二次是为了学技术，自己主动去的。

话说第一次还是钟欣欣想出来的办法，除了引开陈有光，免得他去捣乱，还有一个原因就是担心陈小桥看见同学参加高考而受刺激。

钟欣欣先是要走了父子二人的身份证号，用手机给陈有光和陈小桥买早晨6点10分的车票和路上吃的喝的。大巴是新开通的，中途只停一站。虽然习惯熬夜的父子二人不愿意起床，可钟欣欣大清早就在陈有光家的门口等了。两个人迷糊着上车之后，都不困了，似乎才想起即将去外地。靠在座位上很久，两个人都没有睡着，旁边放着钟欣欣给他们买的肯德基早餐，陈小桥也不觉得饿。听邻座打着小小的呼噜，陈有光清醒得要命。虽然陈小桥戴着一副墨镜，陈有光也看到了对方睁得大大的一双眼睛。

陈有光明白，陈小桥肯定紧张，因为他去的地方并不发达，也没有深圳好。那个地方有表哥开的食品加工厂，陈小桥要学的东西是潮州打冷、潮式卤味和海产品制作，其他的菜也想再看看。比如巴浪鱼焖豆干、冻螃蟹、豆瓣乌头鱼，这些都是他喜欢吃的东西。学技术这件事钟欣欣和陈小桥聊过，如果在同乐学，学费贵不说，还要免费帮人打半年工，前前后后最少需要一年；如果在表叔这里学，最慢三个月应该可以完成。陈有光曾经与表哥沟通过，说自己的仔陈小桥不会待太久，工资随便。除了学习制作，还要学一些管理知识。这一切都是按照钟欣欣规划好的路径，目的是让陈小桥在外面待上一段时间。钟欣欣还与这位陈有光的表哥电话里沟通过一次，意思是请他费心关照。这是钟欣欣的缓兵之计，陈有光需要出去一周时间，陈小桥则需要学习三个月——6月—9月。陈小桥曾经发着狠说，要把这所学校炸掉，而自己也不活了。钟欣欣的计划是高三这批学生毕了业，或是考去了外地，前面那些不愉快的事情也淡了，陈小桥再回来时自然没有了心理包袱。在厂里吃过苦，再读书也会比较用功些。本来陈有光不想去的，可是眼前的烂摊子令陈有光害怕，他想躲开一阵子。

陈有光昏昏沉沉半躺在椅子上面，他想起上次阿见说会算命，算到陈有光最适合做土木生意。陈有光听了，不信，自己完全不懂那是什么，什么土木啊，自己根本不懂的。阿见盯着陈有光的额头，嘴里不知念了什么，又掐指算了算才说："你迟早要做房地产大老板的，我敢和你赌。"陈有光问："那我怎么做呀？"阿见说："你可以悄悄扩建，然后加盖，最后卖掉。"

见陈有光疑惑，阿见拍了下对方的头："你的仔大了，房子不够住，这还不是理由咩？"

陈有光曾经是老子天下第一、同乐一霸的架势，当老板也不是没可能的姿态，可是现在说出来就成了笑柄。此刻，陈有光越发觉得同乐对不住他。如阿见说的，陈德福、郭正安个个都没安好心，耽误了他的发达，前面那位把老豆的分红给了别人，后一位又把他变成第三方购买服务人员，陈有光如何不恨？

不知过了多久，陈有光昏昏沉沉地睡了过去。梦里他与合作公司里的许多人理论，撕扯，最后他看见老妈哭，而自己的老豆从轮椅上站了起来，陈有光才吓得大喊一声，醒了过来。他睁大了眼睛。车已经到了汕尾，看到车停在了小县城的门店前，陈有光的眼神越发暗淡，胃和心脏开始难受，似乎被火呼呼地烤着。如果不是因为上次在医院做检查，陈有光分不清这些器官都在哪儿。平时他痛的时候都能忍受，并不觉得会怎么样，大不了喝两口高度白酒烧得胃火辣辣的，就挺过去了。而这次不同，陈有光感觉自己差不多要死了，他脸色苍白，躺在床上，轻轻地呻吟起来，他想这一次是因为内心的痛苦。从车上到床上，他不知道是怎么度过的，昏昏沉沉睡了整整一天。

躺在表哥公司的宿舍里，陈有光开始羡慕起陈小桥了，至少接下来的时间里可以躲开。他知道钟欣欣的想法是已经休学的陈小桥留在同乐会受到刺激。陈小桥不久前也被确诊为轻度抑郁。如果没有处理好，不知道会发生什么。陈有光很清楚，可这个世界上没有后悔药可以吃的。他支持钟欣欣的做法。陈有光希望自己的仔再回到同乐时，不用那么自卑，还可以像小时候那样无忧无虑。

这一个晚上陈有光睡了醒，醒了又睡，似乎听见陈小桥喊了两句老豆，陈有光没有穿鞋便跑出去，见到陈小桥的床上是空的。原来是陈有光做了一个梦。

不知何时，陈有光睁开眼看见了另一张床上的陈小桥也醒了，陈小桥揉着眼睛打量着四周说："你说梦话了，我也说了，只是我把自己说醒了，我就听见你说了。"

陈有光不好意思地笑了，他很久没有安宁，是陈小桥的这句话让他想到了陈小桥小时候，那个时候老豆还没有赌博，家里虽然不算富裕，却很开心。

陈有光走到窗口，看了看四周，被窗外的漆黑逼回到床上。他想起自己很久没有看见星星，对陈小桥说："我们下楼看看吧。"

"有什么好看的？"

陈有光一时间也不知道怎么答，临时冒出一句："这里没有污染，可以看到星星。"

陈有光不能把心里话对陈小桥说，否则会显得过于冒失了，两个人的关系并没有达到无话不谈的程度，而且这种话从他的嘴里说出来很怪，就连星星两个字自己好像也几十年没有说过了。

"你知道做梦的时候你说了什么吗？"陈小桥继续之前的话题，他把陈有光又按回梦里。

陈有光只好回来，似乎也只有这样，他才觉得是安全的，不然仇人一样的陈小桥怎么会对他说这种话呢？多数时候，陈小桥是在后半夜给陈有光发微信，告诉他："我这辈子被你害惨了！"陈小桥的模式如此熟悉，连语气也和自己一样，陈有光想起了躺在床上的老豆，自己也是这样恨老豆的。

还没等陈有光思考，陈小桥又说："我听见你说恨自己，如果不是因为有阿爷阿嫲要照顾，我还没有长大，你会死的。"

紧接着陈有光听见这样的一句："老豆我没有想到你会这么想。我是怪自己不争气，本来就不想读书，结果你去学校那么闹我就更不想读了。"

陈有光差不多要哭了，当年老豆落选，这个家里似乎每个人都在互相责怪，从来没有过理解，他很久没有听过这种话。陈有光故意低下头穿鞋，他不敢看陈小桥的眼睛，嘴里不停嘟囔，企图掩饰自己的百感交集：他不想自己的样子被陈小桥看到。因为陈小桥的事情，很长一段时间，陈有光失眠，吃药、数绵羊都没用。想不到，刚刚的这觉好像睡了一辈子那么长，长到陈小桥已经长大懂事了，他用回了之前的语气说话。

不知过去了多久，陈有光便听见了门口有人拿钥匙开门的声音,还没有等他反应过来,便见到一个瘦高的男人。此人绷着脸,也不看陈有光,把手里的安全帽轻车熟路地放在了二层床上。又过了一会儿,这个人再次进来,把一双还滴着水的靴子放在了墙角。

看着鞋子上面的水将地面浸湿了一片,陈有光隐隐感到此人是故意的。他住的地方别人怎么会有钥匙?难道表哥没有交代过?如果经常如此,谁敢睡觉?陈有光甚至对陈小桥开玩笑说:"仔啊,你说你表叔他们一家见了我们会不会特别开心?"钟欣欣给他们饯行时,三个人都喝了酒。陈有光还对陈小桥开玩笑:"你不会带一个汕尾的孙子回来吧?"陈小桥不说话,笑了。从下车到现在,他的确有一种陌生感,这还是自己的表哥表嫂吗?陈有光想起多年前,他们到自己家的事情。当年,他们的腰似乎就没有直过,对陈有光一家赔着小心。眼下让陈有光难受的是,当年自己老豆曾经那么无私地帮过他们,为此还跟老妈吵过架,现在怎么都不认了?同乐离香港近,隔了一条深圳河。小的时候,陈有光经常站在深圳河边向对岸看,有时就会看到小路上的老豆,扛着锄头向这边的耕作田走过来。分红的事情之后,陈有光有时会想,老豆倒不如留在香港那边,逢年过节才回来,如果那样,这个家便不会变成现在这个样子。

他当然知道,老豆当年是不会离开深圳的,按照他的性格,即使去了香港,他也要回来把自己的房子输掉,把自己仔和孙的饭全部吃掉,这都是老天安排好的,也是他陈有光的命。这些是阿见告诉他的。阿见还说,如果要赢过他们,方法就是扩建和加层,赚了大钱,他们才会高看你。这也是你转运的开始。

老豆的事情之后,陈有光开始信命。

当年走在同乐的大街上,陈有光的老妈拉着他的手说:"仔啊,你要去报恩寺里拜拜啊,这样才会顺顺利利。"

"我咩都唔信,也咩都唔怕。"陈有光甩掉老妈。

"哎呀,阴功啦,阿弥陀佛,阿弥陀佛。"陈阿婆一甩手,气呼呼地走了。

因为离那边近,吃的用的好许多。陈有光心想,表哥一家人在汕尾街道的风光是靠着陈有光一家帮忙撑起来的,这家人可真是健忘啊,连看他的眼神也不同了,似乎没有人再认这个陈年旧账。虽然表面上看表哥还是客气,可是话里话外那种生分,谁都看得到。表哥一家的态度很明显,除了表哥,谁也没有过来吃饭,包括当年说想他们想到心肝痛的表嫂。这一次本该被安排到家里吃饭的,结果陈有光和自己的仔在一个半新不旧的餐厅里被打发了,表嫂和孩子们也都没有过来。陈有光拣了离自己最近的一块鸡肉放在碗里,在路上的时候他真的很饿,眼下他突然不想吃东西了。陈有光想和表哥叙叙旧,当年两个人还是说过许多心里话的。他觉得此刻应该有点酒,那样的话,两个人才能把话题过渡到当年。现在不仅没有酒,就连菜也没有几个,一大盆米饭,放在餐桌的中间,旁边是几个看着就不好吃的菜。

陈有光心里清楚,陈小桥更看得出表叔的态度。吃完了饭,父子二人回到房间,都没有说话。陈有光猜想陈小桥会向他提出来要跟着回去,因为陈小桥刚刚瞪了他一眼。其实陈有光也隐隐希望陈小桥提出来,因为他担心陈小桥待不了几天就打电话要回。陈有光太了解陈小桥,什么苦都吃不了。

进了表哥的厂后,对方便给这对父子来了个下马威,暗示他这里没有那么好待,厂里的事由他老婆做主,这家公司也是他老婆家里出钱办的。

看着表哥故意绷紧的脸，陈有光心想，如果早知道今天他会这个样子，当初就该把这个家伙推进深圳河。原来是个不懂感恩的家伙。当年大家都在那条河里洗澡，谁不知道谁呢。当年这个表哥带着一个妹妹，每个假期都会坐长途大巴到他们家住，搞得自己老妈很生气，和老豆又不能当着孩子的面吵架，要跑到田里去吵架，或者趁他们去游泳的时候大吵一次。还是孩子的陈有光当然知道内情，他们要拖延时间，为父母打着掩护。而那个时候，因为他们兄妹二人过来，几个孩子只得打地铺住进老豆老妈的房间。这样一来，正值生命力旺盛的父母压着一股邪火，只能对陈有光发了，挨打挨骂是家常便饭。所以每到假期，陈有光心情都特别复杂，他一边担心老豆老妈吵架，一边又盼着表哥过来，这样的话，自己就可以在同乐有玩伴，至少在短时间内没人敢欺负自己。只是表哥过来的那些烦事也是他没有办法解决的，尤其是家里的伙食质量直线下降，肉就几乎看不到，每天只能吃青菜和地瓜粥，让人没力气。陈有光对表哥的印象就是放假和挨饿。而这次陈小桥处于人生低谷，需逃离原有的环境，却没想到表哥是这个态度。

"我不看你看谁呢？"陈有光笑着道，可是眼睛已经从陈小桥的脸上挪开了。在自己仔的面前，陈有光越发没了自信。

"看你自己吧，我身上的问题你都有，我没有的错你也犯过。"

被陈小桥这么一回嘴，陈有光也不知该如何答了，似乎陈小桥倒是他的老豆，陈有光不敢直视对方。

陈有光对着碗碟或是桌子沿，说："我感觉这里空气还可以，有大把负离子，同乐的汽车声音太大了。"

陈小桥听了，把头扭向一侧，显然他不愿意听陈有光说话，心想还说什么负离子，自己这头家也就是停在温饱线上，你有什么资格讲究。

陈有光知道自己说的是废话，可是正经话都是经过废话过去的，他在心里想，怎么样把可能遇到的问题都对自己的仔讲呢。

"我不爱听你说话。"陈小桥简单直接。

陈有光压着心里的火说："如果我不是你的老豆，我当然不理你。"他感觉陈小桥在听，于是又继续道："我过的桥比你走的路还多，肯定不想你走弯路，所以才想和你多交流一下，没有别的意思。"

陈小桥冷笑："别说了，你那些桥都是断桥，我希望自己从来就不认识你，也不认识同乐的任何人。"没等陈有光有回应，陈小桥又继续说："你的那条路不是弯路？你根本没有走过一条正路，这些年不断给自己挖坑，然后再跳进去，最后还让我学你，好了，现在我不如等死。"在陈有光沉默之际，陈小桥又说："你是最没有资格讲这句话的人。"说到最后，他的嗓门已经越来越大。

两个人坐在各自的床上，陈有光不说话了，他觉得两个人最好零交流，这样就永远不会吵架。可再这么下去，陈小桥的未来就毁了。他当年是因为老豆而变得膨胀，失去了学习和进步的机会，所以他不想让陈小桥走相同的路，眼下的陈小桥不仅不愿意读书，连做事也不想做。陈有光真的很绝望，他认为自己这个家更加没了希望，有几次他都想逃跑，离开同乐，到一个荒无人烟的地方生活或者死去。

陈有光不怕自己的仔做体力活，难受的是陈小桥将要看表哥一家的脸色，他害怕陈小桥再也承受不起，虽然他想好了将要把那些话巧妙地灌输给陈小桥。如果有可能他愿意做牛做马来替自己的仔受苦，他希望陈小桥尽快生性。他想好了，比如吃饭前，自己可以说："当年我受了那么多的苦，要看那么多人的脸色，我以为自己挺不过来了，可到最后我不仅没倒下，还比过去强大了。"再比如："汕尾也是个好地方，迟早会成为一块旺地，就像今天的深圳，谁能想到啊。"这些话陈有光放在心里很久了，却无法对陈小桥说，他知道陈小桥不但不愿意听，还会嘲笑他。他常常感觉自己像是被剥光了衣服，被人指指点点。陈有光从心底里害怕自己仔的鄙视。

吃饭时，陈有光挑了自己喜欢吃的填进了肚子，而陈小桥从头到尾没动筷子。陈有光清楚陈小桥将会面临的处境，比如没人理他，也不教他技术。这顿饭似乎已经提前做了预告，因为除了表哥，当年那些过来到他们家讨饭吃的人还是一个都没有见到。

毕竟陈小桥和表哥的仔小时候在一张床上挤过，相互并不陌生。那个时候，每到放假表哥把自己的两个儿子带到同乐。陈有光心里清楚，表哥嘴上说是让自己的仔过来和陈小桥玩，其实是过来长见识，学功课，临走的时候还能得到两样新文具。那个时候表哥的表情就是陈有光现在的表情——低三下四。陈有光故意不去看表哥的脸，他觉得难受，只是他从来没有想到自己也会有这样的一天。

陈有光准备穿鞋时发现自己的脚有些肿，这让他很恼火，人也变得焦虑起来，主要是不方便带着陈小桥四处看。他本想利用这个时间，教教自己的仔怎么和外人相处。工厂里那么多人，如果有人欺负他，遇见表哥不给陈小桥做主的时候应该怎么办。还有，如果生病，应该怎么办。他打听了一下，这个地方离医院比较远，所有的问题必须提前想到。

陈有光本来想要再躺一阵子,直到听见躺在汕尾床上的陈小桥用手机跟人发的语音,调侃这件事。陈小桥说:"你知道吗,我老豆现在跟我一起出来啦,除非他是有翅膀才能飞回去阻止。"陈小桥当然高兴,他和其他年轻人一样希望村里的路尽快修好。陈有光瞬间没了困意,他起身故意装作喝水,听完了全部内容。

微信群里有人说到修路的事,还说到要经过陈有光的家门前。那么也就是说,如果修好了路,他扩建的事情自然也就泡汤了。陈有光真心不希望同乐好,凭什么你们好,还要在我门前晒?除了自己扩建实现不了,村子里的人过好了,便反衬出自己日子差,同乐人的生活过得好,就证明他们把他老豆选掉是正确的。眼下,陈有光看不得老豆之后的第三代公司老总郭正安工作顺利,他觉得这个家伙连陈德福都不如,也不是本地人,凭什么到了你郭正安的手上我就变成购买服务的那种非正式人员了?说严重些是变得没有了身份。陈有光在心里骂:"太没人性、没人情了,没有我老豆打的基础,你们能有今天的生活吗?"尤其他想起不久前在合作公司大楼门前,郭正安表态说支持上级的决定。陈有光在心里想:你当然愿意了,这样的话,我工作的事便成了历史遗留问题,被一推了之。陈有光结合之前的事情,想到钟欣欣:你们是一伙的,都是坏人,害怕修路的时候我去闹事,才动员我跑到外面。陈有光突然感到自己被骗了。"凭什么啊,你们把一个村子分成两个,把一个姓氏的人分隔两地,有事也无法商量,也不能同条心了。几百年都在一起,互相还有个接应和关照。以后呢,各过各的,那宗祠怎么办,算是谁家的?连征求一下各家各户的意见都没有就定了,这安的是什么心?故意忘记祖宗是吗?如果是我老豆当公司老总绝不会这样,陈德福更不会。"

眼下陈有光仇恨的目标转向了郭正安和钟欣欣。陈有光决定改变计划,他要跟阿见站在一起。

只是他感觉再回头找阿见可能是凶多吉少。他开始幻想陈小桥将来想起他的时候,会是什么样呢。如果把他想成一个正派的男人,该有多好啊,可如果是恨呢?这个,陈有光已经生起了气,他认为恨也无所谓,反正那个时候他可能不在人世了,因为他和陈小桥一样,脑子里不止一次出现死这件事。这样一来,陈有光又坚定了一些,连死都不怕,他为什么害怕与阿见的这次合作呢?他是个要死的人了,与阿见赌一次能怎样,万一对方不是坏人呢?为了给父母留下一些财富,他也应该赌一次的。

陈有光盯着地面,为了让自己的心不软,计划不改变。陈有光站起来走了几步,脚倒是不疼,只是有些笨,好像穿了双棉袜子。陈有光看到窗外这个陌生的城市,眼睛突然有些潮湿,他喊了一句:"陈小桥,你还要再睡会吗?"与以往不同,他的声音发颤,心虚气短,连自己都吓了一跳。陈有光跑到街边买好了陈小桥最爱吃的肠粉,他坐在门口,帮着陈小桥擦鞋。

陈小桥像是从另外一个世界回来:"我问你,一个地方是深圳,另一个地方是汕尾,你选哪里生活?"陈有光明白了陈小桥的意思,他也没有表态,心里不免失落起来,显然又白来一次,陈小桥如果再找借口要回家,该怎么办?陈有光感觉钟欣欣这回又要失望了。

"你真的嫌弃我了吗?一会儿说要把我送到外婆家,一会儿又想让我出国。你知道吗?我好不容易和同学有了感情,你又去闹,硬是把我拉回来,把我当筹码去扩建。现在我和你一样,没有朋友，成了另类，然后连书也没得读了，这回你应该满意了吧？"

陈有光说："刚刚老豆接的是钟欣欣的电话。"

"关我咩事？"

"是说你上学的事呢，不是辍学啦，她替你办了休学，等你想读再回去。"

"可是我的同学都走了，我回去还有什么意思呢？我做梦都想见自己的那些同学。"

"仔啊，你回去也赶不上课了，我们明年再考好吗？"陈有光安慰道。

想不到陈小桥听了这一句差不多崩溃了，他突然坐在地上大哭起来："他们抛下我全跑了，我怎么办啊！"

三十

这次已经是第二次到汕尾了，钟欣欣当然会更加谨慎。为了这次培训，钟欣欣与陈小桥交流了多次。陈小桥除了讲到阿见，还把父子二人第一次去汕尾时的情况说给了钟欣欣听，其中说到有辆车一直跟着他们的大巴。果然，被郭正安猜中了，阿见的目标就是陈有光。

钟欣欣问陈小桥："你没有劝老豆留下陪你吗？"

"阿见不会放过我老豆。"陈小桥说。

在表哥安排的宿舍里，陈有光对着床上的陈小桥，他的开场白是这样的："我刚刚睡了一个好觉，看起来这个地方不错。"

"好啊，那你也留下来嘛，不要让我一个人在这里。"陈小桥说。

"阿见请我跟着他一起搞项目呢。"陈有光讨好地笑着。

"他在骗你。"陈小桥说。

"不要这样说阿见叔叔,他对我们一家很好,还夸过你聪明机灵,将来等我们赚了大钱要送你出国留学。"陈有光说。

"怎么好了?"陈小桥说,"他是不是想把公司办到我们家中?"

"有什么不好,当成我入股了。"陈有光最后又低声说了句,"再说我还欠着他的钱。"

"他就是个骗子,跟我预料的一样,他会缠上你的。"陈小桥说。

"不会的,他还是要帮我的,到时我们家还会像过去那么威风啦。"陈有光说。

陈小桥说:"他进来了就没有想过要搬出去,你又没有和他签合同。"

陈有光说:"他也不会和我签的。"

陈小桥说:"那也应该问问合作公司,被骗了怎么办?"

此时陈有光生欧影的气,别人家的仔不会关心这样的事情,可是自己的仔比起其他人都关心这些问题,陈小桥有这个特点源于他有一个喜欢胡思乱想的老妈,还有最近总是找自己仔聊天的钟欣欣。

陈有光并不知道这次陈小桥暂时离开深圳也是欧影的意思。她劝不动陈有光出门,只好求助于钟欣欣,说陈小桥说过一句狠话,如果没有书读,就要和阿见同归于尽,阿见是事情的源头。欧影说,她要联合陈阿婆把阿见赶跑,破坏阿见的计划。

陈有光有一阵子发现自己的仔说的是普通话，而且还咬文嚼字，最近一段时间两个人用普通话交流，显然没那么简单。陈有光之前鼓励陈小桥说白话，说白话听起来高级，这也是本地人和外地人的重要区别。他在心里说："你是我亲生的，根本不是你老妈从外面带回来的杂种，他们的话你不要信。"陈有光脸色黑得像酱油，而陈小桥肤色白，的确有人会拿这个事开玩笑。

"同乐有人骂我，以后我要找几个兄弟收拾他们。"陈小桥说。

"他们骂你的那些话不要听。"陈有光说。

陈小桥说："还说我们家破坏了同乐的规矩。"

听到这句，陈有光松了口气，他本以为有人说欧影的历史。进工厂前，欧影的确在歌厅当过服务员。陈有光安抚自己的仔："那是因为你老妈到了同乐之后，同乐修改章程，过去同乐从来没有过男人娶了外面人做老婆的。"陈有光说。

"所以我们同乐才有很多人近亲结婚，怕丢人，怕外人笑话。"陈小桥冷冷地说。

陈有光说："同村人在一起安全些。"

"恶心。"陈小桥说，"我宁可永远没老婆，也不想近亲结婚。"

陈有光说："看缘分，我和你老妈就是缘分。"

陈小桥说："那你们为什么那么恨她，还跟着同乐人一起骂那些话？看起来你们是不好的缘分，然后我是不好的果实。"

陈有光叹了一大口气道："当年我就是不想找同个祖宗的，后来很多人拿这件事情来笑话我。当年有些地方停着各种大货车，还说有的人见过你老妈也上过这种车。有段时间，我天天听那些风言风语。"

陈小桥把脸扭向一边,小的时候经常听人这么说,还以为他听不懂。父子二人第一次说到这个话题。

"我知道有人欺负你,因为你不说同乐话。"陈有光不明白,自己的仔为什么不说白话。同学个个都是同乐人,都讲白话。陈有光说:"你可以说白话的。"

陈小桥说:"为什么一定要说?"

陈有光说:"说白话的人比较高级、有钱。"

"你高级了吗?你这个摩托仔有钱了吗?"陈小桥盯着陈有光,这是他第一次这样刺激老豆。

陈小桥觉得自己的老豆和别人的老豆不同:别人的老豆低调、和气,会送老师一些小礼品;而自己的老豆脾气大、较真、敏感,别人不在乎的事情,他特别在乎。

"你不喜欢听《春天的故事》《走进新时代》,因为你害怕。"陈小桥说。

陈有光说:"你也不要一天到晚睡懒觉,拐到巷子里抽烟。"
接下来两个人都沉默了。双方对彼此竟如此了解。

陈小桥不作回应,他不满意老豆的地方很多,比如前些年总拿自己是本地人说事,甚至还对陈小桥的老师炫耀祖上是名人,老豆还当过村委会主任,当然也顺便说到了自己当过厂长。

陈小桥不屑地说:"有人说那种厂长就是跑腿的。"

陈有光说:"那也是厂长,没有能力当不了。"

陈小桥说:"当年同乐的男人差不多都当过。"

陈有光听了很生气:"那也是后来的事,我是'三来一补'的厂长。"

陈小桥说："无论第几批,都不算什么。"

陈有光不高兴了,问："你怎么没当过?"

陈小桥说："我说的是你们那个年代,我是新时代的,而且我是男仔,不是男人。"

陈有光说："什么新的旧的,你就是逃避责任,不想上学也不想劳动。"

陈小桥恨恨地说："有其父必有其子,是你先这么做的。"陈有光最怕陈小桥来这套,简直就是耍赖。可是他没有办法。

陈小桥曾经说："我是在跟你学。"陈有光想到了钟欣欣的话。果然,陈小桥在走他的老路。

陈有光有意瞒掉了自己靠拉客还赌债这一节,他不想陈小桥知道这些事情,老豆的事情他需要保密,这件事情事关他们陈家的面子。

钟欣欣曾经不明白陈小桥这家人纠结这些事的意义,还有,陈有光一年四季留着齐耳的长发,上穿那件古怪的上衣,下穿那条拖地牛仔喇叭裤的目的是什么。即使最近天气变冷,陈有光也这么穿,很像桥上那些脏兮兮的江湖杂耍佬。陈小桥多次想劝老豆改变形象,可又不知道怎么讲,主要是成绩不好,没底气,如果说了,反倒会挨老豆一顿骂。现在不是当初学习好的时候,那时,陈有光宠他,谁也不能说他,陈小桥说什么他都说对,说陈小桥是他们家最有文化的。而眼下不是了,陈小桥转学没有成功之后,学习不仅一落千丈,还干脆旷课了。

"你怎么又不高兴了,不是你说要出来的吗?"陈有光站起身,顺着自己的仔的方向眺望。他想要讨好自己的仔,说话的语调,连自己都感到陌生。曾经陈有光喜欢教训陈小桥:"你要多读书，别像老豆这样没文化。"陈小桥听了，冷笑，没文化好像还成了优点。陈小桥说："我记得你说如果我学习好，考上高中，要带我去迪士尼乐园看唐老鸭的。"

陈有光似乎想到了什么，摸了下头说："是啊是啊，我会带你去的。"

陈小桥露出鄙夷："你真的很搞笑，你的港币在哪儿？"当年陈有光购物的时候，喜欢问店家用港币还是人民币，直到对方疑惑地看他，不知道陈有光什么意思，他才得意地说："我以为要付港币呢。"这件事情总是被同乐人当成笑料。

陈小桥问："你有港币吗？你什么都没有，只有吹牛和回忆。"

陈有光心头一震，这是他害怕听到的话，他并不知道接下来该说点什么。到了此刻，他突然理解了轮椅上的老豆。当年的陈有光痛恨老豆，正像眼下自己的仔对自己的态度一样，他不由得感慨真是天道轮回。

三十一

像是知道钟欣欣会来，陈阿婆说话有了表演性质。她端坐在陈家破得已经露出弹簧的沙发上，边择菜边说："如果你每天跟着我去庙里，你就不会这样想事情。那边的女仔个个都孝顺老人，还会给自己老公磕头呢。"

"真是笑话，什么年代了，还要讲这些。"欧影皱着眉头，不回应。两个人的谈话通常是这样，吵架里有说事，说事必须也要吵架。

"不好好教育自己老公，反倒说这些话。"欧影听见家婆这么说话还以为自己在做梦，她认为这只是心里话。

这样的心里话被陈阿婆破译了，她说："我这辈子只跟过这一个男人，不似其他人那样乱七八糟。"

"这都不是可以拿出来炫耀的事情。如果有见识，就应该送他去参军，都完成了体检，怎么还会拉住自己的仔不让走呢？后来同乐个个都去读书，哪怕是进修，也应该支持吧。"

这是陈阿婆的痛处。当年陈有光想去当兵，可是陈有光的老妈又哭又叫不让陈有光走，担心儿子转业后不回来。等村里有去湖北进修的机会，陈阿婆又让陈有光留在工厂里赚港币，还说"等他们回来，你不知多赚了多少港币呢，天天看书有什么用处"。眼下欧影当着外人说，让她感到丢了面子，心里发着狠。虽然坐在一侧，可钟欣欣明显看到陈阿婆脸上的怒气。

等陈阿婆出门去倒垃圾时，欧影迅速跑到钟欣欣身边说："她每天都这样安慰自己，不然怎么活呢？她也拉我做伴，否则她不知道是不是做对了。因为有时候，她会骂自己老公，骂得特别狠；过后又后悔，拉着老公陈水哭。"

"你还这么年轻，怎么天天躲在家里听这些？"钟欣欣问。

欧影说："起初我是工作的，可是几份工作都被陈有光闹没了。他发火不管白天晚上，会影响到我正常上班的。你说我怎么办呢？"

钟欣欣说："往远一点找呀。"

欧影说："谁还会找我？连'90后'找工作都不容易，怎么能轮到我？也没有几间工厂了。"

钟欣欣说："一定要回工厂吗？那个年代都过去了。"

欧影说:"可是我只有在那个地方才能找到感觉,有自信。"

钟欣欣盯着对方,心想这个欧影也受了陈有光的影响:"你确定是在找工作吗?"她发现欧影的眉毛是画过的,指甲也涂了一层淡淡的粉色。

钟欣欣刚端起茶杯,便听到陈有光诉苦,她开始明白了对方为什么愿意同阿见在一起,否则他的人生太苦了。

钟欣欣问:"是不是阿见最理解你?"

"是啊是啊!"陈有光点着头。

钟欣欣问:"你没有怀疑过这个阿见投你所好吗?"

陈有光说:"是呀,当时我仔陈小桥挨打,我也怀疑过他。我老婆和仔反对我同他交往,我老婆直接翻脸,还说我如果再和他来往,她要搬走。"

"欧影这样做不对吗?"钟欣欣问。

陈有光叹了口气道:"现在家里乱七八糟她都不理,之前她不会这样,哪怕我刚打了她,她也会去洗碗、拖地,现在还要给妇联打电话。"

陈有光突然定定地看着她,钟欣欣被对方看得心虚起来。她认为陈有光应该想到欧影台面上那些财务的书是她钟欣欣给的吧。

陈有光对钟欣欣说自己这辈子最怕看别人脸色,如果不是因为陈小桥的人生刚刚开始,他真想拿上砍刀对着那些给他脸色的人来个片甲不留。老豆变成这个样子之后,他受够了气,看够了白眼。

"那也不能对着帮助你的人,不断发牢骚吧。"钟欣欣发现陈有光戾气太重,显然装子弹的是这个阿见。

疫情得到控制之后，大批复工人员按部就班，回到岗位上。修路的事情再次被列入议事日程。前面一个月还对自己看人眼光超自信的钟欣欣，终于明白小看了陈有光，小看了同乐。陈有光可不是随便就可以被说服的，他虽然没读多少书，可是阅历极其丰富。

钟欣欣不敢回想上次修路时陈有光马路上的那番表演。虽然郭正安没有再提陈有光闹事，钟欣欣却没放心，她总想找机会把来龙去脉说清，包括陈有光到了表哥家里受了冷落，而阿见又在后面穷追不舍。陈有光说那次如果不回来，可能会殃及陈小桥的安全，阿见说要把陈小桥也带回来。后来第二次去汕尾的时候，为了让陈小桥留下来，钟欣欣用激将法才把对方留住。她曾经偷偷打电话问陈小桥："我是不是应该去大剧院接你了，你们可以在那个地方下车的。"

陈小桥问："你也希望我回去吧？"

钟欣欣说："我猜想你正在找理由回来。是今天，还是明天？我等你。"

"我如果让你失望了怎么办？"陈小桥说。

钟欣欣问："什么意思？"

她没有想到，在一个人生地不熟的地方，陈小桥竟然生出觉悟，同意留下来到深汕合作区的培训基地学习，是郭正安暗中联系好的。在此之前，钟欣欣找到区劳动就业服务中心，为陈有光申请了一笔失业困难职工培训补贴。

三十二

钟欣欣在心里抓狂。陈有光一家花了钟欣欣几个月时间做思想工作，从抵制到配合，陈有光与钟欣欣经过多次交流，同意学习技术，兴奋时还顺便展望了一下未来。两个人话到激动之处，各自走了心。作为一个男人，陈有光甚至还流了泪，对钟欣欣这么久还能对他一家没有放弃表示感谢，而钟欣欣故意装作没看见，她担心这男人会不好意思。

　　回想起来，钟欣欣认为这样的事情对陈有光来说习以为常，走心的倒是她这个没有血缘关系的人，平日里她理过谁啊，是油瓶子倒了都不想扶的人。这些天她为了别人家的事如坐针毡。陈有光和她的名字连在了一起，合作公司的人都知道。也因为陈有光，钟欣欣必须放下矜持，放下那些所谓的面子，联系陈德福——已经有几个人提示过，这个陈德福很重要，不能略过。钟欣欣心想哪怕对方再次向她提什么请求，她也要答应协助。也就是说，两个有难度的问题都摆在了"90后"钟欣欣面前。

　　现在的陈有光，除了伤感，什么都做不了，就连说话也变得阴声细气。如果早知道会这样，他应该向其他人那样去学个物业管理或是水电工。那些当年学到本事和经验的人后来都顺利地回到了合作公司，有的做了电工，有的做了消防员，有的还去了广州参加培训，有的跟着香港老板去做了更大的生意，还有的学了技术之后自己开了公司，另外一些则回到了同乐帮老总管事。而他陈有光呢，什么都错过了，比别人早走了一步，却耽误了一生。

　　这一刻见到钟欣欣，陈有光又吹起牛："你知道我当年有多威风吗？这一大片的女工都中意我，哭着喊着要嫁给我做老婆。那个时候女的是七，男的是一，我又是本地人，如果我说愿意，那就要被抢光。"陈有光每次这样，陈小桥便从后窗跳出去，他不想听到老豆坐在门前吹嘘这些。已经什么年代了，还讲这些，也不看看，到处都讲普通话,他还有什么优势?陈小桥认为老豆说这些话是丢了他的脸,更要命的是陈有光古怪的装束。

直到钟欣欣对陈小桥说:"不要这样,我有办法让你老豆不再穿那套衣服,也不再留那样的发型。"

陈小桥听了,想了想说:"还能多加点吗?包括那些蠢话也别说了。"

钟欣欣说:"可他需要这个呀,暂时需要吧,你要学会理解老豆。"

陈小桥说:"这些年,他一直都在出丑,一直出到我的学校。"

陈有光当初求钟欣欣:"你可不可以帮我去开次家长会?现在我怎么做都不对,我让我的仔丢过人,不只转学,还有其他事情,你帮我一次吧。"

"我?"钟欣欣笑了,"我可是连婚都没有结,更不要说给孩子开家长会了。"

陈小桥说:"你说是我的小姨、小姑都行啊,你就是不想去吧,嫌我表现不好给你丢人。"

"那我去,你得答应我两个条件。"也就是这一次,钟欣欣认识了陈小桥的各科老师,这也为后面办理陈小桥的休学打下了基础。

陈有光说:"这我知道,我只是希望学校不要把我的仔看死,他们认为我这头家都不正常,没钱,没关系,我希望你让我有点面子。"

陈小桥说:"从我记事起,我们全家人就被同乐人孤立,所以这个家里的每个人都想要说话,不管是谁的朋友,他们都想缠住对方说话。所以老师家访的时候,我老豆非要把老师灌醉,然后拉着老师说胡话,当然不是耍流氓,而是太孤独。"

钟欣欣不说话,可是想到陈小桥可怜巴巴的眼神,就说考虑考虑。钟欣欣心想,接下来,如果陈小桥愿意去学习,钟欣欣应该积极想办法帮他。在钟欣欣的计划里,陈小桥也可以去读个五年制的技师学院,钟欣欣看过了,那里有两个专业适合陈小桥。因为还没有展开过这个话题,所以钟欣欣也只好先放在心里等到合适的时候再说。

钟欣欣知道陈有光曾经有段时间不敢走出这条街,那是老豆欠了赌债的时候,有人转告他,如果陈有光一家人敢跑路,就会有人打断他们的腿,挑了他们家里人的脚筋。

对陈有光说这话的人在东角落头烧烤店,上面挂着一个黑色的招牌,在整条街上显得特别扎眼。自此,陈有光没有离开过同乐,哪怕是有客人要去更远的地王大厦,说给陈有光更多的钱,陈有光也不会去的。后来还了债务,陈有光也没有离开过同乐,如果想吃点东西,除了临街的牛肉店便是这个东角落头了。陈有光喜欢在这条街上走来走去,他希望永远都不要离开,哪怕将来死了也要埋在这里。他将这个想法对钟欣欣说了,钟欣欣没有说话,随后说过两天要请他到财记鱼档,她说那里的小黄鱼特别鲜,沙井蚝也肥美。那是不远处的一个店,烧排骨和炖汤是钟欣欣的最爱。所以刚到了大排档,陈有光就问钟欣欣:"上次托你问的那个扩建的事情没问题了吧?"

钟欣欣说:"这么急啊。"

陈有光说:"是啊,我很快要跟着朋友去外地发展了。"

钟欣欣心想，你都把陈小桥折腾得快没书读了，还敢提啊。如果不是那个阿见催你，还有边个？同乐人哪个不知道？虽然这样想，可是又不能表现出来。钟欣欣心说，才几个小时啊，说的话就忘记了，全家一天到晚等着吃救济，这不是长久之计。

"不然你就同意我加盖一层。"陈有光耍起无赖。

钟欣欣说："加盖？"

"还有你真的想离开同乐，跟着你的朋友，永远不回同乐，父母和自己的老婆孩子全不用见了？"钟欣欣问。

"边个说我不回了？"

"如果出去，你还能回来吗？"

钟欣欣的话引来了路人回头。

此刻陈有光身披奇怪的外衣，脚踏一双马靴，像是从电影里面走出来的一个人，显然与他平时的穿着完全不同。陈有光已经把自己想象成《上海滩》里的许文强，嘴里叼着一支雪茄，眼神又凶又冷地对着冯程程。而冯程程如同一只小绵羊，求着他，并且希望带她走。欧影说过陈有光似乎离现实越来越远。

钟欣欣承认自己多次想要放弃。有几次为了躲开陈有光，钟欣欣曾经有几天故意提前离开住地。她觉得谈话无效，陈有光分明在耍她，没有半句实话，纯属浪费时间。见钟欣欣不愿意见他，陈有光开始反盯着钟欣欣。他每天站到钟欣欣的楼下。这样一来，钟欣欣没有辙了，总不能跳窗户去上班吧。虽然她的工作时间比较弹性化。很快她便发现自己总能在各种路口遇见陈有光，或是遇见陈有光的老婆、陈有光的老妈。钟欣欣明知道陈有光是装的，又不好揭穿对方。陈有光打电话给钟欣欣："我们见一面吧，有些计划我想和你谈。"

钟欣欣说："我最近忙,再约时间吧。"

对方在电话里说："下个月我就去湛江了。"

钟欣欣的心又悬了起来。

陈有光说："阿见有几千万积压在那边,我不去帮忙怎么办?抓紧时间建房子,不然就卖不出去了。"

明显是吹水,陈有光喜欢临时发挥,钟欣欣都知道,甚至还会有意识地帮对方纠正。陈有光常常沉浸在自己的故事中,钟欣欣看了,偷偷地笑。同乐的人说："陈有光自卑,看见别人有钱,心理失衡。当年他们家还是很威风,现在落差太大,心理有问题。"为了拉近距离,钟欣欣每次都要耐心听陈有光编故事。街上的老人说,陈有光没有从当年的事情中走出来。那个时候,陈有光总是对人说："我们家祖上有许多金子和珠宝都埋在了这里,所以边个搞开发都要经过我同意才行。这些宝贝怎么算,归谁?"

有人逗他："我们不是同个祖宗嘛,怎么就被你说得那么有钱了?"

陈有光听了,马上翻脸："我祖上是做官的,管着你们这些人,黄飞鸿也是我们家爷爷辈的人。"听的人还想继续逗他,陈有光被陈小桥黑着脸硬是拉回去了,边走边呵斥："他们都是坏人,你理他们做咩?"

陈有光说："哎呀,好玩嘛!"

陈小桥道："好玩你到外面去玩,不要在同乐,同乐谁不知道谁,我求你不要再搞我。"

陈有光说："我搞你什么了?"

"好,那你去闹吧。"陈小桥松开手扔下陈有光,让他自己手扶墙壁向地面滑去,躺在同乐街上的陈有光索性发酒疯,像一张大饼一样摊开了自己。

每次喝醉酒,陈有光脑子里都是自己骑着摩托在大街上自由飞驰的样子,好像电影里的场景。他会对那些女孩子说自己是黄飞鸿的后代。对方听了故意瞪大了眼睛逗他:"陈有光,你认识黄飞鸿吧?"

陈有光说:"那是我阿公啊。"

"什么?我说的是黄飞鸿啊。"有人故意逗他出丑。

陈有光说:"是啊,就是我阿公的弟弟,我叫他阿公怎么了,我们都是基围人。"

陈有光最得意的是有人看他,或是盯着他的衣服,翻着白眼回想这到底是什么装束的时候。陈有光见了,无论对方是男的还是女的,他都会微笑,然后点头致意。

同乐的外省人喜欢看热闹,原居民早已习惯了陈有光喝醉酒的样子。如果家里的小孩子凑到陈有光身前,去捏他的纽扣,或是仰着脸看他,陈有光则会更加得意,他会扶一扶自己快要跌落的墨镜,对着孩子们咧开嘴,露出牙。这个时候,老人们远远见到,疾步飞奔过来,拉开自己的孙,扯到远处才说:"不要理他呀,痴线佬黎咖。"

虽然醉了酒,可陈有光还是知道他们会说什么,他故意装听不见,身子会矮了些,一身白色制服的裤脚也立马显得多出一截,拖在地上,他变得没有了精神。陈有光的头发上面扣着一顶大盖帽,也把脸遮住了半边。这样的状态持续到下午可能才会好一些。陈有光喜欢这样说话,如果手里有个指挥棒,他也许就要站在马路中间,指挥起交通来了。有一次,陈有光说:"你睇吓嘢,是不是又看我没有喉结啊,所以我会发出像女人一样的高音,啊——

啊——啊——"

钟欣欣觉得与陈有光站在一起，就像与一个留了长辫子的男人站在一起差不多。她的眼睛闪到别处，说："你今天的衣服很特别。"陈有光说："看到我的飞行员服了吗？我原来是机长。"他指着自己的帽子说："这个我没有交出去，首长拿我没有办法。"

见钟欣欣盯着他不放，陈有光说："后来我嫌工资太少，所以我不干了。"

钟欣欣说："不会吧，那份工可是很挣钱的。"

陈有光叹着气说："太少了，六千块，不够我抽烟。"

这样一来，钟欣欣泄气了，陈有光显然受过刺激，每天都在说假话，骗自己，颠三倒四，没有逻辑，估计机长每月赚多少钱他都不知道。钟欣欣发现对方不断说胡话。

钟欣欣故意说："那就等你把自己要盖的五十层封顶再说吧。"

听钟欣欣这么说，陈有光泄了气："这样吧，我知道你喜欢海，晚上我们一起去海边吧。"钟欣欣说："噢，真的抱歉，我明天还要工作。"钟欣欣认为陈有光身上可能没钱了。见他还在胡闹，钟欣欣发火了："如果你再浪费我的时间，我真的不会理你，陈小桥的事情我也不理，任其发展。"

陈有光害怕了，钟欣欣戳到了他的软肋。他说过家里出事的时候，陈水每天天亮前才回家，而自己和老妈一直守在门前。当年老豆出事的晚上陈有光说自己有预感，有张白纸突然飞到了眼前，撞上他的额头。整条街上没有人和他们一家说话的情景有谁见过？那一次老妈坐在门前，而他陈有光要守在那里看着老妈。陈有光说自己每天都活在梦里。有几次他似乎看见老豆在地上走来走去，睁开眼时，老豆正睡在床上。

钟欣欣认为陈有光已经停在了当年，无怪乎同乐人笑他的口头禅永远都是那句："我做梦都想回到过去，现在太不好玩了。"

陈有光的记忆又回到了当年，当年老豆陈水喝醉了酒半夜被两个年轻的女仔送回来，钱已经被人掏空了。陈阿婆看着老公这个样子立刻伸手抓住其中一个女仔的衣服理论，说对方搜了自己老公身上的口袋。于是双方厮打起来，陈阿婆大骂对方是"鸡婆"，另一个女仔趁机尖叫着向楼下跑，嘴里大骂陈阿婆是黄脸婆，被老公抛弃了。

"是哪个死八婆说的，我要骂死她。"陈阿婆说。

"是你老公，你问他去。"跑到楼下的女仔大声回应，那女仔的口红已经被涂抹得满脸都是。

听见这个，陈阿婆谁也不骂了，连老公也不管，直接躺倒在客厅，大声号叫起来。好像喝醉的不是陈有光老豆，而是陈阿婆。她在地上打着滚，哭天抢地，眼里也没有一滴泪。不知道何时才哭累了，她呆呆地坐了起来。外面是漆黑的夜，她看见躺在床上打着响亮呼噜的陈有光老豆，站起身，给对方盖上了一条毯子，然后踉踉跄跄地走到洗手间，她准备洗个脸，这时她看见阳台上欧影晾的新裙子。

陈阿婆突然不哭了，她不再恨自己的老公，而是咬牙切齿地说："阴功，点解唔记得，就係哩个女人入门后，先家吵屋闭。"

两代人出现了相同的处境。

钟欣欣对陈有光说："你真的不需要编故事，仅凭你老豆陈水当年为招商引资做过的那些事，就足以让他名留村委会史册。"听钟欣欣说到这里，陈有光又开始泪水涟涟。他说，他老豆有次看到郭正安编的《同乐史志》中没有提到陈水的名字而心情沮丧，一晚上坐在院子里。陈有光大骂陈德福和郭正安该死："一个夺走了我们家的分红，一个编写史志不提我老豆。"钟欣欣明白了陈有光的心结在哪里。

钟欣欣听欧影讲过这事，于是答应帮忙去找郭正安，再修订史志时一定要把这里补上，而不能漏下这一段，只是她没有想到这一家原来这么在乎。欧影说陈水中风前最喜欢问的一句话便是："好久没有人通知我去开会，你们去帮我问问？"很长一段时间里他对自己落选这件事情都无法接受。他不相信自己为村里做了那么多好事，最后还会落选，同乐人太无情无义了吧。他实在无法接受。

钟欣欣转移话题，问陈有光："你这个厂长为同乐做过好多事，也可以写上吧？"

"当然啦，当年我就是代表同乐去的工厂啊。回来的时候村委的位置就被人占啦。"这是陈有光最生气的地方。他非常不解，老豆为村里做了那么多的事情，凭什么同乐人都忘了？很快陈有光又自问自答："都是因为她。"陈有光转移话题，声讨起老婆欧影："你知道她有多么不知好歹吗？我顶着那么大的压力娶了她，多少人骂我啊，同乐的人对我意见大，主要是陈德福的妹妹还没嫁，村里人拥护陈德福，所以恨上了我，认为我是个玩弄感情的男人；加上老豆的事情，我被他们孤立了。"

钟欣欣想转移话题："欧影很不错呀，当年非常抢手吧，又漂亮又能干。那个时候一个厂里这样的人可是凤毛麟角，你后悔什么呢，我认为你应该偷笑才对。"

"为了娶这个死八婆，我太不容易了，她也明白，所以刚开始还好。可最近因为阿见，她又开始敢跟我闹，让我不要跟着阿见混，让我不要打房子的主意。她懂个屁呀！我不做生意，陈小桥今后上大学怎么办，哪有收入？"

钟欣欣问："赚到钱了吗？"

陈有光说："急什么，等找到好项目就可以了呀。"

"噢，你们的项目是什么？"

陈有光故意不说阿见，他继续骂欧影："就是这件事情让她变了，好像怕我生意失败了会拖累她，总是和我作对。还让我不要打牌，说我的对家就是阿见他们，再这样这套房也输了。她懂什么呀？这个死八婆，一天到晚从来不希望我好。"

钟欣欣明白欧影是彻底了解他的情况了。见陈有光这么骂老婆，钟欣欣几次想说点什么，又咽回去。她曾经劝过欧影，要出去看看外面的世界，不要守在这片小天地，也把自己活小了，当初闯深圳的劲头呢？

钟欣欣问陈有光："什么意思，你真的开始赌钱了吗？"

陈有光避重就轻："没有没有，那个死八婆反对我和阿见来往，还说我朋友不怀好意。"

见话题又绕回来，钟欣欣说："一定有原因吧，你应该听她的分析。"

"有屁原因啊，她就是看书看的，想多了。她总说这个阿见不地道，带坏我，让我生不如死之类。反正她这是在诅咒我，就是盼我死了她可以继承家业，阿见说得没错。"

钟欣欣说："你的老婆是希望你不要走你老豆的路。"钟欣欣成功地把话题引到了劝对方不要赌博。来之前，郭正安对她说当务之急是要防止陈有光、陈小桥赌博给全家背上债务。"你都有手有脚,什么都不做,给老婆和仔带来了坏影响。本来欧影是有工作的,受了影响也不愿意出去工作,这些都给同乐带来了极坏的影响,年轻人会跟着学的。"郭正安对钟欣欣介绍过,陈有光没有目标,仇恨所有人,总是寄希望于搏一把发大财。

陈有光听后开始想抹眼泪了:"请你不要再进到我家,我不想配合你的工作了,你就是想当先进。"

钟欣欣调整了说话方式:"你当然与那些滥赌的人不同,可是你还是参与了对不对,是在东角落头吗?"钟欣欣庆幸对方至少在乎陈小桥的感受,这说明此人还有救。

陈有光瞪着眼睛故意偏离话题:"你没有资格说我老豆,我都对不起他,如果不是我,他不会变成这个样子。那个时候,我做得不好,才让他觉得没希望。"说完话,陈有光回头看了不远处轮椅上面的老豆。钟欣欣认为陈有光在对话的过程中,似乎整个人的想法都有变化。

钟欣欣笑着:"当年我来同乐时,同乐的老总刚刚换成陈德福,他刚刚接了你老豆的班。"钟欣欣发现陈有光从来没有提到过陈德福的名字,感到好奇。

见陈有光不说话,钟欣欣问:"你认识这个人吗?"

陈有光咬牙说:"不只认识,他还在我的黑名单上。老豆的分红输给了别人,当时他不仅没有帮我,还扣了我们当年分红的钱。"

"如果不用你的分红还账,会怎么样?"钟欣欣问陈有光。

三十三

欧影嫁进来之后,也没过上好日子,她的手臂已经有了几道疤,那是割腕没有成功留下来的。生了陈小桥之后,被陈有光酒后暴打,是陈小桥在房里的哭声把她拉回来的。本来已经认命,想不到四十多岁的时候,又遇见了钟欣欣,人生出现了转折。

被钟欣欣骂醒的欧影参加了宝源路上举办的电算化会计培训班。自从欧影嫁给陈有光之后,渐渐与社会脱节。见欧影忙着去培训班,陈有光老妈不高兴了,她对着陈有光说:"你不要太辛苦了,这头家还要靠你撑着呢,我老了不能出去打工,也没可能参加什么培训,浪费老公的钱。"

陈有光本来就心烦,眼下更不知道怎么回答,他抬眼偷看了看欧影。欧影被陈阿婆数落了这些,心里不痛快,更想着要尽快逃离这个家。第二天早上起来,她对着镜子道:"我没有浪费钱,是合作公司干部给我报的名、交的学费。"

陈阿婆听了顿时换成笑脸道:"那就好,那就好。你也知道家里的情况,因为你,光仔老豆的职务被人免了,所以呢,你以后每月要多交两千块,最近你没去市场,不知道现在什么都好贵的。"

欧影不想跟她废话,冷着脸转回身从手包里数出钱,头也不抬放在餐台上。随后,她转身回到床上,把被子拉过头顶。不一会儿,她又起身把房间左右两边的窗帘也放了下来,让房间陷入黑暗。她又躺下一动不动,眼睛盯着天花板。大约过了半个钟头之后,欧影听见外面没有任何动静。不知过了多久,欧影被一些声音吵醒了。欧影翻了个身重新闭上了眼睛,准备再睡一会儿,可是她再也睡不着了。她觉得过去自己就是这样,被打后还继续洗碗拖地。

很快便听见陈阿婆在跟什么人说话，一会儿像是要说给她听，一会儿又像是害怕她听到，声音时大时小，反倒全部进了欧影的耳朵。

欧影听见陈阿婆说："这条女不知什么来路，搞得阿光仔如同变了个人，最后连工都不做了。你信不信，如果不是这条女，光仔早发达了。"

"欧影文化可是比你的仔高。"这个声音有些熟悉。

"那又怎样，还不是做了我光仔的老婆。"陈阿婆已经生起了气，显然陈有光老妈怪对方捅了她的软肋。她继续说："就是这些北妹，勾引我们家光仔，才害得我们光仔现在这个样子。"

另外一个声音说："这不对呀，他工作的那个厂早就搬迁了，你看现在深圳还有什么'三来一补'啊，全是高科技公司。"欧影确认说话的这个人就是钟欣欣。

钟欣欣又说："反正都是你屋企的人，不要互相伤害了。"

陈阿婆说："咩我屋企啊，现在他们两个人连话都不讲半句。"

钟欣欣说："互相理解吧。"

只是短短的十几分钟，陈阿婆便把欧影和陈有光的历史抖了个底朝天。欧影偷听了却也不好出来，只能躺在床上生气。她不断地听见陈阿婆时高时低的说话声，欧影的名字频繁出现，她知道陈阿婆不会讲自己的一句好话，也不会说儿子和孙子半句坏话。陈阿婆倒是会对陈有光老豆大声咒骂，故意让街上的人都能听见。

欧影想这觉是睡不成了，索性走到了柜子边上，她奇怪的是钟欣欣说话的样子就像是在村里生活了几十年，土里土气不说，已经不像年轻女孩。

欧影是在陈阿婆说她是个"鸡"的时候出现在客厅的,惊得陈阿婆张大的嘴合不上。钟欣欣起身想要打个招呼,欧影却已经出门了。被他们说成是"鸡"这样的话她听了十多年,第一次感到不能忍受。欧影不能忍受的是钟欣欣竟然在陪着陈阿婆说话。

欧影漫无目的在街上游荡时见到了陈德福。

陈德福看了眼欧影,发现了对方神情的异样。之前因为陈有光喝醉了酒闹事,陈德福和欧影说过话,还帮忙垫过药费。欧影本来已经走过去了,又退回来,想着应该打个招呼才对。陈德福想了想说:"如果没有事情,你帮我看一下车,这个地方有交警查车,我要上楼取样东西,很快回来。"

对方也不等欧影同意,便转身跑进楼里,刚走了几步,又回头对欧影说:"你站在这里还不行,坐到车里去吧。"欧影看见对方的手提包和一件深色的西服都还放在副驾位上。

这样一来,欧影还真的不能走了。她把包和衣服挪到司机位上,自己则坐到副驾位上等陈德福。

欧影是跟着陈德福的车绕回同乐的,陈德福问欧影怎么不考虑找份工来做。欧影原来打工的窗帘店已经搬走了。

欧影回答:"年纪大了,找不到合适的。"

陈德福关切地说:"同乐公司好像也缺人手,招聘启事发在了群里你没看吗?"

像是知道了欧影此刻需要帮助,陈德福又说:"还想求你帮我整理下之前的账目,工资我会按照市场价付给你。"

欧影吃惊地看着陈德福说:"我不懂啊。"

陈德福说:"你不是学财务的吗?"

欧影神情恍惚："太久了，我差不多忘记了曾经学过那个专业。"

陈德福看透了欧影的心，说："你可以再捡起来，很快就会熟悉的。"

欧影说："参加了一个班，可是有些听不懂了。"

陈德福问："好事好事，会懂的。"他知道这是钟欣欣的意见。

不等对方回答，陈德福说："这就对了，你还那么年轻，不应该早早放弃理想。"

其他话欧影没有进脑子，而"年轻"这两个字让欧影记住了。已经很久没有听人这么说她了。来到广东之后，厂里到处都是年轻的女孩，有的初中毕业便到了厂里。欧影在厂里做过拉长、报关员，到了管理人员这个位置，似乎与"年轻"没有任何关系了。而进到陈有光的家，她便再也没有机会被人看成年轻人。陈阿婆常常说："你们这种中年妇女什么本事都没有了。"

欧影心想：怎么就成了中年妇女了？陈阿婆看着欧影道："我们这里结了婚就叫妇女。"

欧影不舒服："怎么到了你们同乐，女人就不一样呢？"

欧影的电脑是在华强北电子城买的，在陈德福的介绍下，她开始上午在财务室帮忙，下午去宝源路上培训。培训结束不久，欧影又被推荐去同乐合作公司帮忙。陈有光起初不在意，也没想太多，后来发现不对，跟踪了几次，有一次开着摩托车还差点被差佬抓了，慌乱中拐进钟屋，藏了半天才慢慢悠悠向外骑，这时却发现了一个长得像阿见的人。可是对方似乎不认识他，看了他一眼后就匆匆走了。对方说过出差到海南了，怎么就在他后面的这条街呢？骑摩托不到五分钟，没有追上阿见，陈有光跨在摩托上面，大脑一片空白，他突然想不起自己要去哪里。

"你说我应该怎么办啊？你可不可以给我提个建议？"欧影急迫地问。

对自己的未来走向还没有考虑清楚，欧影便提出了离婚。

这样一来，钟欣欣劝欧影参加培训这件事便成为陈阿婆和陈有光痛恨她的理由。"现在家里的开销还需要她，她不想理了吗？太不负责了吧。当初没有她，我们家会变成这个样子吗？"见欧影不回来，陈阿婆气炸了，逢人便说要找钟欣欣理论，说是这个干部害得陈有光把老婆也丢了。

"你的仔对老婆家暴时你为什么不拦住？"钟欣欣记得欧影拖着被打坏的身子找到她哭诉，她的眼睛被陈有光打得充血，脖子也有几条血印子。再后来，钟欣欣见到陈有光当着她的面骂欧影，让欧影滚时，钟欣欣才转过头对欧影说："你有手有脚，非要赖在这里死在一起吗？你对得起自己读的那些书、吃的那些苦吗？"钟欣欣认为自己说话太重了。当时是大清早，陈小桥打来电话求救，说自己老豆又发酒疯打老妈。

"那是他两公婆的事，我怎么好插手？"

"她打工赚的钱你为什么又要花呢？你不认可她是这个家里的一员，为什么还要她负责？如果欧影去告家暴，你的仔就要被带走了。"听钟欣欣这么说，陈阿婆才不说话。

之前欧影偶尔会出去做事，也是家里的经济来源之一。多次被打之后，她索性不再出去干活。现在她被钟欣欣劝得干脆不回家了。

钟欣欣从街道开会回来，刚进到同乐的路口，便发觉气氛有些不对，路上的人有的对她挤眉弄眼，有的远远观望。钟欣欣不经意看了一下手机，发现欧影和陈小桥的几个电话都没接。

她刚进合作公司大楼，便见到陈德福迎了出来。这些天他似乎也想清楚了，不该把火发在钟欣欣身上。他说："有急事说，你先上我的车。"钟欣欣不知道发生了什么，被陈德福引上车，对方迫不及待："阿见指使的，你现在还不能直接见陈阿婆，她说要和你拼命。她已经到区里把你告了，说你劝欧影离婚，准备拆散他们一家。"钟欣欣想不起来自己当初怎么有胆骂醒欧影。

三十四

事情到了这一步，钟欣欣感到越发技穷，不仅如此，甚至有些害怕。晚上六点半，她在茶餐厅吃了个咖喱饭出来，对着还没落下的太阳，有那么一两分钟，钟欣欣体会到了陈有光的迷茫。看着来来往往的车辆，钟欣欣不想回宿舍，而是顺着同乐向西走。她躲闪着前面的车辆和人流，心中不免产生了烦，她在心里面说："陈有光，你把不稳定的情绪传染给我了。"

钟欣欣转身向右走，那是一条通向海滨市场的路，两边的楼房比之前整齐了许多。看见对面有放学的孩子迎面过来，钟欣欣不免想起陈有光穿了那件古怪的制服在同乐街上表演的情景，陈有光走的太空步并不专业，眼神和脚步都是散乱的，像是处在梦游的状态。钟欣欣觉得陈有光不只是哗众取宠，他还想在舞台上做主角，她觉得陈有光的怀旧和逃避实在是有益身心健康，可是作为儿子的陈小桥怎么能懂呢。这一刻钟欣欣似乎也懂得了父母一点点，她想起了之前与他们的那些不愉快。可是陈小桥也比他的同龄人成熟许多，钟欣欣内心变得复杂，她觉得无论哪种"深二代"都不容易。

钟欣欣能够如此快速了解陈有光一家，陈小桥功不可没，他如同一个侦探，不仅深入一线了解老豆的行踪，还要在老妈被家暴时懂得报警寻求帮助，也在暗中帮了钟欣欣很多忙。如果没有陈小桥的配合，钟欣欣认为自己根本无法走进陈有光的心，甚至说话都不可能。是陈小桥告诉了钟欣欣如何破解老豆的这套把戏。陈小桥说过，他讨厌老豆酒后打人、吹牛、惹事、向合作公司伸手要钱要物。钟欣欣知道陈有光对老豆陈水的感情非常复杂，当初他与老豆大吵了一架后，陈水突然中风，虽然也恢复了不少，可是再也不想开口说话。"还要去开会，你已经不是村委会主任你唔知咩？你被村民选了下来，你这么多年的事情白做了，都归零了，你就是个没用的、让全家里丢脸的人。"那个时候，陈有光站在老豆面前故意气他。只要提到这个事，他便会痛哭流涕。

"从小到大，我总能听到阿爷问'怎么没人通知我去开会呢'这句话。"陈小桥说，"每次听到这一句，家里就要吵架了，所以我好怕听见'开会'两个字。"

"开会？"

"是的，可见我阿爸是多么希望自己回到当初。"

钟欣欣与陈小桥见过几次，在有了一些交流之后，陈小桥对钟欣欣产生了信任。这是陈小桥第一次向外人爆出家里的事情，这也是钟欣欣与陈小桥建立起信任关系的基础。钟欣欣说："这样吧，我也告诉你一个秘密，我们就算扯平，如果我泄露了你的事情，你可以把我的情况告诉同乐人。"

陈小桥看着钟欣欣，不说话。

钟欣欣说："我呢，是个超大龄女青年，谈了几年恋爱，快要结婚的时候被人劈腿了。你知道吗？就连上次相亲，有个五十岁的男人还说嫌我老。另一个男的，一听我没有房和车，直接把我拉黑。眼下我到了同乐，虽说是一份工作，可是于我而言也是一种逃避。"

陈小桥半信半疑地看着钟欣欣，调侃道："你多大年龄了？不会是更年期了吧？"

钟欣欣被对方的样子气笑，她故意装作生气，学着同乐人的口吻道："你个衰仔，你才更年期呢，就不会盼我好一点吗？不过你再气我也差不多了。老实说吧，我年轻时不切实际，挑来挑去的，被人甩也是情理之中；还曾经自作多情暗恋过一个男的，结果人家根本没感觉。你说我是不是又蠢又盲呢？"说完话，钟欣欣深深地吐了口大气，她感觉自己轻松了好多。

陈小桥想笑，又觉得不合适，只好低着头说自己的事："我是怕老师同学知道后在背后说我有个痴线老豆，其实现在已经知道了。我屋企过得比别人家差，他感到丢人啊，所以总想找回自尊，梦想回到当年。他让我感到丢脸。"

钟欣欣说："走自己的路，让别人说去吧。"

陈小桥听后站了起来，冷冷地说："我以为你和他们不同，看起来都一样。你们就是这样安慰人的咩，连脑子都不动。这种鸡汤到处都是。你也可以试试有这样一个老豆，有这样一个原生家庭，我还有路吗？请你告诉我。"

钟欣欣知道不应该随便敷衍，只好示弱："所以我才需要学习呢。"

陈小桥说："怎么办？如果我早知道就不是现在这个样子，我真的悔之晚矣。走读的时候，很快我就被几个烂仔盯上了。"

钟欣欣说:"理解,我不明白你是因为什么和老豆吵架。"

陈小桥说:"做梦我都想离开这个家。后来我发现这也是我老豆的理想,也是我老妈的理想,也是我阿嫲的理想,是不是我阿爷的就不知道了,我后悔没有问他。"

陈小桥讲之前发生的这些事情:"我老妈总是要我理解他、原谅他,因为他眼下非常虚弱。他是个喜欢逃避责任的家伙。"喝了口水之后,陈小桥又说:"有一次我说他,他就来骂我,然后我就不想去上课了。第二天学校考试,我知道这意味着什么。"

钟欣欣说:"意味着你和他一样想要逃避责任。"陈小桥愣了下,他没有想到对方是这么想的。

钟欣欣问:"学校后来什么态度?"

陈小桥说:"为了劝我不要走读,那天晚上老师来家访。你知道吗?我老豆醉了酒竟然大声叫老师靓妹仔,还撩对方,说如果他未结婚,肯定要追她;还对人家吹嘘自己当年在工厂拍了多少次拖,搞掂了多少个北方妹,有多少个妹仔中意他,有多少人想要嫁给他。"

钟欣欣不知道怎么接话了,她真是觉得在陈小桥面前说"走自己的路,让别人说去吧"太无力了,根本无法安抚陈小桥小小年纪便饱经沧桑的心。

钟欣欣说:"既然这样,你就要好好学习,要做到和他不一样。"

陈小桥说:"你看我这头家,每天都在吵架,为了一个碗吵,为了月底没有钱买菜吵,有了点钱之后再为是否给我阿爷买些补品吵。这头家几乎没有一天安宁,我真的很无语。"

钟欣欣:"你好好学习,考到外地,不就逃掉了吗?"

陈小桥说:"你逃掉了吗?谁也逃不掉,真正的冷是在家里。"

钟欣欣说:"他不应该劝你转学,到了高中阶段没有特殊情况是不能转学的。"

陈小桥说:"他并不知道,在他心里只想通过扩建后卖房发达,他被阿见利用了。"

钟欣欣说:"是啊,他不了解政策,也不过来问问情况。如果了解政策,他不会做出这些荒唐的行为。"

陈小桥说:"你少和我讲大道理,你不会是像他们说的那样想入党吧?这可是陈德福的心愿。"

钟欣欣心里一惊,陈德福的这个心愿看来不是秘密:"我已经是党员,也不存在你说的情况。"

"我老豆说,如果扩建23平方米成功,那么拆迁时会被算多些面积或多补钱,这些年我们家的损失都会补偿回来,他还是很天真的。"陈小桥又说,"是的,家里有份红头文件。我老豆平时不读书,不看报,突然家里多了份材料我还很奇怪,他就是用这个说服了我阿嬷。"

钟欣欣明白了,这个阿见做了假文件,准备行动,郭正安说的事情已经成为现实。

钟欣欣从走廊这头远远便看到郭正安的门半开着,于是快走了几步,直接冲进去。郭正安愣了下,随后指着沙发请钟欣欣坐。钟欣欣向着郭正安的办公台又近了一步,吼道:"那个人真的行动了,我被他的花样搞晕了。"

钟欣欣见到郭正安茶几上摆放的晚餐。郭正安说:"有你一份。"

"你怎么敢摆工夫茶在这里,不是发通知要收掉的吗?"钟欣欣问对方。

"快吃饭吧,吃饱了才能喝茶,不然容易醉茶——你喜欢普洱还是铁观音?"

钟欣欣不知道对方葫芦里卖的什么药。

她看着对方将一次性筷子递给自己,说先吃饭吧。钟欣欣只好把脸对着盒饭里的排骨和两条生菜,心想,看来他是知道她要过来。

两杯茶下肚,钟欣欣的气突然消了不少,有点不好意思之前的情绪失控。又喝了几杯茶之后,她觉得自己好了许多。郭正安一边倒茶一边说:"你看我这里,每个人都是带着气过来的,如果就这样吵回去,我每天要吵多少架?先喝几杯茶,对方说话的语速就会慢下来,工夫茶是真功夫哟。"钟欣欣心想郭正安的心灵鸡汤还不错,吃完饭,她抢先一步,把郭正安的饭盒拿到自己面前,叠放在自己的盒子里,再把其他的零碎东西收拾妥当,站起身准备去丢。她的高跟鞋嗒嗒嗒踩在水泥地上,甚是响亮,在傍晚的同乐合作公司大楼里显得特别欢实。这时她听见郭正安在她身后的声音:"注意垃圾分类。"

钟欣欣也不回应,她对着窗外的夕阳笑,心想,这个家伙心细得像个女人呢。

回来之后,两个人交流了快两个小时,钟欣欣明白了对方的用心良苦。郭正安希望钟欣欣不是来基层走马观花看看就可以了,还必须学会与人相处,可以独立处理问题。

短短的两个小时,让钟欣欣从疲劳到有干劲儿,还是原来那个楼梯，可是这一次鞋跟在地板上的声音已经不同，有力，她认为自己必须成为打不垮的那个。陈有光虽然样子强硬，内心却早已溃不成军，虚弱得快要变成烂泥了。钟欣欣不想前功尽弃。虽然有人说，这一家就是烂泥，糊不上墙，个个都东倒西歪，可是眼下有她钟欣欣、郭正安和陈德福那么多人呢。

钟欣欣在合作公司玻璃上看到自己的样子感到了陌生。不仅原来的长发变成了齐耳短发，就连站立的姿势也跟之前不同了。前几天陪着陈小桥去理发的时候，顺路交代发型师把自己的短发又剪了半寸。回来的时候，钟欣欣也感到轻松许多。

见陈小桥吃惊地看着她，钟欣欣问："怎么了，兄弟？"看着镜里的自己，她自言自语："有必要这么纠结吗，头发如果是我的裹脚布，那我早应该剪了。"

陈小桥听见笑了："你是被我老豆气疯了，想改性别了吧。"

陈小桥又说："我是说你这样更好看，干净利落又阳光。过去的你眼神都是迷乱的。"

"什么？"钟欣欣看着陈小桥，"是迷茫好吗？陈小桥你怎么教育起我了？改变不了别人，我只能改变自己。"

钟欣欣穿上高跟鞋，走到陈有光家门前，一路上踩出嗒嗒的声音，她要给自己打气。她告诉自己："钟欣欣，你不能退缩啊，这个世界不容许你向后走的，哪怕前面没路了，你也得开出一条。"

见欧影看她，钟欣欣笑着道："看什么，你也需要打扮，不要把自己搞得好像几十年没出过卧室一样。"

"对对，陈小桥也是这么说。"欧影把钟欣欣让进来时，每次都是穿着睡衣。

这就是陈小桥求她说的话，他希望自己老妈勇敢地走出家庭，不要跟着陈有光再这么耗下去。

"你不担心别人笑你是单亲家庭吗？"钟欣欣认为这个陈小桥和老豆最像的地方就是好面子，在乎别人眼光。

"离了好，两个人绑在一起太痛苦，而且也不可能获得幸福。"陈小桥说。

"你这样劝父母啊！"钟欣欣问。

"不是我，是我的好多同学都会这么想事情。如果不幸福就要放过对方。"

三十五

事情的起因是这样的。夏天刚过，街道便开了会，讨论是否在同乐多开出一条路。"几百年都好好的，现在说变就变了，怎么好好的一条路还要劈开，去修一座人行天桥。"用同乐人的话说，那就是让同乐的一半亲戚离开了。"你们以后也有亲戚可走了。再也没有人嘲笑你们是同村结婚，自己消化解决。""两条路，我们不答应。"反对的便是48岁以上的中老年人，他们认为街道这么做事先没有征求居民意见。

"征求过的，开会的时候你们个个在玩手机，没有人听。"负责此事的人当然也早有准备，"你看还有签字。既然如此，我们再推迟两天，重新征求一次意见。"钟欣欣很清楚，同乐人就是不相信城市改造就这样真实地发生了。她对着站在第一排的男人说："我先问你吧，你有没意见？"

刚刚还大声说话的人沉默了，说："你应该先问问其他人，他们没意见的话，我也一样。"

钟欣欣说:"问谁呢?"对方脸红,不说话。

"你们是想问陈德福同不同意吧?"钟欣欣伸长了脖子在人群里找郭正安。想不到郭正安迎面碰上:"我们也不能再过渡了,既然来了就当自己是同乐人。"这让钟欣欣感到不可思议,这个郭正安一向是比较温和的,说话非常客气,就连陈德福当众那样待他,他也没有反驳。后来有人对郭正安说:"老郭啊,你这么窝囊可是害人害己啊。"

钟欣欣也有些无奈,预感修路的事情推进不成功。想到这里,她看了看腕上的手表,心里不免着急。

陈德福被免职后,心中愤愤不平,曾经把"我难道是为我自己吗,我怕咩嘢"这句话挂在嘴边,现在连这个也不说了,他把一半的怨气发在了郭正安身上。郭正安是陈德福从街道要回来的,做过陈德福几年副手,所以在气势上显得比较弱就很正常。

就连同乐的年轻人也看不惯老豆老母:"现在同乐的公司老总是郭正安,而不要什么都听他陈德福的。"年轻人会批评家长这样做是只讲感情,而不讲科学,耽误了同乐的发展。

"做人不能没有良心,陈德福才是为了我们同乐好。"年过六十的老人们说。他们不愿意听见孩子这么说话,太直接,伤感情。

"那是两回事好吗!"同乐的年轻人懒得理论。合作公司发出招聘广告的时候,同乐的年轻人竟然没有报名。街道领导也着急,说你们要培养些同乐的干部,他们熟悉合作公司的情况。除了解决就业问题,也有个感情问题,离家近,节约上下班成本,也方便开展工作。之前培养的两个外省大学生,刚刚可以独立工作,便跑去参加公考了。

懒得和家长们理论的同乐年轻人,对于同乐修路,他们表现得很开心,他们总是希望发生些事情,让同乐变化,他们不希望一街之隔是京基百纳,而他们自己则是灰头土脸的农民房。于是,他们在群里调侃起来:"喂,我们这里是要变成高档小区的节奏啊。"

"是啊,买嘢唔需要再过马路,我哋需要自己的京基百纳。"有个靓妹感慨,连发了几个大图。京基百纳是蔡屋围的地方,所以那边的人自然看不起发展比较慢的同乐。

有人说:"京基百纳挡了我们同乐的阳光。"

有人反驳:"那又怎么,也带旺了我们。我是说那上面可以喝咖啡,还有西餐厅,这些多方便我们呀。难道你净中意饮你老妈煲的老火汤啊?"

有人说:"口味被我条女改咗喽,现在我必须海底捞才算吃饱。"

"太贵了呀,只是停个车都要二十多元。"

"所以我盼着修好路,让那些吃的用的商铺都开进来。"

听着这样的对话,同乐的老年人越发觉得有代沟,好时光还是在过去,那个年代他们多团结呀,生产队里开会,坐在一条长椅子上面,蚊子在头顶上飞舞,蛾子在灯上面撞来撞去,那真是一个开心岁月。

"现在的后生仔呢,脑子里只有钱,只有吃,从来不考虑集体的事,也不重视亲情,似乎个个都愿意在外面做事,每次回到屋企也像是有人勾着他们魂一样,吃了饭便走,就连他们每年最期盼的大盆菜也没兴趣,还说太土,不卫生。"说起家里的后生仔,老人个个都有一肚子不满。

说到了合作公司这个事情,他们则没心没肺地在群里开起玩笑:"终于等到了,再也不用被向西仔笑啦,他们讲我们是近亲结婚,连村子都不用出的。这回我们可以说,我们的老婆是从外面娶的,走路还要二十分钟呢。""哇,这太好了。"同乐每个人都有好多个称呼,既是公公又是外公、叔公、舅公,既是奶奶又是外婆、舅妈、姨妈之类。年轻人互相打趣的时候,并不知道有帮年过六十的同乐人正心怀不满地盯着他们。

多年之前,同乐的孩子们会被外人笑话,他们说同乐人喜欢近亲结婚。"上不嫁汕尾仔,下不嫁客家佬",老人们经常这样教育家里的女孩子,原因是同乐人有钱,有田有船,家家户户都有人在香港,日子过得相对滋润。也正是因为如此,他们看不起外村的人,个个懂得"肥水不流外人田",只有一个陈有光例外,他找了个外省的欧影。因为欧影,同乐特意修改了章程,从此有了第一个外来人口享受同乐的股份,章程的修改是在陈水这一任上做的,也是因为这件事情,为后来陈水丢掉连任的选票埋下了重要的伏笔。躺在床上,陈有光把这些年的事情都想了起来。

三十六

陈阿婆对陈有光说:"你做咩去开会呀?你要他们求你才对,哪个做公司老总都不关你的事,这些年你等到了咩!现在还能有什么好事轮到我屋企,连分红都没有的人算咩同乐人,真是阴功了。"这是陈阿婆逢人便说的话,同乐人一点也不陌生,就连小孩子也能帮她说。

没有去汕尾之前,陈小桥不满意自己阿嫲的话:"阿嫲,你每天都叹气,从没有句正能量,全家都被唱衰。"

"我可不管什么能量，反正就是那年她进了家门，你阿爷的公司老总被选了下来，分红也被他输掉。"陈阿婆看了眼坐在窗前轮椅里发呆的陈有光老豆说："看咩啊，就是你把我屋企害的，现在你又扮失忆，逃避责任，你个死鬼。"

陈小桥心情不好，他曾经最喜欢阿爷，他上小学的时候，阿爷喝多了酒会来抱他，还会帮他写作业；有时老妈教训他，阿爷会拦在中间讲情；为了防止老妈骂他写作业还看电视，阿爷准备了一个冰袋和冷毛巾去敷发烫的电视。陈小桥不满阿嫲的态度："你又骂我阿爷了。"

陈阿婆说："就是他同意了你老豆找个北妹做老婆，还说这样后代才好，有文化，你睇有咩文化呢，现在还不是这样。"

陈小桥本来想要继续开玩笑，可阿嫲不顾及他的感受，说出这么伤人的话，脸瞬间冷下来。虽然陈小桥也不喜欢老妈，可是他不愿意听阿嫲这样骂她。

陈阿婆说："她恨我冇所谓，不该害我的仔和孙，我们家一分钱分红也没有了，她这个外省人倒是大把。我去边度讲理啊！"陈有光老妈每天的功课又要做了，那就是声讨自己的老公和欧影。

陈小桥听了，扭转话题，道："你好好吃吧。"陈阿婆说："哪里吃得下呀，我腰骨痛。"

陈小桥说："你这样骂人，我是不给你按背的。"平时陈阿婆总是让陈小桥帮自己捏手捶背，做各种按摩。

陈阿婆听了，顿时想起什么，马上转了话题："对了，刚刚你讲咩？修唔修路关你咩事，要你管？"

陈小桥说："关我仔我孙的事啊。"阿婆道："切，你都仲未有老婆。"

陈小桥说:"等我大了分分钟会找,放心吧,我不会找表妹、堂姐做老婆的。"

陈阿婆不高兴,知道陈小桥是不满意她骂欧影,哼了一下:"有什么不好,肥水不流外人田。"

陈小桥是中午从汕尾回来的,还在路上便给钟欣欣打了电话。钟欣欣能够听出对方的变化。

陈小桥的态度有很大的变化,他说:"深汕合作区里都是年轻人,他们说的、想的让我大开眼界。"

陈阿婆道:"这是谁教你的,你平时不会这样说话。出去几天就变啦。"

陈小桥看了眼房门,他担心被回家的老妈听见,说:"我说的是这个道理,而不是哪个人。"

陈阿婆说:"这不是你说的话,你一向都好乖的,再说了,你也不懂这些。"

陈小桥不服气:"连这么个简单的道理也要别人教?我不活了。我难道不会学习吗?"

陈阿婆听了也不争辩,只是迅速看了眼墙上的时钟。也正是这个事情,让陈阿婆心里不舒服,自己的仔本来可以在同乐工作,当年也是被村里派到"三来一补"的厂长,怎么就不能像其他人那样吃公家饭呢?没了工作不算,就连分红也没有了,嫁给陈有光的欧影反倒有,当年家里被人追债,房里的空调、冰箱都被抬走了,而她这份分红却攥在了手里不肯拿出来抵债。陈有光成了外人,而欧影成了股民,用同乐人的话说,她发达了。

每次想到这些,陈阿婆都生气,在心里骂:"好神气咩,有钱大晒呀!"

陈阿婆怨不得别人,只能骂轮椅上的陈水,就是当初你同意了给她分红,这头家就没有好过。有时不小心被正进门的欧影听见了。还有一次,欧影躺在房里睡觉,听到外面有人一边用木拖鞋拍打纸公仔,一边口中念念有词地念"打你个小人头,打到你有气冇埞咻"之类打小人咒语。欧影推开门,吓得陈阿婆魂都丢了,她本还以为欧影不在家里。

陈有光只好说:"她给我们陈家生了仔,我老豆还说,欧影读书多,可以让我们家后代有文化。"陈阿婆不理,只是进了厨房,眼下她不想同欧影吵架,一是吵不过反而会搞到自己偏头痛,二是还有事情要求欧影,她想求欧影找人求情,自己想要块墓地,同乐多数老人早有打算,早在十几二十年前便在石岩、万福选好了地方,而自己连半寸地都没有。老人们一起聊天时个个晒福地,而她不知道讲咩,不仅没有面子,还会让她死不瞑目的。陈阿婆明显感到因为这个,她都受到了其他老人家的歧视。到了这个年纪,这便是陈阿婆的一块心病了。就在不久前公司选举的时候,欧影当上股民代表。因为读过中专,懂电脑,所以她被叫到合作公司去帮忙,又当上了工会委员。之前有人对陈有光开玩笑:"阿光你个衰仔,为了寻找刺激还找了个有文化的老婆。"还有的说:"你能养得熟她咩,她就是找跳板的,一旦好起来,肯定会把你抛了,你信不?"

陈有光不服:"她要跳早跳了,现在这么大年纪,仔都快成年了,她能跳到哪里?"

陈有光一会儿认为自己做得啱,一会认为自己做得唔啱,如果老豆还能说话,他可以和老豆说几句,解解心烦。现在谁也说不了,在这个家里没有人可以说话,不只是自己,陈小桥没有,老妈没有，欧影也没有。陈有光认为阿见来到这头家，他算是得救了，不然他会憋死。可就这样一个有趣的人，欧影和陈小桥都不喜欢，反对阿见到家里。陈小桥甚至对陈有光说阿见就是个骗子，老豆你引狼入室。

陈有光不解："咩意思啊？"

陈小桥道："我要在家里看着你，不然那个家伙会害死你的。"陈小桥一心想拆穿阿见对老豆的谎言，只是他没有方法。

三十七

钟欣欣发现，不只是陈有光一个人，连陈有光一家，还有陈德福脑子似乎都停在了过去，他们说话的时候经常提到"三来一补"厂。原来每个人都有自己高光的时刻。

钟欣欣第一次知道"三来一补"这个词的时候，还是从陈德福的嘴里听到。

当时的钟欣欣正在麻将桌旁等着陈德福。同乐人他们没有时间去看钟欣欣，只是听说同乐来了个靓妹仔过来搞什么社会实践。同乐人抬起眼皮看了眼钟欣欣后，并不影响手里出牌。郭正安后来告诉她，"三来一补"这种赚钱的方式已经没有了，同乐原来的厂早已搬向东莞、江西、苏州。同乐人仿佛变了样子，原来眼睛不爱动的，现在灵活得好像一条鱼，随时要从眶里跳出来。原来土的，现在洋气起来。同乐一夜之间变成了城市，似乎没有过渡。

"切，连这个都不知，就是加工厂呀，来料加工知唔知呀？连这个都不知还大学生呢。"坐在椅子上面看麻将的这男人不屑地说。这个时候的他们已经带着一副有钱人的气势，看着一切讲普通话的外来人。

像是同情钟欣欣年纪尚小,有人似要补课:"那些老外身上穿的名牌都是我们同乐做的;有些家伙出趟国,用美金买回来的皮鞋、衣服、电器,最后才发现就是我们同乐做的。怪他们不懂英文喽。"打麻将的也心不在焉了,这才是他们感兴趣的话题。

同乐老人常常在叹茶的时候说到没有"三来一补",就没有同乐的现在。"那时候多好呀。"话一说出来,有人就兴奋起来,撸起袖子,争着抢着说起当年的威水事,比如有些靓妹站在门前等一天两天也要进厂,看他的眼神都是怕怕的。流水线上的妹仔个个心里都想嫁给他本地人。

有人回忆:"个个人等着我去吃炒河粉,再去溜冰。"

也有人说:"那个时候,我们只招靓妹。没有结婚的,会故意问一句,有没拍拖呀?对方答,都没有男朋友。这样一来,心里就定了。"

每次有人说到这个话题,陈有光都会难受。刚满20岁的他便是外来加工厂的报关员、厂长,参与了深圳的建设。可后来别人从厂长跳到了合作公司当干部,成了有编的人,而他陈有光呢,成了外来户,还要和什么鬼人才公司签协议,也就是说,他是合作公司购买回来的,而那些外来户反倒大摇大摆成了管他的领导。

"我服你个鬼呀,老子是开荒牛,知不知!"陈有光越想越气,他常常用眼睛狠狠地看一眼给他安排工作的人,心想:当年老子在厂里就是管你们这些外来工的,你们算什么,老子喝XO的时候,你们还不知道在什么地方吃窝窝头。那个时候个个找我想办法办暂住证,我就是太好人了,如果贪心点,搞掂那些妹仔也是分分钟的事。

"是你没学习,掉队了,时代变了,你没有生存技能。"欧影对陈有光说。

"那些家伙偷着去电大、夜大读书,都唔话我知,害得我没有文凭、进不了合作公司做事。"

"当时你只顾着威,拍拖泡女仔呀,喝酒呀,打牌呀。"欧影故意刺激对方。

每次听到这句,陈有光便不再骂别人了,他抡起拳头对着欧影的头狠狠地打过去:"我就是被你这个北妹害的,如果不是你,我会到今天吗?"对陈有光来说,"三来一补"算是敏感词。这话是陈德福告诉钟欣欣的,在陈有光面前尽量不要提,那是他的荣耀也是他的伤心事。

当年钟欣欣第一次进工厂还是跟着陈德福。那个时候,"三来一补"已经开始转型。只是陈德福心理上还是不愿意接受,工作起来也不积极,在他的心里这个"三来一补"不应该转得那么快,同乐都还没有准备好。

"同乐没有准备好,不等于深圳没有准备好,我们已经到了要转的时候。我们是特区,不能只停在'三来一补'这种经济模式阶段。"这是郭正安私下劝陈德福要学习的理由。

前一天在饭堂吃饭,陈德福便看着钟欣欣说:"明天早晨在门口等我。"钟欣欣知道陈德福准备带她看看什么是"三来一补"了。

陈德福在门口和钟欣欣说话的时候,像是认识了很久一样,并没有客气。他说:"你不应该穿高跟鞋,今天要走路的。"

当时钟欣欣猛地听见有人和她说话,抬眼去找人,近处一个高大的男人正盯着她的鞋说话。

钟欣欣缓过劲来，马上说："那你等我一阵，我回去换吧。"

陈德福想了下说："不是现在，我只是提醒你以后要提前做好准备，不要把城里人的作风带过来。"

"好的，好的。"钟欣欣如释重负，开心地说，"记得了。"心想："这么近的距离你却把自己当农村人，好怪啊。"

睡觉前，钟欣欣回想起早晨这一幕，又想到这个事："还来管我了，我又不是你的部下。"她跟着陈德福来来回回走了一天的路，感觉脚快断了，而脸也被晒了一天，估计又要生出不少色斑了。

钟欣欣这一晚睡得很好。楼下有人到了半夜还在操场上坐着说话，钟欣欣也没有嫌烦，她只是打开了空调，翻了两回身便沉沉地睡了过去。不知过了多久，她被一阵嘈杂的声音惊醒了，原来是楼里有谁在拆空调。钟欣欣家住罗湖，离同乐太远，每天早出晚归，陈德福吩咐人在招待所解决了钟欣欣的临时食宿问题。钟欣欣一开始不知道怎么回事，感觉是在她的头上做工程，似乎楼上的人随时会随着天棚一起跌落下来。钟欣欣就这么想着想着，睡了过去。可能她太累了，后来她穿着高跟鞋随着陈德福一起，陪着港商去了东山和上屋两个村。虽然是走走停停，钟欣欣还是感觉脚快要断掉。

她曾经问陈德福怎么半夜有人在楼上拆东西。

陈德福想都不想就答："那是打麻将输了钱。"

钟欣欣不敢说出口，只在心里说："风气太差了。"

陈德福说："太多人家会有这种事，必须要整治，不然好端端的一头家都被拆散了。"

再后来，钟欣欣看见照片上歪歪扭扭的路，她有些不解，问陈德福:"你拿一个蓝图给人家,就让人家来投资,他们凭什么会信呢?"

"凭这里是风水宝地,我都不用宣传,他们就会来。因为他们是想买下这些地,而不是租,这里租金太贵了。"他指着前面说,"那里是深南大道,罗湖是商业中心,桥对面就是香港,福田是政治中心、金融中心,南山是科技教育文化中心,我被这些包围着,我就是要租,这块地才能留下来。"

"所以他们就要搞所谓公益,目的还是低价要地。这个我怎么能同意呢。有的人不理解我,认为我耽误了发展。"

钟欣欣问:"耽误了吗?"

陈德福不屑地说:"当然不会,我和他们思路不同而已,我希望同乐人把这块宝地留下来,不要一味地建商厦,宁可先不发展,也要等到地价涨起来,我们最先考虑的是要建学校、医院、养老院,而不是把这里变成一个商业区。"最后他又说,"你不相信同乐会变好吗?我是有信心的。"。

"肯定会好,可是不知道要等多久。"钟欣欣看着陈德福与外面格格不入的穿着,有些不理解他的想法。

合作公司正在开招商会,陈德福得知钟欣欣要回学校,愣了半晌。散会之后,非要送钟欣欣回去不可。钟欣欣也不好拒绝,一路上,不知道是不是陈德福放的歌曲伤感的原因,还是钟欣欣的情绪也有些变化。前面两个人都是有一搭没一搭地说话,路快到一半,陈德福说:"毕业以后你愿意过来我们同乐工作吗?"

"什么,你这可是村呀。"钟欣欣说。

"已经是合作公司。"陈德福纠正说。

"怎么还是村里的味道，穿的、用的与这里的环境很是配套。"钟欣欣笑说。

陈德福说："你们来了，就可以改变，可大有作为。"还没有等到钟欣欣说话，陈德福又说，"我真的需要有人帮我。你看整个同乐都不理解我，每次开会都来攻击我，包括我那些小学同学、初中同学，他们骂我怎么还不快点把厂房卖掉，租什么租啊，我们需要钱啊。有次站在路口十几个人拦着我骂，还向我们家扔石头，说我耽误了同乐人发达。这个事情你才明白，我的意见是把厂房建好，租给老板，然后让村民参与管理，同时学习技术，可是没人理解我。我不知道自己这么拼值不值，你看前些年我把胃都喝坏了，连家里人也都认为我是在逞能。"钟欣欣没想到陈德福今天讲了这么多。

陈德福像是不需要回答一样，又说："你也认为我是为了逞能吗？"

"当然不是，你有钱也有技术，放着鲍鱼大老板不当回来同乐，当然是为了同乐。"

陈德福听后："还是有文化好，你能知道我做这些不是为了自己，你也说到了我的心里。"

"昨晚的招待就是您个人买的单，我都看到了。"钟欣欣说。

陈德福想说什么，可张了下嘴又沉默了。

钟欣欣说："以后大家都会理解。"

钟欣欣知道陈德福不容易，可是也并不是完全理解。她听说当公司老总之前，陈德福已经开了几家海鲜餐厅，如果不回合作公司，早已成为千万富豪了。到底是什么原因呢？

陈德福说，有一年，当初带着他出来做生意的香港海鲜城的蔡先生委托他一件事，因为投资失败，蔡先生想把深圳的店铺低价转让出去。

陈德福一直在找机会报答蔡先生。他提出自己接手，一次性付清，蔡先生想回来，随时可以交回去。

蔡先生听了，坚决不同意。"他说非常感激，可是他更希望我回到同乐。"

他说，你不能自己富，还要带着同乐人一起富，只有这样，我当初才没有看错人。"当初是他把我从迷途中拉回，又将我从同乐带出来，带着我学技术、学做生意，等我学得差不多，他又帮我开店。于我而言，他有再造之恩，根本不是用钱能还得了的。"

有次钟欣欣坐在陈德福这里喝茶，两个人再次说到陈德福之前的事情。

钟欣欣问对方："既然你受了那么多的苦，为什么要回来，有什么意思吗？"

陈德福说："我是为了有意思吗？我希望替同乐保住土地，而不是卖掉，要抓住机遇，同乐人很单纯的，想事情太过简单，你知道那个时候同乐人想钱都想疯了，个个都不想打工、创业，只想坐在家里等拆迁款，只要有人过来了解情况，马上热情接待，恨不得第二天就住到新房里，手上可以领回一大笔钱。那个时候有的人家已经借钱在赌了，还有的人开始被人带着吸了那种东西。蔡老板说，你只有回去，才能把像我们这样的港商引回去，让他们了解同乐，他们信任你，如果你只是做一个海鲜城的老板，你的理想也就太小了。你应该让同乐都好起来！

"如果我能招来一间厂，我们村就会多出两个厂长，然后有十几个后生仔可以进厂里上班,学技术、学管理,自食其力而不用在家里吃父母的。我想让他们忙起来,不要去赌博、去吸毒。"

"这样太累了。"钟欣欣说。

"蔡老板劝我回来走大道,而那时陈水也喊我回村里帮他的手,他说看中我读过高中,说我比他强。

"我是比他强,可是如果同乐要想更好,我不行了,我需要更强的人来帮我。我不会写材料,看不懂报表,和投资商沟通时我不会说话,我知道他们看不起我,把我当成只会喝酒的公司老总,真的很丢人。"

同乐的孩子有不少刚上了初中就下地做农活或是下海打鱼,读的书不多,陈德福要让他们进到厂里参加培训,长见识。陈德福早早发现了问题:钟欣欣记得有次陈德福在办公室骂经发科的人不给面子,同乐好不容易找了公司过来投资,连厂房也都是抓紧了时间才建好的,却因为经发科的一个年轻人问来问去,要求提供各种材料。说到材料陈德福便懵了,脑子立马大了起来,他抓了一会头发后,瘫在椅子上。隔壁水田村知道了这个事情,连夜赶制材料、厂房,几天时间,撬了同乐的墙脚,把这个投资人抢走了。

陈德福想起这些窝囊事,气得跳起脚:"不做了,自己人也要难为自己人,他们只是说一声,害得我跑了两个月,最后的结果是没通过,你说这公平吗?我这个公司老总没法当。"

钟欣欣说:"你有没有想过,你也有做得不对的地方啊。"钟欣欣觉得自己说话的样子像父亲,父亲是工程兵,是深圳第一批建设者。很长一段时间里,钟欣欣都不喜欢父亲说话的方式,两个人也极少交流。

陈德福愣了下说:"我哪里做错了?"

钟欣欣说:"他们按照程序办事没有错,不然出了问题怎么办?你不该对办事人员发这么大的火。"

钟欣欣说这话时在场的还有其他人,陈德福说:"那么复杂的东西,谁会呀?简化手续才能帮老百姓办事的。"

钟欣欣说:"再简化也要有手续,也要走流程,总不能拿个大喇叭在楼下告诉你,马上动工了吧?"

"哎呀,那怎么办?我都试过了。"陈德福的样子已经显得无助。钟欣欣说:"方法如果不对,试一百次也没有用。"说着,她指着陈德福说,"您先坐下,我想问您几个问题可以吗?"

陈德福小心翼翼地坐了下来,钟欣欣对着电脑把陈德福被问得不耐烦的事,打出了一份请示,交到了陈德福的手上。她说:"你看看有没有问题,如果没有,盖了公章我明天送出去。"

第二天一早,吃过了早饭,钟欣欣便在院子里等陈德福了,两个人一路上无话。事情办得非常顺利,回来的时候钟欣欣一路上唱着歌。她发现陈德福故意绷着脸,有几次通过后视镜在看她。钟欣欣心想:"看什么看,你吃亏就吃在这上面,性子急,脾气大。"

"还有什么要问吗?"陈德福说。

钟欣欣笑得灿烂:"有啊,姓名、年龄、学历、身体及婚姻状况。"

"陈德福。1968年2月出生,高中毕业,身体健康,无不良嗜好,已婚,有一个女儿。"

"你可是当着同乐我那些部下批评过我的,你就这么回去了,我怎么办,要给我个机会弥补弥补,我又没做错什么。"陈德福微笑着。

"面子没那么重要吧？"钟欣欣当然没有想到陈德福会挽留她。

"你如果没有赔礼道歉，今后我还怎么混啊？"

钟欣欣说："行啊，你可以让车掉头回去，我叫上几个人当面向你致歉可以吗？"

陈德福被钟欣欣说得无言以对，是啊，整个同乐是没有人会批评他的。

钟欣欣似乎又想起了什么，笑说："我相信你这辈子没有说过对不起。"

陈德福说："有这么多企业来到同乐，下个月8号还有一个要开工，你想参加剪彩吗？"

钟欣欣笑了："我还是个学生呢，到同乐属于社会实践活动，为了给自己写论文积累点素材，也为以后找工作探探路。"

陈德福送钟欣欣回到学校的当晚，钟欣欣坐在门外的花坛边的石凳上，神情恍惚，这个傲慢无礼的男人似乎把她的心带走了。

有几天钟欣欣的脑子里一直有陈德福。"对不起，年龄和家庭情况是我自己要问的，代表一个喜欢你的女生。"钟欣欣在心里说。再后来，她想要不要打一个电话呢。如果打了这个电话，对方会怎么想她这样的一个人。钟欣欣可不想那么贱，对方可是有老婆的人。她就这样想着想着，终于两个人在宿舍大楼门前见了面，先是彼此都愣住了，钟欣欣竟然泪眼婆娑，赶紧转了身，再转回头时满脸的笑意。说真是巧啊！这时陈德福竟然递过来一个手串说："上次也没来得及送你个礼物。这个算是补上。"

钟欣欣说："太贵了吧。"

陈德福说："不值几个钱，只是跟了我很多年，我阿婆留给我做纪念的。"

见钟欣欣不说话,陈德福说:"如果你不喜欢,我下次再送其他礼物。"

陈德福刚准备收回,钟欣欣突然上前了一步。她从陈德福的手中夺回了这个手串说:"后悔了吗?我没有说不要啊。"这是钟欣欣做的一个梦。那一年,钟欣欣刚刚大一。她想念陈德福,记得他的挽留。钟欣欣觉得陈德福太孤独了,整个同乐都没有人理解他。

时间过得太快了,十年时间就这样过去了,转眼间她都三十多了,深圳发生了太多事情,同乐也发生了巨大的变化,物是人非。只是天天见到,年轻人不觉得,只有老年人会在早晨发现自家门前的树变成了观景的椰树。原来连花蕾都还没有的花,突然间就开了,而且艳得让人不敢相信。

钟欣欣再次到了同乐之后,才发现那句"旧时天气旧时衣,只有情怀不似旧家时"真是太对了。她竟然对陈德福没了感觉。多年不见,陈德福变得唯唯诺诺,那个意气风发的男人去了哪里呢?当初挺胸抬头走路的人,现在像是随时会被大风刮倒,一副生病的样子。

钟欣欣在心里说:"我来是为了锻炼,并不是因为你在同乐,所以不必躲闪吧。"她想起刚进村的时候,这拐来拐去的路上到处都是行人和车辆,当时感觉很有烟火气,现在看来非常不方便和落后。一味地等着地价升值难道就是对的吗?这些年同乐都做了什么?钟欣欣忍不住想起陈德福的话:"同乐缺的就是有知识的人,一夜之间从村民变成了合作公司工作人员,连电脑开机都不会。"

"是啊,你认识到了,却没有好好地去落实,你虽然是个好人,可是你也不自觉地耽误了同乐的发展呢。"钟欣欣认为陈德福的要求合作公司也应该考虑了,只是她知道这一次的门槛更高,对陈德福的要求更加严格。

"我想要补交全部的党费。"陈德福说。

"你理解错了,首先是解决有没有资格。"钟欣欣说,"咱们说说你的事情。"

陈德福说:"太多事了,违建,还有其他事情,原因是我太着急了,我不想同乐因为我错失发展的机会。"

三十八

钟欣欣想去找郭正安,请他帮忙换个联络户。她要告诉郭正安,如果自己没有完成任务,不仅仅是自己受到批评,也影响同乐工作进度。想到这里,钟欣欣连一分钟都不想待,准备去郭正安的办公室彻底谈一次,这样的话还可以软磨硬泡,找到各种理由说服对方。此刻,钟欣欣觉得面子不面子一点也不重要,是她能力真的不够。

没有见到郭正安,钟欣欣只好垂头丧气回到办公室,时而坐着,时而站起身,之前的许多事情涌入脑海,同时进到单位的人进入提拔程序,而自己在同乐累成狗却没人多问一句。

没想到郭正安这时推门进来了,他看见钟欣欣便说:"同乐正在修路比较吵,要是睡不着,你可以煲点莲子水喝,我猜你是怪我们没有关心你吧。"

钟欣欣心想,对方怎么知道她前一刻的想法呢。"在那个院子还能睡觉吗?差不多每天这个家里都会有人来找我说事情。"钟欣欣说,"你怎么不问我陈有光家里昨天发生了什么?"

郭正安静静地听着，没有马上搭话，钟欣欣停顿了一下，她发现郭正安瘦了许多。钟欣欣还有很多话要说，却一时语塞。

郭正安说："可我也看到了你的进步啊。"他起身递给钟欣欣一杯茶。

钟欣欣说："进步？"

郭正安看了下表说："走吧，去吃饭。"钟欣欣想好的话只得咽了下去，跟在了他的身后。

路上，两个人并肩走着，都没有说话，快到饭堂的时候，郭正安停下脚步，眼睛望向前方说："你不够仔细，一过来就只忙着去找联络户，没有到合作公司了解更多情况，包括陈德福为什么被免职，为什么受到处理。同乐的事情都是有联系的，不是孤立的。"他的声音不急不躁。

钟欣欣没有想到郭正安会说这番话。

进到饭堂，人还不少。她见到大家杯里装着天地一号正互相祝贺，忙了几天，同乐合作公司治理"脏乱差"、争创文明城市攻坚战，取得了最后胜利，饭堂里弥漫着欢乐轻松的气氛。钟欣欣和郭正安立刻加入进来，各拿了一杯饮料轻轻碰了一下。郭正安对她非常礼貌，他说自己刚刚接受了电视台采访，深圳特区四十年，我是这么说的，接着他重新表演了一番，围着的人开始喝彩。钟欣欣在心里笑：真是喜欢表现，与老实的陈德福可不是同一个路子。

回来的路上，钟欣欣问："陈德福受过处分的事我没有听你讲过。到底怎么回事？"

"大家都受到了处分，不仅如此，他还被开除了党籍，也被免了职，并不是换届选下来的。"郭正安说。

"为什么？"钟欣欣紧追不放。

郭正安说:"很多事情。抢建是导火索,受处理可以接受,他最不能接受的是开除他的党籍。"

钟欣欣不知道怎么接话了,她故作轻松地说:"刚好他可以休息,他太累了。我记得他说过喜欢旅游,现在想去就可以走了,多自由。"

郭正安说:"你不了解他,更不了解男人、男人的事业心,为了同乐他放下了差不多一切。我和他的压力同样大,多少人怀疑我人品,因为我的处理结果和他不同,而且还接了他的班,我是解释不清的。"

接下来,郭正安用了三个小时谈了事情的来龙去脉,最后他说:"我之前的态度的确有些不好,原因是我想让你了解合作公司开展工作真正的难度,而不是停在表面,停在以往的材料上。我们基层不需要那种纸上的材料,而是要有体温的具体做法。"

三十九

因为有历史,旧祠堂、古井、老街、文武塔、北庙,同乐被商家选中成为旅游最佳景点。消息刚刚出来,便有众多开发商过来示好,表示愿意合作,三个月不到,部分手续便批了下来,接下来是招标和询价阶段。

同乐人当然高兴,路面干净了,空置的房子租金也会随之涨价,公司空了几年的工业区也会进来科技公司,学校和幼儿园配套上去后,同乐人的钱和面子都有了。前期是被陈德福挡在了外面,后来是陈有光带着人当众打闹,事情就这样拖了很久。前面的开发商听到内部矛盾那么深,还没有签订协议就感到为难,刚说来看看在哪里围挡合适，便有人跳出来阻拦了，如果真的开了工，搞出人命也难说。想到这里，投资人紧急开会，研究办法，最后的结果是打起了太极，既不说不做，也不说做，准备慢慢再观察一下，如果还是这种局面，都准备开溜了，反正前期也没投入什么。这样一来，追责的板子自然会打到了郭正安的头上，毕竟你郭正安已经把话说了出去，相关手续也报备了，这么不严肃，开玩笑吗？

陈德福曾经当面让郭正安难堪："你装什么好人？这些问题你没有责任吗？那块地放了七年原因在我这里吗？有五年时间你是可以管事的，经济转型，原来的'三来一补'厂都搬走了，高科技需要人才支撑，连一条直路都没有的地方，能吸引谁过来投资？连个地铁都不通，人家凭什么过来呀？打工的可以过来，科技人才怎么吸引，周围有配套的设施吗？学校、幼儿园、医院都具备吗？""你以为自己还是公司老总吗？"会议室里，郭正安怼陈德福。这是他第一次这样对陈德福说话。早在两个小时前，他躲到楼梯上骂了粗口，他已经压抑太久。这一段时间以来，陈德福做了许多让他下不了台的事情，比如当众质问他一些数字是不是掺了水分，比如问他同乐的社区志怎么搞错了上届成员的名字，陈德福说："你对我有意见，你对其他人也有意见吗？如果他们不同意，你这个外人能进来吗？你就这样背叛了支持你的人。"

起初郭正安并不明白对方的意思，后来终于爆发了："工业区那块地放了七年还没有动工，是什么原因？你做事情那么保守，严重影响了同乐的发展知道吗？虽然你负责修了燃气管道，要比其他合作公司早了几年，雨水污水的分流工程也做得不错，可是你教会他们用了吗？你告诉大家应该读书学习了吗，每天忙忙忙就正确吗？"

有人不明就里，凑上来说："如果我们抢建成功，最后的收入就会超过其他合作公司。"

郭正安解释："我们应该带领大家走一条大道，而不是这种令人担心的捷径，更不是没有方向地前进。"

"只有你讲原则，从不顾同乐人切身的利益，任何事情都走程序，请示汇报。"陈德福不满地说。

郭正安也不客气："请示汇报是必须走的程序，我们是发展大局的组成部分。"最后这句说完，宣告陈德福和郭正安的矛盾公开化了，之前两个人谈到此事也都遮遮掩掩，郭正安终于不顾及几十年的友情，表明了自己的态度。而他并没有懂得陈德福的良苦用心。

当年合作公司连夜开会，郭正安明确反对陈德福的行为。当时多数人站在了陈德福这边。举手表决的时候，只有郭正安提出了反对意见，当时就遭到了两委班子的攻击，因为郭正安没有房子在同乐，也不是同乐人，所以他的表现可以理解。

郭正安说："抢建肯定不行。"

陈德福说："如果现在不做，这个机会就没有了。"当年的陈德福急于要盖楼，然后与那些开发商谈补偿款。

"你报告了吗？"郭正安问。

陈德福说："报告我就没机会了，材料都买好了，我们没有选择。"

"你个人有这个权力吗？"郭正安问。

"同乐村这块地是同乐祖辈留下的，我们做干部的不就是为大家谋福利吗？如果不这样，怎么对得起同乐人？"陈德福说。其他村委会成员也附和："领导如果知道这种情况，都会理解的，应该不会怪我们，城市改造我们吃了太多亏。"还有人说："不如让我们冒一下险,为同乐的父老乡亲做点事情也是应该的。"

接下来几天,陈德福不顾郭正安强烈反对,带着村里人,做好了抢建的准备,先是找到了设计单位的工程人员,然后请他们过来看场地,迅速联系工程队。

"同乐人到哪里去找这么多的工程款。"郭正安跟着陈德福。

陈德福说:"我们可以边筹钱边考虑贷款,押上我们现在的房产。"

有人问:"是抢建哦,有银行肯贷吗?我的房子肯定不会拿出来抵的。"

陈德福没有退路:"银行我去争取,你们几个先分工,组织做前期工作,我先把自己的拿出来抵。"

同乐人不说话了。

动工之前在同乐街上演了武打片,因为前一天有人给派出所打了电话,还没开工,围挡便被街道执法队给拆了。

多数人都怀疑是郭正安举报的。郭正安对钟欣欣说:"我当时差不多被围攻了。抢建的事虽然我也受了处理,可是有人认为那只是做样子而已。"

钟欣欣不理解郭正安怎么在这种事情发生之后还能得到提拔,她感觉自己的样子像个福尔摩斯。

这个问题钟欣欣同样问过陈德福,陈德福说是自己拍的板,当时郭正安极力反对,只是反对的人太少了,只能少数服从多数,我们也做了会议纪要。

钟欣欣心想:这个郭正安好狡猾,分明是想要夺人家的位。

陈德福说:"并没有人鼓励我,是我下定了决心,想为同乐人搏一次,否则我回同乐的意义就没有了,大不了我们这一届不做了。"

钟欣欣说:"我猜测之前郭正安很欣赏你吧,夸你是民间英雄,说全村的人都记住了你,你功德无量是吗?"

陈德福说:"是的,他是说过。"

郭正安说过自己也有责任,可是陈德福揽下了所有事情,说好汉做事好汉当。

钟欣欣问过陈德福:"你真的认为自己是同乐的英雄好汉吗?"

"我不是。"陈德福不明白钟欣欣的意思,甚至有些不知所措。

钟欣欣说:"我只想帮你还原一下当时的情景,我记得你说过陈水曾经非常委屈。"

陈水当初要的是一个进城招工指标,让儿子能有去读中专的机会。后来同乐人骂陈水:"你安的是什么心?如果好,当初你为什么没有让你的仔成为城里户口?现在谁还要城里户口,边个愿意改!"

欧影向钟欣欣介绍陈水时,讲过这件事,她说当时自己也开了会。

陈水气愤地对同乐人说:"各位大佬啊,当初你们个个可是带着糕点等在我家门口求我的,说要把你们子女送到城里去,现在形势变了,同乐人的想法也跟着变了,过去我做的好事反倒成了害你们。"

"那又怎么样,边个都要与时俱进的,谁稀罕城里户口?"到了陈德福任上,形势已经变了,本地户口才值钱。

后来陈德福对钟欣欣诉苦:"当初选举前同乐人向我要项目,

如果不给，就说不选我，我想为同乐人做点事，想要这个票，特别为难。合作公司的干部都着急改变同乐，班子成员更是心急得不行，你看看周围的几个村都已发展起来，我心急呀，不抓紧时间，我对不起蔡老板，对不起同乐，也对不起自己失去的那些机会。我做了近十年，做了那么多事，我一离开，马上就有人给我提意见，非常心寒。"

钟欣欣问："当初没有人提意见，是觉得欠着你的，你那么大的生意不做，回来帮大家。"

陈德福说："当时卖鱼、做鱼贩的确赚了大钱，生意做得很大，除了有酒楼、医院，还有工业园区。现在厂房租不出去，又来骂我，说我为什么当初不让大家分了建房子，分给同乐人。我会难受，怎么一点道义都唔讲！"

郭正安曾经对陈德福说："你要是搞这样的建设，把同乐人圈在一个小区里，不让外人进来，也不许租给外面人，自娱自乐，近亲繁殖，不学习，也不了解外面的世界，这真的对同乐人未来发展是件好事吗？朋友间有情有义是好的，可是面对工作，需要讲依法依规。"

陈德福对钟欣欣说过，这些事情让他难受。

"同乐人的心理再不平衡，也不是违反政策的理由，郭正安劝过你吗？"钟欣欣问。

陈德福说："他半夜来电话说，大佬我求你了，请你不要冒险，同乐人不会怪你的，所以你也不要再给自己惹任何麻烦，你要保护好自己。"但当时陈德福态度坚决："我自己扛这件事，与别人无关，你护好自己的乌纱帽吧。"

郭正安说："不要太冲动，我们再研究一下。"

陈德福说:"我们还有时间吗?你说这些是不是太虚伪了?"

短短两天,陈德福、郭正安各自向钟欣欣讲述了整件事情的原委。钟欣欣理解了郭正安没办法与陈德福沟通的原因。

钟欣欣记得,陈德福讲完这件事情的时候,他说大脑空白,像是喝多了酒那种断片,甚至他看见天空斜着晃动了一下,有一朵白云差不多挨到了他的肩膀,还有一颗白天也会出现的星星跟着倾斜了一下。这是他第一次还原这件事情。回到同乐之后,他没日没夜地工作,经受住了各种考验。他说有一次,他在小路上走着,马上要刮台风了,他想看看那处危房,突然间被两个更加高大的男人从背后强行架起并推进了一辆黑色小车的后排。整个过程只有几分钟。他的眼睛盯着前排皮椅子上面的一块有如白斑的地方,似乎这一个场景他在梦里见过。不知道过了多久,他被推进房间,床上躺着一个女人,晕乎中他见到一张糊了厚粉的脸,一会儿清醒一会儿又模糊。他记得几次被这个美女推倒,皮带差不多被人强行解开,可是他还是大叫了一声,随后爬了起来,跟跟跄跄地跑出房门,出门前不小心还撞到了一个画着牡丹的屏风。深夜里,他已经分辨不出东南西北,他只得向远处跑,直到拦到一辆的士。回到自家门前才舒服地躺了下去,并睡到了第二天下午,醒来时虽然在自家的床上了,可是当时的情况太危险了,分明是有人设了一个局想害他。

陈德福说:"同乐是块大肥肉,有多少人想要这块地啊,这中间里什么花招都用上了。"

陈德福回忆在2014年抢建的工地上,他对郭正安交代工作:"如果我出了问题被免了职,你要把同乐人的事当成自己的事,包括对陈有光一家,他的情况除了我,你最清楚,我们不能辜负了同乐人的信任。"

第五章

四十

　　同乐的街当然不像个正经的街道,与深南大道、滨海大道比着,它更像一条农村的羊肠小道,只是它被硬挤进了各种汽车而已。每天下午放学之际,有那么几十分钟同乐街像是一条哗哗流淌的小河响个不停,到了周五的下午这些声音会响到晚上九点以后才停。

　　同乐街和外面的大街不同之处除了夜晚还有白天。同乐的早餐倒也没有多少不同,个个走到不远处的刚刚建好的地铁站等车时,从地下排到地上,这件事情被好事的人拍了照发到网上,说很多人到了晚上才回到同乐住,白天反倒没有多少外地人,同乐基本是个空城,这种话传了几周才传到同乐老人耳朵里。如果是当年,他们一定会破口大骂那些端着相机瞎拍的人,还会发誓如果见了一定摔了对方手里的物件,可眼下他们没有那些力气了。他们有的认为无所谓,大不了我什么都不做喽,至少还可以收租,这个总不会没有吧。说话的人笑了,心定定的。这个神态如果被陈有光见了,自然是要生几天的气,不免启动回首往事模式。

　　当年如果谁若要进到经济发展总公司、五金公司、供销社上班,不知道要求多少人、走多少条门路,这还得自家的仔或女自己生性,样子周正,有文化才行。有了城里的户口,吃上公家粮自然可以做官或发达,再回同乐时,头可以高高扬着,像是高人一等。可是同乐人总是感觉自己仿佛被绑到了过山车上,转啊转的,突然间就迷糊了,再醒来时,同乐变得让他们认不得了。

　　陈有光的老婆欧影重新留起了长发,走路也没有之前那么大的响动,她对全家人客客气气。

　　欧影这个样子,只有陈有光的老妈感到了可疑。她说,这个女人是不是有乜想法,不然怎么会这样?

　　陈有光压低声音:"老妈你不要总是针对着她。家里发生了这么多事,她也烦,出去散散心怎么了?"

　　陈阿婆道:"她有什么好愁的,她的头发还那么黑,人也还那么年轻,好像什么事情都没有发生过那样。"

　　陈有光表现出不满:"你希望她怎么样,像你那样蠢每天守着一个废人?"说完才想起讲错话了。欧影的确变化很大,哪怕他喝多了酒,天亮才回来她也不打电话,也不责备他。这让陈阿婆和陈有光有点不习惯,只有陈小桥感觉无所谓,他认为欧影早就应该改变。过去的欧影不同意就直说,哪怕知道后面陈有光对她拳打脚踢。现在的她喜欢看书,还参加了义工联,有时还跟着合作公司里的干部拿着小册子跑到街上宣传交通安全。

　　这些情况阿见自然发现了,陈见劝陈有光不要再等,他对陈有光说:"既然你老婆和仔跟你不是一条心,你就要争取老妈的支持,给自己留条后路。"

阿见给陈有光灌输的是扩建是自己的事情，没必要经过谁的同意。"你当时从工厂回来他们怎么不理；你老豆输了钱之后，家里这么穷他们不理，现在他们凭什么要管。她离家出走你就没有办法，你不要忘记了这是你自己的房产。"临了，阿见也不忘鼓励陈有光离自己的目标已经很近，更要振作之类的话。陈小桥把这些话悄悄告诉钟欣欣的时候，她知道阿见已经急不可耐，于是加紧与郭正安和街道商量要启动预案。

阿见说话的时候，看到陈有光还在发呆，阿见说："舍不得孩子套不住狼，你不要总是想东想西。"陈有光说："我真的有些担心，这些事情我不懂啊。"

阿见说："作为未来上市公司的老总，你说这些话很不应该！陈有光你不要忘记自己的人生目标就是回到当年你最威水的时刻，让他们重新拜倒在你的脚下，你不要忘记自己的理想。"

因为阿见催得急，陈有光只好去讨好老妈。他知道如何讨好老妈，那就是站在她这边训斥欧影。他只有骂欧影，老妈才会开心。陈有光指着欧影道："闭上你的嘴！你个鸡婆。"让他想不到的是，也就是这一次，陈小桥冲向陈有光，抓起老豆的手腕，狠狠咬了一口，疼痛和苦楚同时袭来，陈有光险些晕了过去。

陈有光醒来之后，他憎恨起这个新的世界。

这个时候，只有老妈心疼陈有光，在不远处看着他。陈有光这么做还有个目的，可以和老妈说句对不起，哪怕下跪也行，他觉得对不起老妈。碰到两个女人不依不饶，陈有光便站在帘子前，大吼一句："不过了！"只有这样声音才能停下，那两个人才会各自回到原地。隔着帘子，陈有光发现老豆在夜里叹气，他只好沉默。陈有光认为叹气那是一件奢侈的事情，这么大一个男人，挣不到几个钱，还让全家人跟着受苦，有什么资格这样呢，你难道还想指望别人吗？他问自己。陈有光用抽烟代替了叹气。如果有钱，他愿意一根一根连上，不停顿。见陈有光嫌弃这个老婆，老妈的抱怨反倒少了，不仅如此还会安慰陈有光："你游游荡荡三十多快四十岁了才娶上老婆，已经算好的，你这个样子，人家还不嫌弃，是菩萨保佑啊。"

陈有光听了，很生气，故意吼道："我什么样子了？你知不知道当时有很多人要嫁我的。"

"阿光仔，你看看自己现在都什么样子啦。"陈阿婆说。

"我什么样子，当年就是这样，只是当年我还有个威水的老豆，现在他成了拖累，你说的不就是这个意思吗？"

老妈差不多哭了："他对你不起吗？他是为了你老婆才落选的呀，你们没有良心。"

欧影听见，说："我是按照合作公司新的章程领取分红，不管是王影还是李影进到了同乐都有这个待遇，你们可以查一下合作公司的章程。"

"当时就是陈水那个老鬼让你进到这个家门的，给了你分红，你还有没有良心？"陈阿婆突然把说给邻居的话一股脑讲了出来。过去两个人并不会如此直接。

陈阿婆说："不是我老公帮你，你会有今天吗？"

欧影由回避变得敢于面对："我今天怎么了？我也经常会想，如果我不进到这个家里，可能会更努力、更上进，也会有自己事业，也有了房子和家人。"

陈阿婆冷冷地回道："没有我仔这个傻瓜的帮助，你会有今天？你们北方人个个都是吃窝头的。"

欧影当仁不让，她语气平缓："是的，没有他，我的人生一定是另外一个面貌，现在我们厂里的那些姐妹，有的赚了钱回家盖房子，成家立业，把在深圳学到的东西带回家乡，在为家乡的进步做贡献；有的留在深圳，通过自学进了企业找到自己的位置，当然也有的像我这样糊涂的。"

"像你这样好吃懒做呀？"陈阿婆撇了嘴夸张地笑出声。

欧影认真地说："我之前真的是这样，可是接下来不会的，我会努力工作，给自己的孩子立个好榜样，再也不能这么混日子，本以为混是一件占便宜的事。现在才知道混日子的成本太大了，我付不起。"

"有分红，还到了工作站上班，样样都比你的老公好你有什么好抱怨的？"像是知道欧影的心，陈阿婆气愤地说，"想说生了仔好巴闭是吧？我告诉你，哪个女人都会做这样的事，而且还会生得更多。你知不知，因为找了你，我们家里人在同乐要低着头走路。"

欧影说："我还不够争气，荒废了这么多年，以后不会的。"

陈阿婆说："你什么来路自己知道。"

陈有光知道老妈的意思，一旁生气，这句话别人说可以，轮到自己老妈说，还是要了命。陈有光认为老妈气糊涂了："老妈，你不应该这么说欧影，毕竟她是桥仔的老母。"

"你个傻佬啊，吃了大亏都不动脑子，你这个没用的大番薯。对，章程也许不是为她单独写的，但如果不是看上分红，看上我们家大屋，她凭什么嫁你，你哪里好过人家了，什么本事都没有！"

陈有光大脑瞬间空白，不敢去看欧影，他太不满意老妈和同乐人一样说话。

听见外面有窸窣的声音，欧影并没有什么反应，只是有过一两秒钟的不安，她也没有意识到是什么，想不到陈有光像这样说话还是头一次。

这段时间陈有光对欧影突然变好，甚至有两次还打包凤爪给她，家婆背后骂她的时候，陈有光还会站到她这边。欧影也糊涂了，似乎忘记了前面的事情，心也变得柔软起来。虽然凤爪放在台面上没有明着说给她吃，可是她知道是给她留着的。年轻的时候陈阿婆也喜欢，现在早就懒得看一眼。那个时候她愿意在老公陈水喝酒的时候，坐在一侧，用手拈了一只，在老公身边细细地吃着。陈水喝到半夜，她也会吃到半夜。当年的同乐人看不惯她这副炫耀的样子，觉得她就是在秀给人看：这是同乐当家人的老婆呀。人家有资格耳朵里听的都是大事，不像同乐其他黄脸婆，一天到晚就是买菜、做饭、洗衣服、凑仔。可惜这样的好日子并没过上几天，家里便有了个外省女人欧影，那个又白净又有文化的女仔。再后来是老公陈水赌博输钱，陈阿婆一口好牙因为着急生气都坏掉了。陈阿婆知道再摆样子会被人笑话了。婚礼上人家可是喊过自己奶奶的，这是广东话里婆婆的意思。

这样一来，她的娇也撒不成了，冷面对着全家人，毕竟日子也没有之前那么滋润了，这是同乐人个个都见到的。

话说欧影突然听见外面的声音，心惊肉跳过一小会儿之后，又昏昏沉沉地睡着了。很快她便听见碗筷的声音，随后便是拉椅子。以往是陈有光带着这个阿见坐在那里喝酒，这样一来，家里人的晚饭便不会在一起吃。陈阿婆冷着脸、斜着眼看着自己的仔和阿见，也不搭话，只是手脚比平时重了些。欧影则不出来，就连去洗手间也不抬眼，在这个家里，她不想和谁对视，也不愿意与任何人多说半句。

这一次,她从门缝里发现吃饭的人只有陈有光一个,他吃得若无其事,先是夹起一块鸡肉,后又吃了冬菇,最后又喝了口紫菜汤,似乎什么也没有发生过。一切仿佛回到了阿见来到同乐之前的平静。

欧影装作出来喝水,倒水的时候,她看见陈有光耐心地吃着碗里的河虾炒韭菜。他平静的样子难免让欧影感到一丝不安。

这时陈有光说话了。他说话的时候,欧影正准备回房。

"你收拾一下他的房。"陈有光指的当然是自己仔陈小桥。

欧影脸也不看对方:"前几天擦过了。"

"我和阿见准备在这里做生意。"欧影想起昨天还一直跳的右眼皮。

欧影问:"为什么做生意要回到家里?"

陈有光说:"难道我去对面的京基百纳?也可以啊,你给我钱呀。"

欧影道:"合作公司也不会同意你这么做的,你把他留下来过夜已经违规了。"

陈有光也不说话,他定定地看着欧影,点着头道:"你去告呀。"

欧影说:"如果你自己不去说,我会向社区报告的。"

陈有光说:"什么社区?那是个什么东西?"

欧影说:"如果你努力,可以进去工作的。"

陈有光说:"你说什么?我是本地人,从同乐土地上连个毛都还没有的时候,我阿爷、我老豆就在这里了,你系边个啊,敢这样对我讲嘢。"

欧影放下水杯,坐到了一侧的沙发上问:"请问在这个家里我不能说话吗？"

陈有光道："不能。"

欧影说："我们还是不是夫妻？"

"那又怎样？"陈有光又恢复到之前的状态。

欧影说："按法律规定，这个家里的财产是不是应该有我一半呢？"

陈有光的身子完全对着欧影了。"哪个法律规定的，你个鸡婆是不是胆子太大了？"

"如果我是鸡，你又是什么？"欧影对着陈有光的脸。

陈有光愣了下，歪着身子站了起来："你敢骂我？"

欧影也并不示弱："是你先羞辱我的。"

陈有光打起横来："那又怎样？"

欧影说："你有什么资格？我可不是你手里的玩具。"

陈有光看着手里的碗，他站起身，一步步走到欧影的身前，一把抓住欧影的脖子，说："我没有资格咩？你吃我的喝我的这么多年，还敢这么对我讲嘢，是不是想死啊！"后来，陈有光说，他没有想到欧影的态度这么强硬，他更没有想过这一次的动手竟然让欧影彻底下了离开的决心。

四十一

欧影和陈有光吵架后，不打招呼便搬出了陈家，这一次欧影像是没有回来的意思，她搬走了自己的书和衣服。果然第二天中午，阿见堂而皇之住了进来，陈有光接到学校通知时，正准备与阿见签订生意合作协议。陈有光屋企123平方米的老房子，将抵押给阿见。郭正安跟钟欣欣说过，如果交易顺利，除了陈有光一家走老路，成为真正的贫困户，还将为同乐的市政改造带来新的困难。如果房产落在了阿见的手里，钟欣欣的工作便可以直接宣告失败。

陈小桥用自杀的方式阻止老豆，这个代价真是太大了。

对于阿见的心思，钟欣欣虽然也有心理准备，只是没有想到会这么快就到了眼前。之前每次阿见跟陈有光说话，见钟欣欣在侧，都心虚得要命。

陈有光羡慕阿见的口才，比如阿见喜欢开些玩笑，无论对方是什么人，只要他想接近，他便会用玩笑来试探。阿见对陈有光说有很多女人喜欢自己，只要有钱，阿光仔将来你也会有许多女人的信不信。

钟欣欣试着揭穿对方："那是不了解吧？"

"干部同志，什么意思？"阿见说。

"你都应该做爷爷了，怎么还想这些事情？"钟欣欣已经懒得听了。

阿见说："听说你还没嫁，不怕吗？我认识很多有钱大佬哦。"

"那又怎样，我又不借钱。"钟欣欣心想，你就是用这些来忽悠陈有光吗，我猜想你自己也都还是个无业游民，认识了谁又如何呢？

阿见每次对陈有光说自己认识很多老板，都会看到钟欣欣的不屑。

阿见有些无奈，叹了口气道："我知道你不在乎，也明白钱不是万能的。"

"我在乎钱啊。可是我只能在乎自己的钱，绝不会盯着别人的口袋。"钟欣欣就是想给这个阿见敲下警钟。阿见对陈有光的洗脑越来越频繁,让钟欣欣非常担心。

见钟欣欣话说到这个地步,阿见气急败坏,他打击钟欣欣:"你真的快四十了吧,我怎么忘记了这个事,时间过得可真快啊。"

"你忘记什么了呀,你认识我的那一天我才三十岁,现在还是三十,属马,摩羯座,生日还没到。你呢,快六十了吧,着急的是你才对。"

听到钟欣欣这样说话,阿见气得连眼皮都没有力气睁,只得和钟欣欣耍起流氓,说起咸湿话:"我看你是不知道自己的处境,如果你是我的女人,我保证你不会过成这样。"

钟欣欣说:"放心吧,我下下辈子也不可能是你的女人。"

"讲真,如果你是我的女人,我会好好待你。"

"我会多么没有眼光才找你这样的人,你先管好自己的事情,守住底线。"

阿见见此,只好玩起另一套:"你是一个长得清爽的靓妹,不过内心还是好复杂,我在这里说句话,不要断人米路。"

钟欣欣笑着说:"你又夸我,我不仅仅清白,有时候还很清高呢。"

像是被钟欣欣的话题救了,阿见立刻又活过来,眼珠乱转:"我非常欣赏你,也听你的意见。不然,我不仅会让陈小桥消失,还会把陈有光带走,你信不信?"

钟欣欣说:"那可不行,我相信你也不会这么做,那可是要付代价的。"

阿见说:"他是个成人吧,有权利安排自己的生活。好了好了，我不吓你了，我知道你张嘴要说什么，大吉利市，我们说点好玩的吧。"

钟欣欣："你什么意思？"

阿见："我们共同祈祷陈小桥那个小家伙平安！"

钟欣欣急了："你对他做了什么？"

"对，你懂的，不过不关我的事。"阿见笑。

与钟欣欣预料的一样，陈小桥出了问题。

这一晚，陈小桥被送进了康宁医院。他是用抑郁药加白酒的方式把自己送进医院的。这之前，陈小桥遭遇与老豆陈有光去了汕尾被表叔一家冷对，自己被老豆抛下，眼看自己的同学个个摩拳擦掌准备高考，而自己已经走投无路。

陈有光怪自己不应该逃避的，这些年自己总是用这个方式解决问题。陈有光赶到的时候医院提出陪护人员必须做了核酸才能进——他的计划就被陈小桥各种打乱了，他并不知道陈小桥是故意的。上一次钟欣欣过来劝他，陈有光都不听，最后钟欣欣对他说，你有没有想到陈小桥的感受时，陈有光才彻底瘫软，最后承认了错误。

陈有光听了也不作声，他没有办法表态，主要是没有勇气，甚至老妈子的眼睛已经越来越模糊都不敢去看医生，她说如果去看，就要做手术，两只眼睛做下来，需要四千元。如果见到陈小桥，不仅不能解决问题反而可能会刺激了他，怎么办？陈有光一直希望陈小桥不要再记恨他，想不到上次的沟通雪上加霜。本以为陈小桥会在家里等着和他吵架，他才想到回避，因为两人已经很久不怎么说话了，也不看彼此，哪怕是身体撞上了。陈小桥不看陈有光，这不仅仅因为陈有光身上那股海鲜的味道呛人，而且他说话做事不过脑子，总把粗鲁当作潇洒，有时还会在脑后梳个小辫子，将衣服的领子竖起来。"老豆，你不知道那个很过时了，会证明你好老的。"陈小桥知道这些怪模怪样的举动都是那个可恨的阿见教老豆的。

　　"要我怎么做才对啊？"陈有光内心在喊。这一家人，包括他自己，全部失去了控制。

　　在外面等核酸结果的时候，陈有光想到了自己仔的好多事。

　　陈小桥最初并不知道陈有光在拉客，有几次像是比较敏感，一回到家没找到他，便打电话。车上还有客人，陈有光也不方便接电话。等到了地方才打回来，陈小桥则狠狠地问了句："你在哪里？"陈有光说："我在楼下呀。"陈小桥问："你在楼下做什么？"陈有光说："马上回来了。"回来后陈小桥没有话要说，他甚至看都不看陈有光，便已经知道了什么。见陈小桥这个样子，陈有光仿佛狮子变成了羊。

　　老师说陈小桥得了一种病，建议陈有光带着陈小桥去医院做检查。可那个时候，他没有时间，也没有心情。因为老豆的事情，陈有光觉得丢脸，本来想离开同乐去找份工，可找了段时间，有的才做了几天，老板便嫌他水平太低，陈有光发现根本没有地方可去，只好又回来。这样的心情影响了陈小桥。陈有光的老妈怪欧影，怀孕的时候不好好安胎，四处乱走，半夜还听音乐。陈有光当然知道老妈是在怪他。欧影不仅跑到街口去买李子，还喜欢光着脚，最重要的是她去买过早教用的录音机，因为老妈认为胎教很重要。欧影突然冒出一句："是你老公赌输了，那些债主来搬家里东西，半夜砸门时，陈小桥受了惊吓。"这个事情好久没人提了，虽然没有忘记。可是被她这么一提，陈阿婆便像是被谁扒了祖坟一样，哇哇大哭。尤其夜深人静的时候，把邻居也吵醒了，点了灯站在门口观望，到了最近，便有人在群里抗议了，说再这样就要报警。

陈有光提醒了老妈之后，家里安静了几天。如果没有那些烂事干扰，陈有光的老妈就会坐在灯下，去做一些电子配件，虽然她并不知道那是什么。那是街上那些外省人拿回来的，做一个两毛钱。最好的时候，他们从厚街拿回来很多。这种活要连夜赶，不得耽误。记得有个晚上，一家五口除了陈小桥没有动手，其余全部坐在床上接线，每个人的脸上都现出了兴奋，如同陈有光小时候过年的情景。房子变了样，床上地下到处都是红红绿绿的光圈和线，红的绿的，把每个人的脸映得娇嫩。陈小桥什么也不用做，他走到这个人跟前看看，又走到那个人后面站会儿。最后，他把自己藏在箱子里，睁着一双大眼睛，安静地看着天花板。看着陈小桥这个样子，家里每个人都非常开心，但又不能表现得太明显，全都憋着，直到脸孔涨得通红、发亮。老妈和欧影像两个小女孩，两个人比着撒娇，说话声音也比平时温柔和尖细。可惜这种难忘时刻随着家里问题增多，再也没有过。

"我的仔啊！老豆不能没有你啊。"陈有光涕泗横流。

"他就是个骗子，他看中的不是你，而是我们这套房。"陈小桥说。

陈有光心虚着："他是老豆的合作伙伴，给老豆续命的，没有他谁看得起我屋企？"

陈小桥说："你有什么伙伴？你的伙伴不都是在街上东藏西躲吗？每次为了挣那七八块钱，差不多搭上命，你看看出了多少事？这个人只是个骗子。"

陈有光想哭，自己受的那些苦陈小桥原来都知道，所以陈小桥从来不乱花钱,除了学费,住校的时候,每个月给的生活费不够也不抱怨。

想到自己刚刚被抢救出来的仔,陈有光大哭,他太后悔了。他后悔为什么不听钟欣欣的话,去跟自己的仔说一句对不起。此刻的陈有光想要抱住自己的仔。

这么短的时间里陈有光家里便发生了这么多事,看来绝对不能松懈。郭正安曾经再三提醒钟欣欣:"你不仅要盯死这个陈有光,还要盯死房子,万一他把房子赌进去,这个家便谁也扶不起了。"现在陈小桥才是关键人物,只要他不倒,这个家就不会倒,陈小桥是陈有光的精神支柱,就像当年陈有光是陈水的希望一样。

钟欣欣问郭正安:"那他为什么总是怀疑这个仔不是他亲生的?"

郭正安说:"他太自卑了。"

果然,在钟欣欣还没有想到办法的时候,她发现陈有光自暴自弃,听不进任何人的话,包括她钟欣欣。他如同被人施了法,终于把阿见引到了家里并住了下来,这曾经是陈小桥最担心的事情。这正是陈小桥以死相抵的原因。

陈小桥早对钟欣欣说过阿见不是好人,可是有什么证据证明对方诈骗呢?没有证据,陈小桥说自己一定会找到的,可是还没有找到,自己的老豆就被人洗了脑。

陈小桥住进了康宁医院,这让钟欣欣自责起来,她认为自己太大意,还是没有预判到事情的严重性,再次想起郭正安的提醒和工作预案。钟欣欣决定第一步是必须去医院看看陈小桥,她了解到天亮之前,陈小桥情绪失控砸烂了病房里的电视机,手被刮伤了,病友也被吓得跑了出去。她在心里对陈小桥说:"陈小桥,你不是一个人啊,我们都在,只是我来晚了一步。"钟欣欣在半睡半醒的时候在梦里喊出的这一句。

钟欣欣掌握到陈小桥进了医院后,阿见便进了陈有光的家中,而陈家唯一可以抵挡的是陈阿婆。此刻的陈阿婆正大声问对方:"你要做乜嘢,我的仔又不在屋企。"

"你的屋还在就好啦,我没说要找他呀。"

陈阿婆被气得讲不出话,躲到外面打电话给钟欣欣:"干部同志,你要救救我的仔、我的孙啊。"

钟欣欣以为陈有光可能会后悔,主动承认错误,想不到陈有光反倒要起无赖:"住院费怎么办?"钟欣欣知道陈有光背后站着正在不断索要钱财的阿见。

陈有光委屈地说:"阿见当初不是这么对我讲的。"

钟欣欣说:"我先去看看陈小桥。"她不想再刺激陈有光,因为他的失魂落魄,才导致阿见乘虚而入,继而导致陈小桥采取了过激的手段。

钟欣欣曾经见过陈有光劝陈小桥:"等你考上大学,赚了钱,我们家就不会被同乐人笑话,也不会被人吓,老豆要你争气。"

当时陈小桥看了眼门外面说:"不用等到那个时候,你就已经把这个家卖掉了。到时,你不用关心我读不读书,倒是应该考虑怎么摆脱他。"陈有光知道陈小桥讨厌憎恨阿见,马上把话题岔开,想提当年陈小桥给家里带回来的奖状,可又怕说错了话。无端端提起当年,老妈听到,又会内疚,躲在厨房里抹泪。他曾经对老妈说:"等明年我赚了钱,你也不用再受累,我会给你买个手镯,隔壁阿姨那种。"

陈阿婆也不看他,笑着回应:"会的会的。"知道陈有光的话只是随便说说，老妈苦笑了一下。陈有光常常觉得老妈的笑里藏着哭。偶尔，老妈会在黄昏的时候领到一只装满了花花绿绿的线的箱子。老妈靠这个赚的钱基本用来买米买菜，有时还要拿出来给陈小桥交学费或买学习用品。

陈有光劝老妈不要那么辛苦。

老妈也不说话，只是笑了笑，她已经对自己的仔彻底失望了。

见到老妈这个样子，陈有光越发恨自己，他真希望自己能吃一粒药回到过去。

陈有光最近喜欢用一些新词，比如大气、格局、魅力。陈小桥听了想笑，觉得老豆根本不配说出这些词。比如说有魅力的人是勤奋、喜欢帮助别人、务实、上进的。陈小桥认为老豆说的就是钟欣欣，而他从来没有把这个感受对钟欣欣说过，又美又有知识的女人，他喜欢。陈小桥认为自己的老妈两样都缺。"再敷面膜也没用的。"有一次陈小桥出门前丢了一句话给欧影。

欧影知道陈小桥的意思，所以也不反驳。她的力量要攒起来，有机会的时候，她要把陈有光刺得再也说不出话来。她最近才敢这么做，当然了无论怎么做，都会挨到陈有光的拳头，有一次鼻子流了很多血，还说自己死了好。

"你不是说要好好当个师奶的吗？"钟欣欣看着满脸是伤的欧影。

"努力过的，当不好。当年我那些工友有的做了老板你信不信，有的开餐厅，有的开美容店，还有一位做了人大代表。"

钟欣欣睁大眼睛看着欧影，几十年过去，欧影的心并没有死。

那次两个人吵到整个同乐都听见了，陈有光只好睡到了外面的椅子上。自从那次之后，他从来不在房间喝茶，也不与欧影说话，而经常与人在路上搭讪,尤其是年轻的女子。钟欣欣劝欧影,不要太在意:"他只是缺乏自信,他认为这样别人就会觉得他威水。"陈有光无论天气多么冷都不戴着手套,无论多么热都戴着手套。他坐在自己家门前的院子里面的竹椅上,对着清冷的小道儿发呆,这些全部是同乐人淘汰下来的家具,被他捡回来。原来的人早已搬离了村子,陈有光从他们的椅子上面,回忆着陈年旧事。"他不应该伤害我的自尊心,你知道吗?"陈有光不知道是在抱怨谁,他觉得自己像是在等阿见,有时又像是在等其他的什么人。

四十二

陈有光对钟欣欣说:"这么多年第一次遇见对我这么好的人,主要是你会尊重,看得起我这种人。"他想给自己找个理由。

"你还想救救陈小桥吗?"钟欣欣直奔主题。

陈有光不好意思地笑了下,说:"我怎么能救得了他,我连自己都救不了。"

"你知道这个儿子怎么想的吗?"

"怎么想的?"陈有光紧张起来。

"你可以不求任何人,做他的贵人。"钟欣欣说。

"什么意思?"陈有光糊涂了。

"你好了,他才会上进,成为一个对社会、对家庭、对他自己有用的人,否则他自然会有样学样。你不上进,他会认为自己的努力没有意义,甚至可笑。陈有光,我想问你,改掉好吃懒做,学会自律,做一个受人尊敬的人真的有那么难吗?"钟欣欣越发严肃,她的样子吓到了陈有光。

钟欣欣调侃:"你刚才说对你好的人难道不是我吗?其实大家都对你很好。"见陈有光异样地看着她,钟欣欣站起来装作去看窗外,借机拢了下头发。

钟欣欣很快便发现陈有光的口音也有些不同,比如有些发卷,这是很典型的阿见的口音,何时陈有光的口音也跟着变了,一定是那两人暗中的接触太多,并不是她以为的不再联系。钟欣欣非常清楚阿见对陈有光的计划已经提前,前期是让陈有光闹了学校,再把陈小桥拉下水没有回头路。陈有光并不明白自己怎么说话的样子越发像阿见,他是睡醒后发现的,他并不知道这意味着什么,是好还是坏。

当陈有光的老妈发现陈有光的口音后,陈有光辩解:"没有,我平时就是这么讲话的。"

陈阿婆说:"你点讲话我唔知咩?"她说,"你平时拉几条屎我都知道,你说的话我难道听不出来吗?"她觉得这个仔开始骗人了,如果只是吹水也无所谓,而骗人就不好了。因为她听见陈有光给合作公司打电话,说自己老妈病了,需要他送医院看医生。陈有光忘记了自己在撒谎,只有当陈小桥盯着老豆时,陈有光才尴尬地笑了笑,尽管陈小桥并没有说过什么。

到了钟欣欣这里,陈有光已经没有耐心,他说:"是呀,不可以吗,难道我怎么讲话也要服你管啊?凭什么?这可是我们的土地,我们才是这里的主人,其他人都是过来捞世界的,捞仔和捞妹,他们花枝招展,就是来骗我们。他们留在这里,跟我们抢机会,跟我们的女人抢老公。"说完他偷偷看了眼房门。陈有光心想,自己就是个例子,如果不是因为欧影,自己应该娶了陈德福的细妹。每次想到这里,陈有光都心疼得要命,当年他不觉得,甚至还认为好玩。此刻，陈有光对钟欣欣承认自己当初就是为了逞能和好玩才找的欧影。可这能怪谁呢？因为他的老豆是村委主任，他有理由不同，有资格不一样。很长一段时间，陈有光觉得整个同乐没有人听懂他的话。

那个时候陈小桥还小，听不懂陈有光的话。现在陈有光什么都不说，对方却懂了。可是懂了之后，却是嫌弃，是讨厌，无声比有声更可怕。陈有光认为还是过去好，他希望发一个梦就可以回到过去。提到过去陈有光便强迫症复发般："你见过计生证吗？三无人员、暂住证、跳槽懂不懂……"他的这一套怀旧方式，同乐人个个都躲着。除了娶了外地女仔做老婆，后有老豆的村委主任落选，陈德福的细妹终身未嫁，陈有光纵然有一百张口也不说清，见到同乐人看他的眼神，陈有光便不想说话了。

"你的仔是想尝尝鲜，找个外面的女仔玩玩，结果甩不掉了，理解，可是你老公就不值喽，被同乐人讲来讲去，连村主任都冇得做了。"同乐人和陈阿婆开玩笑时，真是知道陈阿婆哪里才会痛。陈阿婆哪怕梦里想起这件事都会大叫一声"阴功"而心痛得要捂住胸口。

同乐的女人们，她们感到陈有光看不起的不只是陈德福的细妹，还有她们这些本地女人。

那些坐在凉亭里闲聊的同乐人说："陈德福的细妹要几靓有几靓，最后却落得这个下场，你阿光还是个人吗？你就为了贪她们外省女人长得靓，会哄人咩？个个都是鸡婆。"

另一个说："他还好意思在同乐上走啊，他真应该和那个女人滚回老家。"

有人说："不要急啊，听他老妈说，这两个人已经分床睡了，主要是那女人看不起他，嫌他没钱，没本事，还成天与外面那些不三不四的人鬼混。"

陈有光心里不舒服，虽然这些话没有人当着他的面说，可是他知道，从他们看见他就躲着这点便已明白。在同乐当初陈有光为什么要看上她，为什么没人拦着他？直到这个欧影争公司的分红，好像踩到了同乐人的尾巴，个个才要骂他，这是你们同乐人干的好事吧？当初分明是见死不救，就是希望他老豆犯错，连任受阻。每次想到这些，陈有光会在心里暗暗发誓，绝不去新安酒楼、蔡屋围酒家那种地方喝茶，哪怕他多想吃那里的凤爪、莲蓉包也不去。因为容易遇见老同乐人，他们喜欢回忆当年，说着说着，就会把陈有光一家那些旧事想起来。每次想到酒楼里那些同乐人正就着他家里的事情吃着凤爪、糯米鸡，他就烦得要死，陈有光不想被人指指点点。他觉得谁都不理最好，不要打听来龙去脉，更不需要假惺惺地关心他的一家。在这个世界上他只愿意听阿见一个人说话，明知道对方说的是假话鬼话，他也愿意听，不是眼前的事情，便会让他感到轻松。

所以当阿见介绍自己祖上是海盗，从南洋一路漂过来时，陈有光心情大好，他希望阿见这位海盗后人有朝一日把他带走，云游四海，再也不用见到自己村里的人。当阿见又说自己祖上吃了不少苦，为后辈积了不少江山，先是赚到两家金铺，还有两个码头，主要运送海鲜，卖给内陆游客，虽然面积不算大，但生意还不错，可惜还没有人管理时，陈有光又隐隐感到对方是在说大话。阿见吐了口烟，叹道："这就是命啊！"陈有光还记得那个下午阿见脸上的孤寂和伤感。陈有光见不得别人伤心，怪自己让阿见不愉快，急忙打岔，让对方停止痛苦的回忆。陈有光便向对方讲了这些年的遭遇。

"你知道吗,我预感超准的。当时老豆一个月之内已经连着几个整晚没有回家,我就感觉可能出事了,只是不敢和老妈讲。果然,月底还没到,就有人上来拆空调了,这是全村最早的一台空调,还是托人从香港带过来的货。"总之,那一晚,陈有光想要钻到地洞里去,和老鼠们待在一起。

见阿见同情地看着他,像是要抚摸他,陈有光说:"实在是不好意思啊兄弟,我都不知怎么说了。"陈有光泪水涟涟。他说,如他老妈所说,自从欧影进了家门,自己的运气就没好过,背得不能再背,包括生了陈小桥这个男仔也没见家里人高兴几天,还被同乐人嘲笑他是喜当爹。后来陈小桥出生那几年,风气好像也变了,没人关心村里的事情,同乐各家各户都有变化,换港币,去沙头角买洗发水、丝袜,进玩具厂做报关员,再后来就是看着外省人威,本地人的优越感变得越来越少。老豆像是为了逃避,干脆一病了之不再说话。陈有光与欧影不交流,与陈小桥不说话。陈小桥甚至连一句老豆都不喊,两个人谁看谁都不顺眼。如果陈小桥学习好,听话,他就要让陈小桥去国外读书,免得见他这个样子心烦。有一次他把这个意思对陈小桥说了,陈小桥笑着道:"你有钱还是有房?我们这头家除了这间屋什么都没有,你吹牛应该去远一点地方,免得被老鼠仔听到,你连分给它们的多余粮食都没有。"

有个声音突然冒出来:"你老豆是能做到的,可是他不会告诉你,他很快就会成为一家上市公司的老总。"此刻,阿见神一样的声音浮在半空中。

为了摆脱阿见,陈有光只好和钟欣欣交底,讲了他与阿见之前的那些事。只有这样才能找到确凿的证据。郭正安和钟欣欣交换过意见,这个阿见的所谓项目是让陈有光负债,抵上房产。社区和合作公司已经发现了,只是没有可靠证据,钟欣欣的工作除了拉陈有光一家走上正轨,另一个任务就是把阿见的诈骗证据拿到手,这个犯罪团伙已经渗透到了学校和一些房地产行业,有几位子女在境外的老人的房产也被这个团伙套在了手里。

阿见和陈有光两个人是在路边下棋时认识的。交往之后,阿见带着陈有光参加过几次饭局。

阿见曾经带着陈有光增长见识,陈有光心存感激,认为阿见是这个世界上唯一对他好的人。

阿见不看陈有光,而是望着夜色中的京基百纳,感慨万千,他说:"我来晚了,深圳!"他的样子既像是表演又好似真的。陈有光刚要插嘴,想了下又咽了回去,他觉得这样太不礼貌。

陈有光说:"大佬你没有晚,来了就是深圳人,你看我一直在这里,可是什么都没有。"

阿见看了眼陈有光,先前的一脸严肃又转成了笑意盈盈。他看到陈有光重新换回了自己一年四季都穿在脚上的人字拖,衣服和裤子也重新回到了原来的模样。阿见问:"陈有光,我问你,这座摩天大楼有多少层你知道吗?"

陈有光不明白对方什么意思,摇头,一脸不解,他从来没有想过这栋直通天际的大厦到底有多高。因为阿见的名片上写的是公司的老总,他对陈有光说:"直说了吧,如果你愿意,我们可以一起做事、一起发财,我公司缺你这样的,所以我希望你我之间,开门见山最好,谁也不累。"

"哪里哪里,你是老细,我乜都唔识,又冇钱。"陈有光说。

阿见看着陈有光的脸，继续说："深圳的发展我没参与，所以我没有话语权，也不能跟着分享这改革的成果。在深圳没有一寸土地是我的，我心理能平衡吗？"

陈有光没想到阿见和他在深南大道上有了这样一次重要的聊天，背景是小平画像，而对面就是深圳大剧院。阿见说："陈老板，你是本地人，可是你什么也没有干，或者说一件正事也没干，除了泡了几次妞，结了次婚，生了个仔，我估计你至今仍是两手空空吧，你基本上还是个穷光蛋。"

陈有光心里不舒服了，他怯怯地辩解了一句："我还有个大屋，这个是我的吧。"

阿见故意表现出不屑："切，那个房又不是你的名字，更不是商品房。"

阿见早知陈有光有栋祖宗留下的老房子，虽不是商品房，产权也没人说过是不是七十年，但他听说合作公司引来一些开发商，届时可以换个新的。已经先后有几个人拿米和油拜访陈有光，陈有光的胃口已经吊了起来。

"你为什么不签啊，可以住到对面那样的高楼里。"阿见像是漫不经心地说。

陈有光不签的原因，主要是为了分红。前些年他从工厂要求回合作公司，结果因为没有文化，考不到编制，只能做些体力活。所以他就想做钉子户，目的就是要和其他人一样是正式工。

每次听见陈有光谈到自己的想法，阿见都会从鼻子里哼出一声不屑，他连掩饰都不需要，他说："你想想这个城市变化多大啊，会让你的老房子一直放在那里吗？到时你多老了，怎么样，还想躺在地上当钉子户呀，到时拖也把你拖走的。"

陈有光第一次听到有人这么说，吓得脸白了。

阿见继续洗脑："到那个时候，不只是你，你的子孙也没有房子，你想过怎么办吗？"

陈有光听了这番话沉默了，他从来没有想过会这样，或是不愿意相信。"那我还是应该签啊。"

阿见加重了语气："没有远见肯定不行，那叫不负责任。"阿见话题一转把"我"改成了"我们"，他说："作为一个男人，我们怎么了，就这样心安理得地把自己交付出去，做个失败者吗？陈有光，我问你，你甘心如此吗，你愿意吗？"

陈有光不远处是一辆辆正在行驶的汽车，而四周的高楼大厦上面是炫目的广告。陈有光如同迷失了方向，他一时间忘记了自己的来处，也想不起这是哪里，这一晚是怎么回事。看着身高只有一米七的阿见，他突然心虚气短起来。此刻对方过来拍着他的肩膀说："兄弟，你愿意帮我吗？我们可以一起干，把本应该属于你的东西夺回来。"

陈有光不敢与顿时高大起来的阿见讲话了，包括他的眼睛根本不敢看一眼阿见。他觉得此刻的自己是如此渺小，而且还非常失败。

陈有光认为合作公司的工作不算什么，老婆孩子也不算什么，陈有光认为他必须搭上阿见这辆末班车才行，否则自己就被这个时代彻底抛下了。陈有光曾经在心里想，阿见原来你是老天派过来搭救我的啊！

此刻的陈有光认为，阿见不仅仅长得酷，人还特别会说话，像是能读懂别人的心，尤其是和女人说话，让人甜到骨头发酥。阿见第一次在陈有光家里见到欧影，眼睛追着欧影，不断夸欧影有气质，说一看就是读过书的人。欧影对这个突如其来的夸奖不知所措，当然心里还是很受用的，只是不会表现出来，慌里慌张跑到房间，脑子里想着陈有光带回来的这个外人有些怪啊。对方的脸不白，是欧影喜欢的那种小麦色，没有肚腩，露出的手臂显得特别结实有力，不似陈有光一年四季不出门，全身都是那种医院里的白色。她就这样想着想着，睡了过去，梦里见到了这个叫阿见的人。他先是对她笑，后来就跟着她进了房间，他一边关门，一边来回摸索她的脸。当听见外面家婆用刀在菜板上切菜的声音时，欧影已经吓得浑身是汗了。她感觉不到自己的手是向外推还是向里拉，总之她的身体是暖暖的，异样的燥热，是阿见在耳边吹了一口气，说："其实我是个女人，不用怕。"这一句，把欧影吓得坐了起来，晃了晃脑袋，才醒过来。

　　欧影摸着自己怦怦跳的胸口，看着外面还很亮的天，再次躺倒在床上。她隐隐感觉这个阿见的身份似乎没有那么简单，绝不是像陈有光说的那样，一个新认识的好朋友。她疑惑陈有光怎么会有好朋友呢，因为赌博的事情，同乐人差不多个个都在躲着他。陈有光每次吃饭前便先给倒上半杯啤酒，食物还没有吃到嘴里之前，他先喝上一大口。所以陈有光三百六十五天都充满酒气，同乐的人几乎都是远远地和他点头、说话，似乎陈有光会把身上的晦气传给别人一样。

　　再次见到时，欧影便格外留心这个阿见。她发现这个男人非同一般，眼睛灵活，偶尔过来吃饭，一定会带着水果和红酒，还会送一把鲜花过来。这样的话和这样的环境真的超级不配，不过却让所有人的行为有了一些变化，吃饭的途中，阿见还会把一张叠好的纸巾推到欧影手边。欧影没吃饱饭便回到房间，心怦怦乱跳。她悄悄打开门缝，远远观察这个客人。她发现这个男人翘着一根兰花指，一只手放在陈有光的腿上，而身子侧向陈阿婆，他在给陈阿婆相面呢，他的第一句就是恭喜恭喜，他说陈阿婆晚年有福，大富大贵之相。重新回到床上的欧影不觉间有些发冷，她觉得这个阿见绝对不是一个普通人，偶然间蹿出的那一点点惊喜被吓成了汗珠，一滴一滴在后背上面滑动。

整个晚上，陈有光表现得像个孩子，兴奋异常，每次这个阿见讲个玩笑来逗陈阿婆，陈有光都带头大笑。倒是陈阿婆的脸自始至终都是冷着的。直至阿见放下碗筷，拎着手机说临时有事要出去。

这样一来，陈有光很不开心，他觉得一家人都不给阿见面子，当然也就是不给他面子。陈有光生起气来脸红脖子粗，甚至要打人的样子。倒是阿见温文尔雅，轻轻地说话，眼睛里含着笑。

陈有光说："你没有看出来吗，这个家我做主啊！你要相信我有这个能力的。"阿见笑笑，说算了晚上去胜记吃顺德菜。

四十三

"他就是不敢面对现在的同乐。"

"他适合活在过去。"

有的人开始拿陈有光打赌，他们在赌陈有光下次请假和申请补助的理由是什么。当然，他们边笑话陈有光边享受着自己优渥的生活。比如有的人开始买车，有的人重新讨了个老婆，有的则被找上门的中介忽悠着把孩子送去了国外读书。这些事情虽然陈有光假装没听到，可是他都在眼里、心里装着。几十年过去了，只有他还待在原地，装作看不见。虽然无论天热还是天冷，他都坐在自己家的门口,看到有人拉开车门故意喊他;也有人牵着一条狗和他点头,只为了让他看见。见到没有人,陈有光会腾地站起来,骂一句:"有钱大晒呀!理你都傻呢!"骂完这句,气似乎还没有消,还没有等开饭,他便提前开了酒瓶。

陈有光的老母从厨房走出来,像是知道对方正生着气,安慰道:"有钱还要有命花才可以,他们这样拼了命地去揾钱,放心,用不了多久的,人也不会总是那么好彩的,光仔不要生气啦。"

陈有光听了,理也不理,他一直对老妈有意见,觉得她当初没有看好老豆,才会变成后来的样子。于是,他调转枪口:"你为什么那么信他呀?"

陈阿婆道:"我是客家女人呀,老豆老妈从小都教我要贤惠,大事小事都要听男人的。"

陈有光说:"那是个屁呀,有什么用呢,我们家都被你那个男人害惨了。"

老妈说得振振有词,好像立了功那样:"我们怎么能管住男人呢,我们又不是北方女人,一天到晚要管男人。"

"如果你管了我老豆,他不会变成这个样子,身体坏了,形象坏了,这头家也毁掉了。"陈有光说。

陈阿婆说:"你老婆管住你了吗?好好的一头家,被她害得好惨。"

陈有光说:"边个都唔怪了,等下我就要签合同了。"

"签乜?"

"说了你也不懂。"

陈阿婆一听五脏六腑都快要炸,果然自己的仔联合了阿见在搞鬼。如果没有扶着椅子,陈阿婆可能要晕倒了,原来只是感到这个阿见对她的仔没安好心,想不到人家是看上了家里的房子,而自己的仔竟然还是同谋。

"那房租给多少,我要收钱的。"

"什么房租啊,现在阿见也有份做房东。"

陈阿婆大叫了一声躺倒在客厅。

阿见搬进来的当天,陈水绝望地看了一眼自己的仔哭了。陈有光想帮他擦眼泪,陈水不理只是拼命摇头,差一点从轮椅上摔下来,陈有光并不知道老豆虽然无法说话,却把阿见的阴谋看得清楚。

之后阿见说有事便几天不见人影。他除了一套换洗的衣服什么也没有,可是他像是把这个地方给占住了。就连陈有光也预感自己可能遇到了麻烦。

陈有光慌了,他回想自己的各种失误,如果那段时间经济上没有那么紧张,他肯定不会那么快答应对方。还有,他不应该总占小便宜,每次故意拖延时间,直到把对方的烟抽完。阿见请他吃饭,有次甚至是鲍鱼仔。回来的时候,阿见像是没有在意,不仅没有提过此事,还说他最近在海南忙着新楼盘的销售,这样一来,陈有光更加心慌意乱。他既担心被阿见算计,又害怕对方不理他。

阿见对陈有光说过,如果你有钱了,可以送你的仔去国外留学,你还可以真正地做老板了,到那个时候,你的面子就找回来了,别人家的孩子能出国,你的仔也可以,别人能当老板,你会当得更大,可以带老豆老妈出去威,别人能做的你也能做到,不要看现在他们不理你,到时候,给你下跪都可以。

陈有光一夜无眠,身体似乎被床粘住,动弹不得。看着窗外灰蒙蒙的天,他不愿起床。陈有光终于理解死不瞑目的含义。如果没有自己的仔,他的牵挂会少一些,欧影有娘家人接济,大不了人家可以改嫁,不至于饿死,老豆老妈年龄大了,即使离开这个世界,也是去享福。唯独陈小桥让他放心不下,人生还没开始便输掉了。陈有光发现自己的仔不仅脆弱也不是读书的料,那个时候他像是做梦一样在学校,坐不住,再这样读下去也没用。即使身体还能再拖几年,也只是让自己的仔吃饱肚子,可将来怎么办呢,拉客并不是办法,现在道路管得严了,如果没有上牌,根本无法上路,他只能在各种小路间穿行。

陈阿婆感叹,人倒霉的话,做什么都不如意,现在这个鬼一样的阿见也缠自己的仔。陈阿婆越想越来气,故意把扫把扔在阿见的门前。不到两分钟她便看到阿见穿了条紧身短裤站在门口,一边揉眼一边用手指去压低自己的卷发:"阿婆呀,你吵到我睡觉啦,已经是第三次啦。"

陈阿婆也不客气:"我不管那些,你住在我们家的房子里,我好正常地要房租也不对了吗?"

阿见似乎醒了过来,他一手叉着腰一手扶着破旧的门框,边看边说:"我是阿光的朋友,这你知道的,阿婆你有没有想过现在谁愿意过来租房子呀,因为我是他的朋友,才没有那么嫌他。"

陈阿婆心想:"好像你倒有理了,我可是房东啊。"

陈阿婆转过身去找陈有光说理时,陈有光把头埋在被子里,他只留出一缕与年龄不符的头发在被子外面。他对着自己的老妈说:"我从来没有想过跟他要租金。"

陈阿婆站在床边对陈有光说:"你们陈家三代人是想要气死我吗?"

到了中午，陈阿婆才把陈有光等醒，她还没开口，陈有光便不耐烦地说："老妈请你给我留点面子吧。"

陈阿婆说："唔当家唔知柴米贵，我们家把这里租给他是为了收租，买菜买米全靠它，那都是要花钱的。"

陈有光道："哎呀，老妈啊，你天天钱啊钱的，烦不烦呢？人家又不是没有，只是暂时拿不出来而已。"

"食枉米呀，还是说明了他没有钱，成日煲冇米粥啦。"陈阿婆说。

"我和他是朋友也是合作的关系，我现在没钱，所以呢，只好先让他这样住算作投资，当我入的干股。将来你就知道我会把分红都赚回来的，他是我米饭班主啊！"

"什么股，他连住的地方都没有，他怎么会有钱做生意呢？阿光啊你不要给他骗了呀。"

"不要随便怀疑人好不好，这么多年，我们家连个朋友都没有，好不容易有人愿意理我了，愿意关心我仔的事情，你就说这些话。"陈有光说。

陈阿婆说："你的仔你不关心，反倒要个外人来管吗？我怎么了，我有错咩，我这么老了，又是为了谁呢？上次那个钟欣欣过来，我看她和其他女仔不同，好关心我的，我要让她把我送到养老院去。"

陈有光说："人家是上面来的干部，没几天就回了，理你才傻。"

陈阿婆道："那她是做乜，唔理我屋企啦，都好耐冇见到。"

陈有光说："老妈你现在又想人家啦，他们好多事要做的，上次我见她和合作公司的人去了垃圾婆那一栋，带着人清出了差不多半吨垃圾，那不是你投诉人家咩。"

陈阿婆说："是那家女人受了刺激总是捡垃圾回家。"

陈有光说："那也不关你事呀，这个事情也是她来处理的。"

陈阿婆似乎看到了希望："所以这个事情她必须管，我要让她过来帮我把租金要回来。"

陈有光问："你还让她做什么了？"

陈阿婆说："我让她帮忙把这个阿见赶走，这种事情你不好出面的。"

陈有光说："老妈啊，我求求你不要添乱，你告诉了他们，以后我怎么做人呢，你为什么要害你的仔呢？"

听了这话，陈阿婆连线也不想接了，她觉得陈有光被人搞晕了头，让她没有活路，尤其陈有光不再提那句："陈德福个细妹已经单身了，是为我单身的，如果将来我和欧影分开，还是有机会的。"陈有光曾经这样安慰过老妈。

陈阿婆怕了，这是要倾家荡产啊。她叹了口大气，当年老公输掉了分红上的钱，也说是在做生意。现在自己的仔又要拿房子做生意，每件事都能要了她的命。

到了半夜，同乐的陈阿婆又开始不想活了，可是看着陈水那个不死不活的样子，又不放心。怎么办呢，自己真的是活也不好、死也不成，陈阿婆觉得自己欠了这家人的，不然为何一直不顺心。想到这里，陈阿婆眼皮低垂，第一次反思自己的过失。她认为自己当初应该锁起户口本，怎么就给陈有光偷出去和欧影办了手续。她觉得自己这辈子就是给这个外省女人欧影害的，本来自己家可以过得像其他人家那么好。就是因为分红的事，陈有光拿着刀子去到开会现场，当时逼得他老豆也走投无路。陈德福曾经拉着陈有光的手，将他拖出门外,说:"也不能因为这个开口子啊,其他人也要这个待遇怎么办?""我不理,欧影肚子里有我的仔。"陈有光说。陈德福说:"那也不行,你这样的话,其他人怎么办?""陈德福,你还是不是人来的?"陈有光抓住了对方的领口,大骂,"你公报私仇吧,就因为我没有娶了你妹对不对?"接下来,陈有光又大声吼道:"陈德福,你现在是不是在替你妹报仇?"

醒来之后事情重新摆在了面前。

阿见对陈有光说距离这座京基百纳如此之近,却过得穷困潦倒是可耻的。我为了让你离目标更近一些,必须住在这条街上,帮助你实现理想。

阿见说过:试想一下,将来你的孙子讲这些的时候,将是多么有意义的事。届时的同乐街将有一家陈有光家永久性纪念馆,与陈有光家一街之隔就是京基百纳。同乐街上有一个年轻人,少年得志,曾做过厂长,为改革开放立下汗马功劳,可惜没有人欣赏到他的才能,他被村里和后来的合作公司耽误了,直到后来,遇上我阿见,他的事业突飞猛进,成为中国五百强,成为最重要的企业家。这是阿见给陈有光灌的迷魂汤。

每次陈有光想到这些,脸都会涨红,大脑充血,兴奋异常。哪怕是被邻居装修声吵得快要分裂之时,只要他想到阿见的话,都会缓解许多。这是一种大剂量的止痛药,迷乱时要吃,苦恼时要吃,失意绝望时更要加倍服用。有好多次,陈有光被吵得心烦意乱,一脚踢翻了冲凉的水桶,随后,他扯出泡了几天的已经有些发酸的衣服,狠狠地摔在地上,大骂着什么玩意,你们这些个混蛋、蠢货,你什么都干不了,只会抱怨,这些年你们到底干了些什么,你还不如一条狗,让老豆老妈受苦,让老婆受苦,让自己的仔失学,除了一事无成什么都没有。说完话陈有光像一头发疯的狮子在客厅的白炽灯照射下咣当一声倒在了地上，他骂完自己后，以为自己已经死了。可是没有，他是被自己刚刚弄翻的水，滑倒了。陈有光的脸贴着冰冷的地面有了水的油腻，他觉得自己有可能流出了眼泪，可是他不愿意承认，就这样任其流着，他不想立刻起身，而是哼了两声，然后像婴儿或者一条老狗那样，他觉得自己是被打败了。不是被别人，而是被自己的懒惰和不切实际的梦想，被岁月流逝而自己却一事无成这样的事实打败。想到这里，陈有光三步并作两步，再次跑到床上，他躺到了最里端，对着惨白的石灰墙生起了闷气。如果此刻他还有力气站起来，他想给自己一记耳光，狠狠地咒骂自己，他想打残自己，让自己成为一个可以心安理得吃闲饭，一个在深圳却可以不思进取、不用努力，也不用在乎时间的男人。陈有光彻底失眠了，他死死地盯着天花板，近处是院子里老人孩子们的声音，远处是汽车声。直到这些声音渐渐散去，陈有光决定到街上走走，可是他真的不愿意去，因为他一点希望也看不到。

如果老豆还能说话，他想给他倒上二两白酒，坐在他的对面，先是承认自己的错误，然后告诉他，自己眼下和他当年一样，找不到路，迷失了方向。陈有光想重新变成听话的孩子，请老豆指明方向，他应该怎么办。

"马上就要拆了，围挡前你还来得及。"阿见站在了他的面前说。

"你怎么知道？"陈有光睁着睡不醒的眼睛，疑惑地看着他。

阿见说："这机会是万年一遇，不能错过啦。"

钟欣欣想到，陈有光曾经用微信给她留言，那是他们认识不久。他说："我觉得你人还不错，你以后就叫我光哥好啦，就当你是我妹。"钟欣欣听见对方是在一个特别嘈杂的街上说这些话的，她猜到陈有光喝了酒，而且打开了免提，他故意要说给同乐的人听。而此刻，她再次接到这样的电话，并听到自称为光哥的话，陈有光说，谢谢你，我最近很好，你不用过来找我。钟欣欣脑子里想着陈有光眼下的环境，他身边应该是有什么人的，而且遇到了一些特殊的事情。

平时没有酒的时候，陈有光的口袋里经常放着两小瓶古岭神，他想用这种东西骗钟欣欣。有时走在街上，他会拿出来喝两口，再放回口袋，这样一来，谁也不知道他喝了酒。酒的度数不高，还有些甜，陈有光常常喝完两瓶后才走到街的最顶头，再往前走就要过马路了。他看着马路对面的京基百纳，心里更加没底。他不明白对面街怎么突然间变成了最大的商业区，高楼林立，灯火辉煌，街上好像真有个魔术师。有时只是一觉醒来，对面便又有了许多变化，想到这里他赶紧转回身，回到自己的同乐。他曾经以为整个世界只有他的同乐才是最安全的。可是眼下同乐又在修路，似乎很快就要把同乐变成像马路对面那种地方，那是一个让陈有光感到害怕的地方。陈有光被这种现代的、时尚的东西压得快要喘不过气来。

钟欣欣猜陈有光喝了酒，他的声音由低至高，慷慨激昂的样子应该也引起很多人关注。钟欣欣约陈有光见面，想听他聊聊最近的情况，想不到接到陈小桥的电话。陈小桥在电话里说明了情况后，钟欣欣连忙放下手里事情，给陈德福打了电话，然后才给陈有光电话。钟欣欣说就在附近，想约陈有光吃饭。吃饭前，她向郭正安做了一个正式汇报。

"陈有光说自己在大排档上吃饭呢。"钟欣欣还是听出了他的不同,"他让我最近不要去找他,他要出趟差。"钟欣欣和郭正安同时想到,陈有光可能遇到了危险,又不方便说话。

钟欣欣重新打通对方电话:"不然我去找你吧。"

陈有光说:"不用你过来,如果看得起你哥你今天就不要过来,算是我求你了。"

面对陈有光在大排档里的态度,钟欣欣感到有些奇怪,似乎对方在暗示她什么。钟欣欣心想,如果要把陈有光改变过来,她必须面对这个事情的源头,也就是阿见了。向郭正安报告过之后,钟欣欣为自己订好了一个降妖的计划,第一步便是让陈有光看清对方的本质,否则没有理由分开他们。

走在路上,钟欣欣远远地便见到陈有光那一身奇怪的装束和一个巨大的蛤蟆镜,这是老电影里那些人戴的。钟欣欣心里暗笑,陈有光真是太喜欢表演了,如果他从小生活在城里,也许机会不同,或许会成为一个明星也难说。此时,陈有光向钟欣欣扬起了手臂,他的声音非常洪亮:"这边这边,喂你都看到哪里去了?"他离开餐台,在人行道上拦住了钟欣欣,动作显得夸张。

见到钟欣欣,陈有光很是紧张,可是他必须用大声说话才能掩饰。

同乐旁边的大排档已经开张多时,钟欣欣在远处便已经看见陈有光坐在一张圆桌子前,旁边是穿着花衣服的阿见。

钟欣欣刚坐下,服务员便端上了七八个菜。这是钟欣欣没有想到的,陈有光是个困难户,如此这般是什么意思呢?虽然钟欣欣也做好了买单的准备,可是没想到对方点了这么多的菜。因为不知道说什么,钟欣欣只好不断地找话题。这个时候,阿见说:"我的车在那边。"钟欣欣继续说:"你在同乐还习惯吧?"

阿见说:"还好还好,这话不应该是我问你吗?为了这一家,你是那么费心,是不是都累得有些憔悴了呀。"说完,阿见潇洒地笑了。

钟欣欣也不接对方的话,岔开话题:"听说你搬到同乐住进了陈有光的家里,我记得陈有光说过房子都不够资格还申请扩建呢,怎么现在……"

阿见先是一愣,故意扯开话题:"这是他们家的事情?"

钟欣欣笑着道:"你去合作公司报备过吗?"

阿见说:"报备?真是笑话什么年代了我难道还要找村主任啊。"

钟欣欣看见对方的脸色变了,只好转弯:"对了,你是做房产生意的,我想问问同乐的房子多少钱一平方米?"

阿见说:"七八万。"

钟欣欣脑洞大开:"那也不算贵吧,现在还有吗?"她想套对方的话。

"有啊。"这个时候座位上多出一个人,是个有些肥胖,脸色苍白的年轻人,他先是要了一瓶啤酒,后又从口袋里掏出一包烟,抽出一支点上,看着对面的男人不说话。钟欣欣想起陈小桥向她描述过这个人,他在路上跟踪过他。陈小桥被人打的那次,就是有这样的一个人在后面指挥。钟欣欣准备拍张照片发出去。

钟欣欣打量着这个人,问:"这位是?"

阿见对钟欣欣说:"这是我的仔,目前帮着我打理生意。"

钟欣欣笑着打招呼:"现在开工了吗?"

"还没有。"对方答。钟欣欣说这些话的时候,并没有发现陈有光已经脸色不好看了。她只是发现阿见不远处的同伙正用手机偷拍她。钟欣欣坐到近前去,让对方的角度不方便抓到她的脸。钟欣欣只能搭话:"您应该手里也有这种资源吧?"

阿见答:"当然有啦,不然我为什么要讲呢?"

钟欣欣煞有介事地问:"多大面积?"

这个时候,陈有光突然对着服务员大叫了一声:"买单!"

钟欣欣说:"你怎么这么没礼貌呢,我还没有吃完呢。"

陈有光说:"谁要你请了,你以为你好有钱吗?我可以查你的知道吗,你带证件出门了吗?我当过治安员的。"陈有光似乎变了个人。

见钟欣欣正错愕地看着自己,陈有光似乎更加心虚了,说:"你们吃吧,我不吃了。"

钟欣欣只好放下手里的虾说:"你什么意思呢我都不懂。不过有两句话我想跟你说,你出来一下。"

陈有光说:"什么事啊,我又不认识你,你还不快点走开。"

钟欣欣调侃道:"你不是我哥吗?怎么忘记了呢?"

陈有光脸红了一下,冷冷地答:"那又怎么样?"

钟欣欣明显感觉气氛异样,陈有光比之前更加失态。

陈有光突然拎着钟欣欣的包,拉起她向外拖,走了几步便低声说:"别问了,你快回去吧,我是想让你有时间的话去我家帮我看看他们。然后我把你微信删了,我们不联系了,我求你不要再给我打电话,也少来这条街。"陈有光说。

钟欣欣糊涂了,说:"什么意思?"

"唉,我告诉你吧。我被这个人控制了,你看,那父子二人,我真的回不去了,周围还有几个人呢,都在其他座位上,只是你没发现,我要把你骂走,这样你就安全了。我知道你们都在帮我,所以我不能害你,你那些好我全放心里了。这一段时间你为我和我的仔做的那些事情,让我知道你是一个好人,我再也不能骗好人了。"陈有光哽咽起来。

目送钟欣欣远走后,陈有光才回到座位上,还没等坐下,便被阿见的儿子一拳打倒,他恶狠狠地骂:"你个咸鱼佬,这一段时间你吃我老豆的、用我老豆的,最后还跟我们玩花样呀,你和她说什么了,想反悔吗?我告诉你,没那么容易,你全家都被我们控制了。"

"阿见,我全家被你害得好惨啊,不要再搞啦。"陈有光拖着哭腔道。

"想过好日子啦?可以啊,早说啊,你要配合我们,之前表现不错啊!怎么一下子发神经啦?"

陈有光重新变回镇静,说:"无所谓啊,求你们放过我的仔,他又没有做错什么。"

阿见说:"他没有错吗,敢打我兄弟?你还替他辩护吗?他怎么骂你的,骂你没文化,又蠢又懒,不学习、不工作,是一堆烂泥。"

陈有光说:"被自己仔骂了又怎样,又不会少一块肉。我现在活得也好好的呀。"

阿见说:"你的仔没有说错,你真是又蠢又无药可治。"陈有光说:"是的是的,所以求你放过他啦。"

阿见道:"后悔了吗,是不是晚了点呢?"这时他的仔已经绕到了陈有光的身边,笑了两声后端起桌上一杯白酒,泼到陈有光的脸上。

陈有光也不躲,他低头,头发上的酒顺着脸颊流下来。

阿见说:"我知道,是我把你惯的,我有责任,所以接下来我会继续惯住你的仔,让他变得更加任性,让他变得一事无成,最后需要跪下来求我带着他,你说好吗?"

陈有光脸色变了,急忙说:"大佬,我都成了这个样子,所以求你不要动我的仔,他现在答应我不去街上跟人混了。好多年我屋企都没有这么好了。"

陈有光前一分钟还沉浸在自己的话里,后一秒便发现了情况不妙,有两个他并未见过的男仔正向他走来。他们穿着黑色的衣服,手臂上文着花和蝴蝶,其中一个点着了烟,抽了一口后,直接把烟头捻在了陈有光还潮湿的脸上。陈有光感觉那种痛在最初一刻并不是痛,而是麻醉感,对方抬起他的下巴说:"你真是一点规矩也不懂,太放任了吧。现在麻烦把你的仔叫出来,大佬有话要对他讲。"

陈有光扑通一声跪倒在地,他哭叫着爬到阿见腿前,说:"大佬,我错了,我一个人就行,我仔还小啊,求求你不要动他了。"

"你认为我会听你的吗?"

阿见的儿子这时走了过来,指着手机说:"你看,这可是他愿意做的事情。"

阿见一把拿起手机,放在陈有光的眼前,里面是陈小桥的一张正面特写照片。阿见说:"如果再有人坏我的事,我就不客气了。"说完话,他做了一个切的动作在陈小桥的脸上。陈有光啊的一声之后不再说话,额头一直流着汗。阿见继续:"看到没有,我会让他成为我的小弟,你信吗?所以你咪走鸡啊!"

陈有光大叫一声:"当年我老豆就是被你们这样的人害的,现在我跟你拼了。"

陈有光听见啊的一声，原来是钟欣欣推倒了阿见的儿子，扑了过来。原来是钟欣欣发现情况不对，又跑了回来，她拉着陈有光向大街上跑。她知道很快社区就会有人过来。

钟欣欣不想把阿见引回陈有光家里，绕了一圈回到自己的办公室。她刚刚把陈有光安顿在自己办公室的沙发上，准备给对方倒杯开水便收到了电话，钟欣欣还以为是派出所打过来的，原来是陈小桥的电话。原来阿见带着几个人，拿着刀和棍棒围住陈有光的大屋。陈小桥在电话里说："对方扬言如果不履行协议，他会把我带走做人质。哪怕跑到天边也会把我找到。"

钟欣欣说："你要引诱他再说一次，然后录下，除此之外，你要拖住他，然后等我们。"钟欣欣预感陈有光遇到麻烦，可是没有想到这么快就要见分晓，显然需要快速解决。她之所以当初没有对陈有光说阿见要骗走他的房子，是怕打草惊蛇，怕时机不成熟，阿见还会恼羞成怒，采取的措施无法预料。

担心陈有光一家受到伤害，钟欣欣与陈德福、郭正安分别做过沟通，郭正安交代她眼下的任务是观察陈有光和阿见，她清楚街道早已经出手，暗中帮助自己。

钟欣欣心里有底了，对着窗户上的自己微笑着。

四十四

时间和地点说好之后，钟欣欣拿着两封上访信去找陈德福。刚说到投诉两个字，对方便沉默了。陈德福又直勾勾地看着钟欣欣。这样一来，钟欣欣也就不告诉对方这些信与他无关，她认为还是见了面听听对方主动说点什么。

想到郭正安的话，钟欣欣躲开了陈德福的眼睛，她走到墙边去看中国地图，当年陈德福曾劝她要胸怀全世界，那一刻钟欣欣感到人生真有意味。眼下的陈德福显得眼光短，视野窄，也听不进别人的劝告。

钟欣欣知道陈德福是心里有气和怨，只好说："他们将来会理解你的，只是你不能不沟通。你是不是太久没有找郭正安？"

话还没有说完，陈德福便伸手示意钟欣欣不要讲了，他说不想听郭正安这个名字，他们无话可说。"我这两年越来越理解了老村委主任陈水，当年他太不容易了，谁都不理解他，你看现在谁还会说他一个好字。"陈德福说当年同乐人看着隔壁村要招进城的指标，自己给大家找来的就业机会时，他们那个兴奋，家家都不睡觉。"那个时候，走到路上总会见到人对我说"唔该晒！唔该晒！"眼下呢，好像都不认得我是谁了，有时见了我马上扭过头，或是摇上车窗。"

钟欣欣似乎也不知道怎么安慰对方了，只好说："这也正常吧，毕竟过去了那么多年。"

陈德福说："可是我不会，我至今都忘不了蔡老板是如何帮我的。"

"每个人不一样，表达方式也不同。"钟欣欣说。

陈德福有些激动："你知道他们后来怎么说，谁想要那个招工，丢了地，去当工人，你怎么想的，坑我们呀，谁想要那个破城里户口了。你看看，没有人记得好，心里口里全是这些抱怨。"

见钟欣欣笑，陈德福又说："当年这些人带着糕点来求我。我气不过，就是想要回他们一句。"

"你真的后悔自己的付出吗？"钟欣欣问。

"是感情上有些接受不了。有一年过年我跑到澳大利亚玩了，我想躲开这些难受的事情。可是不行，反倒想得更多更具体，包括当年蔡老板是怎么带我离开同乐，最后又劝我回同乐的事情都想起来了，感觉不值。"

说到这里，陈德福的脸涨得有些发紫。他说："这个蔡老板就是我的启蒙者，如果不是他一直带着我，引导着我，我可能就是同乐街上的另一个陈有光，恨父母、恨社会，好吃懒做过完一生。那个时候没有人关心我的。"陈德福看了一眼钟欣欣说，"那个时候也没有那么好彩，遇到你们这样的。"

像是为了岔开话题，钟欣欣继续问蔡老板的情况。陈德福说："他在香港呢，腿脚也不方便，他是石岩应人村的人，早年离开村里参加了东江纵队，没有地，也没有屋。"

接下来，陈德福把当年的事情和钟欣欣讲了一遍。

陈德福并不是一个愿意回忆的人，因为那些难堪的往事他是不愿意再想的，有段时间，他总是不停地问自己，值得吗？因为这一天他早已经算到，包括什么样的日子，一切都如同他所预料的。从小到大，他便喜欢做这样的白日梦，而这种梦境总是让他分不清哪些是现实、哪些是梦。这是他小学有过的体验，并且一直延续到了现在。当年他是一个连白衬衣白球鞋都买不起的孩子，被老豆老妈留在阿婆身边。

有一天，他决定不再想老豆老妈为何把他留下，也不想再被人不怀好意地追问，他只想游进大海中间，从此听不见别人对他的嘲讽，不再被同乐小学六年级二班那些男仔欺负，更不想看见那个破破烂烂的家。陈德福在海里苦思冥想的时候，先是撞见了一些银鱼，它们像是花瓣一样散落在他的四周，把他包围起来，撞击他的脚,抚摸他的脸颊。随后,他听见一个女人的声音,是他的老妈,她大喝了一句:"衰仔,你死到边度啦?你要陪好阿婆啊。"

随后是遥远的一句:"老妈我在啊,我都没走远。"陈德福发现这声音是从自己的嘴唇里流出去的。他应了一声后把头探出了水面。回到家的时候,他拎了两条鱼,准备给阿婆煲粥吃。

睡觉前他还一直想着老妈那句话。老豆老妈临行的时候把阿婆托付给他的。

"做乜要我陪,做乜要我陪她啊?"陈德福哭叫着,他想要跟着老豆老妈一起。

听了老妈对他说因为他是家里的长孙,才留下他保护阿婆和细妹,撑起这头家,保住这头家,不然我们就回不来了的一番话,陈德福哭了起来:"做乜一定是我?我不愿意和阿婆讲话,她什么都做不了,还总是讲阿公的事情,耳朵聋、眼睛花,还要别人照顾,她哪里都不能去。"

陈德福说那些年的老豆老母不守信用,前一晚说好不走的,还安慰他,你安心食饭吧这样才能长高。结果到了第二天,陈德福睁开眼便发现了家里的变化,整个房间被收拾得干干净净,饭也做好了,家里只剩下他和阿婆。陈德福穿了衣服,从这间跑到另一间,最后,他坐到了门口的井边。阿婆、细妹还有他三个人从此将相依为命。早知道会这样,可是真的到了,他还是受不了。陈德福光着脚跑到厨房,站在石台上悄悄地把锅洗了。本来这件事情是他做,可是常常被他拖延两天。此刻,陈德福想先做了,因为他想第二天晚上不回家,他准备离家出走,去找老豆老妈,具体是哪个方向,他不知道,他认为先走出同乐再说。只是走了还没有多远,便被一个开手扶拖拉机的人拦住了,那个人问他:"喂,细佬仔,你知不知边度有蚝仔收啊？"

"唔知。"陈德福答。

"咁你知唔知边度有蟹卖？"整条泥路上只有他和这个人，陈德福眯着眼睛看着眼前这个人。他觉得对方有些可怜：如果陈德福不告诉他，他就问不到什么人了。

陈德福还在想着的时候，这个开手扶拖拉机的人，拍了拍手边的副驾位说："咁热天时，你不如上来啊，你要去边度，我车你呀，唔使钱。"

陈德福也不知道自己要去边度，于是他有些无奈地眯着眼睛看了看对方后说："不如我带你去海边，你自己看看吧。"

就这样，陈德福把对方带到了同乐码头，说："就是这里。"

那个人问："有卖蚝的吗？"

"没有，可这水里有老蟹，你自己下去抓，或是你也可以在这里等，螃蟹自己会被海浪冲上来。"

那个人站在原地说："怎么会呢，再说了，就是有也太过麻烦吧。"

陈德福想了想说："这样吧，你明天过来吧，我帮你。"

第二天，陈德福并没有等到这个人，而手里的黄皮鱼和螃蟹死了。天色已晚，陈德福不知道该怎么办了，这是他第一次遇到这样的事情。他想了想只得重新扔回了海里。陈德福很生气，不知道同谁讲。整整一天，陈德福连学校都没有去。到了第二天，陈德福似乎忘记了昨天的事情，而像是有重要任务似的。他又去了同乐码头，这一次，他没有等，他认为被冲上来的那种螃蟹太轻薄了，与自己描述的那种根本不是一回事。他不能让对方觉得他是吹水。他向对方报过自己的大名。陈德福游到深水处，捞回了几只大的，平时他不会这样，因为他不愿意这么做，他希望它们永远就是这样自由自在地留在海里，撒着欢地游水。陈德福就这样等了很久，只好把这些东西带回家给了阿婆煲粥。

第三天，日子过得很快，已经是小满了，天变得越来越长了，各种鸟开始跑到家门口来抢食了。

事情不知过去了多久。陈德福没想到，有一天，他放学出来，远远见到一个男人站在学校门前。陈德福心怦怦乱跳，不知道为什么，他觉得这个人与自己有关，竟然真的是那个开手扶拖拉机的男人。这个人一见到陈德福便咧开嘴笑了，然后三步并作两步跑过来，拉住陈德福的手说："我终于找到你了，细佬啊。"

这个男人拉着陈德福的手，陈德福的手臂是僵硬的冰冷的，他表现得像是要挣脱对方。而对方却不肯放手的样子。开手扶拖拉机的人说："哎呀，我找了你好久啊，可能来得也不是时候，问的人都不知道陈德福是谁。对了，我忘记告诉你了，我姓蔡，你叫我老蔡或者蔡先生都可以。后来才想起你在学校读书，学校才用你的大名啊。哎呀！我好蠢啊！"开手扶拖拉机的男人不知道是喜是忧，眉飞色舞地讲这件事情。倒是陈德福表情没有太大的变化，他的这个样子与自己的年龄极不符。

这个外面来的人连阿婆也看见了，因为有人已经从家里把阿婆拖到了学校门前，拖住她的两个妇女婆惊慌失措，说你家阿福不知道惹到乜大祸啊，快去救他吧，被一个高大威猛的黑社会样子的男人抓住不放了，再不去救，恐怕就要被他拉走了。阿婆吓得连鞋都丢了一只，捂着胸口一路小跑。她忘记了自己身上的病还没有好，跑到两个人面前时，已经说不出话。她拦在了陈德福前面，大口大口喘着气。

让阿婆感到奇怪的是陈德福见了陌生人也不怕，只是挣脱了对方的手，而那个所谓黑社会大佬非常高大，说话却是斯斯文文。

见陈德福无话，对方开始重复："对不起啊细佬，那几天，我临时有事去了外地，可是我心里一直挂着你呢。后来，我来过同乐，问陈德福是谁，个个都说唔知，我忘记了你这是在学校里面用的名字，你看我还是很聪明吧，跑到这里就找到了。"这个人就这样不停地说着。见陈德福还是不讲话，对方道："你帮我拾了螃蟹，有多少我都补钱给你，求你不要生气不理人啊。"

这个时候陈德福身边已经站了几个邻居的伙伴，他们看见对方这么大的一个人却这样来哀求陈德福，特别好奇，眼睛盯着两个人，看他们最后会怎么样。陈德福长这么大第一次有人这样待他，又开心，又难过，他不知道为什么特别想抱住这个人，他觉得这个人好亲切，像是上辈子就认识。

这个人便是助力陈德福在九十年代成为深圳"鱼王"的贵人，同时也是后来劝他回同乐，并且直接影响了他命运的香港商人。陈德福对钟欣欣讲到这件压在心里的往事。

当年陈德福算是一个留守儿童，而这个留守儿童如何变成深圳鱼王，后来又回到同乐。每次说到，陈德福都不能自控。他说自己和蔡老板的缘分实在不浅，对方改变了他的命运。

陈德福把蔡老板带到了同乐码头，还讲了不久前捞过一些虾，只是玩玩而已。

蔡老板听了，对他说，如果你还能捞，我现在就付钱给你，我想看看你之前是怎么做到的。

陈德福甩开蔡老板，跑到水边，一头扎下去，再上来时，手里便多了几只螃蟹，个个肥美，看呆了蔡老板。

蔡老板赶紧掏出口袋里的钱,他拿出最大的两张说:"就这些,想要多都没有了。"

"这么多,不用啊,我又不是跟你做生意。"

"上一次的我也买了单,我就是要跟你做生意。"

"我不会做生意啊。"

"你也可以学的,你看我这不是在跟你学如何发现螃蟹吗?"

"跟我学?搞笑吧,我哪里会呀,老师都说我蠢的。如果我够精灵,我老豆老妈就不会丢下我了。"

蔡老板听了,想了一会说:"算我预付你的,明天我再过来。你帮我跟阿婆说一声,下次过来,我想吃她做的螃蟹粥,我有好久没有吃过家里的饭了,从小到大都在酒楼里,我憎死那个味道了。"听见这句,陈德福不说话。蔡老板又想起了什么,说:"你愿不愿意到我的店里去看看啊,我做叉烧包给你吃。"

陈德福摇头:"我没有钱。"

蔡姓老板说:"你还说没有钱啊,你手里拿着的不是吗?"陈德福才想起自己手里正拿着两张钞票,不好意思地笑了。

他觉得这个蔡老板很好玩。

见到陈德福笑,蔡老板说:"不过呢,这一次我不收费,我是让你帮我撑个面子,到现在为止,我的店很少人来,差不多要关门大吉了。你过来,我至少可以开伙了吧,也让隔壁店的人看看,我这里也是有人气的。你愿意帮我这个忙吗,这是你第二次帮我啊。"

陈德福还对钟欣欣讲起自己为什么回到同乐。

陈德福本以为投资失利的蔡先生要把店铺转给他。他想好了,这是他报答这个恩人的机会。

陈德福当年如果不回村委，他会成为深圳的"鱼王"，整个罗湖的海鲜都从他这里进货。可是等陈德福在罗湖关见了蔡老板，对方却对他说："你不要再做生意了，应该尽快回去，要走大道。"

陈德福说："大道是什么？"

蔡老板说："同乐是你屋企呀，手指拗出唔拗入，你要帮你屋企人啊，这个时候你不回去，什么时候回呢？"

见陈德福还似懂非懂，他又说："我这生意不做就不做了，也不是非你不可。"

见陈德福不说话，对方继续说："你要跟着共产党做事呀，不要再一天到晚去找老豆老妈啦。你要明白走大道才不会害怕。"

陈德福讲完这些天已经黑了，他和钟欣欣两个人似乎都没有饿。整栋大楼里没有声音。只有远处传来的汽车行驶过的声音。这个时候已经是人们回家吃饭的时候了。

下楼的时候，陈德福对钟欣欣说："就是这位蔡老板劝我回同乐工作的，他说你赚了再多钱也会空虚，应该把学到的东西教给同乐人，让他们富起来，不要总想着逃向哪里，大男人不要逃避责任。"

陈德福听蔡老板讲出了一切。

陈德福的阿公是东江纵队的成员，当年为了掩护蔡叔叔和其他战友被捕牺牲。而阿婆一直盼着阿公回来，阿公是阿婆活下去的信念，直到她离世也没有人敢把这个消息告诉她。全村人都瞒着这个消息，就连勋章都不敢送到家里。

蔡老板讲完这些，陈德福愣在原地，缓不回神。蔡老板把一张阿公的照片交给陈德福，这正是摆在家里的那张。陈德福百感交集,一时间不知道是悔恨还是感伤。

蔡叔叔说:"你应该回去的,你阿公一定是希望你回去的。"

陈德福听了,也不回答,他想不起来给这个贵人蔡老板倒茶,突如其来的事情,排山倒海地来了,他似乎已招架不住。

陈德福在自己的酒楼早早睡了,也早早醒了。醒来时,天还黑着,可是他已经准备收拾行李了,是的,同乐村需要他,那是阿公最惦记的地方,他要替他们建设好。

"你要对他们好,那些老老少少,都曾经为我们新中国的成立付出过生命和鲜血,我们有理由让他们过得好,没有理由落下一个人。"

陈德福对着黑暗的远处点着头,似乎答应了自己阿公一件光荣而艰巨的任务。

四十五

欧影对钟欣欣讲起2015年夏天同乐发生的那些大事,包括陈德福受处理,而他的好朋友郭正安成功上位,成为社区主任。

威风了半辈子的陈德福,终于在一场大雨中,熄灭了火,再也没有了往日的风光。这样的一件事情对于外人来说,什么都不算,因为没人知道他是谁。对于同乐来说,那可是大到不得了的事情,不仅仅因为陈德福曾经做过同乐的当家人,他还是这条村上的主心骨。每次走在街上,都能感觉有人回头看他。受到处理之后,陈德福感觉自己的精神坍塌了,他知道这回的眼光一定是不同的。陈德福的背驼了,腰也弯了许多,如果有可能,他再也不想走在这条同乐街上,他担心自己会下意识地去指手画脚,或是走到巷子里,去每家的窗户和瓦片上去摸摸。他努力地控制着自己，毕竟同乐已经不是他的同乐了。

关于违建的事情，钟欣欣说2014年深圳出台了正式文件。"这属于抢建，处理你并没有错。"

"之前没那么严。"陈德福说。

钟欣欣冷冷地答："所以你就知法犯法？"陈德福低着头说："是不太了解政策。"

钟欣欣说："不是不知，而是心怀侥幸吧。"事情来得突然，陈德福还没有心理准备。

"你知道抢建当晚是谁打电话到上面去的吗？"

"不是郭正安？"

钟欣欣说："是陈水。"

陈德福愣在原地："郭正安他怎么不解释？"

钟欣欣说："是你从来不听别人解释。"

陈德福和郭正安认识了十七年，曾在一起商量过很多事，郭正安知道陈德福的短板，陈德福也知道郭正安的苦恼。陈德福不怕说话，就是怕写材料，怕人家跟他哭，一哭他就心软了，原则就没了，甚至还会帮着人家想办法钻空子。郭正安读过不少书，但不爱说话，当年有人提醒陈德福，说郭正安阴阴险险，需要多加提防。当时的郭正安在街道下面的水务公司上班，三十多岁了还在抄水表，很多年轻人都已经做了他领导，他干得有些不开心。有一次，郭正安喝得醉成了一摊泥，陈德福把他背回家，走到三楼时，郭正安醒了过来，在陈德福的背上流下了眼泪。陈德福认为两个人不用说话，便已知道彼此的想法，他不想听见对方说谢谢。陈德福劝郭正安不要考虑太多，要活得开心。

到了2004年，全市统一村改居，政企分家，同乐村变成工作站和合作公司，陈德福借机把郭正安拉到社区工作站。

陈德福说："到了社区这样你就可以帮到我了，我承认我比较自私，我需要了解社区的事，你能帮上我的。"

被约谈的当天，也是他的朋友兼社区工作站的副主任郭正安约他吃饭的日子，早在前两周，郭正安便对他说想吃火锅。作为广东人，陈德福本来不想吃这种东西，容易热气。讲到这一段的时候，钟欣欣认为陈德福和郭正安的交往有些像男女关系，除了谈些私人话题，还会约了一起吃饭。有时是郭正安穿着厚厚的衣服到自己楼下的店里等陈德福，或者陈德福叫人去万福码头买了新鲜的海鲜做好，两个人温一壶酒喝。陈德福没有离开过广东，不似郭正安还在北方当过几年兵，陈德福不习惯酒是热的，但他尊重郭正安。郭正安说："酒热呢，心才能热。"

陈德福笑了，他喜欢对方文绉绉说话的样子。那是他不擅长的东西，他喜欢对方的原因就是有脑子，不冲动，说话慢条斯理，有理有据，做事有板有眼，让他感到踏实。陈德福后来说既然是朋友就不应该再做同事，当时有人劝他，可是他没有听，只因他喜欢郭正安身上那种沉稳和周到，而这些是他不具备的。

事情过去了一段时间，陈德福还会想起两个人喝酒时说的心里话。他也终于相信了那句酒醒心定的话，哪怕成了一堆烂泥，躺在兄弟的背上，他也是安心的。

接了郭正安的电话之后，陈德福放下手里的活，他猜到对方应有心里话要聊，在家说话不方便，需要吃饭时聊，除了上班时间到，然后各自去忙，郭正安差不多有两个月没有找他喝酒，定是积了不少的话和怨气。

想到这里，陈德福笑了。他觉得自己还算有用，至少可以当成垃圾桶，有这样一个朋友的信任和理解，他知足了。

这一次，陈德福也想见对方，是因为他有话说，前妻正式提出了复婚，还是用微信发给他的，而他有顾虑。陈德福想和郭正安讲自己的前妻，如果非要找个人听不可，只能是郭正安了。前妻的初恋并不是陈德福，陈德福的初恋也不是对方。两个人的事情，同乐人谁都知道。前妻突然想复婚，他并不清楚什么原因。

果然欠的账都是要还的，三十年河东，三十年河西。1993年全市分区，刚被抽到街道工作的女朋友如果不及时结婚，可能会分到南澳，其男朋友束手无策，帮不上什么忙，只能喝了酒去找领导理论，最后被领导直接拒绝，让事情变得复杂起来。是刚到村委工作的陈德福出面去说情，以同乐村也需要干部充实进来这个借口，把女的留了下来。想不到，还不到半年，这女人便成了陈德福的老婆。当然，这个女人是同乐村每个男人心里的女人，他们都希望家里有一个这样又美又温柔的女性，而陈德福不费吹灰之力便实现了他们的梦想。关于这一点，有时候，陈德福也会怀疑是个梦，甚至到了女儿出生，他还会这么想问题，直到两个人离婚，对方回到前任身边。眼下，她要回来，到底发生了什么呢，陈德福想要找个人说话。

陈德福清楚记得那一天发生的事情。

走在同乐的街上，陈德福先是发现同乐的半空中的电线少了许多，过去这些电线常常落着一些麻雀，它们现在又去了哪里呢？街上显然干净了许多，路面上的水管也被藏到了地下，整个街道显得没有过去那么凌乱了。陈德福的阿婆曾经对别人说，陈德福把同乐人当成自己的家人。有时在街上看见有人打架，他也会去拉，我都劝他，你不看下自己有多老了，不挨打都会骨折。有时见了街上的沙井盖丢了，他会站在原地一直等到城管所的人拿过来新的，才离开，你说这个世界上怎么还会有这样的人。

陈德福还在任的时候，有一拨一拨过来坐在他的茶桌前喝茶聊天的朋友。陈德福从来不吃工程队的饭，他说吃了不是嘴短，而是变成了一只听话的狗，关系便对调了，而他陈德福认为自己一世英名不能毁在这点钱上。他说自己做过有钱人啊，如果不回同乐，他还会更有钱，成为深圳餐饮业名副其实的"鱼王"。医院到幼儿园前面这段路的负责人是庄老板，他说喜欢喝陈德福的白茶，出门的时候，还特意倒回来索要了一包才走。陈德福很开心，懂白茶的人不多，喜欢喝的就更少了。再想的时候，他也发现不同了，似乎就连这个人也没有过来，最近真的挺安静，除了各家各户都在收之前晒在阳台上的小鱼小虾，陈德福看不出有什么不妥的。总之他并不知道接下来会发生什么，他还像往常那样，穿着拖鞋优哉游哉地漫步到自己的办公室楼下，然后上到十楼，坐回窗前的竹椅上，脸对着外面。他喜欢在节假日、整个大楼没有人的时候来到办公室，这样俯瞰外面，眼前是一条有些弯弯曲曲的小路。

陈德福并不明白这样的事情来得太快，必然也会走得太快的道理。前妻开始特别关心他，不仅如此，开始变得异常温柔，多次短信问候他。两个人都心知肚明，显然对方在等他开口，她藏得可真是够深啊。想起前妻当初离开时的眼神，陈德福难受了，更有许多的落寞，原来同乐拆迁了，拆迁拆了多少家庭啊。同乐最近十来年才多了些离婚的事，可是他没有想到他自己也要面对这个问题。跑到他办公室里不知道有多少北方妹,又好看又有文化,说话做事都不一样,如果他想犯错误,还要等吗?有的是要采访,有的是说写村志,还有的就是和他谈合作。各种借口都有,可是他没有做过什么。虽然会动心,可是他不敢,他回同乐的使命不在此。有个女孩子追了他一段时间后,有一次在办公室哭得令陈德福难受,对方竟然希望陈德福没有钱,说这样大家就平等了,她还可以大大方方地追求他。陈德福不说话,也不知道怎么回应,对方又表达,自己倒是愿意是个男人,让陈德福做个被动的小女人,等着她来拯救。这样主动权就在她的手里了。话里话外,对方都是在追求陈德福。陈德福只能听,他觉得自己是不配谈感情的,因为同乐有太多大事等着他去处理。陈德福也不敢看对方的眼睛,主要是不知道说什么好。他喜欢这种漂亮的女孩,也羡慕别人的不管不顾。可是他做不到,他知道拆迁让他看不清很多事。

陈德福本来想和女儿商量一下,可是女儿说这个事情她不管,你们自己做主。陈德福拿不准对方是不是知道了同乐要拆,还是其他原因,也不给他时间去想,似乎再等一天都不行。可他要不要把自己受处理这些告诉前妻呢?陈德福不知道该怎么面对,对还在读书的女儿应该怎么解释,她怎么才知道这个做老豆的苦衷。只要想到陈水,陈德福便感到自己重任在肩。想到这里,陈德福感到难受了,终于他要面对此事了。陈德福念及郭正安在阿婆走的时候在身边照顾,这种情,陈德福是没办法还的。

陈德福拿着钥匙,走路到村委大楼去开车,他的车放在了单位,原因是他喜欢单位。他越发觉得这栋大楼让自己感到舒服,尤其是每天看着太阳落山,那红彤彤的一片让他心里暖暖的,而他并不知道自己与郭正安从此将会分道扬镳。

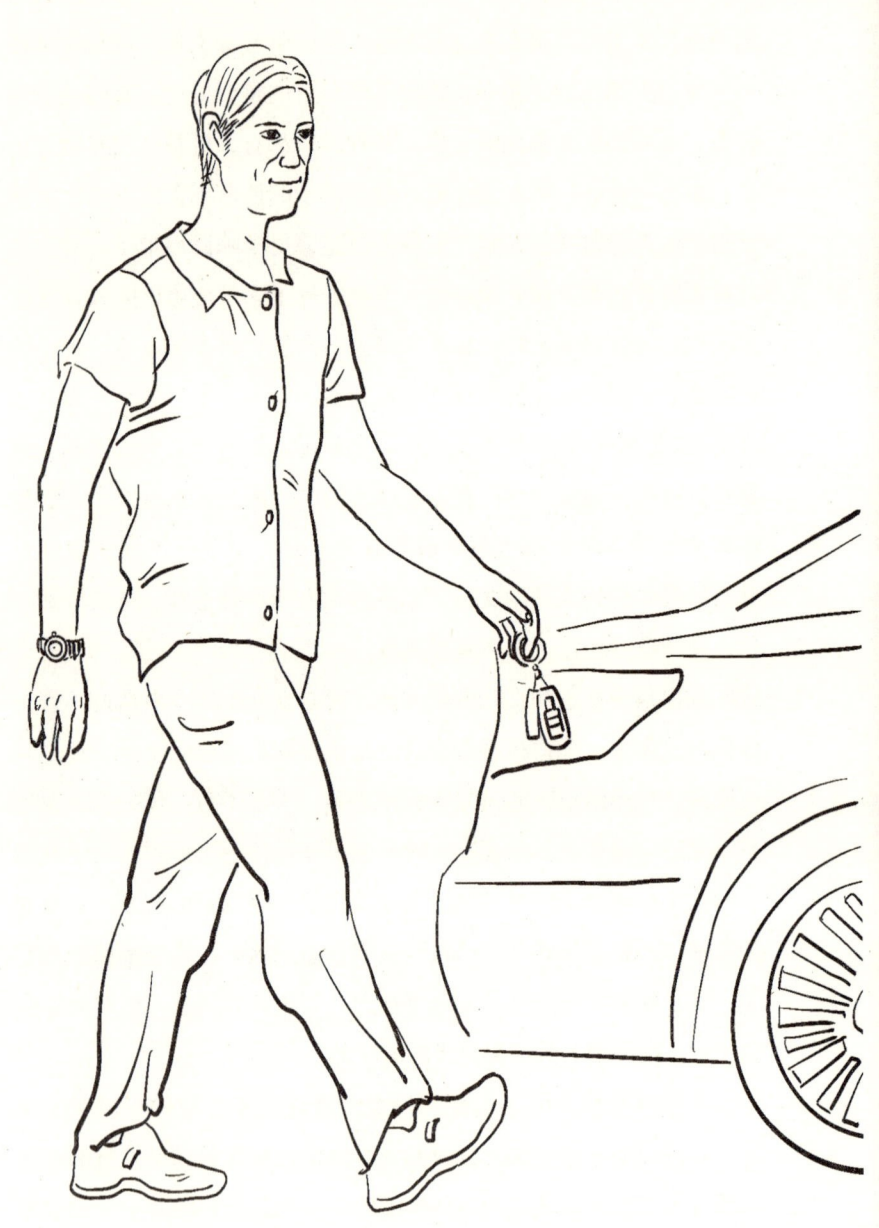

四十六

钟欣欣不敢想象这个阿见会对陈有光一家做什么,也找不到有力的证据。眼下,她急需陈德福和郭正安的帮助。

钟欣欣认为电话里不好说,还是想着去见郭正安汇报才好。到了楼下便见到了郭正安。他正对几个城管的干部说:"辛苦了兄弟们,晚上我们吃夜宵吧。"

年轻仔们自然乐意,说:"饮酒啦。"

郭正安笑着说:"以后再找机会,今天还要加班。"有人笑着说:"我们可是连续几周都在加班啊。"郭正安说:"记得记得。"

钟欣欣远远地跟着,看着他们一路说笑。对于陈德福的事情,钟欣欣问过郭正安,对方说:"当时个个都想建,好像不这么做就会吃亏一样,也没人成心想害领导,都想着个人的事情,陈德福最无辜。好在查了几天什么事也没有。"

钟欣欣问:"无啦啦边个搞事呢?好像一刻都不停呢。"

郭正安笑了:"看起来你也习惯了同乐的节奏,时间过得真快啊。"

钟欣欣说:"应该不是时间过得快,是经历的事情多,每天被事情追着跑,似乎合作公司任何时候都有工作,不断有事情推着你在做、在调整自己的方法和心态。"郭正安意味深长地看着钟欣欣,不断点头:"现在我们的证据还不够,他越发大胆,如果我们把话挑明,陈有光一家可能就会处于危险境地,所以我们不能硬来。陈有光家可不是只有被阿见惦记着,还有多少个阿见我们都不知道,接下来,我们要把工作做细,考虑周全,对联系户的各种情况都要掌握。前面被我们赶跑过几伙了,和他老豆打牌的那些人就是。他们要的不是钱,而是房子,他们最终要拿到同乐的拆迁权,并控制同乐今后的房价和发展。幕后是利益财团,鉴于此,我们所做的事情更要依法依规。"

显然阿见用了同样的手段对待陈有光。可是这么拦着阿见并不是办法,万一阿见穷凶极恶下毒手了怎么办,他曾经暗示过钟欣欣,如果谁敢动他,他会带着陈小桥消失,让他们永远也找不到,他说陈有光已经欠了他的钱。

钟欣欣后来得知,能够获得陈小桥的帮助,离不开陈德福的功劳,在同乐,陈小桥崇拜的人就是陈德福,这也是让陈有光不满陈德福的一个原因。

"到底边个系你老豆。"不止一次,陈有光想对着陈小桥大骂。陈小桥甩出一句后扬长而去:"他至少比你像男人!"

陈小桥不服任何人,可是他崇拜陈德福,原因是当年他曾经在同乐打赢过老街上的烂仔。他的理想就是长大后像陈德福那样,保护同乐人不受外面人的欺负。为此,陈小桥除了想结交一些江湖上的人士,还想过买药毒死这个阿见。

钟欣欣告诉对方这是犯法呀。陈小桥认为阿见把家里变成这样,被毒死罪有应得。钟欣欣告诉陈小桥这样做会受到法律的惩罚,将更惨,到时陈小桥等于也参与了破坏。陈小桥认为除掉了阿见至少可以让家里人过上安稳的日子。钟欣欣开导陈小桥如果自己的仔在里面,家里人会安稳吗,做老豆的还能好好生活吗?

陈小桥赌气:"反正他们也不在乎。"

钟欣欣说:"是在乎而不得法,到了现在你老豆已经知错,可是又自顾不暇。"

陈小桥说:"那我怎么办?有很多时候,我害怕我会控制不住自己。现在我眼看着老豆被这个家伙洗脑成功,天天说要做生意,最后把生意做到了家,把房子卖掉,或者抵押。"

钟欣欣知道陈小桥走读源于阿见,却一直没有搞懂阿见的动机,直到郭正安对她交了底,阿见其实是为了把陈小桥拉下水。郭正安请钟欣欣边做工作,边稳住阿见。郭正安说情况合作公司、街道已经掌握,之所以没有动手,大家都是在等证据。

陈德福的意见是抓紧时间,在陈小桥崩溃之前把这个阿见赶出同乐。

陈德福说:"按照我当年的性格,我可能会找人把他抬到大梅沙,扔进海里。"

钟欣欣说:"你不要忘记自己已经犯过错误。"

陈德福说:"是的,五年了。"这一次他叹了口气,没有再说什么。钟欣欣却明白对方没有说出来的话。

钟欣欣道:"是啊,时间过得真快。"

钟欣欣心想,如果陈德福没有犯错,还会这样做事吗?还会听得进她的劝告吗?钟欣欣想起同乐人描述的情景,那时的陈德福呼风唤雨,听不得任何人劝告。可眼下,他变化真是太大了。当年陈德福谁的话都听不进,现在他不仅可以听进劝告,还在疫情防控期间拿了钱去给同乐百岁老人买米买油,捐了很多口罩和钱,而且自己在做义工,还会动员身边人。

这是陈德福当年给他们的承诺,现在虽然不做公司老总,可是慰问老人这个事情他没有放下,最近他联系了两个企业,准备把日照老人院升级为养老院,将来可以照看那些儿女在香港或海外的孤寡老人。

钟欣欣了解到陈德福和郭正安的故事。陈德福认为2015年是他的人生节点。当时他拿了钥匙向汽车走去的时候,脑子里还想着郭正安。他觉得当时对方一脸愁容的样子应该是遇到了什么困难。郭正安不说话,只是听着陈德福讲同乐的事情。两个人的互动非常特别,有时陈德福见对方没动静便说:"我不讲了,轮到你说。"听见郭正安念自己的诗歌时,陈德福脑子会开小差,甚至想睡觉,可是他又不好意思说,他担心对方会嘲笑自己没有文化。

2015年5月14日,陈德福的汽车直接开进大院,他想着要找一个方便郭正安下车的地方。雨已经开始大了,陈德福的车停到了台阶的一侧,他等着郭正安。陈德福想和郭正安谈一下抢建的事情自己存在哪些失误,他认为自己这样做损害了国家的利益。车开进大院的时候,他发现身后的大门突然关上了,在此之前不会这样。想到郭正安没有带伞,他从车上多找了一把放在手上关好车门,准备上楼时,他突然被一滴巨大的雨水砸中了眼皮,这时他打了个激灵,似乎皮鞋也进了水,陈德福觉得这场雨真是不小。

陈德福并不知道自己人生的大雨才刚刚开始。

直到第二个台阶的时候,他才看见了身后的两个人,他们是从铁闸门那个方向跟过来的。随后楼梯上的玻璃门也开了,是两个男人,远远地,陈德福发现远处郭正安的影子。这一次,郭正安的穿着与往时不同,甚至让他感到陌生。陈德福被两个穿便服的人带到了西园招待所。

很早之前陈德福知道这个地方,还是听郭正安有次在车上指着这个地方,他说左侧有大窗户的房间是唱歌跳舞的地方。陈德福问过郭正安:"你去过吗?""当然啦。"郭正安点头,"很多靓妹。那个时候刚刚改革开放,大家急着交流,想交朋友呢。"

"是吗?"陈德福被郭正安盯得低下了头,似乎自己的内心被对方洞穿了一样。

当年的陈德福守在点歌器前为郭正安输入一首首歌名,随后便坐在沙发上面为郭正安鼓掌。即使他眼下说了这样的话,也一样迷人。那些画面像是电影一样,或者与他看过的某些电影交织在了一起,让他分不清是电影还是现实。

陈德福感到这样的夏天自己的身体不应该打战。他努力想起郭正安提到的跳舞的话题,只有这样,他认为自己的冷才会得到暂时的缓解。陈德福不想吃饭,整个人如同散了架子。材料写了几页纸,陈德福把各种往事都回忆了一遍。一个人住在西园招待所里,他知道外面有人看守。郭正安似乎也在,他好像听见了对方说话的声音,他不会进来和他说话,从某种意义上说,他们不可能回到从前。他回答不了有人问他有没有拿钱,可是为什么要做越过招标环节去抢工程。陈德福紧张地在白纸上写了又涂,涂了又写,这些废纸被自己揉成一团后又交给了工作人员。

陈德福后来向钟欣欣描述这件事情的时候是在送钟欣欣回家的车上。当时钟欣欣坐了陈德福的汽车一路回来,刚过了一个路口,她便叫陈德福停车。

她说:"约谈之后,你还相信友情吗,也就是说,你还相信他吗?"

见陈德福眼看前方不说话,钟欣欣又再问:"如果让你重新选一次,你还会愿意为同乐人做这个事情吗?"

陈德福说:"不知道。我的脑子里总是想着那些老人怎么办,如果还没有接上煤气管道怎么办,他们孩子都在国外。"

钟欣欣说:"你想过这会让同乐的发展慢了几年。"

陈德福说:"我是担心村民的利益受到损害。"

钟欣欣说:"可是你会影响同乐的整体发展规划,没有人反对吗?"

陈德福说:"有不少老板打电话邀请我吃饭,还有社会上的一些人打电话来威胁我,我阿婆吓得每天守在我办公室楼下。"

"你抢建虽然没有成功,可是他们也住上了各自的新房子,用上了管道煤气。"钟欣欣说。

陈德福回忆:"当时有个老人家拿着自己蒸的包子给我,流着泪,要给我下跪,说没有我,他们不知道何时才能住上楼。"

钟欣欣告诉陈德福正是这个老人的精神出现了问题,真正帮助他的人是郭正安,他联系了敬老院,安顿下老人。接下来,钟欣欣又说:"在对你处理的认定上,没有人认为你是无辜的,你又怎么看,你真的以为自己是个英雄吗?"

陈德福说眼下特别害怕听到"英雄"这两个字,感觉很讽刺。

钟欣欣用微信付了停车费,转头去看陈德福。她很少看见陈德福神情恍惚,他连争着付费都没有,过去他喜欢抢买单的。这一次,他心不在焉。连出门的时候也这样跟着钟欣欣。钟欣欣有点心酸,这才多久啊,他便从天上到了地上,反而要她的帮助了。

钟欣欣走在前面,陈德福跟在后面,比钟欣欣大了二十多岁的陈德福像个跟班,怯怯地走在后面。钟欣欣先是昂着头一路向前。只是很快她便想到什么,反过来等对方。陈德福快步跟上。这个动作钟欣欣在梦里重复过很多次,当年,她作为一个盲目的崇拜者,欣赏这个说话做事雷厉风行的男人。

钟欣欣说:"你真的不觉得你这是虚荣心吗?你想让同乐人记住你,领你的情,记住这些事情是你陈德福做的,你把自己当成了同乐的英雄,包括你会上和郭正安的决裂,是演给别人看的,目的是保护他。"

"后来才知道,现在我希望他们把我忘掉,我好丢脸的。"陈德福说。

钟欣欣对陈德福说:"你用同乐公司的钱给百岁老人打金手镯,这个人不了账的,你应该知道吧?虽然后来你每年自己掏钱帮他们做。"钟欣欣了解到这些老人的子女长期生活在国外,有的根本就失去了联系。

钟欣欣又说:"当初你用的是公司的钱,对于那些并没有可能活到百岁的老人或者家庭就是不公平。这些你都细想过没有?"

陈德福一直以为大家都会同意,至少当初没有人反对。

钟欣欣说:"那个时候你还是同乐的当家人,他们敢提吗?你不知道你当时是多么不苟言笑。你以为只要没有把钱放自己口袋就问心无愧,并不考虑工作方法。现在呢,他们还听你的吗?你不是说他们转得很快,现在跑去围住郭正安,你感到难受了。对,这就是世态炎凉。"钟欣欣不等陈德福回答,便自己替对方答了,"我们不应该怪别人,而需要反省,你去想想同乐一共才有多少年的历史,而你就做了十多年的主,一个人最好的时间才有多少年,你就管了人家十多年,把你陈德福的风格强加给同乐人,我知道你厉害,可是你应该给其他人机会,让年轻人发挥他们的才干。你是个能人,我承认,我了解过一些同乐人,他们都特别同意这话。"

陈德福告诉钟欣欣,当年选举的时候,有的人求他帮忙,修路要工程,如果不把工程给他们,他们就暗示不给他投票。可是他想要这个票,因为迫切想要改变同乐的面貌,否则放弃了一切回来干什么呢,何必这么辛苦,当时只想争取时间。

"所以那一次,你就选择路不修了。"钟欣欣直面问题。

陈德福说:"对,至少他们不用针对我。"

"什么是当务之急,守着这个房子,捂在手里等着升值吗?你知道郭正安他们眼里的当务之急是什么呢,是修路、建人行天桥,让同乐的孩子可以安全地过马路到对面读书;把空厂房整理好、用好,招好商引好资,创新发展,不能再关起门来守着房子等着升值,这样会影响全同乐真正的发展。"

陈德福说:"仅靠我的一己之力想要改变同乐,太天真了,我承认自己在逞能。我没有进行讨论、研究,听取其他成员的意见,没有听取同乐这些老村民的意见而一意孤行。"陈德福的声音越发虚弱。

陈德福沉默很久才说:"我以为……"

钟欣欣说:"是的,我们都可能错在'以为'上了,个人本事再大,也是个人意志。同乐是一个集体,是所有人共同拥有的集体。"钟欣欣突然间明白,自己到同乐的特殊使命——她要打开他们和自己的心结。哪怕只有两年她也不想辜负,经过后来与郭正安的一次次交流,钟欣欣开始懂得了郭正安真实的意图。

陈德福没有看钟欣欣,倒是钟欣欣一直看着陈德福。钟欣欣承认自己的样子自信了许多:"我的确感情用事。可是这一次,我必须说,你真是错怪了许多人,你真的认为郭正安现在会受到良心的谴责吗?"

见陈德福答不上,钟欣欣又说:"没有!即使有,他也不会后悔这个选择,他和你一样,同样为了集体,为了同乐的未来。不同之处在于,他不任性,他依法办事,他集体讨论、决策。而不是意气用事。其实你和陈有光一样,也停在了过去。你去看看,这些年真的有村民为你去请愿吗?我相信不会有,这些都是你想象出来的,是你的一厢情愿。他们之所以不会这么做,是因为时代进步了,村民进步了,他们醒了过来,他们想要发展,他们不想错过这大好的机会。像郭正安最喜欢说的一句话那样:谁也挡不住明天的太阳。"

直到现在钟欣欣终于明白,郭正安当初把她叫到堵路的现场,不只例行公事,还旨在要让她学会知错,让她懂得基层的事情不是上报材料那种,而是在了解了全部之后,才决定如何做,都是牵一发而动全身的事。希望她开动脑筋自己想办法,如果每个人都等别人动手、动脑,基层的工作就没办法开展了。钟欣欣想起后来的那一周,郭正安没有再提起过那件事,钟欣欣本以为对方会来问罪。可是对方什么也没说,是想让她从头开始了解。

四十七

陈有光被钟欣欣在沃尔玛商场找到时,钟欣欣又气又恨,她甚至想扑上去踹对方两脚。

"陈有光,你还有自尊心吗?不断玩失踪,你以为自己还小吗?"钟欣欣拦住陈有光。见四周有人看着,钟欣欣忍不住吐了下舌头。她拉住了陈有光的衣服,像是担心对方再跑。陈有光的肚皮露出了一大截,他躲闪着说:"唔好意思,唔好意思。"

"四处躲着就好意思啦?"钟欣欣把对方拖进消防通道。不等陈有光说话,钟欣欣继续说:"这些年,你玩了多少心眼,耍了多少心机，惹了一堆事之后，又开始耍赖。告诉你，逃避和玩心机没有前途，只能是自己玩自己！你真的会伤害了那些对你好，对你怀有期待的人。"钟欣欣从沃尔玛商场里把陈有光一把揪出来吼道。

陈有光也不说话，只是低着头看鞋。

这时有两名工作人员拿着商品路过，警惕地看了眼陈有光和钟欣欣。

钟欣欣笑道："没事没事，借宝地一用，训夫呢。"

陈有光吃惊地看着钟欣欣。而工作人员放心地刚下楼，钟欣欣见陈有光在偷偷笑，于是哑着声音说："陈有光，我劝你珍惜你这一家人。尤其是你的老婆欧影。你知道吗，如果换作我是她，早把你给捏死了。"说完，钟欣欣撸起袖子，给对方看自己臂上的肌肉，"看到没有，我小时候是练习过跆拳道的，专治各种不服。"

话还没有说完，刚刚出现过的工作人员带着另一个人走了过来。

钟欣欣马上换成笑脸道："你们好，辛苦了，我俩的悄悄话说完了，马上回家啦！"

刚转出商场，钟欣欣回头便对身后的陈有光说："你把欧影在工厂、在做收银员四处打工存下的积蓄花个精光，之后还要欺负她，在外面你受多少气你就让她受多少苦是不是？"

见陈有光想要辩解，钟欣欣霸气地说："别解释，我要看行动的。你要回去给欧影道歉，晚一步我就会带着她去妇联。"

"我又见不到她，她很久没有回来了。"陈有光嘟囔着。

钟欣欣严厉地说："你又在找借口对不对？老人、孩子、老婆，因为你，改变了这么多人的命运，看着他们因为你而生病，看着他们因为你而离开学校，甚至走弯路，离家出走，没有了生活的意义，到头来，你两手一摊，把这个烂摊子就这么扔了下来，陈有光，你还是不是个男人？"

钟欣欣学着对方的声音和动作："我又见不到她！——过去你向她要钱的时候怎么能找到？"见陈有光不说话，钟欣欣说："陈有光，欧影守着这个家这么多年，真不容易。作为男人，你是一家之主，你负责这个家的走向，是这个家里的掌舵之人。可是你好好想想，这些年，你给他们树立了什么榜样，你把船都开到哪里去了，除了耍无赖你还会做什么，你还是男人吗？"连珠豆子似的爆出来，钟欣欣轻松了。

第六章

四十八

　　上午不到十一点，钟欣欣在街道开完了会，便去了分管领导的办公室汇报工作。除了近期合作公司正在做的几件事，还要专程汇报陈有光和陈德福两个人的思想动态。这些事情是上级领导精心安排的，所以要密切关注。钟欣欣到后来才知道她不是无缘无故到同乐，更不是无缘无故与陈有光家结对子的。

　　从分管领导办公室出来，人也走得差不多了，已经是午饭时间了。她本来想在这边走走，到了同乐之后，一直在忙，都没有在四周好好看看。一想到还有几件事情又放心不下了，于是站在石阶上，用滴滴叫了车。

　　不到半小时，比亚迪车便到了同乐的牌坊处，钟欣欣提前下了车。她想走一走，顺便看看双益小区工作做得怎么样了，前两周来检查的时候，有一个人偷偷把自己的门挪出去两厘米，被她发现了。钟欣欣提出限期退回红线内，她想过去看看那人到底做到了没有。

不到两年时间,钟欣欣发现同乐人的想法发生了很大的变化。同乐人对自己歪七扭八的房子早已经不那么在乎,他们很清楚这样的面貌并不会很久的,他们将迎来一个他们自己也无法把控的生活。

当然了,他们知道那种生活应该是自己仔和女喜欢的生活。至于自己,已经无所谓,既然管不了什么,不如视而不见,或是一律说对对对,好好好,再说了,自家的后生们,多是读了书的,有判断能力,不会比上一代人差的。总之,只管自己唯一能做好的事情。

同乐老人开始变得阴声细气,当然偶尔会有粗声大气的时候,这完全取决于对方是否对了他们的眼。

有的人看起来还算和气,可是到了后面,一句不合便调转头走掉,费事啰唆。

毕竟家里的仔和女都长大成人了,成日连讽刺带挖苦的话说多了,同乐的老人自然也懂了不少当下的事情。

曾在汕尾学习的陈小桥在钟欣欣的耐心辅导下,考进了位于龙岗的深圳技师学院,专业是食品管理,这与他在汕尾学的技术刚好一致。暑假刚到,陈小桥便提出要回合作公司工作站实习、做义工,报名参加了人口普查和垃圾分类的督察,每天130元的补助,一个月下来差不多够交学费了。他说毕业后要回同乐,为同乐合作公司服务。

提前两天,钟欣欣便与陈小桥约好了想去龙岗接他,正好有些事情,想和他做个交流。临到出门又被人堵在了门里,瞬间办公室站满了人,一个说对方的门撞到了自己的家,另一个说自己家的风水被对方挡了,才找人拆门。之前已经先后用了一周的时间去调解，把这个公共巷道刚刚清理出来，就被他们占了。想不到还没到上班时间他们就冲进了合作公司大楼，让钟欣欣去主持公道。钟欣欣只得打电话给陈小桥，对方没接，猜到对方可能没有下课，只好语音留言。

等到钟欣欣处理完纠纷，向外送人时，才看见站在最后一排的陈德福，她愣了一下，笑着说："怎么也不叫我一声，是想看我出丑吧？"

陈德福笑了："我有事要出趟远门，过来和你打个招呼。"随后他又笑说，"你的确有变化，气质也变了，脱胎换骨，女汉子一个，和我当初认识的那个林黛玉不是同个人啦。"

钟欣欣笑了，说："十年了，大家都在变呀。"

陈德福又说："对了，前几天你说的那两户人家怎么样了？"

钟欣欣又来了精神："是啊，之前我和另外两个人站了几天的岗才总算是把那个小巷子整理出来，你不知道当时蚊子有多少啊，把我咬得肥了一圈，如果不是有外人在，我可能真的要开骂啦。"

陈德福笑着："知道知道，你是骂蚊子对吧。"

钟欣欣好奇地看着陈德福："哈哈，你怎么知道的？"

陈德福说："同乐人还说你是个细心的女汉子，有办法，特别能坚持，再难的事情，每次都被你解决好，根本看不到过程。"

钟欣欣大笑："我完了，这回更没人要了。我是暗下功夫的，并不是没有过程。我当时对这两个人说，是你的房子也不能租，我交代过办公室不给你们盖章，停了网线，看他们租给谁。"

陈德福瞪着眼睛："哇，你敢这么说话，这可是有风险的啊，变相威胁啊。"

"只有说这个他们才会怕的。"钟欣欣也笑了，"当然了，真正做的时候,我不会这么莽撞,要向郭正安学习。"

陈德福有些不好意思:"我有前车之鉴,你有文化,不会像我那么莽撞啦。郭正安也有文化,只有我是被时代抛弃的,跟当年的身份一样,我是个孤儿。"钟欣欣定定地看着陈德福:"不是你想的那样,我们一直都在,我们等着你。"

像是被雷击中一样,陈德福听了这句,神情也变了,眼睛躲闪着钟欣欣,嘴张了几次,却什么也没有说。钟欣欣看到陈德福身子似乎在发抖。

正说着话,便有电话打给钟欣欣,让她马上下楼集合出发。陈德福只好说:"你去执行任务吧。"

等再回到办公室时,钟欣欣站在门口想起陈德福刚才似乎有话要说,是什么呢?真应该让对方说完才出门。她边想边喝了一大杯子水,这时她发现欧影站在了门口。对方笑着说:"如果是我,可能疯了,你的工作量这么大,还以为只有我们这一家让你受累。"

钟欣欣说:"大家都这样啊,不光是我。刚刚我去的这家只有一个老人,她每个月都可以收入几千元,可是她不愿请保姆。我们要定期去看看。还有些子女在国外或者香港,现在疫情防控期间过不来,那我就得每天过去,之前我们特意去市场买了羊肉给她煲了汤。刚刚是这个老人的孙子的事情。他年纪轻轻的不干活,骗了老人取出全部存款二十多万。最后没有办法,我只得替老人报了警,等派出所的人来了,老人又后悔了,发火骂我,把鞋扔到我的身上,说我想害她孙子,刚刚就是在跟我闹呢。"

欧影说:"唉,是啊,糊涂了,好坏不分。"

钟欣欣说:"像谁啊?"说完又觉得不妥,担心对方敏感,马上改口道："理解理解，毕竟是她的亲孙子。"钟欣欣接着说，"还有，这一段时间事情真的多。有个老板在海滨市场开午托班，里面有两个老师特别好，补过课的学生成绩都提高了，合作公司也很开心，同乐的家庭关系好了很多，否则光是打架、离婚、孩子学坏就够我们操心。可1月到现在都不能开门，2月给他免租了，可是到了3月他还要求免租，这非常难办。昨天就赖在我这里不走，说哪怕不赚，不亏也行，至少可以给两个老师发工资，我们也想留住这两个老师，也算是对我们义务教育的一种补充。"

欧影问："这可太难了，怎么办呢？"

钟欣欣说："这就需要我们做工作了，人家凭什么给你免，房东也需要生存啊。"

欧影问："最后怎么解决的？"

"我们只好说服他，帮他重新找地方啊，然后在群里帮着老师联系几个孩子，让他们去老师家里，至少保证老师可以留下来。"

欧影说这个忙她也可以帮，她知道还有谁家需要。

钟欣欣说："还有一个六十几岁的外省老人，二十年没有出过门，经常向楼下扔酒瓶，看到人就骂。他见到我便说，无理走遍天下，有理寸步难行。我手机没钱了，你得给我充钱。四房两厅的大房子里堆满了垃圾，还养了二十多只流浪猫。我就带上社康、城管几家单位的人才把事情做了。我们去清的时候，他骂我们，说丢了六千元。我只得说，有监控录像，我们还是调出来看看吧。"

钟欣欣发现自己光顾着说话，欧影来找她应该是有事的，于是问："是不是有事啊，还是来问陈有光的情况？"

欧影不好意思地默认了。

钟欣欣并排坐到欧影身边，讲了最近同乐发生的一些事情。现在企业主和工人的法律意识普遍都增强了，所以工作难度增加了。经济纠纷和租赁纠纷很多，到年底安全生产纠纷也不少。有个小企业请了十多个工人，其中一个属于非工伤死亡，家属在警务室闹，工作人员讲政策都讲得嗓子哑，可死者家属还是要一百万赔偿，老板也是个小企业，三个月没交租。问他身上还有多少钱，一万元。大家对这样的企业就比较头疼了，但是还是有人会想办法。他坐在这个小老板的客厅里帮着对方回忆，把对方所有的朋友都想了一遍，结果两个人一起想到了困难时期他扶持过的一个企业，这个小老板曾经帮过这个老板。那个发达了的老板倒也痛快，加上利息给了四十万元。当时安排两个治安员负责照看家属，安排吃住稳定情绪，想不到对方叫两个黑律师，提出要三百万元。我们给他们讲解城镇农村死亡补偿办法，提出如果闹事，公司可以走法律途径。

  钟欣欣问欧影："你知道这个案子最后是什么人协助我的吗？"见欧影摇头，她想不出是谁。钟欣欣得意地说："是陈有光，就是在他的协助下解决的。"欧影睁大了眼睛。钟欣欣发挥了陈有光的长处，他有工厂的经验，当年的工厂更加复杂，遇见过许多事情。陈有光知道那些想发死人财的亲属在想什么，会说什么。

  欧影沉默了半响后感慨："想不到他还是会变的，愿意动脑子想事情了。"

  钟欣欣说："你也变了呀，不再那么自暴自弃了，也愿意听我讲这些枯燥的事情。有的事情你更熟悉，替我出了很多主意，如果没有你们，我都不知道能不能走到现在。"

  欧影说："听你这么说，我突然感觉自己还有价值。"

  钟欣欣对欧影说："哈，你的价值太大了，如果醒悟得再早些，贡献还会更大。你想不到，我第一次见到你的时候，你知道我心里多怕吗，你的脸惨白啊，眼圈是黑的，脖子上还有黑色的印子，不说话只会看着我。我害怕你是个嗑K粉的。后来才知道，前一晚你被陈有光在酒后打过。"钟欣欣模仿着欧影茫然失措的样子，引得欧影也忍不住笑了。

四十九

陈德福的事情来得太过突然。消息是和风一起来的，钟欣欣的耳朵出现了那种大风的声音，大脑也是空白的。

已经过去了几天，钟欣欣还是无法相信，陈德福被送进重症监护室，原来他一直都在病着。

知道这个事情的时候，钟欣欣在外地参加培训，电话是欧影打过来的。握着手机，钟欣欣半天缓不过神，电话那边的欧影哽咽了，两个人都陷入了沉默。回来的时候，合作公司几乎没有人再提起这个话题，似乎没有陈德福这件事发生过。钟欣欣问欧影："怎么会这样啊？"她已经恍惚了。

一结束培训，钟欣欣便赶回来。欧影看见钟欣欣，开场白都没有，直接说："太突然，我们全部人都蒙了，不敢相信这是真的。"陈德福的事情让热闹的同乐瞬间安静了。

钟欣欣送欧影下电梯，在电梯里欧影说："这两天没人敢提他名字。陈德福没有给我们时间说一句对不起。我前几天还在街上见到他，他显然了解自己的病情。他是在抢时间，他每天都在做事。你看这条街原来那么烂，就是他花钱雇了人清理好的，他说，要让外面看到我们的环境是适合投资的，他现在恨不得明天就把海鲜食品加工厂建起来。"

钟欣欣说:"我知道这件事是六年前郭正安提的,想把我们的蚝、小黄鱼、黄油蟹推向市场,因为陈德福担心合作公司会损害股民利益,才被迫停下。但是仅仅靠出租旧房子真的有发展吗?"

下了电梯,两个人一同出了办事大厅又聊了一会儿,欧影对钟欣欣说:"可惜陈德福明白得有些晚,项目被人抢了,所以在他内心里是感到对不起同乐人。"

钟欣欣说:"好在有个郭正安,他没有放弃,一直在坚持,只是他没有像陈德福那样倔强,他灵活,懂变通,更重要的是,他很清楚,我们这是一个集体,所以他会更加慎重,而不会感情用事,作为合作公司的当家人,他们的目标从来都是一致的。"

欧影说:"前面我只是发现陈德福的头发白得很快,并没有想太多。"钟欣欣从来没像此刻那样后悔,知道得太晚了,而在陈德福生病之前,有些事情,她对陈德福才刚刚释怀,只是还没有来得及表达这份理解和歉意。

欧影说:"是的,他有病一直瞒着大家,我知道一点,但是他不让我讲,说这不仅改变不了事实,还会影响工作氛围,合作公司工作需要正能量,我们这些人要起到积极的作用,这也是我偶尔报喜不报忧的原因。陈德福病了,担心家里人受不了,就连女儿也是后来才知道。那段时间看见他更忙了,常常下班后还在整理资料,有的人也发现他最近很怪,只是没有人知道他是做交接和交代,他把我找过去也是为了让我看他之前的那些账,还有他有个小本子记着同乐人各家要解决的事情。"

欧影有一次整理完账目后便跑到天台上哭了,连续加班了几天,每天中午打盒饭给陈德福吃,看到他只是喝一点汤。她知道陈德福病得很重。欧影说陈德福被送进医院的当天便失去了知觉,再也没有清醒，一直还在沉睡。当时欧影随着合作公司的年轻人去了陈德福的家，想帮忙拿几件换洗衣服。打开门所有的人都愣住了，陈德福的房间狭小，六十平方米的空间里面只有几件老旧的家具。这也是陈德福拖着不想复婚的原因。欧影后悔得要命，怪自己应该早点把这些情况向合作公司报告。欧影说自己给陈德福的电话续了费，她想保留这个号码，等他醒过来。

钟欣欣没有听完便红了眼圈，她喃喃自语："我怎么这么笨，前面一直在错怪他，上次还说了那么重的话。"是陈德福教会了钟欣欣去理解，理解陈有光、理解同乐，理解本地人，让她对同乐人的处境感同身受。在解决问题的过程中，磨掉急躁的毛病，也是陈德福教会了她不要轻言放弃，既要有热情又要有解决问题的能力。这两年，是陈德福带着她熟悉了同乐的所有大路、小路，清楚每一家的情况，知道同乐人的困难。见郭正安眼圈发红，半天说不出话，钟欣欣想着把话题绕开，郭正安却有话要说："你们不明白，我有多少话要对陈德福说，有多少误会需要解开，那次吵架他真的不知道原因。被他和小老板软硬兼施拿走了欠款的第四天，人家就找了律师准备告他。他这么做是不合法的，当年是说帮忙，但并没有借条，后来人家有钱了，也给了小老板各种支持，现在人家说翻脸就翻脸，过来要钱，还带上了政府的人。这件事情做了很长时间工作，我们请了法律顾问，双方达成协议才算是把这个事情处理好。"

钟欣欣说："怎么不告诉陈德福？"

郭正安说："如果他说出一些不理性的话，这个事情就要发生变化。本地人口、外来人口的服务压在合作公司肩上，我们岂止是经营，还是连接原村民和政府的桥梁，我能任性吗？可以发火吗？

发火这种事于我来说太奢侈了。他们总说和我在一起没意思，说我没血性，喜欢当和事佬，不像个男人。我是没有这个资格任性，只有我的情绪稳定了，同乐人才能心安，虽然有人说我这样比较虚伪。"郭正安眼睛不小心碰到了钟欣欣，他站起来故作轻松地给钟欣欣倒了杯水。

郭正安认真地说如果不是因为钟欣欣，陈德福的确无法真正理解陈有光一家的难处和难言之隐。正是钟欣欣的耐心和机智，保证了同乐人一个也没有掉队，赶上了大湾区发展的机遇。

陈有光重新回到合作公司上班后，钟欣欣受到了区和街道的通报表扬。

陈有光这个曾经的懒汉，现在每天下班后便去陈德福床前做护工。他说："陈德福不醒，我这一生都会不安的。"

钟欣欣说："你怎么能唤醒他？"

"我就说过去的事情呀，陈德福、郭正安和全同乐人的事情都在我脑子里，我替同乐人存着呢，谁都没忘。对了对了，还有一件事情我正要告诉你，这是我老妈交代我的。"

看着钟欣欣微笑，陈有光问："你是不是知道了？肯定是陈小桥说的啦，他们怎么都同你好呢。"

"哈哈，天生就有魅力，没法挡了呀。"钟欣欣露出久违的笑，她说，"是的，阿婆第一个便打了电话给我，早晨四点多，很多人还在睡梦中。"

钟欣欣前一天便已经知道，就是这个陈水，从来不说话，却在家里的老屋保住后的二十四小时之内，从轮椅上颤颤巍巍地下来，喊醒老婆，说自己饿了，还说要去海滨市场买蚝，这些年自己老婆买菜总是按照她的口味，做的菜难吃到死，现在他要买螃蟹等海

鲜，蒸了吃，煎了吃。他还要去广场走路，不然肌肉就要萎缩了。

被喊醒的陈阿婆见了，以为还在梦里，不知是哭还是笑了，她掐了自己又掐了陈水之后，抱住陈水开始大哭。她明白自己的老公陈水装聋作哑了多年，把一个烂摊子留给她。而此刻，他再也不需要这么做了。眼下，他还有好多事要做，香港屯门的弟弟，一辈子没有成家，一直都住在公寓里，如果他不能过去照顾他，他要在这边帮他申请住进养老院，这是当年他答应老豆老母的事情。

走在同乐街上，走在同乐的楼梯上，钟欣欣的脑子里总是回响起陈德福的声音。"你真的懂得什么是地线吗？真的知道基层治理中的短板、软肋和安全隐患吗？流动人口管理办公室就在隔壁，每天听见他们吵吵嚷嚷大声喧哗，可自己和他们交流过吗，进去了解过吗？土地整备动员会的时候你在哪里？地籍调查那几天你在哪里？科技创新创业具体要怎么做，你认真学习过吗？"这些都是那个陈德福对钟欣欣说的话。

钟欣欣当时气炸了："你有什么资格这样和我说话？你懂吗？难道你会吗？"

钟欣欣记得陈德福说："正是这样，我才知道自己的问题出在了哪里，我才想要补上太多太多差距，我才为自己来不及做了而着急。"2022年的这个夏天，钟欣欣把所有的事情都想了起来，可是她当时听不明白陈德福的话。正如自己前面那一年，不懂陈有光一家，不懂郭正安。如果不是这么多人这么多事情摆在了她的眼前，逼着钟欣欣学习，她将错过深圳最重要的历史时刻，也白来了一场同乐，浪费了人生最宝贵的成长。

陈有光的变化是多方面的，他开始会关心人了，他在视频里问:"干部同志你好吗?"

"如果我没有参与帮助陈有光的这些事情,我肯定不会知道他受了这么多的委屈。"欧影说,"当年陈有光动手打陈德福,还给他造了那么多的谣,编了那么多的故事,可陈有光在外面被麻布村那些烂仔打伤了扔在街上,是陈德福把他背回家;陈有光输了钱,被那些人追打,堵住了家门口,也是我打电话找的陈德福,报完警,他又跑来替陈有光挡拳头。抢建的事情陈德福本来是可以推卸责任的,不应该由他一个人全部担着,可是他担心让其他同事受连累。其实他是在保护郭正安,毕竟那个时候郭正安来得太迟,说话没有人信,而且和村民也格格不入,再加上他不是真正的同乐人。郭正安那么积极推动同乐的城市改造,村民当然怀疑郭正安站在了开发商一边,尤其是年纪大一些的村民,他们怀疑郭正安与他们有勾结。就连抢开发权的公司也跟着起哄,那些话让同乐的人都信以为真了。如果我不是接触了这几年的账,很多事情还是不懂,甚至也会跟着其他人一样误会他。"

钟欣欣问:"这些事情郭正安都知道吗?"

"知道,也最理解和心疼,只有他才最明白陈德福这些年为同乐做了什么,由他向街道去解释这件事情的来龙去脉。"郭正安想重新找回友谊已经不可能了,因为陈德福完全不能和他说话。

钟欣欣问:"郭正安背后帮他做的这些陈德福知道吗?"

欧影说:"郭正安不许我们说。我明白,他要保护自己兄弟的自尊心。"

当时郭正安看见陈德福在修路的现场维持秩序,他也跑过去,想要说话,可陈德福没有见他的意思。在抗击疫情的时候,陈德福走在前面,维持同乐的治安,总之同乐大大小小的事情他都尽心尽力,跑上跑下,郭正安和陈德福两个人风格不同,本质是相似的。

就在那个同时,陈阿婆到合作公司把钟欣欣告了,说钟欣欣破坏了陈有光的婚姻,挑拨欧影和老公的关系,支持欧影离家出走,现在这个家散了。这件事情也是郭正安带着欧影去街道说明情况的,他对欧影说你千万不能装糊涂啊,再糊涂就把我们的好干部害了。

钟欣欣睁大了眼睛看着欧影,原来是郭正安去做了工作。欧影说:"是的,郭正安带着我一起去解释,说明事情的来龙去脉。"欧影继续说:"郭正安说你是一个年轻干部,学历高,有头脑,很快就会成熟起来,只是担大任之前不要影响你的工作热情,更不要伤害你的感情。他说要让你去挑战一些难事。陈德福进医院前曾经打来电话:'你要听从郭正安的安排。'陈德福也说郭正安并没有错,他只是感情上不愿意接受自己做错了。"钟欣欣知道小姚在替陈德福处理各种信件的过程中,与陈德福的女儿相爱了,而这些陈德福都还不知情,他曾经为女儿恐婚感到焦虑,现在他应该放心了。

欧影继续说:"如果不是陈德福动员我去做说明,他也不会对我说到生病的事。他说自己要把这些事情都处理好才能安心生病,他让我要讲真话,讲良心话,讲公道话。我曾经以为他开玩笑,想不到他是真的,身体变成了这样。他说,我们不能伤害了这些年轻干部的心,一代一代,他们为同乐做了那么多事,有的事可以总结,有的委屈却说不出口,我们不能伤害了他们对基层的热情。"

"当年陈德福曾经向我们介绍过你,说我们同乐最需要这样的女仔,说你是一棵好苗子。"

"您这是用了激将法呀?"钟欣欣早已经知道,调皮地说,"那我只能选用将计就计法了,不然怎么办。"

"不,你先使用了赌气蛮干法,惹了事不承认法。"郭正安笑着继续,"到后来才调动起自己的聪明才智和调动所有人的智慧法,不一样的人完成一个不一样的工作,选你虽然也比较冒险,但是达到了目的,你的任务完成得很好。"

"我得到表扬了呀,来同乐这么久第一次听到表扬,我还以为这辈子也没机会得到你郭大主任的表扬呢。"钟欣欣故意装出不满。

郭正安说:"你还在乎这个?从小到大一直是"三好"学生、学霸,受到的鼓励太多了吧。"

钟欣欣动情地说:"我当然在乎。我见证了他们进步的每一小步,所以在乎同乐人给予我的肯定。"

郭正安说:"你不只是见证,而是深刻地影响和改变过很多人,反过来他们也会影响你的选择,让你变得更好。当你知道了他们的故事之后,你做的每一次决策都将是认真而负责的。"

五十

我们同乐街周边的房价从几万元涨到了十几万,同乐人气定神闲的样子,让外人吃惊,再后来,原来一处废弃的工业区和附近的高尔夫球场被打造成了全亚洲最大的足球训练基地。同乐人除了暗自高兴,外表也不愿意克制了。他们开心得又要吃蚝喝酒,要知道拯救足球局面的民族大事竟然与同乐人有关啊。到了这次,同乐人也不镇定了,他们明白了,只有见过世面的人才有这种风度。这些年,同乐人什么没有见过,他们嘴里哪怕没说过什么新词,可是那种时髦的玩意都在对面的街上晃过,一直划到了同乐。如果没有自己同乐在这里比着,他们真的就洋起来吗?同乐人有的是时间,他们相信什么都不会错过,他们肯定能笑到最后。

两年不到,在同乐锻炼过的钟欣欣形象和气质都发生了变化。不仅如此,她还看上了一处小户型公寓,楼层、地段都不错。钟欣欣认为自己有能力做按揭,不然的话,手上留着钱也会胡乱花掉,身上长肉不说,还会出现多余的物品。再说这个楼盘离海不远,那是深圳最美的海景,她喜欢这样的地方,大清早可以见到一些海鸟,房子还没有买,钟欣欣便已经开始憧憬站在阳台上看太阳落在海面上,鸟在低飞的情景了。想到自己可以和同乐人同看一片海,包括那些海鸟,钟欣欣的心已经感动了。

有一瞬间,钟欣欣想听听陈德福的意见,毕竟买房是件大事。电话连响了几声,她才想起陈德福正躺在医院。

欧影已经正式进入了合作公司做财务,而不再是临时帮忙。"你不是要我帮你吗,我真的愿意啊!"对着天上的一颗星星,欧影说。她喜欢陈德福,只是从来没有说出口过。

钟欣欣收拾办公室的时候,想起必须约陈有光见上一面,不然时间可能不够了。于是她像过去一样发了微信说晚上一起吃个饭。

好半天还没有回信,钟欣欣已经把自己的东西打包好了放在一个箱子里,她停下手里的事情坐到沙发上习惯性地研究起陈有光的朋友圈。

她突然发现陈有光把自己给屏蔽了。钟欣欣吓了一跳,她看了下表,然后把电话打给陈有光。陈有光马上接了电话,只是背景很嘈杂。"怎么没有看手机呢?"

对方说刚才有事。

钟欣欣紧张起来:"什么事?"

对方说:"我先去忙了,有时间再说。"说完手机挂了。

钟欣欣发着呆时,陈有光发过来一小段视频,上面都是她熟悉的同乐人,是在打疫苗的现场,原来陈有光正在体育场维持秩序。"跟上,同时保持一米距离。"钟欣欣听见陈有光熟悉的声音。

到了晚上,钟欣欣在同乐街上等陈有光。见了面,也没有寒暄,两个人直接向吃饭的地方走去。陈有光先说话:"其实这些年我都是害怕离开这个集体的,哪怕是瞎折腾,我也没有走远。"

钟欣欣问:"你不是讨厌这个集体吗,还把人家骂得一文不值?"

陈有光不好意思地说:"你怎么不依不饶呢!小同志,你应该用发展的眼光看待事物哦。"

钟欣欣笑着:"对对,是我错了。"

陈有光说:"刚才是玩笑,我现在要说的是如果没有同乐,我陈有光什么都不是。"

钟欣欣压着内心的喜悦:"你是真的这么想吗?"

陈有光说:"难道还要我对天发誓呀!我记得你的话,我已经报名参加舞狮了,疫情一结束,我们要大庆的,到时我要上台。"

钟欣欣说:"你想干什么,骨折了不怕呀,我可不想陪你去医院!好在钱都还给我了,不然我被你害成穷光蛋了,你们帮我存钱的方式好特别呀光叔。"

陈有光急了:"啊呸,谁说要去医院啦,我还年轻,能舞的,什么光叔,你应该叫我光哥才对。"合作公司已经从陈有光的分红里扣除了钟欣欣的费用。

"你还恨分红吗,我记得你最恨啦?"钟欣欣说。

根据同乐合作公司的规定,钟欣欣在陈有光一家身上所有的花费都得在分红上扣除。郭正安通知他的时候,问他有没有意见。陈有光又开始扮嘢,他挺着胸脯道:"我陈有光也是有分红的人啦,这点小钱算什么,太小儿科了吧,湿湿碎啦。"

见钟欣欣看着自己,陈有光又说:"嘿嘿,不要总是用老眼光看人嘛,我又不是没有钱的人。"

钟欣欣暗笑并故意扯开话题:"舞狮这个很好啊,你可以传给你的仔,不要丢了这个手艺。"

陈有光不屑地说:"切,这算什么手艺,你们有文化的人就是喜欢笑话我们乡下人土啦。"

钟欣欣笑道:"大佬呀,这是非遗,你知唔知?要传下去,三月三庙会的时候我还要来看呢,怎么舍不得啊,当年不是你老豆传给你的吗?"

陈有光:"那他不是……"说了一半,陈有光便把后面的话咽了下去。

钟欣欣说:"不要再想那些旧事,大家都在向前看。"说完,钟欣欣指着大排档上的烤鲜蚝叫,"哇,好香啊,我想吃那个。"

陈有光偷偷笑,故意装作很冷的样子说:"这会上火的。"

钟欣欣说:"我不怕热气呀,我还想长青春痘呢。"

陈有光假装无可奈何摇头,心里却是美的。两个人说着话,拐了个弯走进室内。钟欣欣看着小妹们正向室外搬塑料椅子。全是红色的,很快便把小店的门前围满了,把个小小的大排档变成了游乐园一样,像是被这种气氛感染了,客人们的脸色也显得好看。结账时,钟欣欣用手机对着墙上的二维码扫着,陈有光也不说,只站在远处看着她笑。小妹告诉钟欣欣:"阿光仔已经结账了。"钟欣欣用广东话说了句:"唔该晒!"

陈有光有些害羞的样子,说:"谢谢你!"这是到了同乐之后,钟欣欣第一次听到对方说这三个字。她笑着说:"多谢晒啊光哥!"

马路上的各种车辆正匀速地向前跑着。陈有光收回目光时,见钟欣欣在看他,也不说话,如果在过去,他定会滔滔不绝。钟欣欣猛然想起对方这次吃饭竟然没有喝酒。过去不仅吃饭喝,任何时候都喝。想到这个,钟欣欣再认真看了一眼陈有光,她发现对方的气质也变化了不少。

经历了这么多事情,钟欣欣此刻希望和郭正安好好地谈谈,请他帮自己做个参谋,两年时间,她有太多话想说。现在她终于明白了郭正安的良苦用心:换届之后,他和陈德福矛盾加深,而且陈德福还在大会上当众顶过他,当众批评他是个伪君子,没有考虑同乐人的利益,只想着求稳,保自己的乌纱帽,引得同乐人群起而攻之,他能发挥的地方显得有限,甚至有的领域根本没有办法去做。郭正安心里着急,钟欣欣的出现显然是他的救命稻草。他想起陈德福说过的话。当然,郭正安承认自己用的是激将法。这样一个复杂的环境下,他似乎做什么都不对。郭正安认为,钟欣欣货真价实帮了他大忙。陈德福眼力果然不错啊,当初看中的一男一女都这么爱同乐。

郭正安希望钟欣欣不仅仅帮助陈有光这一家,还要帮助陈德福打开心结,不再封闭自己。郭正安更希望陈德福不再误解自己。而这样的一个连环的关系,多么像一个圆。

眼下的京基百纳热闹非凡,成了不夜城,每天闹到天亮。同乐天桥修好了，路也直了，再也不用绕个大圈才过去。这样一来，那份喧哗直接灌进了同乐。而这个样子，同乐人却并不嫌烦，反倒认为是繁荣的表现，包括那些之前喜欢早睡的老人，也成了夜猫子。因为有不远处的灯光，老旧的小区根本不需要什么路灯，反而树影和地面被映得花花绿绿，同乐的夜色越发迷人。孩子们藏在光影里捉迷藏，而这所有的热闹，陈有光都不愿意参与。第一是他觉得对不起很多人，主要是陈德福，自己曾经挥拳打过人家，对方一米八的身高，想要还击他非常容易，可是对方连手都没有动一下。第二是郭正安，他没有想到，同乐两届当家人会像保护自己的财产那样为他陈有光挺身而出。

郭正安告诉陈有光，当初为了保全陈有光一家的房产，还有陈有光全家人的身体不受伤害，陈德福曾连夜召开会议，对陈有光家里进行了特殊处理，并要求七个董事严格保密，防止陈水那些债主来闹事。哪怕被误会也不能说，直到陈有光家还掉了债务，等陈有光生性，等陈小桥懂事他们才把这个账目公开，才把这份分红还给陈有光全家。陈德福提出每年分红之日，由欧影代陈有光签字取出分红，在陈德福和郭正安的见证下还给债主。总之，现在陈有光一家的债务早已经还完，不仅如此，还为陈小桥存了一笔创业的启动金。

终于完成了这件事情，可是同乐的七个董事，经历了一个漫长的被冤枉的时期，包括一个已经与陈有光谈好了价钱，却被陈德福劝退的同乐人在会上大骂："你们该管的不管，不该管的乱管，房子是陈有光的，买卖是他的自由，你们有什么权力阻拦，烂人就应该受到惩罚。"

"他不是烂人，而是我们的兄弟姐妹，我们不能落井下石，他的这个便宜我们不能占,也不许同乐任何一个人占。"陈德福声音不大,态度却异常坚定。

因为可以在同乐内部买卖,不仅是阿见,陈有光的老屋一直被人惦记着,各种会议上都会有人发难,即使是陈德福离开老总这个位置之后,仍有人不依不饶。"没有贪就了不起了吗?他凭什么干扰陈有光发达,那是陈有光自己的物业,买卖自由知道吗?他愿意卖给谁就卖给谁。"

"陈德福是没有这个权力,可我们同乐合作公司有保护他物业不受损失的权力。"说话的是郭正安。

"郭正安,你有没有学过《物权法》?这是他陈有光自己的权利。陈德福也不再是老总,他凭什么还在这里多管闲事。"人群里有人高叫。

郭正安平静地说:《中华人民共和国物权法》第五十九条规定,农民集体所有的不动产和动产,都属于本集体成员,集体所有。宅基地也不例外。陈德福不是多管闲事,他是同乐的居民,请你看看《土地管理法》第十条规定,农民对宅基地依法享有使用权,有保护、管理和合理利用的义务。

"本来前两年就可以领回分红,包括利息,可是见陈有光的生活里又冒出一个阿见,并被阿见纠缠,所以我们只能继续保守秘密。"说话的时候,郭正安递上一张陈有光老豆当年写的授权书,这是受了同乐老村主任陈水的委托,做出的决定。钱一分没有少,清清楚楚,都记在了折子上面。由陈德福担保,债主也没有说出这个秘密。这是陈德福给出的条件。郭正安说陈德福为同乐实在付出太多,那些孤寡老人的生日他都记得,即使受到了处理,他也没有停止去做事。审计过后,没有查出任何经济问题,反倒把工作人员查哭了。这些年，陈德福贴上太多钱，包括给那些孤寡老人。

"当年陈德福受到处理与这个有关系吗？"陈有光问。

钟欣欣说："当然有，擅自拍板做主，没有走法律程序，不符合合作公司章程的规定，更主要的是抢建。"

听完钟欣欣的话，陈有光愣在原地，热泪盈眶，他确认自己这一次绝对不是表演，而是真的在哭。陈有光终于内疚和悔恨，再也不想说"做梦都想回到过去，现在太不好玩了"的话。他承认自己对不起的人太多，于是他的老毛病又犯了，他想到了喝酒，只是看见陈小桥的眼睛时，才没让这句话冲出口。

"过去我们对村干部缺乏保护，也没有更好地引导，这是事实。不过，我相信陈德福的事情以后不会出现，规范的内控制度将保护到我们每个人的权益。"钟欣欣认为应该将这句话告诉他们。

此时此刻，陈有光最不愿想起的就是阿见，这是最能证明他陈有光没有判断、没有眼力，愚蠢到家，对不起列祖列宗的例子。他竟然犯了那些致命的错误，阿见都能想到借他这只本地鸡准备下一个双黄蛋，而他陈有光这个原村民、本地人，白白生在同乐却并没有施展出自己的才华，错失了改革开放的大好时机。钟欣欣笑着说："你就不要遗憾了。"陈有光知道对方是在调侃，笑着点头说是。听钟欣欣说："好在还有'双区'这个最大机会，一切都来得及。"不然的话，他陈有光可是要被子孙后代们笑掉大牙的，要知道自己可丢不起这个人，毕竟自己祖上也出过名人，自己不能丢脸啊，再也不能出错啦，否则他又如何面对世人呢。事情过去了一段时间，钟欣欣了解到，因诈骗被关押的阿见百思不得其解，要知道他可是自诩人中龙凤，实在不应该输在她这个黄毛丫头手里，这个女仔除了高大和横，还有头脑，她怎么就修炼得可以和他这种人交手呢？原来是陈德福带着人四处收集阿见在各地诈骗的证据，最后正式报警，否则后果不敢想啊。后来，阿见在里面不断安慰自己，他不是输给了哪一个，而是输给同乐这个集体，太多人抱成一个团，谁能赢得过呀。

陈有光逢人便说自己福大命大，走了狗屎运，碰到这么好的人，原来整个同乐都在保护着他，他们冒着巨大风险做出方案，就连中风前的老豆都预知了他陈有光将会遇见什么，授权同乐公司采取了哪些保护措施。如果离开这个集体，还有他陈有光一家吗？还有那个被自己老妈咒骂都没有走的钟欣欣，比他小十七岁的"90后"，为了保护他陈有光的财产，忍受了阿见团伙的各种威胁，差点丢了性命。上次在大排档，陈有光见势不妙，劝钟欣欣快回。陈有光见了阿见儿子手机里自己仔的照片，准备与阿见拼命；阿见的儿子那一刀如果砍下去后果不堪设想。是钟欣欣感到情况不妙跑回来，拼命挡在了他陈有光的身前。陈有光感慨地说，她真不是传说中那种只懂享受的"90后"啊。陈有光想起这一幕总会忍不住想哭。他们真的不怕死吗？当然怕，可是这些合作公司干部却跟几十年前的老豆一样，为了保护被海霸欺负的村民，他们不顾安危。当时的场面，陈有光不敢细想。他实在不敢想象，如果连这套房子也被阿见他们拿去做了抵押，他陈有光会怎么样，还会活着吗，还有脸面对列祖列宗吗？即使他不活了，可是他的家人又住在哪里，到时陈有光更是丢人丢到了天上去。想到这里，陈有光想马上回到家里撕掉那些烂画，他要把自己老豆当年那些修水库、种粮食、当干部的奖状都裱好，挂在墙上，还有陈小桥的几张奖状。这些才是他的骄傲呢。陈有光再也不想离开同乐了，同乐是他陈有光的命，哪怕别人说半句不好他也不允许。

离开同乐的这一天终于还是到了,九点不到,钟欣欣便穿戴整齐,站在了同乐大厦牌子的不远处。

正常情况下,钟欣欣本应该与同事道别,可是她不想惊扰他们,她希望没有这个离开的节点。郭正安表示同意,有好多事,他还需要钟欣欣的帮助。

想不到,还是有人送她,是陈小桥,他站在一楼门前。钟欣欣没有主动握手,几个月不见,她发现陈小桥已经变成了一个高大英俊的男生,再也不是那个调皮蛋了。钟欣欣被陈小桥看得有些不自然。可是她故意板着面孔严肃地说:"你以后不要让他喝酒,再喝下去他的身体就垮了。"陈有光有脂肪肝和糖尿病,合作公司每年都会带股民去体检。

陈小桥说:"怎么会呢!现在他的工资由我保管,否则我会不理他,也不给他零花钱,再说了他已经戒了酒,他是向我保证过的。"

钟欣欣半信半疑,调侃道:"不会吧,他可是千年酒鬼万年烟炮啊,什么情况啊大佬!"

陈小桥笑了:"我和他有个约定,如果他答应我无论遇到什么情况,都不再与那些人来往,每天到小区的篮球场跑几圈,愿意变好,我答应帮他把老婆给找回来。"

钟欣欣质疑道:"你还有这个本事,我深表怀疑哦?"

陈小桥信心满满:"那当然,我可不想一直帮他管钱,我还有好多事情要做。我要创业,联系过深汕合作区了,他们欢迎我过去呢,办食品加工厂,有很多事情要做呢。"

钟欣欣说:"这种事还是要问你老妈愿不愿意吧,毕竟她受过那么多的苦。"

陈小桥说:"那就要看我老豆的表现了,这么多年,我老妈帮他守着这个家,受了太多的委屈,还替他守着这个分红,如果是心思灵活的,早已处理或者拿着跑路了。经过这个事,我老豆和阿嫲都应该清楚了,再不醒目就真的是傻啦,估计他现在肠子都悔青了。"钟欣欣当然知道,陈有光再也不睡懒觉了,他每天把自己收拾得干干净净,买了肠粉送到欧影的办公室。

钟欣欣笑着说:"你有办法啊,小超人,果然和他们都不同。"陈小桥有些不好意思:"哈哈,我趁上次办那些历史遗留问题的时候,顺便验了我和老豆的血,做了一个亲子鉴定,免得他总是疑神疑鬼怀疑我老妈。"陈小桥边说话边找出手机里的鉴定报告。"现在我阿嫲再也不会疑神疑鬼了。"

钟欣欣有些紧张了:"是亲的吗?"

陈小桥说:"我倒真是希望不是。当时我阿嫲和我老豆就后悔了,差不多抱着我要哭了,大庭广众之下呀,真的好丢人。"

钟欣欣笑:"你让他抱了呀,好感人的!"

陈小桥听了:"少来这套,我躲了,真是不习惯他变成这样,好丢人啊,太娘了。"针对陈有光每天的整齐穿着,陈小桥逗老豆:"你搞成这个样子有什么想法咩?不会想着抢生二胎吧?"这时陈有光喜欢说笑话的面目又出现了,他撇着嘴道:"切,你落伍啦,你都不学习的,现在讲三胎啦,如果你老母愿意,我要响应该政策啦。"

陈小桥随后感叹道:"如果不是休学一年,出到外面长见识,我会和他一模一样,所以当年我就害怕,我真的要和他一样吗?后来,是你这位大力神强迫症把我扭过来了,我珍惜还能回到学校读书。"

钟欣欣认真地说:"不要用老眼光看你老豆,你要看到他也变了呀。我不是强迫症,我是妄想症加强迫症持证上岗。"说完钟欣欣绷不住了,笑起来。

陈小桥跟着笑,随后又严肃起来:"像他之前那样混有什么难,下坡路谁不会走,不费吹灰之力便可以做到,什么酒瘾赌瘾之类,那不是遗传,而是为了不想工作、不劳而获找的理由和借口,我也可以有个读书瘾啊,像你那样。"说完话,陈小桥竟有点不敢看钟欣欣的眼睛。

"夸我呀你?"钟欣欣愣了下笑问。

陈小桥继续:"根本不是什么遗传基因,而是人人都有的懒惰基因、遇事逃避基因。他现在还想影响我,已经完全不可能了。"

钟欣欣替陈小桥高兴,她知道陈小桥口里的好多事是指什么。那就是股改之后,同乐公司将建渔业加工厂,陈小桥被钟欣欣软硬兼施骗到汕尾学的海鱼加工技术终于派上了用场,钟欣欣建议陈小桥报的食品专业将会帮到他。食品专业是钟欣欣提出来的建议给对方参考,对于有着陈有光爱热闹基因的陈小桥来说显然有点枯燥和无聊。本以为他会临阵脱逃坚持不下去,想不到陈小桥说自己超级喜欢,而且还当上了学生会干部。说到这里,两个人默契地来了个响亮的击掌,引得路人望向这两个后生仔。同乐老人们刚刚学到了一个新词——后浪,虽然更多的意思他们还不太明白,可用在这些生龙活虎的年轻人身上肯定是没错的。

车准备离开同乐,陈小桥又临时提出要搭钟欣欣的顺风车,说去趟华强北,没等钟欣欣反应过来,陈小桥便拉开了车门,坐上来。钟欣欣也知道陈小桥假期打工赚了点儿钱,准备给电脑升个级。汽车似乎开了很久,两个人都没有说话,直到车驶入深南大道,陈小桥才把身子向前探向钟欣欣,他在钟欣欣的耳边说只是为了送她一程。

下车后,陈小桥站在窗外,故意撸起袖子,给车里的钟欣欣看,他之前的文身已经不见了。

钟欣欣吃惊地看着对方,陈小桥得意地说:"别问为什么。"

"没想问啊!"钟欣欣笑着故意撸起袖子道,"谁没有过呢。"陈小桥看见钟欣欣的腕上有一块新手表。他想了下有些不好意思问,眼睛却一直盯着。

倒是钟欣欣主动坦白:"别人送的,好看吧。"

陈小桥赶紧咽回自己要说的话,他躲开钟欣欣的眼睛:"同乐虽然不是你的家,却是你的大本营、根据地。当然,如果你愿意,也可以是你的家,随时随地欢迎你回来。"最后陈小桥用了钟欣欣的口吻:"我们一直都在,我们等着你。"

我们的钟欣欣心里是笑的,陈小桥的这些话说到了她的心里。钟欣欣的眼睛继续望向前方,那如同铺满金子的海湾就在她的不远处,正轻轻地晃动着,翻动着银色的浪花。满树的荔枝果,凤凰树已经开了花,而这正是深圳最好的季节。

我们同乐人的大事记

1979年3月宝安县改为深圳市，同乐划进新安公社。同年7月引进同乐首家外资企业——名为同乐制衣厂。同乐村干部陈水给自己的儿子带回家一块电子表，而那个时候，陈有光并不知道陈水已经有了买一个台式录音机的想法。

1980年1月9日，同乐换届选举，经投票，陈水当选为村公司董事长、总经理；是年，经过统计，同乐大队常住人员139户468人。是年，同乐首次引进第一家港资企业：惠宝制衣厂。厂址设在鸡岗山，厂房面积达3600平方米，有工人157人。

1981年7月20日，同乐遭到暴雨袭击，24小时降雨量达376毫米，约2000亩农田受浸。陈有光家的水田未能幸免。是年，遵照上级指示精神，同乐大队推行定额上交和完成国家任务的家庭承包责任制。1982年，隔壁的向西村和河西大队率先利用本村荒地开发起工业区，陈水远远看到，非常羡慕，心里打起了算盘，他认为同乐绝不能落后。

1983年，凡是进入特区内的人员须持有边境通行证。同年，关外发行股票，同乐人持观望态度，无一人购买。工业区引进一批

"三来一补"：来料加工，来样加工，来件加工，补偿贸易。同乐村共有"三来一补"企业9家。陈德福非常动心，陈有光看见村里有人进厂，和老豆说不想读书了，被老豆白眼翻了之后，才开始老实。

1985年4月1日，同乐农村粮食统购改为合同定购。陈水家有了一台三洋牌电视机，而陈水他并不知道这个电视机的产地距离自己很近，就在蛇口工业区。这个时候的陈水一家还没有到过蛇口。

1986年，群兴鞋厂进入同乐，这个港资厂入驻了同乐新盖的厂房里，虽然厂房不大，但是被一群外来妹收拾得变了样。陈阿婆发现进到厂里的女仔个个皮肤很白，样子也好看，每天六点之后拎着红桶排队洗澡，到了晚上八点，宿舍的阳台上便晾满了花花绿绿的女仔衣服。

1987年，同乐村常住人员142户507人，同乐小学建成，共收37名新生，红玫瑰纽扣厂捐资4万元。是年，强冷锋进入同乐，温度从28摄氏度降到10摄氏度，陈有光家里多了一床拉舍尔毛毯。

1988年，巷道式店铺已经覆盖同乐的主要街道和巷道。是年，电话开始进入同乐，结束了手摇电话的历史。12月，陈水、陈德福家里都有了电视机。

1989年，同乐遭遇8号台风带来的特大海潮，长达12公里的外海堤被冲坏，鱼塘受浸面积8700亩，直接经济缺失290万元。是年，同乐引进外资企业宝利电子厂。陈有光已经进去做了厂里报关员。同年，他有了同乐第一台铃木摩托。为了开这辆摩托，陈有光还买了一件300元港币的风衣。

1990年，经陈水推荐，陈有光做了厂长，并配有一台BP机，号码为1688，意为一路发发。同年，共11位同乐人进厂，分别任厨师、工人、文员、货车司机,一时风头无两。

1991年,同乐村制定并实施《同乐义务教育条例》,凡本村村民子女从幼儿班到高中的学生,均可享受村里支持就读的待遇。深圳国际机场通航,村委组织同乐人去参观。11月,村委制定《同乐村合作医疗章程》,采取自愿参加,退出自由的原则。医药费实行额度报销,同乐人享受集体分红的村民及子女均可参加,自愿参加者每年缴纳12元。7月共募集港币62738元,人民币3910元支持华东灾区。

1992年,同乐推行企业福利股,农村村民加入深圳市农村社会养老保险体系,每年缴纳金额240元,其中个人缴纳168元,并推行五保户供养,文明户评奖等制度。

1993年,同乐渔业总养殖面积2322亩,其中鱼塘660亩,蚝田800亩,鱼塭656亩,虾池206亩。1995年,同乐村仅有10户没有安装电话。同乐与宝利电子厂合作开展创建安全文明小区活动。

1994年,同乐定了一个中巴车指示图,大意是由罗湖坐巴士到同乐,可现金或刷卡,同乐村口落车后拐至:同乐幼儿园,同乐五金店,卡拉OK厅、海鲜市场、同乐码头站(经过蓝色天桥后,到幸福海岸花园约需要7分钟),途经同乐村委和篮球场,港币或人民币都可搭乘,如需兑换可到街对面的便利店搞掂。

1995年7月,同乐有台风,同乐街道被水淹了,影响了细佬仔们上学。

1997年1月,深圳人才大市场投入使用,同乐人感到了不安,到了晚上会问一声孩子的作业写了没有,不少同乐人感到了知识还是很重要的。5月20日,同乐村成立红白理事会。7月1日,同乐人与全国人民一道庆祝香港回归。9月,同乐村村民陈冠军的儿子陈伟鹏以优异成绩考上华南农业大学，成为同乐第一位大学生，同乐村奖励1万元现金和一台29英寸彩色电视机。

1998年5月9日，发生了同乐经济发展公司与向西村工业厂房抵押借款一事，由于向西公司无力偿还，村里讨论将公司位于同乐鸡公山外的土地转给同乐使用10年，第一次有人反对陈水。8月18日，同乐人向长江流域捐款。

1999年，晒鱼码头正式改名同乐街，成为黄金店铺街。周大福成为当中最大的一间。陈兴娣获得先进女职工工作者荣誉。12月20日，同乐人庆祝澳门回归祖国，欧影表演了文艺节目。有的同乐人开始开始使用手提电话。计算机开始进入同乐。

2000年，同乐街修建被提上日程。同乐新建了农贸市场。经营项目不仅包括日杂小百货，还包括五金、服装、饮食，生意红火。

2001年，同乐成立村图书馆。同乐小学校舍翻新。同乐小学四年一班女生陈欢欢在市教委主办的岭南少儿绘画大赛中获三等奖。

2002年，同乐加强了文化设施建设，有了一个街边公园。

2003年，同乐一出租屋内因电线短路引发火灾事故，有2人受伤，全面整治消防通道。4月到5月，积极参加抗击非典。

2004年1月，60年代到同乐下乡的知识青年20多人到同乐团聚，参观同乐的发展变化，其中张学军、钟锦峰在广州退休后，想来同乐买房。4月，同乐村民营企业34名流动党员在村委会议室进行投票选举，直接选举产生了民营经济支部委员会，同乐第一个县级中专毕业生陈小华当选为支部书记。7月，全市实行农村城市化，撤销镇、村建制，成立社区、合作公司、居委会，同乐村委一分为二，成为同乐合作公司和同乐工作站。

2005年2月，同乐村正式被深圳地名办更名为同乐街。4月2

日，宝利电子厂选举民营经济支部委员会。7月1日，同乐原村委一人选进入街道办工作。

2006年，同乐街的多数家庭取得了省内颁发的房产证书。

2007年10月6日，同乐街召开股东大会，有人提出要多种经营，不能只靠收租，只有4人响应。

2008年，村级档案馆成立，陈有光当年使用的报关员证被收藏进馆，欧影的边防证也被收藏。

2009年，文物馆在公仔山东坡成立。建于清乾隆年间的文昌阁被评为深圳第二批重点文物保护单位。

2010年，同乐足球队获全区足球亚军。同年，少年足球队成立，训练地点在公仔山西侧。

2011年，同乐合作公司呈递保安员段立群、张学军的入户申请，两名保安员分别从1999年起入职合作公司治安办，兢兢业业，获得同乐奖励的入户指标。青少年艺术培训火爆。

2012年，同乐在操场回放当年火灾警示片，开展专项整治出租屋热水器行动；5月12日，开展防灾减灾日宣传活动。

2013年，同乐举办篮球比赛。换届选举，股东代表91岁的陈耀东、72岁的儿子陈建业同时落选。合作公司7个董事全部落选。

2014年，举办醒狮、武术表演，展现美丽同乐，和谐邻里联谊活动。有个人口多的同乐家庭因为对做饭有意见，请了一个湖南女人做保姆，同时负责做饭，半年不到，全家口味已经无辣不欢。

2015年，清理乱搭建活动。第二间敬老院建成，一批出生在同乐的香港老人申请回来安度晚年。

2016年，法律培训活动。培训快结束前有2名妇女找到妇联提出离婚，社区人员调解未果。

2017年，成立心理咨询室，同乐共建6间社康中心，共计77名医务人员。

2018年，多名老人提出参加老年大学，门口有红桂医院的医生坐诊，陈阿婆趁人不注意，也过去检查了一下，医生提醒她的手有些麻，应该注意锻炼。

2019年4月，组织多名企业主随区里到国外大学考察，参观活动，两名深圳大学建筑学院设计和土木专业的本地生被招进合作公司工作。7月，合作公司举行法律咨询，有17人与律师加了微信，并提出私聊。7月15日，股东陈炳胜第二次到公司提出借款5万元，根据财务规定没办法执行，最后由董事长郭正安个人借出，并召开董事会研究决定在其分红中分3年扣除，其申请书交财务保管。

2020年，抗击新冠疫情取得胜利，马路对面的楼不断升值，让同乐人分外眼红。同乐召开了16次股改会议，取得一致意见，决定拿出15%放到集体股，发展集体经济。陈德福的女儿是科班医生，准备带着同学回到同乐研制一种用海产品提取物做原料的预防阿尔茨海默病药剂。同乐年轻人纷纷报考同乐合作公司，年轻人中86.7%写了入党申请书。财记鱼栏已有多人入股，其中有人入了技术股。同年10月，早一年到社区工作的小姚结束锻炼，捐赠50本书到同乐街图书室。

2021年4月，陈有光孝心大发，准备给老豆请个保姆，咨询几个机构，了解到每月6500元，比自己的工资都要高时表示不服，同时发现只要愿意做事，做乜都有钱赚。

2021年4月，陈阿婆去市场买龙骨为老公煲汤并接孙子放学回家，确认确诊新冠，连自己也不解，但没有传染其他人。

2021年5月，同乐举办老年演讲比赛，有49人报名，其中包含多名小学毕业的70岁老人。同乐老人对日照服务表示满意,但对没有辣椒和咸鱼给予差评。陈有光带着老豆老妈去参观并用自己的华为手机拍照留念。6月,同乐纳入"十四五"规划城市改造,同乐村废弃的工业区被改造成亚洲最大的足球训练基地。

2021年10月,陈小桥在疫情防控期间入党并回到社区工作。有人开玩笑说要给他介绍个白富美,被陈小桥婉言拒绝,他说自己还小,不想那么早考虑这个。

2021年11月26日,陈有光进了同乐会议室参加培训。

2021年11月,同乐街有人结婚是在网上举行的婚礼,同乐人并没有大惊小怪。

2022年1月,陈小桥报名参加抗疫一线。2022年1月17日同乐新桥建好,路也建好,同乐人建议请钟欣欣回来剪彩。同日,陈有光以父子名义捐赠20箱牛奶给一线抗疫人员。

2022年2月3日,为了庆祝冬奥会在北京召开,一所以同乐命名的足球学校在同乐正式招生,其中两名男孩为我们同乐后代。

2022年6月30日,很多同乐人连线河对岸的亲人,同庆香港回归25周年。这一晚陈有光家里吃的是四川火锅,陈阿婆为这顿饭偷偷学习了好久。

2022年7月1日,同乐人坐在自家客厅收看了香港回归25周年庆典,陈有光看到了自己的偶像。

(全文完)

万物向阳（后记）

在我看来，最好的城市史，应是一部部由个人隐秘史合成的集体成长史。农民工、酒店经理、迷茫的商人、过气的演员、梦想家、失意的小职员、回归集体的浪子、有使命感和担当精神的一代新人、重新站起来的家庭……在尝试对这个城市进行全方位的书写中，我一直不断修改和辨别着写作的路径和前进的方向。是的，我正在用一百多部文学作品为他们——这些我创造出来的人物在深圳这座城市寻找归宿，青史留名。深圳这两个字没有限制我，反而一直都在成全我。

生活早已领跑文学，作家无时无刻不在被生活教育、影响、渗透，每一天上演的人间剧令我们震撼到目不暇接。作家们正模仿生活，生活同样滋养着作家。洗脚上岸的深圳农民在各自的跑道上，前行或是在虚幻中迷失。一夜暴富后的同乐人，他们如何吃下这个天大的馅饼，消化这天外飞来的财富，仅凭一己之力如何抵挡来自生活的洪流。在摸索中前行的合作公司在陪伴中发挥了怎样的作用,他们能否担得起昔日生产队员、今天新居民的全程厚望,同乐的路上是否还需要这样一个集体。答案是肯定的。如果没有这个强大的集体,有多少个陈有光会沦陷,有多少个陈小桥会失学误入歧途,有多少个欧影会被家暴摧毁,又有多少个家庭一蹶不振,从此躺平。《亲爱的深圳》里的李水库应该没有离开。《陈俊生大道》里的陈俊生辗转各地,月光赐福,他在冬至前夜回到了故乡,他不想错过故乡的山乡巨变。《同乐街》里的陈有光和钟欣欣,演绎的是一个生命陪伴生命、生命影响生命、生命唤醒生命、生命引领生命的故事。不能装进长篇的故事还有很多很多,他们是旁逸斜枝,也是重新生出的一片新绿,更是现实馈赠我的大礼。正如我的深圳系列那样,每一篇都是当下,每一篇都正在进行,每一篇都在为我今后的创作开辟出一条路径。好的文学作品有着与作家相互催化并相互成全的使命。

　　《同乐街》的故事并非发生在真正的同乐街,却真实地镶嵌在中国的历史长河中。作为一名曾经的窗口人员,我与深圳原住民发生过近距离的联系。"新形势下的合作化是国家为深圳农民留住的一道防线,为用土地换了货币的农民保留的退路,这是深圳先行先试精神指引下的宝贵实践。"这是一位公司董事长对我说的话。新的社会秩序已经形成,纷繁复杂的现代化进程中,依靠收租生活的原村民,如何跟上时代的步伐。如何认识,如何构建,如何站位是摆在作家面前的一道道崭新的课题。那些同样包含激情的原住民,从来没有走出我的内心。作家的创作,必然与他所处的时代,与作家看待世界的方式密切相关。在深圳的每一天,都可能是影响或塑造我们的每一天。这座不断散发出创作热能和活力的城市,如同一座天然的文学富矿,不会让我们成为一个躲在书斋里等待灵感降临的写手,更不会让我们成为仅用概念便可稳住一个无病呻吟故事的作家。空泛的情绪不会令情节得到推进,远离现实的哲思非我追求的境地。我的小说是具体的、鲜活的、生动的、当下的,是与现实生活发生密切关联,是与这个时代同频共振的写作。

长篇创作如同长征,上下求索,前途未卜,路上并无助阵的锣鼓、宜人的风景,而只有难以言说的苦和累。学识上的缺失、认知上的短板、逻辑上的劣势等,他们化身为结构、情节、语言等各种难题在追问我,考验着长篇小说作家前行的每一步。作为与深圳发展一路同行的作家,我也出现过被写作瓶颈围困,只是从未间断寻找突围的路径。塑造人物,关注人物的内心和命运拐点,看到阶层、财富、身份困惑的同时,还要面对生死未卜和人生的无常。创作的过程,同时也是重生的过程。终于,我走向了我们,那个更广大的世界,更广阔的人民中间。

一个作家写作的疆域只有被不断拓宽打通才能走得更远,毕竟我们选择的是马拉松那样的文学长跑,而不是聚光灯下的弹跳、旋转和闪耀。写作路上,我收到了内心愈加开阔和安宁的奖赏和知足的常乐。从万福到同乐,充满了我们心中的祈愿和祝福。

好的写作不止于作家的自我完成,更是与读者一道寻找那束安详的暖光。

2022年7月